흑백

おそろし

옮긴이 김소연

경북 안동에서 태어났다. 한국외국어대학에서 프랑스어를 전공하고, 현재 출판 기획자 겸 번역자로 활동하고 있다. 옮긴 책으로 『우부메의 여름』, 『망량의 상자』, 『웃는 이에몬』 등의 교고쿠 나쓰히코 작품들과 『음양사』, 『샤바케』, 『집지기가 들려주는 기이한 이야기』, 미야베 미유키의 『마술은 속삭인다』, 『외딴집』, 『혼조 후카가와의 기이한 이야기』, 『괴이』, 『흔들리는 바위』, 덴도 아라타의 『영원의 아이』, 마쓰모토 세이초의 『짐승의 길』 등이 있으며 독특한 색깔의 일본 문학을 꾸준히 소개, 번역할 계획이다.

OSOROSHI
by MIYABE Miyuki
Copyright © 2008 MIYABE Miyuki
All rights reserved.

Originally published in Japan by KADOKAWA SHOTEN PUBLISHING CO., LTD., Tokyo.
Korean translation rights arranged with OSAWA OFFICE, Japan
through THE SAKAI AGENCY and SHINWON AGENCY CO.

이 책의 한국어판 저작권은 THE SAKAI AGENCY와 신원 에이전시를 통해
MIYABE Miyuki와의 독점계약으로 도서출판 북스피어에 있습니다.
저작권법에 의해 한국 내에서 보호를 받는 저작물이므로 무단전재와 무단복제를 금합니다.

* 이 도서의 국립중앙도서관 출판시도서목록(CIP)은 e-CIP홈페이지(http://www.nl.go.kr/ecip)와 국가자료공동목록시스템(http://www.nl.go.kr/kolisnet)에서 이용하실 수 있습니다. (CIP제어번호: CIP2012000992)

† **일러 두기**
본문의 모든 주는 옮긴이 주입니다.

차례

1 만주사화 曼珠沙華　007
2 흉가 凶家　089
3 사련 邪戀　173
4 마경 魔鏡　229
5 이에나리 家鳴り　311

주화珠華・
만사曼沙

1

 주머니 가게인 미시마야는 스지카이바시 다리 앞 간다 미시마초 한쪽 구석에 있다. 가게 이름은 이 동네 이름에서 딴 것이다. 주인인 이헤에가 주머니를 조릿대에 매달아 들고 다니면서 팔다가 일으킨 가게여서, 그 외에는 그럴 듯한 유래가 없다.
 이 미시마초 일대는 본래 이헤에가 장사를 하던 구역이기도 하다.
 에도에는 주머니라고 하면 누구나 다 아는 유명한 가게가 두 군데 있다. 이케노하타나카초에 위치한 에치카와와 혼초에 있는 마루카쿠다. 양쪽 다 봇짐장수 따위가 부담 없이 물건을 맬 연줄을 만들 수 있는 가게가 아니기 때문에, 이헤에와는 인연이 없다. 하지만 이헤에는 두 유명한 가게가 다루는 소품이나 주머니의 모양새 차이에 대해 꼼꼼하게 관찰을 계속해 왔다.
 그는 에치카와와 마루카쿠 사이에 남북으로 길게 나 있는 길을 자주 돌아다녔다. 대체로 이름도 높지만 가격도 비싼 가게를 골라, 주머니나 소품—지갑, 하오리_{일본 전통 복식에서 옷 위에 입는 짧은 겉옷} 끈, 염낭이며 동란胴亂_{약, 도장, 담배, 돈 등을 넣고 허리에 차는 네모난 가죽 주머니} 등을 사들이는 손님 중에는 세련된 이들이 많은 법이다. 돈과 여유가 있기 때문에 유명한 가게에 온다. 이런 가게에서 돈을 아끼지 않고 세련된 물건을 사 모으는 것이 탕자의 필수 덕목으로 꼽힐 정도다. 그렇다면 이렇게 흘러가는 법이다. 에치카와에서 마음에 드는 물건을 찾을 수 없으면, 어디 마루카쿠에도 들렀다 갈까, 마루카쿠에 마땅한 물건이 없으면 에치카와로 돌아가 보자, 하고. 어느 한쪽 가게에 어지간히 집착하는 사람이 아니면, 항상 양쪽을 다 들여다보는 손님도 많을 것이다.

즉 유명한 두 가게뿐만 아니라 두 곳을 잇는 길목에도 손님이 다닌다. 그러한 풍류인이 도중에 지나쳐 가던 봇짐장수의 조릿대에서 '어라, 이것은', 싶은 물건을 발견한다면 어떨까. 잠깐 기다려 보게, 그 물건을 좀 보여 주게, 하고 청하지 않을까.

또한 풍류인이라면 계절마다 몸에 지니는 소품을 바꾼다. 따라서 춘하추동의 맏물_{과일, 푸성귀, 해산물 따위에서 그해의 맨 처음에 나는 것}이 나올 때가 되면, 이헤에는 특별히 정성을 들여 준비한 물건들을 조릿대에 매달고 이 길목을 돌아다녔다. 이곳에서만 장사를 하는 건 아니기에 다른 동네도 돌아다니지만, 특히 이 길목을 다닐 때에는 결코 싼 물건은 가지고 나오지 않았다. 다른 곳을 다닐 때와는 각별한 차이를 두었다.

품질에도 신경을 썼다. 에치카와는 모양이 참신한 것으로 유명한 반면 마루카쿠는 우아한 풍류를 중시한다. 그보다 한발 앞. 에치카와에 있을 것 같으면서 없고, 마루카쿠에서 본 것 같지만 실제로는 없다. 그런 모양을, 아내 오타미와 둘이서 잠잘 시간도 아껴 가며 만들어 냈다.

계획은 멋지게 들어맞았다. 어느 즈음인가 이헤에—봇짐장수를 하던 당시에는 이스케란 이름을 썼지만—의 주머니 장사는 일종의 명물이 되었던 적이 있다. 조릿대에 금가루 은가루를 뿌리고, 분수를 모르는 봇짐장수가 오가네—라며 이 길목의 아이들이 익살스러운 노래를 부를 정도로, 이헤에가 짊어진 조릿대는 호사스러운 풍경을 연출했던 것이다. 노래는 이헤에가 건너다니는 스지카이바시란 다리 이름에, 그가 파는 물건이 봇짐장수에게는 어울리지 않는 값비싼 물건이라는 야유를 합한 것이지만, 이헤에는 조금도 신경 쓰지 않았다.스지카이(筋違)는 분수를 모른다는 뜻인 스지치가이(筋違い)와 한자가 같다.

주머니 봇짐장사는 두 개의 짐 상자에 막대를 질러 어깨에 짊어지는 형태와, 조릿대에 팔 물건을 매달아 지고 다니는 형태, 두 종류가 있다. 이헤에는 후자를 취했으나 항상 짐 상자도 하나 짊어지고 다녔다. 지나가던 손님이 조릿대의 상품에 눈길을 멈추고 사들이려 해도 결코 조릿대의 상품을 떼어 팔지 않았다. 짐 상자에서 같은 물건을 꺼내어 팔았다. 잠시라도 바깥바람을 쐰 물건은 손님에게 건네주지 않는다. 그만한 값을 받으니 당연하다고 생각했다. 그래서는 낭비다, 하나의 물건에 두 개분의 밑천이 든다며 걱정하는 사람도 많았으나 이헤에는 낭비라 여기지 않았다. 매달아 견본으로 삼았던 물건은 뜯어서 다른 것에 쓰면 된다. 이헤에 부부에게는 그만한 바느질 실력이 있었다. 수고를 아끼지 않고 신이 닳도록 에도의 모든 헌 옷 가게를 돌아다니거나, 포목전을 찾아다니며 재단하고 남은 천 조각을 싸게 사들일 만한 기력과 체력도 충분했다.

착실한 노력이 꽃을 피우고 열매를 맺어, 마침내 작긴 하지만 가게를 가질 수 있었을 때, 이헤에게도 오타미에게도 장소를 정하는 데 대한 망설임은 없었다. 실컷 물건을 팔러 다녔고 좋은 손님을 만난 이 길목 어딘가로 하자. 조릿대에 금가루 은가루를 뿌리고 다니던 이헤에는 지금도 이 길목에 있습니다, 하고 손님이 얼른 발견할 수 있도록 해야 한다.

사실은 에치카와와 마루카쿠의 딱 가운데쯤에 자리 잡고 싶었다. 그러나 좀처럼 좋은 셋집이 나오지 않았다. 그러다 만난 것이 미시마초에 위치한 이층집이다. 이곳이라면 마루카쿠에 약간 더 가까워진다. 하지만 참신한, 즉 독특한 모양이 장점인 에치카와에는 결단코 에치카와가 아니면 안 된다는 열렬한, 바꾸어 말하자면 완고한 고객들이 있다. 행랑을 빌릴 작정으로 가게를 낸다면 마루카쿠에 가까운 편이 좋으리라고 여겨 이곳에 자리를 잡았다 일본 속담으로 '행랑 빌려주고 몸채까지 빼앗기다', 즉 일부를 빌려주었다가 전부를 빼앗기게 된다는 뜻의 속담이 있다. 여기서 행랑을 빌린다는 것은 마루카쿠의 손님을 슬금슬금 빼앗겠다는 뜻.

게다가 이층집은 넓었다. 그저 주머니와 소품을 파는 장사를 하기에는 조금 남아돌 정도지만, 가게를 낸 후에도 직접 바늘을 들고, 직인을 고용하여 손수 가르칠 작정이었던 부부에게는 작업장으로 쓰일 방이 필요했기 때문에 안성맞춤이었다.

이리하여 미시마초에서 십 년 하고도 일 년이 지났다.

가게의 규모는 변함이 없다. 그러나 이름은 충분히 알려졌다. 주머니라면 에치카와, 마루카쿠라고 손가락을 꼽으며 세던 에도 사람들이 세 번째 손가락을 꼽으면서, 그래도 미시마야를 모른다면 진정한 풍류인은 못 되지, 라고 평해 줄 정도까지는 이른 것이다.

숙식 또는 출퇴근을 하는 직인들이 늘었기 때문에 작업장은 뒷길 쪽에 빌린 다른 셋집으로 옮겼다. 예전에 작업장이었던 방은 한동안 좁은 안뜰에 면해 있는 툇마루에 고양이 혼자 살았지만, 지난 몇 년 동안은 주인 이혜에가 바둑 친구를 부를 때 사용하게 되었다. 미시마야가 든든하게 자리를 잡고, 믿을 수 있는 대행수를 얻고, 두 아들이 자라서 후계자 걱정도 없어졌을 무렵부터 이혜에는 바둑을 즐기게 된 것이다. 늦게 배운 도둑질이 무섭다더니 지금까지는 장사만이 취미였던 이혜에의 유일한 도락이 되었다.

파는 물건의 모양새에는 공을 들이지만 본인은 완전히 촌뜨기라고 자칭하는 이혜에는, 드물게도 멋을 부려 이 방을 '흑백의 방'이라고 이름 지었다. 그 명명 또한 촌스럽다고 웃으면서도, 지금은 어엿한 안주인이 된 오타미도 고용살이 일꾼들도, 주인과 바둑을 두러 오는 손님이 있을 때면 어느새 '오늘 흑백의 방의 싸움은 어떻게 될까' 하고 즐겁게 수군거리기도 했다.

그러던 어느 해 가을의 일이다.

피었다가 지는 것은 허무하다며 이혜에가 싫어해서 꽃나무를 심지 않은 이 안뜰에, 어찌된 셈인지 한 무더기의 만주사화가 뿌리를 내리고 꽃을 피웠다.

만주사화. 피안춘분과 추분의 전후 칠 일간 무렵에 꽃을 피워서 피안화라고도 하고, 꽃이 피처럼 붉고 흔히 묘지에 피기 때문에 죽은 사람의 피를 빤다는 의미로 사인화死人花라고도 불린다. 꽃이 지고 나면 길쭉한 잎이 나오는데, 잎이 없는 채로 요염한 꽃을 피우는 그 모습이 기이하여 유령화라고 꺼려지기도 한다. 게다가 이 꽃에는 독이 있다.

본디 길가나 밭두렁에 자라는 것이니 튼튼하리라. 어디에서 누가 씨를 가져온 것인지, 바람을 타고 온 것인지, 문득 보니 그 독특한 붉은 수레바퀴 같은 꽃이 피어 있었다. 미시마야 사람들은 놀라며 하나같이 불길하다고 눈썹을 찌푸렸다. 아직도 직접 바늘을 들고 직인들의 우두머리 노릇을 하고 있는 오타미를 도와 안채를 관리하는 고참 하녀 오시마와 몇몇은 동요하며 낫을 찾았다.

하지만 이헤에는 웃었다. 이 방은 나와 바둑 친구들의 싸움터이니 피안화는 오히려 어울린다고 했다.

"어떤 사연이 있는 꽃이든, 인연이 있어서 내 집 마당 앞에 뿌리를 내린 것이다. 함부로 베어내는 것은 정이 없는 일일 테지. 다른 곳에서 미움을 받아 주눅이 들어 있는 꽃이니, 보아라, 저렇게 거북한 듯이 굳어 있는 모습도 안쓰럽지 않으냐. 이대로 놔두어라."

한 무더기의 만주사화는 아무 처분도 받지 않게 되었다.

미시마야에는 마침 만주사화가 꽃을 피우기 직전에 고용살이를 하러 들어온 소녀가 있었다.

초가을의 일이니, 하녀가 바뀔 때는 아니다. 일손이 부족해져서 들인 것도 아니다. 오치키라는 소녀의 나이는 열일곱. 주인 이헤에의 맏형의 딸, 말하자면 조카다.

이헤에의 고향은 가와사키 역참이다. 그의 본가는 그 지역에서도 이름이 널리 알려진 큰 여관이다. 이헤에는 셋째 아들로, 집안과 가게를 물려받을 사람은 장남인지라 일찌감치 에도로 나왔다. 계속 집에 남아 있은들, 여관의 고용살이 일꾼들과 똑같이 이리저리 부림을 당하기만 해서야 좋을 것이 없다.

이헤에의 맏형은 자신의 재능으로 가게를 갖게 된 동생에게 한 수 고 두 수고 접어주고 있었다. 하기야 그것은 나중 일이고, 이헤에가 봇짐장수였을 무렵에는 거의 왕래가 없는 사이였다. 친하게 어울리게 된 것은 그가 미시마야를 내고 나서의 일이다.

이헤에는 마음씨가 착해서 맏형이 손바닥 뒤집듯 태도를 바꾼 일에 기분 나빠하지 않았다. 그는 미시마야가 흥할 때쯤 맏형의 여관 장사를 여러모로 도와 온 둘째 형이 병으로 덜컥 세상을 뜬 일에도 마음 아파했다. 형은 필시 마음이 허전하겠지, 하며 이쪽에서 먼저 다가간 것이 왕래의 시작이 되었을 정도다.

오치카는 맏형이 미시마야에 맡긴 딸이었다. 고용살이라기보다는 예절 견습에도 시대. 중산층 이상의 평민(주로 상가)의 딸이 예의범절이나 말씨 등을 배우기 위해 귀족의 집에 들어가 살면서 고용살이를 하던 것. 주로 몸종으로서 마님이나 아가씨를 모시는 경우가 많았으며, 좋은 집안에서 예절 견습을 받으면 좋은 혼처를 소개받을 수 있었다. 이 제도는 메이지 시대까지 계속되었으며, 다이쇼 시대에 여학교가 널리 보급되면서 없어졌다이다. 다만 이 일에는 혼인 전의 딸을 한 번은 에도 물로 닦아 내어 세련돼 보이게 만들고 싶다는 부모 마음 이상의, 일말의 사정이 얽혀 있었다.

아침나절부터 오늘은 흑백의 방에 손님이 오신다는 말을 들었기 때문에, 오치카는 꼼꼼하게 청소를 했다. 여관에서 태어난 사람은 어릴 때부터 청소하는 방법을 교육받는다. 익숙한 일이다.

"어떤 얌전한 아가씨가 오려나 걱정했는데, 오치카 씨는 부지런하시네요."

이리저리 잔소리가 심한 오시마도 불평을 할 수가 없었는지, 곧 오치카와 친해져서 그렇게 얘기했다. 그만큼 오치카는 실수가 없는 아가씨다.

이름이 알려진 가게라도 혼진本陣에도 시대의 역참에서 다이묘나 고위 관리 등이 숙박하던 공인된 여관쯤 되지 않는 한, 여관 주인의 딸은 결코 귀한 아가씨가 될 수 없다. 식구가 고용살이 일꾼들과 함께 몸이 가루가 되도록 일하지 않으면 꾸려 나갈 수 없는 장사니까—오치카가 그렇게 설명하자 오시마는 더욱 감탄한 모양이다.

"오치카 씨라면 어디에도 예절 견습을 받으러 갈 필요가 없을 것 같은데. 혹시 이번 고용살이는 오치카 씨 부모님이랑, 우리 나리와 마님이 이야기해서 에도에서 좋은 혼처를 찾아 주려고 마련한 자리가 아닐까요. 분명히 그럴 거예요."

오시마는 오치카가 미시마야에 맡겨지게 된 사정을 모른다. 알고 있는 이는 주인 부부뿐이다. 따라서 자신도 부지런한 사람이지만, 일을 하다 보니 좋은 인연을 놓치고 만 감이 있는 이 하녀는 조금쯤 부러운 듯이 그런 말을 한다. 혼자서 납득하고 있는 그 통통한 얼굴에, 오치카는 쓸쓸하게 웃어 보였다.

"저는 어디로도 시집 따윈 가지 않아요. 장래에는 이곳에서 숙모님께 바느질을 배워 주머니 만드는 직인으로 독립하고 싶어요."

에구머니나, 누가 그리하도록 놔둔답니까, 하며 오시마는 전혀 진지하게 상대해 주지 않았다. 하지만 오치카는 정말로 그렇게 결심하고 있었다. 이제 가와사키의 본가로 돌아가고 싶지 않았고, 아무리 좋은 인연이 날아들더라도 혼인할 생각이 없었다.

물기를 꽉 짠 걸레로 다다미 사이를 박박 문지르다가 문득 손을 멈추자, 뒤뜰에서 흔들리고 있는 만주사화 꽃이 오치카의 눈에 들어온다. 활짝 핀 지 오늘로 벌써 며칠이 되는지 알 수 없는데, 붉은 빛깔은 바래지도 않는다. 강한 꽃이다.

강한 심지와, 그와 대조되는 쓸쓸한 분위기가 현재 오치카의 가슴속 깊은 곳을 건드리는 듯했다.

숙부님이 이 꽃을 베지 않고 남겨 주셔서 다행이야.

주눅 들어 있는 꽃의 모습이 나와 똑같다. 오치카는 붉은 꽃에 살며시 미소를 던지고, 다시 방바닥을 닦기 시작했다.

오시마의 추측은 빗나가지 않았다. 당초 이헤에 부부는 오치카를 예절 견습을 받으러 온 아이가 아니라 양녀로 대우할 마음을 먹고 있었다. 그들도 오치카의 마음 깊은 곳까지는 모르지만 그녀가 본가로 돌아갈 수 없다는 사실은 알고 있었다. 그렇다면 에도에서 느긋하게, 그야말로 아가씨 같은 생활을 맛보게 해 주고 함께 유람이나 즐기면서 적절히 신부 수업도 시킨 후에 좋은 곳으로 시집을 보내자. 특히, 아들들을 키웠지만 딸과는 인연이 없었던 오타미는 오치카와 모녀 사이처럼 지내리라 기대하고 있었다. 어른이 다 되어가는 두 아들이 이헤에의 명령으로 다른 가게에 고용살이를 나가 상인 수업을 받고 있는 참이라 적적하기도 했던 것이다.

그러나 오치카는 이헤에 부부의 제안을 거절했다. 무엇보다 그녀는 밖에 나가는 것이 싫었다. 사실대로 말하자면 두려웠다. 사람들과 섞이는 일도 무서웠다. 그렇다면 신부 수업도 유람도 터무니없는 이야기다.

그렇다고 해서 아가씨인 양 꾸미고, 젓가락보다 무거운 것은 들지도 않고, 그저 미시마야 안에 틀어박혀 인형처럼 지낸다면 더욱 안 될 말이다. 오치카는 일을 하고 싶었다. 정신없이 몸을 움직이고 싶었다. 그러는 동안만은 마음속에 밀려왔다가 돌아가는 깊은 슬픔이나 씁쓸한 후회, 자신을 탓하고 남을 원망하는 괴로운 마음을 잊을 수 있다.

달리 몸을 의탁할 곳도 없어서, 어쩔 수 없이 아주 어릴 때 만난 것을 마지막으로 얼굴도 잊고 있었던 숙부의 집에 오게 된 일조차, 처음에는 오치카에게 견디기 어려운 고통이었다. 모르는 사람들 사이에 섞이는 일은 힘들다. 아는 사람인지 모르는 사람인지에 상관없이, 오치카에게는 '사람'이라는 존재가 전부 무섭게 여겨져서 견딜 수가 없었다.

때문에 본가에서 그러한 일이 일어나고 가족이 모두 오치카가 앞으로 어떻게 처신해야 할지 머리를 맞대고 의논하고 있을 때, 오치카는 불문佛門에 들어가고 싶다는 바람을 내보이기도 했다. 사람을 두려워하고 교제를 싫어하여, 누구에게도 마음을 허락할 수 없게 되어 버린 이 몸을 구해 주실 것은 이제 부처님밖에 없다고 여겼던 것이다.

오치카의 부모는 얼굴이 새파래졌다. 어린 나이에 무슨 소리를 하는 거냐, 그것만은 단념해 달라며 손을 잡았고, 오치카도 그 손을 마주 잡은 채 서로 울면서 세월을 보내고 있던 차에 미시마야에서 오치카를 맡아 주겠다는 연락이 온 것이다.

그 경위를 오치카는 숙부 부부에게 절절하게 호소했다. 아무리 해도 들어 주실 수 없다면 어디로든 떠나서 제가 청하는 대로 실컷 부려줄 고용살이 가게를 찾겠습니다, 라는 주장까지 했다. 매우 곤혹스러웠지만, 오치카의 눈에 깃들어 있는 절박한 빛을 놓칠 만큼 어리석지도 않은 이헤에와 오타미 부부는 오치카의 바람을 이루어 주기로 했다.

그 후로 오치카는 미시마야에서 한 발짝도 밖으로 나가지 않았다. 매일 하녀 일을 하며 바쁘게 지냈다.

미시마야에서는 오치카를 맞아들이고 얼마 지나지 않아 그때까지 오시마 밑에서 일하던 어린 하녀 둘을 내보냈다. 오시마는 사정까지야 모르지만 오치카를 마음에 들어 했고, 또 주인의 의향을 이해하여 오치카를 실수 없이 대우할 만한 눈치를 가졌으므로, 오치카가 오시마와 단둘이 있는 편이 편하리라는 배려에서 나온 조처이다. 게다가 두 하녀는 같은 나이인 오치카의 처지가 아무래도 신경이 쓰였는지, 분별없이 귀찮게 탐색을 하거나 소문 이야기로 오치카를 괴롭힐 때도 많았기 때문에, 오시마의 말에 따르면, "마침 귀찮던 차였는데 잘 쫓아냈다"는 것이었다.

"원래 수다스러워서 손을 쓸 수가 없는 아이들이었어요. 손보다 입을 더 잘 움직이는 하녀는, 미시마야에 필요 없지요."

아직도 에치카와, 마루카쿠에는 미치지 못하는 아담한 가게인 미시마야지만, 그래도 안채를 담당하는 이가 하녀 둘뿐이어서는 일손이 부족하다. 하지만 바쁜 생활은 오치카에게 무엇보다 고마운 일이었다.

한편 오시마는 역시 이런 상황에 이따금 조바심이 나는 모양이다.

아무리 주인 부부에게서, "오치카에 대해서는 전부 네게 맡기마. 본인이 열심히 고용살이를 하고 싶다고 하는 동안에는 얼마든지 부리고 일을 가르쳐 다오"라는 부탁을 받았다고 해도 상대는 주인의 조카딸이다. 예절을 익히기 위한 고용살이에는 나름의 격이라는 것이 있을 텐데. 말단 하녀와 똑같이 눈코 뜰 새 없이 부려 먹어도 될까.

그런 의문이 문득 입을 뚫고 나올 때가 있다. 저기, 오치카 씨는 그렇게 일하지 않아도 돼요. 허드렛일은 저한테 맡기고 가게 장사 쪽을 더 도와 보면 어때요. 그러면 나리도 기뻐하실걸요. 오치카 씨라면 가게의 간판 아가씨가 될 수도 있고.

그러면 오치카가 대답한다. "저는 손님 응대 같은 일은 못해요. 게다가 미시마야에서는 누구보다도 숙모님이 가장 열심히 일하시잖아요. 직접 부엌에 서서 음식을 만드시고, 우리에게 안채의 일을 지시하시는 한편 바느질 솜씨는 또 얼마나 빠르고 훌륭하신지, 넋을 놓고 볼 정도예요."

그렇지요, 하며 오시마는 물러난다. 그리고 또 바쁜 시간이 돌아온다. 오치카는 자신을 잊고—가 아니라 자신을 잊기 위해 계속해서 일했다.

오후의 일이다.
흑백의 방의 손님은 오후 두시에 오실 것이다. 이사와야의 주인이 소개해 주었는데 정말 바둑을 잘 두시는 분이란다—하고 기쁜 듯이 말하면서, 이헤에가 가게에서 안채로 물러나는가 싶었다. 그런데 그 뒤를 쫓듯이 대행수가 허둥지둥 다가왔다.

마침 이혜에에게 차를 가져온 오치카는 둘의 대화를 듣게 되었다. 아무래도 높은 신분의 고객에게서 급한 부탁이 온 모양이다. 그 댁에서 심부름꾼을 보내어 가마를 대기시켜 두었다고 한다.

자세한 이야기를 듣자 이혜에는 곧 사람을 보내어 오타미를 불렀다. 그러고는 작업장에서 달려온 안주인에게 말했다.

"호리코시 님인데 급하게 원하시는 물건이 있으시다는군. 중요한 주문이니 당신도 같이 갑시다."

오타미는 얼른 옷을 갈아입으러 나갔다. 그 망설임 없는 몸짓에, 오치카는 아직 장사에 대해서는 모르지만 사안의 중대함을 깨달았다. 아마 호리코시 님이라는 중요한 단골손님은 무사님일 터이다. 그쪽에서 급하게 물건을 만들어 달라는 것은, 돈이 많은 상가商家가 미시마야로부터 무언가 특별한 제작품을 원하는 것과는 전혀 다른 다급한 주문이다.

오치카도 몸단장을 도우려고 일어섰다. 그러자 이혜에가 오치카를 불러 세웠다.

"준비는 오시마에게 맡기자꾸나. 그보다 오치카, 부득이한 상황이니 오늘은 손님과의 약속을 취소해야겠다. 그분이 오시면 네가 대접하고 사정을 잘 말씀드린 다음 내 대신 사과를 좀 드리지 않겠느냐."

오치카가 항변할 시간도 주지 않고, 부탁한다, 라는 말만 남긴 채 부부는 날듯이 나가 버렸다.

오치카는 오도카니 남겨졌다. 숙부님 심술쟁이. 나는 손님 상대 같은 일은 할 수 없는 줄 알고 계실 텐데.

어째서. 마음속으로 입을 삐죽거리는 사이에 손님이 도착하고 말았다.

오치카의 심장은 에도에 온 후로 벌써 두 번은 들었던—역시 화재가 자주 일어나는 도성답다—화재를 알리는 망대의 종소리처럼 마구 울려대고 있었다.

2

흑백의 방으로 손님을 안내해 온 이는 대행수 야소스케다.

나이는 주인인 이헤에와 비등비등하고 체격도 비슷한데, 어째서인지 주인보다 늙어 보인다. 늘 허리를 구부정하게 구부리고 몸을 앞으로 기울인 채 조급하게 걷는다. 오늘도 마룻바닥에 버선의 발끝 밖에 닿지 않는 것 같은, 예의 성급한 발걸음으로 걸어왔다.

"자자, 모쪼록 안으로 드시지요."

안내하는 말도 성급하다.

손님이 도착했다는 말을 듣자, 마중을 나가기 전에 야소스케는 차근차근 설명하듯이 오치카에게 말했다.

"어쩔 수 없는 사정이 있다고는 하나, 이쪽이 초대한 손님께 헛걸음을 시키는 일은 대단한 실례입니다. 사과를 드리며 차와 과자를 대접하는 자리에 저 같은 고용살이 일꾼이 상대를 한다면 더욱 무례를 저지르는 셈이 되지요. 그래서 나리는 오치카 아가씨께 분부를 내리시고 외출하신 겁니다. 아가씨는 친척이니까요."

그렇구나. 오치카는 서둘러 외출복으로 갈아입은 후에, 머리를 단정하게 빗고 머리 장식도 바꾸어 꽂았다. 아무도 하녀라고는 생각하지 않을 것이다.

"나리도 마님도, 아가씨를 믿고 외출하셨습니다. 그러니 그처럼 귀찮다는 얼굴을 하셔서는 안 됩니다."

주인의 조카지만 하녀이기도 한 오치카에게, 이 대행수는 정중한 말투로 엄격한 내용의 말을 하는 이중적인 자세를 취하고 있다. 오치카 아가씨라고 불리면서도 야단을 맞는 몸으로서는 아무래도, 공손하지만 잔소리가 심한 서당 선생님을 대하는 것 같은 기분이다.

"하지만 대행수님. 저 혼자서 손님을 접대할 수는 없어요."

"인사 정도는 할 수 있겠지요."

"그 후에는 뭐라고 하면 되나요."

"손님의 말씀에 대답만 하시면 됩니다. 우물가의 아낙네들처럼 수다를 떨라는 것이 아닙니다. 저도 아가씨 곁에 붙어 있을 테니 안심하십시오."

손님은 야소스케가 손바닥을 내밀며 상석의 방석을 가리키자 문득 걸음을 멈추고 대행수를 돌아보았다. 야소스케보다 머리 하나만큼 키가 크다.

무언가 묻고 싶은 표정이었지만, 우선은 드시지요, 드시지요, 하고 야소스케가 계속 재촉하자 무릎을 꿇고 자리에 앉았다. 하오리도 기모노도 짙은 은회색이고, 얼핏 보인 옷자락 안쪽의 천은 옅은 노란색이다. 그러고 보니 숙부님도 이러한 조합의 겹옷을 가지고 있었던 것 같다. 꽤 품위가 있어 보인다.

방에 바둑판은 나와 있지 않았다. 하석 쪽에는 오치카가 방석도 없이 꿇어앉아 있다.

"혹시 미시마야의 주인장은 급한 용무라도 생기셨습니까."

손님이 눈치 빠르게 물었다. 약간 쉰 듯한 낮은 음성이다.

야소스케는 납작하게 엎드렸다. 오치카도 그 자세를 따라했다. 그러고는 야소스케가 머리를 드는 기척을 기다렸다가 똑같이 했다.

손님은 이헤에보다는 대여섯 살 젊어 보인다. 키가 클 뿐만 아니라 튀어나온 야윈 어깨가 몹시 눈에 띄는 사람이었다. 어릴 때는 분명히 '횃대'라는 별명으로 불렸을 게 틀림없다―그런 생각을 하고 있자니 야소스케가 눈짓으로 끊임없이 채근한다. 인사를 하라는 뜻이다.

오치카는 준비한 말을 느릿느릿 입에 담았다. 일부러 그러는 게 아니다. 이처럼 딱딱한 자리에서 사람을 만나는 일은 정말로 오랜만이기 때문에 입이 잘 움직이지 않는 것이다.

눈앞의 손님보다도, 급하게 외운 말을 암송하는 일 쪽에 마음이 기울어진다. 자연히 오치카의 눈은 손님보다 자신의 머릿속을 향하고 있어서 눈동자가 위로 올라가고 말았다.

그러던 차에―.

야소스케가 갑자기 소리쳤다.

"손님!"

오치카는 펄쩍 뛰어오를 듯이 놀랐다. 하마터면 혀를 깨물 뻔했다.

보니, 야소스케가 양팔로 손님을 껴안고 있다. 손님의 얼굴에서는 핏기가 가시고, 감은 눈꺼풀이 흠칫흠칫 경련을 일으킨다. 뼈가 불거진 몸이 크게 기울어, 당장이라도 옆으로 쓰러져 버릴 것만 같다.

"속이 안 좋으십니까?"

오치카도 무릎걸음으로 몇 걸음 다가가, 손님의 얼굴을 들여다보았다. 이마와 콧날뿐만 아니라 사카야키에도 시대에 남자가 이마에서 머리 한가운데에 걸쳐 머리털을 밀었던 일. 또는 그 부분에까지 식은땀이 배어 있다. 한 손을 방바닥에 짚고, 쓰러질 것 같은 몸을 가까스로 버티는 중이다.

"참으로—죄송하지만,"

그는 호흡을 쥐어 짜내다시피 하며 말했다. 눈은 굳게 감은 채다.

"저기, 저기 장지를 좀 닫아 주실 수 없겠습니까."

다른 한 손으로 정원에 면해 있는 장지를 가리킨다. 그 손은 허공을 휘젓듯이 떨리고 있었다.

오치카는 재빨리 일어서서 탁 소리를 내며 장지를 꼭 닫았다.

"닫았습니다. 이제 괜찮으셔요?"

"확실히 닫아 주셨는지요."

눈썹 사이에 깊은 주름을 지으며, 괴로운 듯이 고개를 숙인 채 확인했다. 마치 목숨과 관련된 일인 양, 엄하고 강한 물음이다.

"예."

"이제—정원은 보이지 않겠지요?"

"예, 보이지 않아요."

그 말을 듣자 손님은 떨리는 듯한 숨을 내쉬며, 몸을 지탱하고 있던 손을 가슴에 대고 몇 번이나, 몇 번이나 깊이 숨을 쉬었다. 물에 빠져 죽을 뻔하다가 간신히 건져 올려진 사람 같다.

오치카는 야스스케와 얼굴을 마주 보았다.

대행수가 손님의 상태를 확인하면서 천천히 부축하던 팔을 뗀다. 아무래도 쓰러지지 않고 앉아 있을 수는 있는 모양이다.

"실례했습니다."

그제야 눈을 뜬 손님이 말했다.

"번거로우시겠지만 물을 한 잔 주실 수 있겠습니까."

지금 가져오겠습니다—하며 야스스케가 일어섰다. 손님은 품에서 회지懷紙_접어서 품에 지니는 종이. 가지고 다니며 휴지로 쓰거나 시가(詩歌) 등을 썼다_를 꺼내어 이마의 식은땀을 닦기 시작했다. 손을 움직이면서 오치카에게 시선을 향하더니 부드러운 말투로 사과했다.

"엉뚱한 추태로 아가씨를 놀라게 해 드리고 말았군요. 정말 죄송합니다."

확실히 오치카는 놀라서 멍해진 상태였다.

"무언가 손님의 기분을 상하게 할 만한 것이 정원에 있었는지요."

손님은 천천히 고개를 저었다. 회지를 품에 넣더니 작게 헛기침을 한다.

"아무것도—아무것도 없었습니다."

"하지만 저희 집 정원 풍경의 무언가를 불쾌하게 느끼신 것처럼 보였습니다. 부디 사양 마시고 말씀해 주십시오. 주인어른이 없는 동안 이 집을 맡은 제 실수이니 반드시 주인어른께 전하여 고쳐야 합니다."

호들갑스러울 정도의 말이 오치카의 입에서 자연스럽게 흘러나왔다. 여관 장사를 도왔을 무렵에는 때론 이런 말씨가 필요한 경우도 있었다. 그게 오치카의 몸에 배어 있었던 것이다.

손님은 부드러운 눈빛으로 오치카를 보았다.

"미시마야 주인의 조카 따님이라고 하셨지요."

"예, 오치카라고 합니다. 이헤에 님은 제 숙부님이십니다."

"참으로 좋은 조카 따님을 두셨군요. 부러울 따름입니다."

칭찬의 말에 수줍어하고 싶어도, 개운하지 못한 불안이 더 앞선 통에 오치카는 머리를 숙이는 것이 고작이었다. 대체 정원의 무엇이 문제였을까?

"별것도 아닙니다."

손님은 아직도 무섭다는 듯이, 굳게 닫힌 장지에 시선을 주었다.

"보통 사람이라면 무서워할 리가 없겠지요. 뭐―사람에 따라서는 신기해하거나 의아해할 수는 있겠지만."

의아해한다? 정원의 풍경에?

손님이 한숨을 쉬며 쓴웃음을 짓는다.

"저도 평소에는 이런 일이 없습니다. 저것이 있는 장소는 대개 한정되어 있으니까요. 그런 곳에 가까이 가지 않도록 하면 되지요. 부득이하게 가까이 가야 할 때에는 각오를 하고 갑니다. 허나 지금은 갑작스러웠기 때문에."

저것―이란 무엇일까.

"어떤 취향이 있으셔서, 미시마야에서는 정원에 저것을 심으신 것인지요."

거기까지 듣고 나자 오치카는 문득 짚이는 게 있었다.

"혹시 손님께서 물으시는 것이 만주사화인가요?"

손님은 천천히, 깊이 고개를 끄덕였다.

"저는 저 꽃이 무섭습니다. 너무나 무서워서 견딜 수가 없습니다."

마음을 터놓고 비밀 이야기를 하는 듯한 말투다. 하지만 농은 아니었다. 진지하다.

오치카는 올 가을에 꽃이 피었다는 사실과, 그것을 베어내려고 한 하녀를 이헤에가 말린 일을 이야기했다. 그러는 동안에 야소스케가 물을 가지고 돌아왔다. 손님은 물이 든 잔을 고맙다는 듯이 받은 후 한 모금, 두 모금 삼켰다.

손의 떨림이 잦아들기 시작한다. 안색도 점점 원래대로 돌아오는 것 같다.

"대행수님, 손님은 만주사화 꽃이 싫으시대요."

걱정스러운 듯이 손님의 모습을 지켜보던 야소스케는 그 말을 들은 순간 구깃 하고 얼굴을 일그러뜨렸다.

"이거 참으로 무례한 짓을 저질렀습니다."

어쨌거나 불길한 꽃이니 당연합니다, 저희들도 주인어른께 한때의 호기심이나 변덕으로 무덤가의 꽃을 정원에 두다니 낭치도 않다고 간하여야 했습니다—하고 빠르게 말하며, 꾸벅꾸벅 머리를 숙여 사과했다.

"정말 어떻게 사과를 드려야 할지요. 그렇지, 이 자리에서 제가 베어내어 없애고 말겠습니다."

낫을 가지러 가려고 일어선다. 손님은 빙그레 웃으며 말렸다.

"아니, 아니, 그러실 필요는 없습니다. 미시마야의 분들께는 어떤 잘못도 없으니까."

"허나—."

"부디, 이헤에 씨가 안 계시는 동안에 저것을 베지는 말아 주십시오. 저 꽃을 가련하게 여기고 아끼는 마음은 훌륭한 것입니다."

오치카는 내심 안도했다. 자신의 동지 같은 저 꽃이 무참하게 처분당하는 모습을 보고 싶지는 않았다.

"아가씨는 만주사화 꽃의 사연을 아십니까."

손님이 오치카에게 물었다. 오치카는 한 번 고개를 끄덕였다.

"사연을 아시는데도 특별히 저 꽃이 기분 나쁘다거나 불길하다거나, 그런 생각은 하지 않으십니까."

다시 묻는 말에 오치카는 잠시 망설였다. 이럴 때는, 저도 저 꽃이 정원에 있어서 기분이 나쁩니다—라고 대답하는 게 손님 대접이라는 것이리라.

하지만 오치카가 이 집에 몸을 맡기기를 기다리고 있었다는 듯이 피기 시작하여, 하나가 시들면 옆에 또 하나가 피어, 아침저녁으로 불안하고 쓸쓸한 오치카의 눈에 위로가 되어 주었던 저 꽃의 바로 앞에서 그런 싸늘한 말을 하고 싶지는 않았다. 그냥 내버려 두어도 앞으로 며칠이면 전부 시들어 떨어지고 말 터이다.

"무섭진 않습니다. 다만 쓸쓸하고 가엾은 꽃이라고 생각합니다."

오치카는 정직하게 말했다.

"저는 오히려 저 꽃을 좋아할 정도랍니다. 숙부님과 마찬가지로, 참으로 안쓰럽다는 생각까지 들어요."

야소스케의 눈이 화를 낸다. 한 번 본 것만으로도 정신을 잃을 뻔했을 만큼 만주사화를 싫어하는 분 앞에서, 어째서 또 기분을 거스르려는 듯한 말을 하는 거요, 그 입은—이라고 얼굴에 쓰인 것을 읽어낼 수 있다. 대행수는 기분이 얼굴에 잘 나타나는 성격이다.

"그렇습니까" 하고 손님은 찬찬히 중얼거렸다.

빈 찻잔을 방바닥 위에 가만히 내려놓고는 입가를 누그러뜨린다.

"한창 예쁠 나이에, 매화로도 복사꽃으로도 벚꽃으로도, 모란꽃으로도 비유될 수 있을 정도의 미모이신데, 만주사화 꽃에 마음을 기울이시다니 아가씨는 마음씨가 상냥한 분이군요. 아니, 뜻밖에 이혜에 씨가 집을 비우신 덕분에, 저는 미시마야 주인의 보물을 뵐 수 있게 되었습니다."

이번에야말로 오치카는 수줍어했다. 손님의 얼굴을 제대로 볼 수가 없다. 뺨이 화악 뜨거워졌다.

"다, 당치도 않은 말씀이십니다. 저는 이 집에 신세를 지고 있는 몸입니다. 부모님 곁에 있을 수 없고, 어디 갈 곳도 없어서 숙부님과 숙모님께 의지하며 숙식하는 처지입니다. 적어도 하녀가 하는 일 정도는 하려고 하지만, 세상 물정을 모르고 지혜가 모자라서 그쪽도 아직 한참 부족하지요."

오치카는 몸을 굳히고 아래를 보고 있었기 때문에 야소스케가 어떤 표정인지 보이지 않았다. 내밀한 집안 이야기를 언죽번죽 너무 떠들어 대십니다, 하며 역시나 화를 내고 있으리라.

하지만 손님은 생각지도 못하게 확연한 웃음소리를 냈다.

"꽃도 부끄러워할 나이의 아가씨라면 수줍어서 고개를 숙이는 모습도 좋은 풍경이 되지요. 허나—."

목소리를 한 단 낮춘다.

"처음 얼굴을 보았을 때, 대단히 아름다운 아가씨지만 어딘지 모르게 쓸쓸한 그늘이 있다고 여겼습니다. 그 짐작이 빗나가지 않은 모양이군요."

뭐라고 대답할 수가 없어서, 오치카는 야소스케를 훔쳐보았다. 대행수도 곤란해하고 있다. 눈썹이 꿈틀꿈틀 오르내린다.

지금 한 말이 당혹을 부르리라는 사실을 손님은 알고 있는 듯했다. 사과하듯이 가볍게 머리를 숙이고 나서 말을 잇는다.

"아니, 아가씨의 처지를 캐어물을 생각은 털끝만큼도 없습니다. 실례되는 말씀을 드렸군요. 다만—그렇지요."

굳게 닫혀 있는 장지 쪽으로 문득 시선을 주었다.

"세상의 근심도, 장사의 손익 계산도 잠시 잊고 바둑판 위의 흑백 싸움에 열을 올리려고 찾아온 곳에서 뜻밖에 만주사화 꽃을 만나고, 거기에 당신 같은 아가씨가 있었던 것은 단순한 우연이 아닐 터입니다. 분명 무슨 징조겠지요."

"징조—라고 하시면."

야소스케가 흔들리는 목소리로 되묻는다. 손님은 이쪽을 돌아보았다.

"우리 같은 작은 중생 곁에 계시는 부처님께서 저에게, 도키치야, 슬슬 네 무거운 짐을 내려놓도록 해라, 하고 타이르고 계시는지도 모르지요. 긴 세월, 제가 이 가슴 하나에만 담아온 사연을 밝힐 때가 왔노라고 말입니다."

잠시 시간을 내 주시겠습니까, 하고 손님은 오치카에게 물었다.

"인생의 고갯길에서 내리막으로 접어든 소상인의 옛날 이야기입니다. 만주사화 꽃을 아끼는 그 마음으로 들어 주시겠습니까."

오치카는 거의 망설이지 않고, 예, 하고 대답하며 고개를 끄덕였다. 이번에는 야소스케의 얼굴도 살피지 않았다. 솔직히 그 이야기가 듣고 싶다고 생각한 것이다.

"그렇게 말씀해 주시니,"

손님은 쓸쓸하게 미소를 지었다.

"왜 제가 만주사화 꽃을 두려워하게 되었는지, 그 이유를 들려 드리지요."

벌써 사십 년이나 지난 일입니다, 하며 그는 이야기를 시작했다.

"이름을 먼저 말씀드려야 했는데 순서가 뒤바뀌었군요. 제 이름은 도키치라고 합니다. 미시마야 주인께는 도저히 미치지 못하지만 직인을 몇 명 데리고 있는 창호상寒戶商으로, 작은 가게를 경영하는 몸이 되고부터는 도베에라는 이름을 쓰고 있으나, 이 이야기를 하는 것은 역시 도키치로서 해야 합니다.

제 아버지는 가난한 창호 직인이었습니다. 실력이 좋은 일꾼이었지만 어쨌거나 아이가 많았기 때문에 아무리 일을 해도 먹는 입을 따라잡을 수가 없었습니다. 아버지도 어머니도, 고생만 한 짧은 생을 살았다고 생각하면, 떠올릴 때마다 안타까워집니다.

그 일이 일어났을 무렵, 제 부모님은 이미 세상에 없었습니다. 전해에 일어난 화재로 나란히 세상을 떠나셨지요. 당시 저는 일곱 살이었고 아직 어머니가 그리운 나이였기 때문에 참 많이 울었습니다.

하지만 지금 돌이켜 보면 부모님이 이 일을 알지 못하고 세상을 떠나셔서 다행이라는 생각이 드는군요.

저는 칠남매 중 막내입니다. 위로 형이 네 명, 누나가 두 명 있었습니다. 모두 부모님을 닮아 성실한 성격이었고, 가난 때문에 비뚤어지는 일도 없이 서로 도우며 나가야_{에도 시대에 평민들이 모여 살던 공동 주택 형식의 건물. 이웃들끼리 교류가 잦은 구조인지라 하나의 공동체와도 같아, 고유 이름을 가진 곳도 많았다}에서 살고 있었지요."

그곳은—하고 말하다가 도베에, 즉 도키치는 잠시 망설였다.

"장소는 말씀드리지 않겠습니다. 지금도 많은 사람이 사는 곳이니까요. 덮어 두어도 이야기의 줄거리에는 지장을 주지 않고요. 지금부터 제가 말씀드리는 사람이나 가게의 이름도, 진짜 이름과는 다릅니다."

예, 괜찮습니다, 하고 오치카는 대답했다. 야소스케는 이 자리의 전개에 휩쓸리고 만 모양인지, 그저 눈을 크게 뜨고 있을 뿐이다.

"주민들 모두가 온화하고, 가난하지만 밝은 웃음소리가 끊이지 않는 나가야였습니다. 관리인은 대단한 고집쟁이로, 화가 나면 얼굴이 금방 새빨개지기 때문에 나가야의 아이들에게는 감 할아버지라고 불렸지요."

떠올리니 우스웠는지, 도키치는 쿡 하고 웃음을 흘렸다.

"저희가 그 전에 살던 나가야가 화재로 불타고 부모를 잃었다는 사실을, 관리인 할아버지는 잘 알고 계셨습니다. 그래서 특히 저희한테는 신경을 많이 써 주셨지요. 아무래도 저희 생활이 힘들 때에는 몰래 쌀을 나누어 주시기도 했지만, 베푸는 일에는 좋은 점과 나쁜 점이 반반이라고 냉정하게 생각한 분이어서, 물건을 나누어 주기보다는 일할 곳을 마련해 주는 게 가장 큰 친절이라고 늘 단호하게 말씀하시곤 했습니다. 여덟 살인 제게도 작은 심부름이나 장작 줍는 일 따위를 부지런히 찾아다가 시켜 줄 정도였으니, 나이가 위인 형제들은 고용살이할 곳을 소개받아서 결국에는 차츰 집을 나가게 되었습니다.

이 일은 그런 상황 속에서, 막내인 저와 열세 살 위인 맏형 사이에 일어난 일입니다."

이야기하던 이는 여기에서 한 번 쉬었다. 튀어나온 울대뼈가 꿀꺽 하고 오르내린다. 그 모습을 보고 야소스케가 갑자기 정신을 차린 모양이다.

"이거 눈치가 없었군요. 차를 가져오겠습니다."

벌떡 일어나더니 흑백의 방을 나간다. 도망치는 듯한 발걸음이다.

"죄송합니다. 이야기를 끊고 말았네요."

오치카는 부드럽게 사과했다. 도키치가 가볍게 고개를 젓는다.

"대행수님 정도의 나이가 되면 새삼 다른 사람의 옛날 이야기 따위는 듣지 않아도 충분합니다. 세상의 부질없는 일들을 실컷 보고 들었을 테니까요."

조금도 기분 나빠하는 기색이 없다.

아니나 다를까, 야소스케는 돌아오지 않았다. 오히려 오치카는 좋았다. 마음이 차분해졌다.

정원의 만주사화도 장지 맞은편에서 도키치의 이야기에 귀를 기울이고 있는 듯한 기분이 든다.

3

"제 맏형의 이름은—이름은,"

기치조라고 합니다, 하고 도키치는 말했다.

아까 양해를 구했던 대로 순간적으로 붙인 가짜 이름인지, 아니면 정말로 그런 이름인지 판단이 서지 않았으나, 도키치가 형에 대해서 이야기하는 게 정말로 오랜만임은 눈치챌 수 있었다. 어두운 우물의 밑바닥을 들여다보는 듯한 눈빛이 되었기 때문이다.

기치조에 대한 이야기는 그에게 있어서, 굳이 다른 사람에게 들려준다는 핑계를 지레로 삼아 퍼 올려야 할 만큼 깊은 곳에 고여 있는 물인 듯싶었다.

"제 아버지와 마찬가지로 맏형도 창호 직인이었습니다. 제 아버지가 세상을 떠나셨을 때, 형님은 아버지 또한 오랫동안 신세를 졌던 스승님 집에 들어가 살면서 수업을 하는 중이었지요. 나이는 스무 살, 스승님의 제자가 된 지 팔 년째였을 때로 아직 한 사람 몫을 해내는 직인은 아니었지만, 언젠가 제 아버지보다 더 좋은 실력을 갖게 될 거라며 총애를 받았습니다."

덧붙이자면 다섯 명의 아들 중에서 창호 직인이 된 이는 맏형뿐입니다, 하고 도키치는 말을 이었다.

"둘째 형님과 셋째 형님은 아버지의 고생을 보아 왔기 때문인지 처음부터 직인이 될 마음이 없었고, 각자 전혀 다른 상가로 고용살이를 나갔습니다. 화재가 일어났을 때는 이미 집에 없었지요. 지금도 고용살이하던 곳에서 그대로 성실하게 일하고 있는 모양입니다."

모양입니다―라는 것은 친하게 왕래하고 있지는 않다는 뜻일까.

"저는 아버지의 뒤를 잇고 싶었지만 아무래도 손재주가 변변치 못해서 할 수 없었습니다. 그래서 같은 창호 분야라도 상인의 길로 나아간 것이지요. 장지살을 짜지도, 한지를 깨끗하게 바르지도 못하는 손가락이지만 주판은 튕길 수 있었으니까요."

부끄럽다는 듯이 미소를 지으며, 도키치는 눈을 가늘게 떴다.

"그 대신, 형 기치조의 실력은 훌륭했습니다. 그게 바로 소질이 있다는 것이겠지요. 스승님의 집이 가까웠기 때문에 저는 자주 놀러 가곤 했는데, 스승님 밑에서 더 오랫동안 수업하며 일해 온 나이 많은 직인들도 잘 하지 못하는 일을 형님은 쉽게 배워서 해냈습니다. 어린 마음에 저는 뿌듯했고, 형님이 자랑스러워서 견딜 수가 없었지요. 저도 언젠가 기치조 형님처럼 되겠노라고 결심했습니다."

사는 곳이 가까웠고, 또 부모를 잃은 지 얼마 안 된 아이들의 맏형인 탓도 있어서 스승은 기치조가 가끔 동생들이 어떻게 지내는지 보러 나가야로 돌아가는 것을 허락해 주었다고 한다.

나가야 사람들도 기치조를 애타게 기다렸다. 문의 여닫이가 나쁘다, 빨랫대의 옷 거는 부분이 부러졌다, 바닥이 썩어서 삐걱거리고 위험하다, 비가 샌다―그들이 저마다 늘어놓는 가난한 나가야의 이런저런 문제들을, 기치조는 짧은 시간 동안 순식간에 해결해 버렸기 때문이다. 물론 돈 같은 건 받지 않는다.

그것도 어린 도키치에게는 자랑거리였다고 한다.

그는 한바탕 즐거운 듯이 오치카에게 이야기했다. 눈빛까지 밝아졌다. 관리인인 감 할아버지도 기치조에게 의지하고 있었던 것. 나가야 사람들이 기치조에게 신세를 지고 있다면서 도키치 형제들에게 잘해 준 것. 형이 돌아오면 주라며 이웃의 젊은 여자들이 몇 번이나 연애편지를 맡겼던 일. 젊고 씩씩한 직인으로 나가야의 모든 사람에게 의지가 되는 기치조는 처녀들에게도 뜨거운 관심을 받았던 것이다.

도키치의 다정한 표정에 끌려 오치카도 가볍게 질문해 보았다.

"그런 연애편지를 받고 형님은 어떻게 하셨나요?"

"늘 수줍은 듯이 웃을 뿐이었습니다."

도키치는 대답하고, 미소를 띤 채 오치카 쪽으로 아주 약간 몸을 내밀었다.

"연애편지를 준 사람 중에는 당신처럼 아름다운 아가씨도 있었는데 말이지요. 기치조 형님이 답장을 쓰거나, 편지에 응해 누군가와 만나는 일은 한 번도 없었습니다."

내가 가정을 꾸리다니 아직 먼 후의 일이다. 우선 너희가 제대로 살아갈 수 있도록 고용살이할 곳을 찾아내거나 기술을 익히거나 해서 자리를 잡을 때까지는 나 자신에게도 신경 쓸 틈이 없다. 그런데 하물며 여자한테 신경을 쓸 수 있겠니. 그 말이 기치조의 입버릇이었다고 한다.

"감 할아버지의 나가야로 옮긴 지 얼마 안 되어서 넷째 형님과 맏누이도 고용살이할 곳이 정해져, 당시 나가야에는 바로 위의 누이와 저, 열두 살과 여덟 살짜리 아이 둘이서 살고 있었습니다. 그래도 곤란한 일은 무엇 하나 없었습니다. 서당에 다니면서 읽고 쓰기를 배우고, 남의 집 아이를 봐 주는 일이나 심부름을 하면서 용돈을 벌고,

불안함 없이 지냈지요. 모두 기치조 형님이라는 든든한 뒷배가 있었기 때문입니다."

거기까지 이야기한 도키치가 갑자기 후 하고 숨을 내쉬었다. 횃대 같은 어깨가 툭 떨어진다. 그저 그뿐인데, 오치카에게는 분위기가 바뀐 것처럼 느껴졌다.

착각이 아니었다. 다시 입을 열었을 때는 분명히 도키치의 어조가 달라져 있었다. 먼 곳을 그리워하는 것 같았던 눈빛이 또다시 우물 밑바닥의 어둠을 들여다보는 듯한 눈빛으로 돌아왔다.

"재주도, 사람 됨됨이도 좋고—무서운 것이 없는 기치조 형님이었지만,"

입에 담은 말의 쓴맛을 견디듯이, 잠시 입술을 굳게 다문다.

"단 한 가지, 단점이 있었습니다. 누구나 그렇겠지요. 부족한 점이 전혀 없는 사람은 세상에 존재하지 않습니다."

형님은 성미가 거친 데가 있었다고, 도키치는 말했다.

"다만, 화를 잘 낸다거나 걸핏하면 싸움을 하고 금세 손이 올라간다거나 하는, 그런 종류가 아닙니다. 성미가 급한 점은 직인이라면 다 그렇지요. 평소 벌어지는 다툼에서라면, 형님은 오히려 끼어들어 말리는 쪽일 때가 많았을 정도고요."

그러니까—하고 참으로 어렵다는 듯이 말을 찾고 나서 신중하게 입을 뗐다.

"한번 발끈하면 제어가 되지 않는 성미였다고 말씀드리는 편이 낫겠군요. 어떤 상황에서 참을성이 바닥나면, 더 이상 억누를 수 없어지고 맙니다. 문득 제정신으로 돌아올 때까지 자신이 무엇을 하고 있었는지도 모르게 될 정도로……."

도키치는 천천히 고개를 저었다.

"저는 형님의 그런 모습을 본 적이 없습니다. 전부 나중에 들은 이야기입니다. 저와 기치조 형님은 나이가 열세 살이나 차이 났고, 아버지를 잃은 후에는 형님이 아버지를 대신하고 있었습니다. 형님은 막내인 저에게 특별히 신경을 써서, 자신의 그런 약한 부분이 보이지 않도록 조심하고 있었던 모양입니다."

그러나 어떤 사건이 일어나 배려는 헛수고가 되고 말았다.

"기치조 형님은 사람을 해치고 말았습니다. 공사 현장에서 한 목수를 죽인 것입니다."

도키치는 한숨과 함께 말했다.

"발단은 사소한 말다툼이었다고 합니다. 공사 현장에서는 흔히 있는 일이지요. 목수와 창호 직인은 비슷해 보이는 일을 하지만 담당하는 일이 다릅니다. 역할도 다르고, 한쪽은 위고 한쪽은 아래라는 입장의 차이도 존재합니다. 거기서 삐걱거려 험한 말이 오가다가 말다툼이 되지요. 정말이지, 그뿐이라면 별것 아닌 말싸움에 지나지 않았겠지만."

운이 나빴다. 상대도 나빴다.

"초가을의 일이었는데, 의외로 비가 많은 해라 급히 해야 하는 공사의 공정이 늦어졌다고 합니다. 그래서 모두 초조해하는 중이었지요. 그때 형님네가 만들어서 납품한 창호가 맞지 않는다는 불평이 나왔어요. 이쪽이 주문대로 만들었다고 주장해도, 목수 쪽의 말은 달랐지요. 결국 머리띠를 동여매고 밤까지 새어 가며 다시 만들어서 새로 납품하고—."
 물론 공사 현장은 여전히 험악한 분위기였다. 자신들의 실수가 아닌데도 굽히고 들어가야 했던 창호 직인들은 잘난 척 욕을 하며 이런저런 지시를 내리는 목수들이 얄밉다. 결국 또다시 서로 험한 말을 주고받는다. 그러던 와중에, 공사 현장의 두목을 맡고 있던 마흔이 넘은 목수가 무언가 거친 말을 내뱉었다고 한다.
 "나중에도, 대체 그자가 그때 무슨 말을 했는지는 확실하게 알 수 없었습니다. 형님은 스승님이 물으셔도 그게 어떤 욕설이었는지 말하지 않았다고 합니다. 몹시 지저분한 말이었을 테지요······."
 이 대목에서 도키치는 그저 말을 흐리는 것만이 아니라 오치카의 얼굴을 바라보았다. 그래서 오치카가 되물었다.
 "왜 그러세요?"
 "아뇨, 새삼스럽지만 이런 이야기를 당신에게 들려주어도 될지 어떨지."
 뼈가 불거진 어깨를 움츠리며, 그는 얼굴을 아래로 향했다. 그대로 웅얼웅얼 말을 잇는다.
 "기치조 형님의 스승님께는 형님과 같은 나이의 따님이 있었습니다. 오콘이라는 냉랭하고 다정한 사람이었는데, 저 같은 아이도 귀여워해 주었습니다."
 공사 현장의 우두머리 목수가 내뱉은 욕설은 그 아가씨를 향한 것이었던 모양이다.
 "마침 그 무렵 오콘 씨에게 혼담이 있었는데, 거의 결정되려고 하다가 갑자기 허사가 되었거든요. 오콘 씨는 매우 우울해했다고 합니다. 혼담이 깨진 이유가 무엇인지, 저는 모릅니다. 기치조 형님도 자세히 알고 있었는지 어떤지는……."

이런 종류의 일은 금세 소문이 된다. 그리고 소문은 자칫하면 진실보다도 더 그럴싸하게 들리고, 거무죽죽하게 흐려지는 법이다.

"뭐, 악담은 오콘 씨의 품행이나, 혼담이 깨진 일을 심술궂게 헐뜯는 것이었겠지요."

도키치는 그렇게 말하며 눈을 내리깔았다.

"확실한 것은 기치조 형님이 오콘 씨에게, 짝사랑이었지만 마음을 기울이고 있었다는 점입니다. 그에 대해서는 저도 형님에게 직접 들었습니다. 형님은 오콘 씨에 대한 욕설을 용서할 수가 없었어요. 무엇보다 공사 현장에서 직인들끼리 벌이는 말다툼에, 아무런 상관도 없는 스승님의 따님을 끌어들여 나쁘게 말하는 상대방의 일그러진 근성이 얼마나 괘씸했겠습니까. 저도 모르게 발끈하고 말았겠지요. 분노로 제정신을 잃고, 문득 정신이 들어 보니 그 목수를 때려죽인 후였던 겁니다."

"때려죽이다니……."

오치카가 헛소리처럼 중얼거리자 도키치는 고개를 끄덕였다.

"그때 우연히 형님은 손에 쇠 지렛대를 들고 있었습니다. 작은 것이었지만, 이것도 운이 나빴지요."

"그러면 쇠 지렛대로 때린 것인가요?"

오치카는 망연자실하여 되물었다. 도키치가 몹시 미안한 듯한 눈빛으로 오치카를 보고 있다.

오치카는 천천히 몸이 식어 감을 느꼈다. 피의 흐름이 막히고, 팔다리가 끝에서부터 감각을 잃어 가는 것 같다. 앉은 채로 가라앉는 듯하다.

짝사랑이지만 마음을 기울이고 있었다. 그래서 분노로 제정신을 잃었다. 정신이 들어 보니 사람을 죽인 후였다.

그런 무서운 일은 또 없을 거라 여겼다. 아니다. 이 세상에는 비슷한 일이 얼마든지 일어날 수 있다—.

넋이 나간 듯 두서없이 생각을 이어나갔다.

"아가씨."

도키치가 몇 번인가 불렀던 모양이다. 오치카는 눈을 깜박이며 정신을 차렸다.

"아아, 안 되겠군요. 정말 죄송합니다."

도키치의 안색이 바뀌어 있었다. 허둥거리며 손을 휘젓고 있다.

"어찌하면 좋을까요. 아가씨의 얼굴이 새파랗습니다. 역시 이런 이야기를 하는 게 아니었어요."

오치카는 당황하며 일어섰다. 비틀거리다가 자세가 무너지고 말아, 방바닥에 한 손을 짚었다. 그 모습을 보던 도키치가 더욱 허둥거린다.

"이거 안 되겠어요. 아가씨, 정신 차리십시오. 밖에 누구, 누구 없습니까."

사람을 부르려는 것을, 오치카는 기다시피 다가가 머리를 숙이며 말렸다.

"실례했습니다. 저는 괜찮아요. 정말 괜찮으니까 손님도 부디 진정하셔요."

"허, 허나."

도키치는 양손으로 오치카를 부축하려다가, 직전에 무례한 짓임을 깨달았는지 어색하게 손을 멈추었다.

오치카는 자기 힘으로 똑바로 앉았다.

"미안해요."

허물없는 말투가 나왔다. 지금은 이편이 도키치의 귀에 더 쉽게 들어갈 것이다.

"손님의 이야기가 무서워서 안색이 나빠진 게 아니랍니다. 실은 제 주위에도 이전에 비슷한 일이 있었어요."

오치카는 기가 꺾이지 않도록 단숨에 말했다. 급하게 말하니 숨이 가쁘다.

"그래서 저는 집을 떠나게 되었습니다. 아까 부모님 곁에 있을 수 없게 되었다고 말씀드린 것은 그런 사정이 있었기 때문이에요."

도키치가 놀라서 눈을 크게 뜨고 있다. 어중간하게 들어 올리고 있던 팔이 부들부들 떨린다.

"그것 참, 참, 참으로."

갈라진 중얼거림이 새어 나오고, 도키치의 양팔이 툭 떨어졌다. 힘없이 고개를 숙이고 만다.

"참으로 죄송합니다. 제가 옛날 이야기 따위를 시작하는 바람에…… 아가씨께…… 무서운 일을 떠올리게 하고 말았군요……."

아니요. 오치카는 말을 가로막았다.

"일부러 떠올릴 필요도 없지요. 잊은 적이 없으니까요."

아아, 하며 도키치는 한 손으로 이마를 눌렀다. 신음하듯이 몇 번이나 고개를 끄덕인다.

"지금도 그 일이 떠올라서 허둥거린 게 아닙니다. 저는, 제게 일어난 일과 같은 일은 좀처럼 없을 거라고 생각했어요. 부모님도 보기 드문 불행을 당한 가엾은 딸이라고 위로해 주셨지요. 하지만 착각이었어요. 운 나쁘게 일이 어긋나서 사람이 사람을 해치는 일은 그밖에도 얼마든지 있군요. 갑자기 그 사실을 깨닫고 저는 왠지, 갑자기 눈앞이 어지러워지고 말았습니다."

실제로 오치카는 조금씩 차분함을 되찾고 있었다. 호흡도 조용해졌다. 하지만 도키치는 아직도 얼굴을 숙인 채 부끄러운 듯이 굳어 있다.

"저와 가깝다고 생각했던 사람이, 역시 저와 가까웠던 사람을 죽이고 말았어요."

입을 다무는 것이 쓸쓸하게 느껴져서 오치카는 막힘없이 그렇게 말했다.

"지금도 슬퍼서 견딜 수가 없습니다. 아주 잠시도 그때의 일을 마음 한구석으로 치워 버릴 수가 없어요. 숙부님과 숙모님의 집에서 편안하게 지내고 있어도 제 마음은 여전히 소란스럽습니다. 아무것도 끝나지 않았어요."

저는 사람의 마음이라는 것을 알 수 없게 되고 말았습니다. 사람이라는 존재가 너무나 무서워지고 말았습니다. 그렇게 말하고, 그제야 입을 다문다.

이야기해 버리고 나니 마음이 가벼워졌다. 한편 스스로에게 놀랐다. 나는 왜 이런 사실을 털어놓았을까.

눈앞의 손님은 바로 한 시간 전까지도 알지 못했던 타인이다. 아니, 지금도 잘 생각해 보면 도베에라는 이름 외에는 전혀 모른다. 이 사람이 경영하는 창호상의 이름조차 듣지 못했다.

그런데 왜 숙부님과 숙모님에게도 털어놓지 않았던 마음속 밑바닥을 입 밖에 내어 술술 이야기했을까.

"아가씨가—,"

도키치는 천천히 얼굴을 들고, 눈부신 것이라도 보는 양 눈꺼풀을 반쯤 닫고 있다.

"쓸쓸한 얼굴을 하고 계신다고, 아까 제가 말씀드렸지요."

"예, 그리 말씀하셨지요."

"그것은 지나친 생각이 아니었던 모양입니다."

그의 입가에 희미하게 웃음이 떠올랐다.

"역시 인연인가 보지요. 제가 오늘 이곳을 찾아오고, 저기에 만주사화의 붉은 꽃이 피어 있고, 이곳에 당신이 계신 것은."

무언가를 털어내듯이 숨을 내쉬고, 그는 오치카를 마주 보았다.

"제 형님의 이야기를 계속해도 되겠습니까."

"손님께서 괴로우시지 않다면요."

도키치는 고개를 한 번 끄덕였다.

"기치조 형님은 체포당했고, 얌전히 판결을 받았습니다. 그 결과 귀양살이를 가게 되었습니다."

스승을 비롯한 주위 사람들이 조금이라도 죄가 가벼워지도록 필사적으로 탄원해 준 덕분이라고 한다.

"원래대로라면 사형을 받아도 이상하지 않을 상황이었지요. 어쨌거나—잔혹하게 죽였으니까요."

"하지만 싸움이 격해지다 보니 생긴, 소위 말하는 어쩌다가 그렇게 된 일이잖아요? 형님은 일부러 목수를 죽인 게 아닌데요."

그는 고개를 기울였다. 말하기 어려운 듯 살짝 입을 오므린다.

"그것이 바로, 발끈하면 이성을 잃는 기치조 형님의 무서운 점입니다."

살해된 목수의 시체는 얼굴이 뭉개져서 알아볼 수 없을 정도의 모습이었다고 한다.

"형님이 쇠 지렛대를 휘두르는 동안, 당연한 일이지만 옆에 있던 목수나 직인들이 떼 지어 말리기 시작했습니다. 그래도 형님은 멈추지 않았지요. 뒤에서 붙들면 뿌리쳐서 떼어내고, 쇠 지렛대를 빼앗으려는 자가 있으면 밀쳐내고, 얻어 맞으면 같이 때려서 물러나게 하고 계속해서 목수를 때렸습니다."

오싹하니 추워져서 오치카는 자신의 몸을 껴안았다. 도키치의 말에서 연상되는 광경 또한 오치카가 경험한 사건과 연결되었기 때문이다. 하지만 이번에는 애써 얼굴에 드러나지 않도록 조심했다. 더 이상 도키치의 옛날 이야기를 가로막고 싶지 않았다.

이 이야기를 끝까지 다 듣는 것은 이제 오치카에게도 굉장히 중요한 일이 되었다. 왜인지는 모른다. 하지만 아무래도 그런 기분이 들었다.

"그 집요함, 이래도냐, 이래도냐, 하는 것 같은 잔혹한 방식에 관리 나리들은 형님이 목수에게 무언가 원한을 품고 있었던 게 아닌지 의심했습니다. 즉 싸움은 구실일 뿐이고, 형님은 이전부터 이런 기회를 기다리지 않았나 하고요."

그렇다면 판결은 엄해진다.

"결코 그렇지 않다. 평소의 기치조는 오히려 마음씨가 착하고 싸움이나 다툼을 싫어하는 성미다. 이번 일은 분명히 지나쳤지만 젊은 혈기에 성질을 잘 누르지 못해서지, 기치조는 계획적으로 사람을 죽일 수 있는 사내가 아니다. 그렇게 말하며 모두들 형님을 감싸 주었습니다. 오콘 씨는 자신의 혼담이 깨진 일의 경위까지 밝히면서 관대한 판결을 청했습니다. 세간의 시선 따위는 무섭지 않다, 내 부끄러움 따위는 아무것도 아니다, 나를 위해 싸워준 기치 씨를 구하는 게 더 중요하다면서."

"기치조 씨 본인은 어떻게 말씀하셨나요?"

오치카의 물음에 도키치는 문득 표정을 지우며 억양 없는 목소리로 대답했다.

"그저, 죄송하다고 사과할 뿐이었습니다."

4

떠올리면 지금도 마음이 욱신거리나 보다.

슬픔으로 흐려지고, 고통으로 일그러진 얼굴을 하면 사람은 대개 나이보다 늙어 보이는 법이다. 하지만 지금의 도키치는 어찌된 셈인지 오치카의 눈에는 다르게 보였다. 불안하고 쓸쓸한 표정에, 젊다고 할까 오히려 어리게 보이는 듯한 빛이 있다.

그렇구나, 하고 깨달았다.

다정했던 형님이 사람을 죽이고 처벌을 받아 지금부터 멀리 유배 가게 되었다는 사실을 알았을 때, 이 사람은 겨우 여덟 살 먹은 어린아이였다. 그 시절의 일이 마음에 되살아나니 도키치 안에 형님과의 이별이 괴로워서 견딜 수 없었던 그 시절의 어린아이가 돌아온다. 그 어린아이의 얼굴이 지금의 얼굴과 겹치는 것이다.

"아가씨는 귀양살이가 어떤 건지, 아마 자세히는 모르시겠지만."

아까 저도 모르게 허둥거리고 만 오치카의 마음속을 짐작했는지 오치카가 더 이상 도키치의 이야기를 가로막지 않겠다고 결심한 것처럼, 도키치도 오치카의 아픈 부분을 건드리지 않으려고 주의하고 있는 모양이다. 조심스럽게 살피는 듯한 말투였다.

"예, 다행히도 모릅니다."

도키치는 미소를 지었다. "뭉뚱그려 귀양살이라고 해도, 에도에서 보내어지는 곳은 한 군데가 아닙니다. 그래도 기치조 형님 때는 하치조, 미야케, 니지마, 세 섬뿐이었지만, 그보다 옛날에는 일곱 곳이나 있었다고 합니다."

귀양살이가 결정이 나도, 죄인은 배가 떠날 때까지 감옥에 갇힌다.

"그 사이에 가족이 쌀이나 돈을 가져와 들여보낼 수도 있습니다. 누이와 제게는 아무런 힘도 없었지만, 관리인 할아버지와 스승님께서 형님의 섬 생활이 조금이라도 편해지도록 애써 주셨고, 덕분에 물건도 들여보낼 수 있었습니다. 오콘 씨는 적어도 기치 씨를 따뜻한 침상에서 자게 해 주고 싶다며, 새 이불을 들여보낼 수 있게 해 달라고 청원서를 냈지만 허락받지 못했습니다. 섬으로 보내지는 죄인은 그때까지 감옥에서 쓰던 이불을 가져가는 것이 관례라더군요."

죄인이 어느 섬으로 자신이 보내질지 알게 되는 것은 출발하기 전날 밤이다. 이를 도할島割이라 한단다. 기치조는 하치조 섬으로 결정되었다.

"하치조는 세 섬 가운데 유배된 사람이 살기에 제일 좋다는 평판을 받는 섬입니다. 제가 이를 안 것은 형님을 태운 수송선이 뎃포즈 만에 사흘 동안 정박해 있을 때로, 관리인 할아버지가 가르쳐 주셨습니다. 그거 다행이라고 어린 마음에도 안도했지요."

사흘간 정박하는 동안에 청원을 내면 가족은 죄인을 만날 수 있다. 또 죄인이 편지를 보내는 것도 허락된다. 기치조는 서투른 글씨로 물건을 들여보내 준 것에 대해 감사 인사를 하고, 이제는 아무도 만나러 오지 마라, 누구에게도 들 낯이 없다고 적은 편지를 보냈다.

"그래서 우리는 아무도 가지 않았습니다. 관리인 할아버지는 저에게 배가 뎃포즈에 있는 동안 아침저녁으로 그쪽에 절을 하여 형님이 무사하기를 빌어 주라 하셨고, 본인도 함께 절을 해 주셨습니다."

손을 합장할 때마다 도키치는 울었다. 소리 내어 울었다고 한다. 울어도 울어도 눈물은 마르지 않았다.

"형님의 배는 춘선春船_{섬으로 유배를 가는 죄인들은 일 년에 세 번, 봄, 여름, 가을에 떠나는 수송선에 태워 보내졌다}이었습니다. 지금도 똑똑히 기억나는데, 그 며칠 동안 아침에는 안개가 자주 끼었습니다. 관리인 할아버지는 제가 너무 울어서 안개가 끼는 것이다, 안개가 흘러가면 수송선 안의 기치조 형님도 그것을 알 수 있을 테니 울어서는 안 된다고 꾸짖었습니다."

형님은 언제 돌아올 수 있을까요. 어린 도키치는 관리인에게 물었다. 스승에게도 물었다. 아무도 언제라고는 대답해 주지 않았다. 언젠가. 언젠가 꼭 돌아올 거라고 말할 뿐이었다.

"결국 형님이 돌아오기까지 십오 년의 세월이 걸렸습니다."

"그래도 건강하게 돌아오셨군요."

오치카는 밝은 목소리로 물었다. 도키치도 문득 뺨을 누그러뜨리며 고개를 끄덕였다.

"돌아—왔습니다."

그 무렵 도키치는 어느 창호상에서 고용살이를 하고 있었다.

"열다섯 살 때부터 고용살이를 시작해, 때마침 막 행수가 된 참이었습니다. 아까도 말씀드렸다시피 저는 창호 직인이 되고 싶었지만 그러지 못했던 만큼, 상인으로서 어떻게든 빨리 제 한 몸을 건사할 수 있는 사람이 되고 싶었습니다. 그래서 제 입으로 말하기에는 건방진 소리지만 열심히 일에 전념했습니다. 주인님도 저의 그런 마음을 잘 헤아려 주시는 다정한 분이었지요."

그리고 도키치는 관리인인 감 할아버지와 한 가지 약속을 했다.

"관리인 할아버지는 제 고용살이를 주선해 주신 지 얼마 되지 않아 중풍으로 쓰러지셨습니다. 임종이 가깝다는 소식을 듣고, 저는 주인어른께 부모나 마찬가지인 사람의 일이니 허락해 달라고 부탁하여 마지막 순간을 지켜보기 위해 나가야로 돌아갔습니다."

달려간 도키치에게, 이제 말도 하지 못하고 눈물 고인 눈도 한쪽밖에 깜박일 수 없게 된 관리인은 끊임없이 입을 움직이려고 했다.

목소리는 나오지 않는다. 그러나 몇 번이고 되풀이되는 동안에 도키치는 감 할아버지가 무슨 말을 하려는지 알았다.

"기치조—하고 관리인 할아버지는 말하고 있었습니다."

마지막 순간까지 걱정하고 있었던 것이다.

감 할아버지의 손을 굳게 잡고, 도키치는 약속했다. 형님이 돌아오면 제가 돌보겠습니다. 형제끼리 사이좋게 살겠습니다. 안심하십시오.

그 자리에는 기치조의 스승도 함께 있었다. 그도 눈물을 흘리며 "기치가 섬에서 돌아오면 다시 내 밑에서 일하게 해 주겠네. 그 녀석은 실력이 좋았으니 괜찮을 게야. 제대로 가정을 꾸리게 하고, 잘 돌보아 주겠네"라며 뒷일은 걱정하지 말라 당부했다고 한다. 감 할아버지는 안도하며 숨을 거두었다.

"스승님은 인정이 두터운 분입니다. 그 약속을 어기지는 않았습니다. 마침내 형님이 돌아왔을 때에는, 레이간지마 섬의 오후나테반쇼_{나루터에 설치되어, 배에 사람이 승하선하는 것이나 짐을 싣고 내리는 것을 감독하던 기관}까지 마중을 나가 주셨습니다."

허나 저는—하고 말하고 나서, 무언가 목에 걸린 것처럼 도키치는 말을 끊었다.

허̇나̇.

가지 않았구나.

무리도 아니라고, 오치카는 생각했다. "그야 가게에서 고용살이를 하는 입장이니 쉽게 돌아다닐 수는 없었겠지요."

"아니요, 아닙니다."

망설임을 끊어 내듯이 고개를 젓고, 도키치는 오치카를 보았다.

"다른 것도 아닌 가족의 일입니다. 간절하게 부탁하면 또 허락을 받을 수 있었겠지요."

저는 부탁하지 않았습니다, 하고 도키치는 단숨에 말을 뱉었다.

"애초에 섬에 귀양살이를 간 형님이 있다는 사실을, 저는 가게에 숨겼습니다. 이제 와서 말을 꺼낼 수 있을 리가 없지요."

오치카는 양손을 무릎에 놓고, 그저 떼구름에 덮이는 달처럼 다시 흐려져 가는 도키치의 눈가를 바라보았다.

"솔직하게 말씀드리지요. 저는 부끄러웠습니다. 유배를 간 형님이 있다는 사실을 가게의 누구에게도 알리고 싶지 않았습니다."

뭐라고 대꾸하면 좋을지 몰라서 오치카는 곤란해졌다.

다정한 관리인이 있고, 의지가 되는 스승이 있어 도키치는 두 사람 덕분에 훌륭하게 자랐다. 여덟 살 적에 울면서 맏형과 작별한 아이는 형님이 돌아오기를 기다리면서 고용살이를 시작했고, 이리저리 부려지는 애송이에서 훌륭하게 행수까지 되었다. 그때 기다리고 기다리던 형님이 돌아온 것이다. 도키치의 마음속에는 감 할아버지와의 약속도 남아 있었으리라. 방금 자신의 입으로도 말하지 않았는가.

그런데도.

오치카의 당혹을 도키치도 눈치챈 듯했다.

"이상한 이야기지요" 하고 희미하게 웃으며 눈을 돌린다. 그 눈길이 향한 곳에 닫힌 장지가 있고, 그 맞은편에서 만주사화의 붉은 꽃이 흔들리고 있다.

시간은 흐르는 법입니다. 작게 중얼거리듯이, 그렇게 말했다.

"섬으로 귀양 가는 형님을 배웅하던 무렵의 저는, 세상이 얼마나 무섭고 차가운지 전혀 모르는 행복한 아이였습니다. 기치조 형님이 죄를 저지른 것은 알아도 그 무게는 느끼지 못했지요. 무거운 짐은 감 할아버지와 스승님이 대신 들어 주셨기 때문입니다."

여덟 살 어린아이도 일 년이 지나면 아홉 살이 되고, 이 년이 지나면 열 살이 된다. 세상을 알게 됨에 따라, 도키치는 형님이 얼마나 무서운 짓을 저지르고 말았는지—아니, 세상 사람들이 그것을 얼마나 무서운 일이라고 보는지, 그리고 멀리 하려 애쓰는지 조금씩 알게 되었다.

그것은 바로, 지금까지 다른 사람들이 대신 짊어 주었던 무거운 짐을 자신이 짊어지게 된다는 뜻이다.

"세상 사람들은 형님을 잊지 않았습니다. 기치조 형님이 저지른 불미한 일을 언제까지나 기억하고 있었습니다. 잊은 것처럼 보여도, 어떨 때 불쑥 다시 꺼내지요. 꺼내서, 제게도 생각나게 하는 것입니다. 입에 담은 사람에게는 악의가 없어도 제게는 그때마다 사무쳤습니다."

저 도키치라는 아이의 형은 동료 목수를 그야말로 잔인하게 죽이고 섬으로 유배를 갔다—.

"말씀드렸다시피 제가 고용살이할 곳을 정해준 이는 관리인인 감 할아버지입니다. 그러니 아가씨, 솔직히 감 할아버지는 고용살이할 곳에 기치조 형님 얘기를 숨길 리가 없다고 생각하겠지요?"

도키치의 말대로였기 때문에, 오치카는 고개를 끄덕였다.

"처음에는 그랬습니다. 감 할아버지는 제가 고용살이할 곳을 찾을 때 제 사정을 숨김 없이 털어놓고, 그래도 좋다는 가게를 골라 주셨습니다."

"그런 가게가 있었군요?"

있었습니다, 하고 도키치는 또다시 장지를 바라보면서 고개를 끄덕였다.

"있었지만, 막상 고용살이를 시작하면 뭐라고 할까요…… 흐물흐물 주변 분위기가 나빠지더군요."

"형님의 일을 들먹이며 당신을 괴롭히거나 험담을 하는 사람이 나타난다는 뜻인가요?"

"그렇지요."

그제야 오치카의 얼굴로 시선을 돌리며, 도키치는 미소를 지었다.

"그게 세상입니다. 제 주인이나 고용살이 동료에게, 실은 도키치의 형이 이러이러하다고 일부러 이르러 오는 사람도 있었습니다. 물론 악의가 있어서는 아닙니다. 그런 말을 하는 사람도 그 가게를 위해서라고 생각한 것이니까요."

결국 그런 식으로, 도키치는 고용살이하던 곳에서 세 번이나 쫓겨났다고 한다.

이야기를 하다가 지쳐서, 한숨 돌리며 가벼운 헛기침을 한 도키치 앞에서—아아, 아직도 차를 가져오지 않았구나—하고 오치카는 마음속으로 생각했다.

분명히 세상은 그런 법이리라. 하지만 이 경우에는 기치조가 사람을 죽인 방식, 사건의 형편 또한 특별히 더 나빴던 게 아닐까.

평소에는 온화하고 성실한 직인이다. 하지만 화를 내면 손을 댈 수 없고, 말려도 멈추지 않을 정도로 격해진다. 사람을 쇠 지렛대로 때려죽이기까지 했다. 보기에 따라서는 본디 난폭했거나 손버릇이 나쁜 자보다 오히려 이 경우가 더 다루기 힘들다. 기질이기 때문이다.

게다가 형과 동생 사이이니 그러한 기질은 아마 서로 닮지 않았을까. 얌전하고 부지런한 도키치도 방심할 수 없는 사람이지는 않을까. 한 꺼풀 벗기면 형과 같은 얼굴이 나오는 게 아닐까.

고용살이를 시켜준 가게의 주인이, 함께 일하는 동료들이, 그런 의심과 불신을 품고 마는 것도 무리는 아니다. 물론 그들을 향해서 은밀하게 고자질이나 험담을 속삭인 사람들의 마음도 마찬가지다.

어쩌면 도키치도.

혹시 살인자인 형과 비슷한 것은 아닐까.

무엇보다도 나쁜 점은 도키치 자신도 그 생각을 그릇된 의심이라고 일축할 수 없다는 것이다. 지금 이 자리에서 자신의 결백을 입증할 수는 없다. 시간을 들여서 자신의 일하는 자세와 타고난 마음씨를 보여 주고, 나는 형님처럼 성질이 급한 사람이 아닙니다, 라는 신용을 얻어내는 수 말고는 방법이 없다. 하지만 상대방은 그동안 들어가는 시간이 불안하다, 싫다, 라고 하니 어쩔 수 없다.

문득 보니 도키치가 상냥한 눈빛으로 오치카를 바라보고 있다.

그가 말했다. "저는 어떤 때에도 결코 화를 내지 않도록 주의해 왔습니다."

아—하고, 오치카는 양손으로 입가를 가렸다.

"화를 내면 그것 보라는 말을 듣게 될 뿐이니까요."

"얼마나 괴로우셨을까요."

도키치는 웃으며 장난스럽게 눈썹을 올렸다 내렸다 해 보였다. 입도 이리저리 움직인다. 광대의 가면 같다.

"이것이 완전히 습성이 되어서, 지금은 화내는 법을 잊어버렸습니다. 보세요, 이렇게. 이 얼굴은 어떻게 비틀어도 화난 얼굴이 되지 않습니다."

도키치를 위로하고 싶었기 때문에 오치카는 웃음을 지었다. 이분의 웃는 얼굴은 우는 얼굴로 보인다. 틀림없이 나도 그렇겠지. 스스로 깨닫지 못할 뿐이다.

"저도 무서웠기 때문입니다" 하고 도키치는 말을 이었다. "인내심이 바닥나면 나도 기치조 형님과 똑같이 되어 버릴지 모른다고 생각하니 무서웠습니다."

도키치 스스로도 자신을 믿지 못했다.

"그런 상황이었기 때문에, 열다섯 살에 창호상으로 들어가게 되었을 때에는 감 할아버지께 울면서 부탁했습니다. 이번만은 쓸데없는 말을 하지 말고 기치조 형님에 대해서 입을 다물어 달라고. 감 할아버지도 어쩔 수 없다고 여기셨겠지요. 그래서 가게에는 숨겨 두었던 것입니다."

그렇다면 도키치가 기치조를 마중 나갈 수 없었던 심정은 잘 알 수 있다.

"감 할아버지와의 약속을 잊은 것은 아니었습니다. 오히려 잊어버리고 싶은데도 잊을 수 없는 게 싫었지요. 떨쳐내 버리고 싶은데 떨쳐낼 수 없는 게 답답해서 견딜 수가 없었습니다."

"하지만" 하고 오치카는 항변했다. "고용살이하던 곳에서 괴로운 일을 겪은 사실을 알면서도 그런 약속을 하게 하다니. 관리인 할아버지도 너무하시네요. 심술궂어요."

도키치는 눈을 약간 크게 떴다.

"역시 아가씨는 다정한 분이군요."

"아니요. 누구라도 그렇게 생각할 거예요."

"감 할아버지는 제 본심을 알고 있었기 때문에 굳이 약속하게 한 겁니다. 그것은 마지막 소원이 아니었습니다. 임종 때의 다짐이었습니다."

기치조를 버리지 마라, 라는.

"다른 형님이나 누님 들은요? 당신이 혼자서 짊어져야 할 이유도 없을 텐데요."

어느새 오치카는 '손님'이 아니라 '당신'이라고 불렀다. 몹시 무례한 짓일 터이다. 하지만 이 자리에서 생겨난 이상한 친근함 때문에 자연스럽게 그리 부르게 되었다.

도키치는 지금까지 중에서 가장 난처하고 곤란해 보이는 웃음을 지으며 말했다. "아무도 없었습니다. 모두 도망쳤거든요. 그 또한 세상이라는 것입니다. 각자 생업에 종사하며 가정을 갖고 자신이 살아갈 길을 얻고 나면, 형제도 남입니다. 핏줄 따위는 아무런 도움도 되지 않아요."

저도 도망치고 싶었습니다—마음을 담아, 도키치는 천천히 중얼거렸다.

십오 년의 세월은 형을 그리워하여 안개가 낄 정도로 울던 동생을, 그 형에게서 등을 돌리려는 사내로 바꾸고 말았다.

"그래서 말이지요, 아가씨. 저는 몇 번이고 바랐습니다. 마음속으로 생각할 뿐만 아니라 이나리 사당_{오곡의 신인 우카노미타마노카미를 모신 신사. 에도 시대 이후로 각종 산업의 수호신으로 사람들에게 신앙의 대상이 되었다}이나 신사에 참배를 갈 때마다 손을 모으고 빌었습니다. 기치조 형님이 돌아오지 않았으면 좋겠다. 제발 기치조 형님이 에도로 돌아오지 않게 해 주십시오, 하고."

섬에 유배된 죄인의 생활은 고되다. 본래의 생활보다 배는 빨리 나이를 먹는다고 한다. 병에 걸리거나 다쳐서 죽는 사람도 있다. 한편으로는 사면을 받아도 이제 와서 돌아갈 곳도, 의지할 곳도 없어서 그대로 섬에 눌러앉아 사는 사람도 있다고 한다.

"당치도 않은 소원이지요. 벌을 받는 것도 이상하지 않습니다."

한숨과 함께 말을 토해내고, 갑자기 도키치는 오싹한 듯 몸을 떨었다. 미간을 좁히며 손을 번쩍 들어 가슴을 누른다. 마치 눈에 보이지 않는 무언가가 도키치의 심장을 꽉 움켜쥐고 조여, 그의 숨통을 끊으려고 한 것 같았다.

한순간의 일이라 오치카는 어떻게 하지도 못하고 그저 일어서려고 엉덩이를 들었을 뿐이다. 도키치는 가볍게 숨을 헐떡이면서도 이내 웃는 얼굴로 돌아왔다.

"아아, 진정된 모양입니다."

"몸이—."

"아니요, 아니요, 괜찮습니다. 가끔 있는 일입니다. 나이 때문이지요."

오치카는 가볍게 일어섰다. "잠시 쉬고 계셔요. 곧 차를 가져오겠습니다."

도키치는 사양했지만 그 얼굴은 갑자기 홀쭉해졌고 한 손은 아직도 가슴에 대고 있었다.

뜨거운 차와 무언가 단것을.

오치카는 부엌으로 달려갔다.

이 시간에 부엌에는 사람이 없다. 물을 새로 끓이고 작은 접시를 꺼낸다. 찬장에 양갱이 있기에 재빨리 잘라서 담았다.

오치카가 부산하게 움직이고 있자니, 복도를 따라 발소리가 다가오고 대행수 야소스케가 얼굴을 내밀었다.

"아니, 아가씨, 손님은 돌아가셨습니까."

느긋한 소리를 한다. 이제야 차를 내리는 참이에요, 하고 오치카가 일부러 조금 입을 삐죽거리며 말하자, 대행수는 탁 소리를 내며 자신의 이마를 때렸다.

"이런 실수를!"

얼굴을 잔뜩 찌푸리며 머리를 꾸벅꾸벅 숙여 사과한다. 그러고는 오치카에게 슬쩍 다가오더니 목소리를 낮추었다.

"아무래도 어려운 이야기가 될 성싶은 분위기라, 저는 그런 자리를 잘 못 참거든요. 게다가 손님도 이야기 상대로는 아가씨를 바라시는 것 같았고요."

야소스케는 이상하다는 듯이 눈을 끔뻑였다.

"그건 그렇고 꽤 오랫동안 이야기를 하셨군요. 아가씨도 용케 상대를 해 주시고."

야소스케도 오치카의 자세한 사정을 모른다. 세상 물정 모르는 내성적인 아가씨라는 식으로만 여겼고, 오치카도 그런 대접을 받아 왔다.

오치카는 문득 마음에 바늘이 꽂히는 듯한 기분이 들었다. 만일 대행수가 나에게 일어난 일을 알면 어떨까.

물론 우선은 "가엾게도"라고 말하며 동정해 주리라. 하지만 내게도 일말의 책임을 지워야 한다고 여기지 않을까.

자신의 마음에 있는 생각을 다른 사람이 어떻게 받아들일지는 알 수 없다. 뚜껑을 열어 보여 줄 때까지는 알 수 없다. 그리고 한 번 뚜껑을 열고 그 안을 보여 줬을 때 생겨나는 타인의 마음을 목격하면, 자기 자신의 마음속도 그것에 따라 변하고 말지도 모른다.

어렸을 때처럼 그저 외곬으로 형을 따르는 마음을 계속해서 지닐 수 없었던 도키치를, 대체 누가 탓할 수 있을까.

적당히 둘러대고 오치카는 서둘러 흑백의 방으로 돌아갔다. 고하고 나서 장지문을 열었다.

도키치는 정원에 면한 장지 옆에 홀연히 서 있었다.

한 손을 장지살에 대고 있다.

당장이라도 열 기세다.

5

우두커니 선 채, 순간적으로 오치카는 소리를 질렀다. "손님!"

자신의 귀에도 갈라지고 째진 목소리로 들렸다.

도키치는 그 목소리를 귀로 들은 것이 아니라 마치 돌팔매가 되어서 등에 맞은 것처럼, 흔들 하고 비틀거리며 장지살에 손을 댄 채 오치카를 돌아보았다.

"아아, 아가씨."

오치카는 곧장 방을 가로질러, 쟁반을 옆구리에 끼고 장지에 단호하게 한 손을 대었다.

"무얼 하시는 건가요."

오치카의 높은 목소리에 도키치는 야단을 들은 어린아이처럼 몸을 움츠리고 시선을 피하더니 뒷걸음질로 장지에서 떨어졌다.

"죄, 죄송합니다."

가엾을 정도로 풀이 죽은 그 모습에, 오치카는 제정신으로 돌아와 부끄러워졌다.

"아니요…… 저야말로 무례한 짓을 했군요."

보니 쟁반에 올려놓은 찻잔에서 차가 넘쳐 있었다. 모처럼 예쁘게 늘어놓은 양갱이 젖었다. 얼굴에서 불이 날 것 같다.

도키치도 그것을 알아차리고 수줍은 듯한 웃음을 띠며 말했다.

"그대로 주십시오. 아가씨, 모쪼록 앉으시지요."

먼저 자리로 돌아간다. 오치카는 쥐구멍이 있으면 들어가고 싶은 기분이었다.

"갑자기 확인하고 싶어졌습니다."

단정하게 정좌하고 자세를 가다듬은 도키치가 작게 말했다.

"저것이—아직 저기에 피어 있는 것을."

만주사화 꽃을 말하는 것이리라. 묘한 이야기다. 뿌리를 내리고 피어 있는 꽃이 잠깐 시선을 뗀 틈에 어디로 간다는 것은 있을 수 없는 일이다. 고작해야 한 시간이나 두 시간 정도 만에 시들어 떨어지는 일도 없을 텐데.

다른 무언가가 마음에 걸린 게 아닐까. 다른 것을 확인하고 싶었던 게 아닐까. 의심하며 캐묻는 말이 목까지 올라왔지만, 오치카는 참았다.

반쯤 쏟아지고 만 차의 나머지로 목을 축이고, 도키치는 이야기를 이어갔다.

"기치조 형님에 대해 가게에는 단단히 숨기고 있었기 때문에, 물론 제가 형님을 만나는 일은 없었습니다. 형님이 돌아온 지 닷새, 열흘, 보름—시간이 지나도 저는 가능한 한 형님을 떠올리지 않으려 했습니다. 스승님께 맡겨 두면 다 괜찮겠지. 나는 이제 상관하고 싶지 않다고, 마음에 뚜껑을 덮어 버렸습니다."

기치조의 스승 쪽에서도 아무런 소식을 전해 오지 않았다. 물론 스승도 도키치가 형 때문에 고용살이하던 가게에서 쫓겨나거나, 고생이 많았다는 사실을 알고 있었다. 다른 형제들이 도망쳐 흩어진 것도 알고 있다. 굳이 도키치에게 무언가 말을 한다고 해도 또 그를 괴롭게 할 뿐이라는 배려가 있었을 것이다.

그러나 기치조가 돌아온 지 한 달쯤 지났을 무렵, 도키치가 고용살이를 하는 곳에 오콘이 찾아왔다.

"오콘 씨는 어느 목재상과 혼인한 지 벌써 십 년은 지난 차였습니다. 세 아이를 낳고, 몸집도 통통해졌지요. 보기에도 행복한 모습이었고, 아직 시어머니가 건강하셨기 때문에 작은 마님이기는 했지만 그래도 그에 어울리는 관록이 붙어 있었습니다."

어린 여자아이 하나를 데리고, 오콘은 일부러 당당히 손님으로서 가게에 찾아왔다. 집안 여기저기를 수선해야 하니 상담을 하고 싶다, 이곳 행수인 도키치 씨는 나와 오랫동안 알고 지낸 사이이니 불러 주지 않겠는가—. 덕분에 도키치는 느긋하게 오콘과 대면할 수 있었다.

"고아가리_{손님이 편하게 들어올 수 있도록 간단하게 공간을 나누어 봉당과 구분한 방}로 안내하자, 오콘 씨는 같이 온 여자아이도 돌려보내 버리셨습니다. 도키치, 오랜만이구나, 하고 그리운 듯이 웃음을 지으면서."

하지만 용건은 물론 창호 수선 의뢰 같은 게 아니었다.

"한 번이라도 좋으니 기치 씨에게 얼굴을 보여 주지 않겠느냐, 는 것이었습니다."

기치조는 스승의 집에 몸을 의탁하여 일을 도우며 살고 있다고 한다.

—우리가 여러모로 걱정했던 것보다는 건강하고, 직인으로서의 실력도 둔해지지 않았어. 아버지도 안심하셨지.

—오콘 씨는 가끔 친정에 돌아가십니까.

—그렇게 자주는 얼굴을 내밀 수 없지만, 이런저런 볼일을 찾아내서 그 김에 들르고 있어. 기치 씨의 얼굴도 보고 싶고.

오콘은 밝게 말하더니, 도키치의 얼굴을 들여다보듯이 바라보았다고 한다.

—너는 기치 씨를 만나고 싶지 않니?

"마땅한 대답이 떠오르지 않았기에 잠자코 있었습니다. 그러자 오콘 씨는 한숨을 쉬며, 어쩔 수 없다는 말 같은 것을 작게 중얼거리셨지요."

도키치는 손을 짚고 오콘에게 머리를 숙였다. 죄송하지만 기치조 형님을 잘 부탁드립니다. 정중함을 뛰어넘어 애원 같은 말투였다. 형님을 위해서가 아니라 자신을 위한 애원이었다. 저는 만나러 갈 수 없습니다. 이제 인연이 끊겼으면 좋겠습니다, 라고.

오콘은 그 모습을 슬픈 듯이 바라보았다.

"네 입장은 잘 안다고, 오콘 씨는 말했습니다."

—하지만 역시 직접 확인해 두고 싶었어. 기치 씨가 섬에서 돌아온 후로 동생들 얘기만 하니까. 하루도 잊은 적이 없대. 내가 바보 같은 짓을 저지르는 바람에 그 녀석들을 힘들고 외롭게 했다고. 모두 잘 지내느냐, 지금은 어떤 생활을 하고 있느냐고. 빨리 만나고 싶다, 얼굴이 보고 싶다고.

기치조가 너무 열심이라, 처음에는 동생들이 만나러 올 수 없는 이유를 이것저것 늘어놓고 이리저리 핑계를 대 주던 스승도 결국 포기했다고 한다.

—바로 사흘 전이었던가. 아버지는 기치 씨에게 사실대로 털어놓으셨어.

도키치 한 명을 제외하고 다른 동생들은 소식조차 없다는 것. 도키치만은 가까운 곳에 있지만 기치조를 만날 수 없는 사정이 있다는 것. 도키치에게는 특히 힘든 일이 많았다는 것.

―도키치의 마음을 잘 헤아리고 이해해 주어야 해. 탓해서는 안 된다. 원망해서도 안 돼. 너는 유배를 갔다가 돌아온 몸이다. 앞으로도 평생 사라지지 않는 것은 그 팔의 문신만이 아니야.

도키치가 문득 시선을 움직여 오치카를 보았다.

"에도에서는 죄인의 왼팔에 두 겹의 문신을 넣습니다."

왼쪽 팔꿈치 바로 아랫부분을 손가락으로 가리켜 보인다.

"스승님이 이 말을 들려주었을 때, 형님은 소매를 걷어 팔의 문신을 내놓고 거기에 눈물을 뚝뚝 흘리며 울었다더군요."

기치조도 자신이 죄인이 된 탓에 가족에게 피해를 끼쳤다는 사실 정도는 알고 있었다. 하지만 아는 것과 몸으로 실감하는 것은 또 다르다. 마음 어딘가에는, 그래도 의지하는 기분이 있었으리라. 용서하고 받아들여 주지 않을까 하는 기대도 있었으리라.

그러나 동생들은 떠났다. 사람을 죽인 형 때문에 하지 않아도 되는 고생을 해야 했다. 형과는 이제 남남이다―.

그 진실이 말로 눈앞에 들이대어지자,

"기치조 형님은, 나는 내 형편에 맞는 달콤한 생각만 하고 있었다, 돼먹지도 못한 형이라며, 그날은 종일 머리를 끌어안고 있었다고 오콘 씨는 말했습니다."

십오 년은 길다. 에도와 하치조 섬이라는 거리의 벽이 없었다 해도 사람의 마음이 바뀌기에는 지나칠 정도로 충분히 길다.

묵묵히 고개를 숙이는 도키치 앞에서, 오콘은 눈물을 글썽거렸다.

―나도 도키치 너를 탓할 수 없어. 기치조 씨를 기다려 주지 못했으니까.

"기다린다—?"

되물은 오치카에게 도키치는 고개를 끄덕였다.

"기치조 형님이 하치조로 유배를 갔을 때 오콘 씨는 스승님께 이런 일이 일어난 것도 애초에 자기 때문이니 기치 씨가 돌아올 때까지 기다리겠다, 기치 씨와 가정을 꾸리겠다고 말했답니다."

기치조는 오콘을 짝사랑하고 있었다.

"오콘 씨도 눈치채고 있었다더군요. 다만 스승님은 오콘 씨 밑으로 대를 이을 아드님이 있었기 때문에, 데릴사위를 들이지 않고 오콘 씨를 시집보내고 싶어 했지요. 오콘 씨도 기치조 형님이 사건을 일으키기 전까지는 특별히 형님에게 마음이 가지는 않았고요. 그래서 나중에 깨지고 말았지만 그 혼담도 오갔던 겁니다."

하지만 이렇게 된 이상은 사정이 달라졌다고, 오콘은 스승에게 주장했다고 한다.

"스승님은 그런 오콘 씨를 호되게 꾸짖었습니다. 네가 기치조를 기다린다는 것은 마음이 있기 때문이 아니라 그저 기치조에게 빚이 생겼다고 여기기 때문이다. 그런 생각으로 잘 될 리가 없어. 말도 안 되는 소리다, 당장 시집가 버려, 하고."

그런 마음으로 네가 십에 남아 있으면 오히려 기치조에게는 심한 짓을 하는 게 된다.

당시 스승의 말투를 흉내 내는 모양인지, 도키치는 그 대목에서만 목소리에 힘을 주며 빠르게 말했다.

"오콘 씨는 다른 집으로 시집을 갔지요. 그리고 행복해졌습니다. 스승님의 생각은 옳았고, 오콘 씨 본인도 그 점은 잘 알고 있었을 겁니다. 그런데도 여태껏 기치조 형님의 일로 양심의 가책을 품고 있었어요. 그러니 눈물도 나왔겠지요. 형님을 가엾게 여기는 다정한 마음이 사라지지 않았어요. 게다가 그것을 일부러 제게 말하러 왔고요—."

저는, 하고 말하더니 도키치는 마른 침을 삼켰다.

"불끈불끈 화가 치밀어 올랐습니다."

무릎 위에서 양손이 주먹을 쥐었다.

"오콘 씨에게—말인가요."

아직 도키치의 마음을 이해할 수가 없어서, 오치카는 작게 물었다. 그러자 도키치는 숙이고 있던 얼굴을 들고 눈을 크게 떴다.

"당치도 않습니다. 기치조 형님에게지요."

그렇게 모든 사람에게 폐를 끼치고 고생을 시켰는데, 지금도 모든 사람이 그에게 마음을 써 주고 있다. 오콘 씨는 울고, 스승님은 마음 아파하고 있다. 감 할아버지는 마지막 순간에도 기치조 이야기만 했다. 모두가 기치조, 기치조, 기치조다.

"형님은 사람을 죽였습니다. 형님 때문에 제가 얼마나 괴롭고 분했는지 모릅니다. 그런데 모두 거들떠보지도 않아요. 당사자인 본인도 입으로는 다 안다는 듯이 말하고 있지만 본심은 어떨지 알 수 없지요. 가엾은 것은 섬에 유배를 갔다가 돌아온 자신뿐이고, 사실은 나도, 다른 형제들도, 자신이 그렇게 많이 돌보아 주었는데 정작 때가 되니 차갑고 무정한 놈들이다, 라는 정도로 여기고 있으리라—그런 생각이 들어서 견딜 수가 없었습니다. 속이 뒤집힐 것 같은 기분이었습니다."

처음으로 도키치는 기치조를 원망했다.

"그때까지는 형님이 싫어, 피하려는 기분만이 앞선 상태였지만 어느 정도 양심의 가책도 있었습니다. 그러나 오콘 씨와 대면한 일을 경계로 저는 변했습니다."

형님은 왜 뻔뻔스럽게 돌아왔을까. 왜 섬에서 죽어 버리지 않았을까. 마음 깊은 곳에서 그런 원망을 품게 되었다.

"아까도 말씀드렸지만 기치조 형님이 섬에 있는 동안, 제발 돌아오지 말라고 빌었던 적도 있습니다. 하지만 그 바람은 진짜가 아니었어요. 형님이 돌아오자 드디어 저는 형님을 용서할 수 없게 되었습니다. 이번에야말로 진짜로, 마음속 깊고 깊은 곳에서부터 형님을 원망하고 저주했습니다. 만일 이대로 형님이 스승님 밑에서 평온한 생활을 하며, 스승님이 바라는 훌륭한 직인으로 새출발해서 아내를 얻고 아이 아버지가 되어 행복하게 살아간다면 이는 신의 잘못이다. 나는 앞으로도 기치조 형님이 한 짓이 탄로나지는 않을지 남의 이야기를 함부로 하는 누군가가 또 불쑥 고자질을 하는 것은 아닐지 두려워하면서 살아가야 하는데 당사자인 형님만 그 괴로움에서 벗어나 주위 사람들의 동정을 모으고 따뜻한 시선을 받는다면, 세상에 이처럼 부조리한 일이 있을까—라고 생각했습니다."

화를 내는 도키치의 눈에는 불꽃이 반짝거리고, 야윈 뺨에는 핏기가 돌아왔다.

찬물이 끼얹어진 것처럼 오싹해서 오치카는 저도 모르게 상반신을 뒤로 물렸다. 그러나 도키치는 알아차리지도 못했다.

"기치조 형님 따위 죽어 버렸으면 좋겠다. 저는 진심으로 그렇게 생각하고, 사람을 죽인 형님에게 큰 죄에 어울리는 응보가 떨어지기를 바랐습니다."

기치조는 각별하게 잔인한 수법으로 사람을 죽였다. 목숨을 빼앗긴 목수는 얼마나 원통했을까. 얼마나 아팠을까. 얼마나 괴로웠을까.

"세상에 귀신이라는 존재가 있다면 제발 나타나서 기치조 형님을 저주해 주었으면 좋겠다. 다른 사람도 아닌 가족이, 피를 나눈 친동생인 제가 그렇게 기도하고, 그리되길 바랐던 것입니다. 아침저녁으로, 꿈에서조차 간절히 바랐습니다. 어찌 귀신의 귀에 닿지 않을 리가 있겠습니까."

닿았다는 얘기일까. 살해된 목수의 원령이 나타나기라도 했다는 말일까.

소리 내어 묻기도 무서워서 그저 눈만 크게 뜨고 있는 오치카가 거기에 있음을 잊은 것처럼, 도키치는 혼자서 숨을 헐떡이며 눈을 추켜올리고 잔인하게 웃었다.

"그로부터 딱 열흘 후의 일입니다. 기치조 형님은 스승님 댁에서, 지내고 있던 두 평 반짜리 방의 윗미닫이틀에 밧줄을 걸고 목을 매어 죽었습니다."

오치카는 몸의 떨림이 멈추지 않아 가만히 앉아 있는 것도 힘들어졌다. 도키치가 꼼짝도 하지 않은 채 부릅뜬 눈으로 허공을 노려보고 있다.

"형님은" 하고 오치카는 간신히 입을 열었다. "귀신을 보았을까요."

당신의 바람이 저세상에서 불러온 귀신을. 쇠 지렛대에 맞아 죽은 얼굴을.

도키치의 몸에서 힘이 빠졌다. 어깨가 내려가고 주먹이 풀리고, 입가도 천천히 누그러진다. 그러고는 눈을 깜박이면서 오치카를 보았다.

"형님이 죽었다는 소식은, 이번에도 오콘 씨가 가져다 주었습니다. 덕분에 가게 사람들에게는 알려지지 않았고, 저는 어떻게든 구실을 만들어서 오콘 씨와 함께 스승님 댁으로 달려갈 수 있었습니다. 예, 그야말로 날듯이 뛰어갔습니다."

기치조의 죽은 얼굴을 보기 위해. 죽음을 확인하기 위해. 오치카의 마음의 눈은, 마치 원수를 갚은 것처럼 의기양양해하며 튕긴 듯이 달려가는 그의 모습을 똑똑히 보았다.

스승과 오콘은 도키치에게 머리를 북쪽으로 두고 눕힌 시체의 얼굴을 보여 주었다. 기치조는 죽어서도 사과하듯이 눈썹을 늘어뜨린 채 입을 일그러뜨리고 있었다고 한다.

"윗미닫이틀에서 내려놓았을 때에는 감은 눈꺼풀에서 눈물이 몇 줄기나 흘러 떨어졌다고, 스승님이 목멘 소리로 가르쳐 주셨습니다."

도키치는 스승을 흉내 내어 목멘 소리를 내고, 오콘을 흉내 내어 우는 얼굴을 했다. 스승 앞에서 기뻐할 수는 없다. 오콘 앞에서 아이고, 기쁘다, 잘 되었다 하고 손뼉을 칠 수도 없다.

"그때 제 감정은, 이제 기치조 형님 때문에 고민하는 일은 없을 것이라는 기쁨 외에는 단 하나—귀신에 대한 두려움이라고 할까요,

저의 간절한 바람을 들어준 목수의 원령에 대한 감사의 마음이라고 할까요."

지금 여기에 있는, 혼자서 이야기를 하면서도 가끔 오치카의 심중을 헤아려 줄 만큼 따뜻한 마음의 소유자가 그렇게까지 차가워질 수 있는 것일까. 단단히 억눌려 갈 곳을 잃은 분노와 미움은, 한번 해방되었을 때 그렇게까지 사람을 추하게 바꾸고 마는 것일까.

추하다? 자문하고 나서 오치카는 고개를 저었다. 나도 남의 말을 할 처지는 아니다.

"이렇게 보니 형님은 많이 늙었더군요. 작게 쪼그라들고 말았구나…… 담담하게 생각했고, 그냥 그뿐이었습니다. 제 마음은 차디차게 식어 있었으니까요."

거기까지 이야기하고 겨우 숨 쉬는 것을 떠올렸다는 듯이, 도키치는 부들부들 떨리는 듯한 한숨을 쉬었다.

"형님이 쓰던 방은 작은 정원에 면해 있었습니다."

갑자기 이야기의 방향이 바뀌자 당혹스러워하며, 오치카는 그저 고개를 끄덕였다.

"스승님은 자신의 집에 대해서는 무관심하여, 정원은 황폐할 대로 황폐했습니다. 이름도 없는 꽃과 풀이 우거지고 시들고는 또 새로운 싹이 나서 들판 같은 광경이 되어 있었지요."

그 사이에, 한 무더기의 만주사화가 피어 있었다고 한다.

이제야 만주사화가 나왔다. 오치카는 남몰래 마른 침을 삼켰다.

"형님이 타고 돌아온 배는 추선秋船이었으니까요. 벌써 가을도 꽤 깊어져 있었기 때문에 꽃의 색깔은 바래어 있었습니다. 시들어 가면서 바람에 흔들려, 건조한 소리가 나는 것 같았습니다."

소곤소곤 속삭이듯이, 건조한 줄기를 바람이 어루만지자 덧없는 소리가 난다.

"기치조 형님의 얼굴을 원래대로 덮은 후에, 스승님께서는 저를 보며 정원의 만주사화를 가리키셨습니다."

―열흘쯤 전부터인가, 기치 녀석, 저 꽃에 홀린 것 같았단다.

도키치가 오콘을 만나고, 형에 대한 원망을 불태우기 시작했을 때부터다.

―그 녀석, 틈만 나면 이곳에 혼자서 멍하니 앉아 만주사화 꽃을 바라보곤 했지.

음침한 꽃이다. 무엇이 그렇게 마음에 들었느냐고, 스승은 물은 적이 있다고 한다.

―저것은 사면화赦免花라고도 부르니까. 기치조가 어쩌면 자신의 처지에 빗대어 보고 있지 않을까 생각했는데.

기치조는 희미하게 웃으며 이렇게 대답했다.

―저 꽃 사이로, 가끔 사람의 얼굴이 보입니다.

오치카는 도키치의 눈을 바라보았다. 한 호흡 늦게, 도키치도 마주 보았다.

고개를 끄덕인다. "예, 기치조 형님은 분명히 그렇게 말했다고 합니다."

대체 누구의 얼굴이냐고, 스승은 물었다. 저런 곳에 사람이 있을 리가 없다.

희미한 웃음을 지우지 않은 채, 기치조는 대답했다. 제가 잘 아는 얼굴입니다. 저에게 화가 나 있는 사람의 얼굴입니다, 스승님.

"저는—,"

도키치는 천천히 손을 들어 올려 오치카에게서 숨듯이 얼굴을 덮었다.

"얼마나, 저는 기뻤는지 모릅니다, 아가씨. 아아, 그것은 바로 살해된 목수의 얼굴이다. 귀신의 얼굴이다. 형님에게 화가 나, 형님을 저주하여 나타난 것이다. 그렇구나, 내 소원은 이런 형태로 이루어졌구나 하고 생각했습니다."

만주사화. 다른 이름은 사면화. 사인화.

으스스하다, 베어 버리자고 스승은 말했다고 한다. 하지만 기치조는 찬성하지 않았다. 저대로 두어 주십시오. 저대로가 좋습니다.

―저 녀석은 저를 만나러 오는 거니까. 저렇게 만나러 와 주었으니까.

그렇게 말하고, 기치조는 웃으면서 눈물을 지었다고 한다.

―문득 보면 꽃그늘에서 저를 바라보고 있습니다. 저도 마주 보고, 그때마다 사과를 합니다. 미안하다. 전부 형이 잘못했다.

형이.

귀를 의심하며 되물으려고 한 오치카를 앞질러, 양손으로 얼굴을 덮고 몸을 구부리며 도키치는 단숨에 쏟아냈다.

"형님이 보고 있던 얼굴은, 만주사화 그늘에서 나타나는 얼굴은, 바로 저였습니다! 귀신이 아니었습니다! 형님을 벌해 달라고 귀신에게 빌 정도로 비뚤어진 저의 생령生靈이 바로, 사인화 그늘에서 형님을 노려보며 형님이 사과하고 또 사과해도 용서하지 않아, 결국 형님을 죽음으로 몰아넣고 말았던 것입니다."

6

 이헤에와 오타미가 외출했다가 돌아왔을 때, 오치카는 혼자서 흑백의 방에 있었다. 툇마루 끝에 앉아 가만히 만주사화 꽃을 바라보고 있었다.
 대행수 야소스케에게서 전말을 들었는지 부부는 옷도 갈아입는 둥 마는 둥 나란히 흑백의 방에 얼굴을 내밀었다.
 "손님 접대를 잘해 주었다더구나. 수고 많았다."
 "야소스케가, 손님이 오랫동안 이야기를 하시다 간 것은 아가씨가 응대를 잘하셨기 때문입니다, 라며 칭찬하더라."
 저마다 오치카를 치하해 준다. 오치카는 머리를 숙이며 숙부님과 숙모님의 용무는 어떠했는지, 수고 많으셨다거나 그에 어울리는 말을 하려 했다. 하지만 그럴 수 없었다. 숙부와 숙모의 상냥한 눈빛이 닿자 눈물이 왈칵 넘치고 말았던 것이다.
 놀라는 숙부와 숙모에게, 오치카는 도키치의 이야기를 전부 다 들려주었다. 이번에는 아무도 추임새를 넣지 않아 오치카 혼자서 이야기했다. 오치카는 가끔 확인하듯이 정원의 만주사화 꽃에 시선을 주었다. 기울어지기 시작한 가을 해 속에 붉은 꽃이 조용히 서 있다.
 이야기를 다 듣고 나자 이헤에는 깊은 한숨을 내쉬었다. 오타미는 오치카에게 다가가 등을 쓸어 주었다.

"이것 참, 불가사의한 내력을 듣고 말았군. 힘들었겠구나."

이혜에의 말에 오타미가 눈가에 살짝 험악한 빛을 띠며 남편을 노려본다.

"그래서 제가 신타를 보내어 손님에게 오시지 말라고 하는 게 좋겠다고 했잖아요."

신타는 지금 미시마야에 딱 한 명 있는 견습 점원의 이름이다.

"오치카가 얼마나 괴로운 일을 겪고 고향을 떠나왔는지 당신도 아시잖아요. 이제 사람이 죽었느니 누군가에게 살해당했느니 하는 이야기는 듣게 하고 싶지 않아요. 오치카가 가엾지 않나요."

마구 꾸지람을 듣고 이혜에는 기가 죽었다. 미안하오, 미안하오, 하며 손으로 제지한다.

"허나 야소스케가, 마쓰다야의 주인장은 오치카와 이야기할 수 있어서 매우 기뻤다고, 거듭 고맙다는 인사를 늘어놓고 돌아가셨다고 했는데……."

생각에 잠긴 듯이 낮게 중얼거린다. 고개를 숙이고 있던 오치카가 얼굴을 들었다. "그 손님의 가게 이름이 마쓰다야인가요?"

"아아, 그래. 손님이 말씀하시지 않았나 보구나."

창호상이라는 것은 사실이지만 주인의 이름은 도베에가 아니라고, 숙부는 말했다.

"가게의 위치도 나는 알고 있지만 네게는 말하지 않으마. 마쓰다야의 주인은 두 번 다시 이곳에 오시는 일이 없을 테니까. 이번 한 번뿐인 인연이겠지."

"그것이 좋지요" 하며 오타미는 언짢아했다. "어린 여자아이를 이리도 무섭게 해 놓고, 대체 무엇이 재미있으셨던 걸까요. 아무리 사람이 나빠도 그렇지."

화내는 아내를 곁눈질하며 쓴웃음을 짓고, 이헤에는 문득 오치카의 얼굴로 시선을 옮기더니 무릎을 돌려 오치카와 마주했다.

"얘야, 오치카. 마쓰다야의 주인은 자신의 생령이 형님을 탓하여 죽이고 말았다고 고백한 후, 이 방에서 어떤 기색이었니?"

둑이 무너진 듯이 말을 쏟아낸 후, 도키치는 몸을 구부리고 기진맥진한 듯이 엎드려 있었다. 하지만 잠시 후에 몸을 일으키니, 그 얼굴에는 편안한 표정이 돌아와 있었다. 눈가에는 희미하게 붉은 기가 남아 있었지만 숨도 헐떡이지 않았고 말투도 온화했다.

"제게, 이야기를 들어 주어서 고맙다고 말씀하셨어요."

지금까지 누구에게도 털어놓을 수 없었던 일이다. 이렇게 입에 담을 수 있어서, 내 업이 사라져 가는 것 같은 기분이 든다―.

"그러면 이만 물러가겠습니다, 하고 일어서시기에 전송을 해드리려는데, 아가씨는 여기에 계십시오, 라고. 그래서 대행수님을 불렀어요."

그 야소스케가, 손님은 기분 좋게 돌아가셨다고 말했다.

"마쓰다야 주인의 말에 거짓은 없었을 게다. 정말로 기분이 개운해졌겠지. 오랫동안 단단하게 굳어 있던 가슴의 응어리를 토해내고 나니 몸이 가벼워진 게야."

네 공이다, 하고 이헤에는 오치카에게 상냥하게 말했다.

"반대로 이야기를 들어야 했던 오치카 쪽은 견딜 수 없이 힘들었어요."

"자, 자, 그렇게 날카롭게 굴지 마시오" 하며 이혜에가 오타미를 달랜다. "생각해 보시오. 마쓰다야 주인은 오치카에게 몇 번이나 말씀하셨소. 이곳에 만주사화 꽃이 피어 있고, 오치카가 있었던 것은 인연이라고. 오치카의 얼굴이 쓸쓸해 보인다는 것도 금방 알아보셨지. 그렇기 때문에 오치카도 자신에게 닥친 일에 대해, 자세히는 말하지 못했다 하나 조금은 이야기할 마음이 든 것이오. 그렇지 않니, 오치카."

감추고 있는 슬픔은 서로 통하는 법이다―하고 이혜에는 말했다.

오치카는 숙부가 무엇을 말하려는지 알았다. 오치카를 위해 화내고 있는 오타미의 손을 살며시 잡고 움켜쥐었다. 오타미도 오치카의 눈을 들여다보고, 꽉 맞잡아 주었다.

"당신, 그리고 오치카 너는 어찌 생각하느냐?"

이혜에는 정원의 만주사화를 바라보며 오타미와 오치카에게 물었다.

"마쓰다야 주인은 형님이 죽은 후 만주사화 꽃이 무서워졌다. 물론 이 꽃을 보면 형님이 떠오르기 때문이지. 자신이 한 짓이 생각나기 때문이다. 허나 그럴 때마다 마쓰다야 주인이 보는, 만주사화의 꽃그늘에서 내다보는 얼굴은 과연 어느 쪽의 얼굴이었을까."

"아직도 얼굴이―내다본다는 말씀이세요?"

오타미는 납득이 가지 않는 모양이다. 눈을 깜박거리며, 남편의 얼굴과 정원의 붉은 꽃을 번갈아 바라본다.

"오오, 그렇지. 오치카, 마쓰다야 주인은 거기까지 털어놓으셨을 테지?"

그가 말한 대로였기 때문에 오치카는 분명하게 고개를 끄덕였다.

"만주사화가 무섭다는 것까지는 이해가 가요. 하지만 왜 거기에서 얼굴이 내다본다는 거지요?"

곤혹스러워하는 오타미를 보고 이헤에는 턱을 젖히며 밝은 목소리로 웃었다.

"오치카, 네 숙모는 이렇게 성미도 곧고, 살아가는 길도 곧다. 누구에게도 꺼림칙한 것이 없지. 나는 대단한 아내를 얻었어. 남자로서도, 상인으로서도 복이 과하여 황송해질 지경이란다."

오치카는 미소를 지으며 고개를 끄덕이고 남아 있던 눈물을 손끝으로 닦았다.

오타미가 "왜 그래요, 둘이" 하며 웃는다. "나만 따돌림당하는 것 같네."

"하지만 나는 그럭저럭 어두운 부분을 가지고 있으니 말이다" 하며 이헤에는 말을 이었다. "마쓰다야 주인이 거기에서 얼굴을 본 이유를 알 것 같은 기분이 든다."

"숙부님" 하고 오치카는 말했다.

"저는 도키치—아니, 마쓰다야 주인은 자신의 얼굴을 보았으리라고 생각해요."

기치조가 죽은 후 가을이 올 때마다, 만주사화가 필 때마다, 흔들리는 붉은 꽃 사이로 도키치는 자신의 얼굴을 보았다. 형님을 원망하고, 빨리 죽어 버려라, 아직도 이 세상에 뻔뻔하게 붙어 있느냐 하고 힐책하고 분노로 타오르는 눈으로 노려보는, 자신의 것이라고는 믿고 싶지 않은 얼굴을.

그러냐, 하고 이헤에는 작게 말했다.

 "나는 마쓰다야 주인이 형님의 얼굴을 보지 않았을까 싶은데. 마쓰다야 주인에게 눈물을 지으며 사과하고, 용서를 청하는 고통스러운 얼굴을 말이다. 그 얼굴이 사면화赦免花 사이로 내다보고 있는 것이지—."

 아아, 싫어요, 하며 오타미가 몸을 떨었다.

 "마쓰다야 주인은 고백을 끝낸 후에 이곳에서 확인하고 가려고 하시지는 않았니?"

 오치카는 고개를 저었다. "실은 그렇게 하시겠느냐고 여쭈어 보았어요. 제가 자리를 비운 사이에 한 번은 장지를 열려고 하셨을 정도이고……."

 지금이라면 알 수 있다. 그때 도키치는 미시마야의 정원에 있는 만주사화 속에서도 얼굴이 내다보고 있는지를 보려고 했던 것이다. 그렇게 하지 않을 수 없었으리라.

 그러나 오치카의 권유를 도키치는 거절했다.

 "아까는 경솔했다, 이것만은 아가씨에게는 보여드릴 수 없습니다, 하시면서."

 갑자기 오타미가 노기를 띠며 오치카의 어깨를 껴안았다. "그것은 여보, 마쓰다야 주인과 함께 장지를 열었다간 오치카에게도 죽은 기치조라는 사람인지, 마쓰다야 주인 본인의 생령인지 하는 얼굴이 보일 거라는 뜻인가요!"

 "아니에요, 숙모님" 하고 이번에는 오치카가 오타미를 달랬다. "제게는 아무것도 보이지 않았을 거예요. 다만 마쓰다야 주인은 이야기를 털어 놓은 후에 만주사화 그늘에서 어떤 얼굴이 내다보고 있는지—아니, 그 얼굴이 어떤 표정을 하고 있는지 확인하는 것은, 자기 혼자서 해야 할 일이라고 말씀하셨어요. 제게 보여줄 수 없다는 말은, 그 얼굴을 상대할 때의 자신의 얼굴을 제게 보여 주어서는 안 된다는 뜻이겠지요."

"부끄러웠을 테지" 하고 이헤에도 말한다. "그래서 서둘러 돌아가신 거요."

오타미는 남편과 조카의 얼굴을 번갈아 바라보다, 만주사화 꽃으로 시선을 주며 어린 소녀처럼 입술을 삐죽거리더니 후우 하고 한숨을 쉬고 말했다.

"역시 저는 전혀 모르겠어요. 대체 무슨 이야기인지. 그 기치조라는 사람에게 맞아 죽은 목수가 귀신이 되어 저주하며 나타났다고 한다면 이해가 가겠는데."

"그렇지, 그래서 당신이 착한 여자라는 거요."

이헤에는 오랫동안 함께 산 마누라에게 진심으로 사랑스럽다는 듯한 눈빛을 던졌다.

그로부터 이틀 후의 일이다.

오시마와 함께 부엌에 있던 오치카를 이헤에가 불렀다. 주인이 사용하는 안방이 아니라 흑백의 방으로 오라고 한다.

이헤에는 툇마루에 혼자 있었다. 만주사화 꽃은 도키치—마쓰다야의 주인이 돌아간 후, 마치 역할을 마쳤다는 듯이 갑자기 시들어 떨어져서 흔적도 없어지고 말았다. 붉은 색깔이 사라지고, 정원에는 가을의 스산함이 더해졌다.

다스키_{일할 때 옷소매를 걷어 올려 고정시키기 위해 어깨에 묶는 끈}를 벗고 옷깃과 소매를 가다듬은 후 단정하게 앉은 오치카에게, 이혜에는 말했다. "아까 심부름꾼이 와서 알려 주었다. 마쓰다야 주인이 돌아가셨다는구나."

오치카는 눈을 크게 떴을 뿐, 곧장 대답을 할 수가 없었다. 아아, 역시 그랬구나 하는 마음과 놀람이 뒤죽박죽되어 치밀어 오른다. 게다가 그 놀람에는, 나는 왜 '역시'라고 생각했을까 하는 마음도 포함되어서 이중삼중으로 엉켜 있다.

"본래 심장에 병이 있으셔서 전에도 앓아눕곤 하셨다더라."

오치카는 양손으로 가슴을 눌렀다. "여기에서 이야기를 하실 때에도 숨이 막혀서 답답하신 듯 보인 적이 있었어요……."

"그러나. 의원에게 다니고 약도 받았는데, 몸을 조심하고 섭생을 하도록 거듭 엄하게 주의를 듣곤 했다는구나."

오늘 아침, 평소보다 일어나는 게 늦어서 상태를 보러 간 하인이 침상 속에서 차갑게 식어 있는 주인을 발견했다고 한다.

"잠든 채 세상을 떠났는지 편안한 얼굴이셨다고 들었다."

수명이 다하신 거겠지, 하고 이혜에는 덧붙였다. 그러고 나서 둘은 잠시 침묵하며 시든 풀과 억새 이삭이 흔들리고 있는 정원을 바라보았다.

이윽고 이혜에가 입을 열었다.

"어제, 마쓰다야 주인은 혼자서 반나절 동안 출타하셨단다. 돌아왔을 때는 옷에서 향 냄새가 나기에 아드님이─아아, 이 사람이 후계자란다─의아해하며 절에라도 다녀오셨습니까, 하고 물었더니,

오랫동안 찾아뵙지 못했던 분께 인사를 다녀왔다고 하셨다더라."

만나러 간 것일까. 기치조를.

"오랜만이었다, 그리웠다고 말했다는구나. 그건 그렇고, 계절이 이러하니 절에도 무덤에도 만주사화가 흔히 피어 있더라고, 웃는 얼굴로 이야기하셨단다."

이번에는 코끝에 시큰하게 치밀어 오른 것을 도로 누르기 위해, 오치카는 손을 얼굴에 대었다.

"내 생각이 맞는지, 네 생각이 맞는지, 어느 쪽인지 알 수 없게 되고 말았다. 하지만 말이다, 마쓰다야 주인이 만주사화 꽃 사이에서 본 얼굴은 어느 쪽의 얼굴이었다 해도 웃고 있었을 테지. 틀림없이 웃고 있었을 거라고, 나는 생각한다."

만주사화가 피어 있더라, 하고 도키치가 웃는 얼굴로 말할 수 있었으니.

"마쓰다야 주인은 용서를 받으셨다는 뜻일까요."

이헤에는 오치카를 마주 보았다.

"그렇지 않아. 용서하신 거지."

도키치가 도키치를—하고 말했다.

"마음 속에 단단히 봉해 두었던 죄를 토해냄으로써, 겨우 스스로 자신을 용서할 수 있었던 게야."

그 계기를 만든 사람은 오치카라고, 이헤에가 말을 잇는다.

"그러니 네 공이다."

"저는 그저 이야기를 들어 드렸을 뿐이에요."

"하지만 생각해 보렴. 왜 마쓰다야 주인이 너를 선택했을지."

슬픔은 서로 통한다고, 그저께 이혜에가 그렇게 말했다.

―아가씨는 다정한 분이군요.

도키치의 따뜻한 음성이 귓가에 되살아난다.

―이런 이야기를 하는 게 아니었어요.

당황하고 걱정할 때에는, 야윈 얼굴이 더욱 창백해지곤 했다.

"오치카."

부르는 소리에 오치카는 등을 폈다.

"너도 언젠가 그렇게 할 수 있으면 좋겠구나."

"숙부님……."

"네게도 누군가에게 마음속을 완전히 털어놓고 후련하게 해방되는 날이 왔으면 좋겠다. 분명히 그런 날이 올 테지만, 언제 올지는 알 수 없어. 그리고 그 역할은 그저 상황을 알고 있을 뿐인 나나 오타미로서는 할 수 없을 테지. 네가 누군가를 고르고, 그 누군가가 네 마음 깊은 곳에 뭉쳐 있는 슬픔을 풀어줄 게다."

온화하지만 자신에 찬 이혜에의 말투에 오치카의 마음이 그 말에 따르려고 한다. 따르고 싶은 마음이 굴뚝같으니까. 하지만 한편으로 그런 이기적인 바람을 품음으로써 또 죄를 더하고 말 것 같은 기분이 들어서 오치카는 눈을 꼭 감았다.

세월을 헤아려 보자면 일이 일어난 것은 반년 전이다. 그 후로 지금까지 자신이 어떻게 살아왔는지 기가 막힌 기분이 든다. 반면, 아직 반년밖에 지나지 않았나 하고, 좀처럼 멀어지지 않는 과거에 꽁꽁 묶여 있는 자신을 발견한다.

반년 전, 본가의 여관 장사에 정성을 다하며 매일을 바쁘게 지내고 있던 오치카에게 혼담이 들어왔다.

　딱히 생각지도 못한 이야기는 아니었다. 오치카는 열일곱 살이고, 집에는 오라비 기이치가 있어 후계 걱정은 없다. 오히려 시집을 늦게 가서 집에 붙어 앉아 만만치 않은 시누이가 되는 편이 더 곤란하다고, 반은 농담, 반은 진심으로 기이치에게도 놀림을 받곤 했을 정도다.

　언젠가는 어딘가로 시집을 가게 될 것이다. 오치카 자신도 그리 짐작했지만, 다행인지 불행인지 이제까지는 좋아하는 사람을 만나지 못했다. 부모님이 좋다고 하는 혼담이라면 받아들이는 게 도리다. 상인의 딸이란 대개 그렇게 해서 가정을 꾸리는 법이다.

　혼담 상대는 같은 가와사키 역참에 위치한 여관 '나미노야'의 장남으로, 실은 이전에도 한 번 이야기가 나온 적이 있었다. 삼 년쯤 전이다.

　삼 년 전에는 이 장남—요시스케의 행실이 거칠었다. 도박을 하고 나쁜 곳에 드나들며 집에서 돈을 가져다가 탕진했다. 부모는 의절을 하느니 인연을 끊겠다느니 하며 야단을 치고 울기도 하는 등, 나미노야에서는 종종 야단법석의 대소동이 일어나곤 했다. 그때 이러한 도락은 아내를 가지면 잦아든다고 꾀를 일러 주는 자가 있어, 가까운 곳에 있던 오치카에게 이야기가 돌아온 것이다.

　방탕한 도련님의 마음을 고쳐먹게 하기 위해 아내를 만들어 준다. 세상에 드문 일은 아니다. 그래서 오치카는 나미노야가 건넨 혼담에 부모와 오라비가 불같이 화를 낸 것에 놀랐다. 특히 기이치의 분노는 격심하여, 우리 오치카는 불 끄는 이가 아니다, 오치카에게 자기 아들이 도락에 손을 못 대게 하지도 못하는 멍청한 부모와 그 부모에게 기대어 노는 데만 푹 빠져 있는 멍청한 아들의 뒤처리를 한꺼번에 시키려는 모양인데 그렇게 둘 것 같으냐, 설령 부처님이 머리맡에 서서 오치카를 나미노야에 시집보내라 계시를 내리신다 해도 그리는 못한다—하고 중매를 맡은 회합장에게 날카롭게 쏘아붙인 일에는 넋을 잃고 말았다.

당시 오치카는 열넷이었고, 한창 방탕하던 요시스케는 열아홉이었다. 만일 오치카의 나이가 조금 더 많았다면 기이치의 생각도 달랐을지 모른다.

얼굴을 새빨갛게 붉히며 화를 낸 기이치는 당시 스물한 살로, 그 자신도 열여덟이나 열아홉 무렵에는 잠깐이기는 했으나 유흥을 배워 부모에게 걱정을 끼치고, 주위에서 설교를 해대어도 열이 식을 때까지는 그만두지 못했던 기억이 있다. 이런 일에는 때가 있다. 제대로 된 사내라면, 때가 지나가면 도락은 그만둔다. 그래도 그만두지 않는다면 평생 그만두지 않는다. 기이치는 그때를 기다려 알아보려 하지도 않고, 아직 뺨에 솜털이 남아 있는 오치카를 아내로 붙여주어 손쉽게 정리하게끔 만들려는 나미노야의 그 안이한 생각을 용서할 수 없었던 것이다. 또 그런 자신 때문에 열네 살짜리 어린아이를 불행하게 할지도 모른다는 사실에 신경도 쓰지 않는 요시스케의 남자답지 못한 모습에도 화를 내고 있었다.

그런 사정으로 삼 년 전에 한 번 나왔다가 들어가 버리고 만 혼담이다. 다시 들어온 것은 의외였지만, 자세히 들어 보니 이번에는 요시스케 본인의 간절한 희망이라고 한다.

그는 완전히 도락에서 손을 떼었다. 기이치의 말대로 열이 식은 것이다. 그렇게 되니 삼 년 전에 기이치에게 호되게 당한 일이 납득이 가게 되었고, 아프게 느껴졌다. 본래 같은 역참에서 같은 장사를 하고 있으니 어릴 때부터 서로 잘 아는 사이였지만, 이렇게 새삼 보니 오치카를 아내로 삼고 기이치를 형님이라고 부르는 것에 요시스케의 마음이 강하게 끌린 모양이다.

결국은 한번 도락에 빠져보고 나서, 마치 기이치가 그랬던 것처럼 요시스케도 어른이 된 것이다.

그런 그는 열일곱 살이 된 오치카의 눈에도 시원스러워 보였다. 좋아하거나 반한 것이 아니다. 하지만 호감이 가는 존재이기는 했다. 덕분에 이야기는 척척 진행되었다. 기이치와 요시스케는 친해졌고, 장래에는 두 개의 여관을 하나로 합쳐 가와사키 역참에서 제일 큰 여관으로 만들자는 둥, 꿈을 이야기하곤 했을 정도다.

그러나 양가 모두가 기뻐하며 일이 마무리가 될 때에는, 마땅히 그래야 될 방향으로 마무리가 되는 법이라며 납득하고 있던 상황에서, 단 한 사람 위험한 마음을 품은 자가 있었다. 그것도 오치카 바로 옆에.

지금도 가끔 오치카의 뇌리에 그자의 얼굴이 문득 스칠 때가 있다. 오치카가 마지막으로 본 얼굴이다. 오치카를 향해 외치던 얼굴이다.

―나를 잊으면 용서하지 않겠어.

잊을까 보냐. 잊을 수 있다면 얼마나 편할까.

오치카는 눈을 감고 몸을 단단히 움츠리며 그 얼굴을 지나쳐 보내려고 숨을 멈추었다.

 정신이 들어 보니 이혜에가 이쪽을 바라보고 있었다. 오치카를 구해줄 수 없어 갑갑한 마음을 견디듯이 눈을 가늘게 뜨고.

家家・凶凶

おそろし

1

 마쓰다야의 도베에가 세상을 떠나고, 오치카는 그와 잠시 나눈 추억만을 간직한 채 다시 평온한 일상으로 돌아왔다.
 하지만 도베에가 죽었다는 소식이 있고 나서 미시마야 주인인 이헤에의 신변에는 약간의 변화가 생겼다. 그것은 하인이나 고용살이 일꾼 들이 얼굴을 마주 보며 고개를 갸웃거릴 만한 일이었다.
 무엇인가 하면―사람이 자주 찾아오게 된 것이다.
 상인의 집이니 본시 많은 사람들이 드나든다. 그뿐이라면 수상할 일도 없다. 하지만 이헤에를 찾아오는 새로운 손님들에게는 지금까지와 다른 특징이 있었다.
 우선 직업소개꾼이 많다. 어떻게 알 수 있느냐 하면, 그들이 저마다 스스로 밝히기 때문이다. 각자 황송해하며, 미시마야 주인어른이 직접 부르셔서 찾아뵀습니다, 하고 안내를 받아 안방으로 들어간다. 그래서 고용살이 일꾼들은 새로운 직업소개꾼들이 모두 나리가 불러서 왔음을 알게 되었고, 이는 또 그들이 수상하게 여기는 원인이 되었다. 미시마야의 단골 직업소개꾼이라면 전부터 어엿하게 있었으니까.

그런데 몇 번째인가의 손님으로, 바로 그 단골 직업소개꾼이 찾아왔다. 간다묘진시타에 가게를 연 대머리 노인이다. 두 시간쯤 이헤에와 열심히 이야기하고 나서 이제 돌아가 보겠다고 하는 그의 소매를 디딤돌 부근에서 꽉 붙잡은 이는, 미시마야의 대행수 야소스케였다.

"이보시오, 도안 씨."

야소스케는 직업소개꾼 노인을 그의 가게 이름으로 불렀다.

"다른 사람도 아닌 나와 당신 사이이니 단도직입으로 묻겠소. 오늘은 나리와 무슨 이야기가 있어서 온 거요?"

직업소개꾼은 산 사람을 사고파는 장사치다. 이 분야에서 오랫동안 일을 하다 보면 다른 장사에는 없는 때가 묻을뿐더러 쓴맛도 우러나게 된다. 도안 노인의 얼굴은 주름투성이인데도 기름졌고, 서 있는 모습은 사나워 보이기도 하지만 허리가 굽어 있다. 태도는 공손하지만 낫살이나 먹어서는 여자아이를 보는 눈에 음흉한 빛이 있고, 남자들을 보는 눈에는 저울에 달아서 파는 고구마를 보는 듯한 매정하고 험악한 빛이 담겨 있다. 그래서 고용살이 일꾼들에게는 그다지 좋게 여겨지지 않는 인물이었다.

이때도 도안 노인은 어딘가의 연못을 지배하는 거대한 잉어 같은 눈을 뒤룩 움직이며, "오오, 당신들은 아무 말도 듣지 못했는가" 하고 되받아쳤다. 고참 하녀인 오시마가 목소리만 들어도 위장 언저리가 비틀리는 느낌이 든다며 얼굴을 찌푸리고 마는, 특유의 굵고 탁한 목소리다.

"미시마야 주인이 이야기하시지 않았다면, 내 쪽에서 이야기할 수도 없지."

야소스케는 끈질기게 물고 늘어졌다. "요즘 당신과 같은 장사를 하는 이들이 몇 사람이나 불려왔소. 나리가 무슨 생각을 하고 계신지, 당신도 신경 쓰이지 않소."

"안 쓰이는데" 하며 도안 노인이 웃는다. "그런 자들을 이곳으로 보내고 있는 것은 나니까 말이야."

야소스케도, 그늘에서 몰래 그와 도안 노인의 대화를 엿듣고 있던 오시마와 오치카도, 견습 점원 신타도, 이 말에 더욱 귀를 쫑긋 세웠다.

"뭐라고요?"

"말이 난 김에 충고하겠는데 야소 씨. 당신, 손님의 인품과 품격을 보는 눈을 좀 더 기르지 않으면 이제부터 더욱더 큰 가게가 되려고 하는 이 미시마야에서 대행수 노릇을 하기가 힘들 게야."

도안 노인이 지금까지 이헤에의 부탁으로 미시마야를 찾아오도록 알선한 손님들은 직업소개꾼만이 아니다. 요미우리의 우두머리가 있는가 하면 고모노도 있었다고 한다. 요미우리는 가와라방야에도 시대에 찰흙에 글자나 그림을 새겨서 기와처럼 구운 인쇄판을 가와라방이라고 하며, 가와라방야는 이 가와라방에 인쇄한 사건 등을 소리 내어 읽으며 팔러 다니던 사람을 말한다를 말하고, 고모노는 오캇피키관리로 일하는 무사들의 수하. 범인을 수색하거나 체포할 때 앞잡이 노릇을 했다가 부리는 부하를 말한다.

야소스케는 글자 그대로 입을 딱 벌렸다.

"그런 자들을 드나들게 하다니, 나리는 무엇을 하시려는 걸까."

"자, 자." 도안 노인은 야윈 잇몸을 드러내며 씩 웃었다. "그에 대해선 앞으로 어떻게 될지 두고 보시게. 뭐, 허둥거릴 필요는 없네. 이헤에 씨는 고용살이 일꾼에게 피해가 갈 만한 일을 하시는 분이 아니잖은가."

"그야…… 알고 있지만."

당혹스러워하는 야소스케를 내버려 둔 채, 얄팍한 신이 끌리는 소리를 내며 걸어가던 도안 노인은, 큰길로 통하는 미닫이문의 문지방을 넘어가다가 어깨 너머로 내뱉듯이 말했다.

"엿들을 때는 자신의 그림자를 잘 보아야지. 몸을 숨긴다고 그림자도 숨겨지는 건 아니야."

목으로 웃음소리를 울리며 나간다. 오시마와 오치카는 서로 눈을 마주 보고 나서 동시에 발밑을 보았다. 과연.

"아~, 들켰네" 하고 신타가 앳된 목소리로 말했다가 오시마에게 머리를 철썩 얻어맞았다.

"정말로 정이 안 가는 영감이야."

도안 노인이 사라진 쪽을 날카로운 눈으로 응시하던 오시마가 입을 삐죽거린다.

"그런데 나리는 정말 무슨 일을 꾸미고 계시는 걸까?"

"꾸미다니, 말이 지나쳐요."

오치카가 그렇게 말하며 살짝 웃었다. 맞은 곳을 아프다는 듯이 누르고 있는 신타의 표정과 손짓이, 참으로 우습고 귀엽다. 오시마의 손은 맵다. 가볍게 맞아도 꽤 아프다. 이것도 연륜이겠지.

"가게에 무슨 일이 있나. 우리는 해고되는 걸까……."
야소스케 혼자만 진심으로 불안해하고 있었다.

그 후에도 네댓새는 더, 낯선 손님이 계속해서 이헤에를 만나러 왔다. 그러다가 뚝 끊겼다.
만 하루 동안 아무도 오지 않았다. 오치카는 다시 '흑백의 방'으로 불려갔다.
"아무래도 준비가 다 된 모양이구나."
입을 열자마자 이헤에는 그렇게 말했다. 야소스케의 표정에 어려 있던 근심이나, 다부진 오시마까지 초조해했던 요 며칠간을 돌이켜 보면 얄미울 정도로 평소와 다름없는 얼굴이다.
"어머나, 무슨 준비인가요?"
저도 모르게 오치카도 입을 삐죽이고 말았다. 이헤에는 태연한 모습으로 품에 손을 집어넣은 채 말했다.
"네게 일을 한 가지 맡길까 싶어서 말이다."
계속 사전 준비를 하고 있었거든, 하고 말한다.
"오늘부터 이곳은 너의 '흑백의 방'이 될 것이다."
무슨 뜻인지 알 수가 없어서, 오치카는 그저 눈을 크게 떴다. 이헤에는 미소를 지었다.
"나와 바둑을 두는 적수들의 경우에는 이곳에서 그야말로 승부의 흑백을 다투었지만 네 경우는, 그렇지, 이 세상에 일어나는 일들의 흑과 백을 견주어 본다는 뜻이 되려나. 반드시 백은 백, 흑은 흑이 아니라 관점을 바꾸면 색깔도 바뀌어 그 틈새기의 색깔도 존재한다는—음, 그래."

이혜에가 기분 좋은 듯이 중얼거리고 혼자서 고개를 끄덕인다.

"숙부님, 무슨 말씀을 하시는지 저는 모르겠어요."

미소는 그대로였지만, 갑자기 조카를 대하는 숙부의 얼굴이 고용살이 일꾼을 대하는 주인의 얼굴로 바뀌었다. 미간의 주름, 뺨의 생기, 입가의 선—어디가 어떻게 다른 것도 아닌데, 모든 것이 팽팽하게 조여진다.

오치카는 저도 모르게 앉은 자세를 바르게 했다. 순간, 짧은 놀람과 함께 깨달았다. 숙부의 변화를 알아차린 까닭은 자신 안에 진짜 고용살이 일꾼으로서의 면이 생겼기 때문이라는 것을. 부려지는 사람으로서 이혜에를 보는 눈이 생겼기 때문임을.

"오늘부터 닷새에 한 명꼴로 이 방에 손님이 오실 게다. 그리고 너를 상대로 이야기를 하실 거야. 어떤 내용의 이야기가 될지는 나도 아직 모른다."

"자, 잠깐만요."

이혜에는 아랑곳하지 않고 말을 이었다. "듣는 사람은 너 하나다. 그런 약속으로 사람을 모았으니, 약속을 어길 수는 없지. 다 듣고 나면 너는 손님의 이야기를 마음속으로 잘 음미하고, 다음 손님이 오기 전까지 내게 이야기해 다오. 그때는 네가 그 이야기를 어떻게 생각하는지에 대해서도 들려주었으면 좋겠다. 듣는 사람은 나 하나지만 네가 원한다면 오타미든 누구든 같이 불러도 상관없다."

일방적으로 술술 내려지는 분부를 듣고 오치카는 그제야 당황하기 시작했다.

"숙부님, 대체 무슨 말씀이셔요? 약속이라니, 사람을 모았다느니—."

이내 앗 하고 놀라며 손을 입가에 대었다.

"요즘 오시는 수상한 손님들을 말씀하시는 건가요? 직업소개꾼이며 요미우리, 오캇피키의 부하 들까지 불러들이셨다고."

"이런, 알고 있었느냐."

"도안 씨에게 들었어요."

이헤에가 '나는 지금 실실 웃고 있다'는 걸 보여 주려는 듯 실실 웃는다.

"엿들었구먼. 그리고 들켰겠지. 모두 똑같은 짓을 하거든."

오시마도 참 질리지도 않나 보구나, 하고 중얼거린다.

"도안 영감님만은 어떻게 해도 앞지를 수 없을 거라고 몇 번이나 말했는데, 오히려 약이 바싹 올랐나 보다."

그때도 분명 오시마가 옆구리를 찌르며, 잠깐 오셔요, 무슨 얘기인지 들어 봅시다, 하고 꼬여냈다. 한데 오시마는 지금까지 다른 사람의 대화를 엿듣곤 했었나. 그게 더 놀라워서 오치카의 마음은 한눈을 팔고 말았다.

"그렇게 야무진 사람이, 그런 짓을……."

"누구에게나 나쁜 버릇이 한두 개쯤은 있는 법이지. 그렇다고 해서 오시마가 성정이 나쁜 하녀라는 뜻은 아니야."

보렴, 이것도 마찬가지란다, 하며 가볍게 손뼉을 쳤다.

"무엇이 백이고 무엇이 흑인지는, 실은 아주 애매한 거야."

이대로 가다가는 현혹될 것 같다. 오치카는 열세를 만회하기 위해 무릎걸음으로 이헤에에게 바싹 다가갔다.

"숙부님, 제게는 하녀로서 해야 할 일이 있어요. 닷새에 한 번뿐이라도 여기서 느긋하게 손님 상대를 하고 있을 수는 없습니다."

"이것 역시 너의 일이다. 오시마에게는 내가 말해 두마. 그이는 이해심이 많으니 결코 안 된다고 하지는 않을 게야."

퇴로는 처음부터 없었다.

"대체 제게 무엇을 시키려고 그러셔요."

"다른 사람의 이야기를 듣기만 하면 돼. 에도 전역에서—아니, 가까운 마을에서도 올지 모르지. 여기저기에서 모여드는 사람들이 가져오는 신기한 이야기를, 바로 네가 마쓰다야 주인의 이야기를 들어 드린 것처럼 들어 드리면 된다."

"어째서 그런 사람들이 모여드나요? 미시마야는 주머니를 파는 가게인데요."

이헤에는 득의양양하게 웃음을 지었다. "내가 준비했다. 많은 직업소개꾼이며 요미우리며 오캇피키의 연줄을 통해, 스지카이바시 다리 앞의 미시마야가 신기한 이야기를 모으고 있습니다, 그런 이야기를 가지고 계신 분은 부디 와 주십시오, 사례는 하겠습니다, 라고 퍼뜨려 달라고 했지."

오치카는 그제야 알아들었지만, 그렇다고 해서 납득할 수 있는 일은 아니다.

"숙부님도 참, 이 일은— 대체 뭔가요? 새로운 도락인가요?"

돈과 수고를 들여서 색다른 짓을 하는 데에도 정도가 있다.

"그렇지. 도락이다."

"그렇다면 직접 하셔요."

"싫어." 이헤에는 마치 어린아이처럼 혀를 내밀었다. 세상에, 뭐람! 신타도 이런 짓은 하지 않는다.

"나는 바쁘다. 대낮에 일일이 손님이나 만나고 있을 수는 없어. 하지만 이야기는 듣고 싶으니 말이다, 그러니 네가 나를 대신해서 이야기를 들은 후 가게 영업을 마치고 내가 한가해졌을 때에 요령 있게 정리해서 들려주면 되는 거야."

너무 제멋대로다. 기가 막혀서 말도 나오지 않는다. 이를 기회로 이헤에는 일어서려고 했다.

"알겠지. 첫 손님은 두시에 오시기로 약속이 되어 있다. 앞으로 한 시간도 안 남았으니 옷을 갈아입으렴. 여기에서 물을 끓이고 다과를 낼 수 있도록 준비시킬 테니, 그쪽 일로 번거롭지는 않을 게다."

"잠깐만요, 숙부님!"

아무리 그래도 소매를 붙잡을 수는 없어서 대신 소리를 질렀다.

"분부라고 하신다면, 알겠습니다. 하지요."

"음. 기특한 마음가짐이야."

이헤에가 시치미를 뗀다. 오치카는 오시마가 신타에게 했던 것처럼 상쾌한 소리와 함께 그 이마를 한껏 때려주고 싶어졌다.

"하지만 오늘 처음 뵙는 분과 단둘이서 이야기를 해 보라고 하셔도 곤란해요. 저는 오캇피키도 나가야의 관리인도 아니니까 무엇을, 어떻게 해야 이야기를 잘 끌어낼 수 있는지 모른다고요."

"마쓰다야 주인에게 한 것처럼 하면 된다니까."

"그건— 어쩌다 보니."

"이번에도 어쩌다 보니 그렇게 되도록 하면 되지 않니."

이헤에의 익살스러운 말투가 오치카를 놀리는 것 같다.

"숙부님, 신기한 이야기를 들려주면 사례를 하겠다는 말을 퍼뜨리셨지요?"

"그래."

오치카는 한 손으로 방바닥을 탁 하고 내리쳤다. 이헤이의 이마 대신이다.

"어리석은 짓을 하셨네요. 사례금을 노리고 이야기를 지어내는 사람이 올지도 몰라요."

이헤에는 전혀 동요하지 않았다.

"지어낸 이야기라도, 지어낸 줄 알 수 없으면 마찬가지 아니냐?"

"하지만—."

"지어낸 이야기인지 진짜 이야기인지, 너는 꿰뚫어 볼 수 있겠니?"

오치카는 말문이 막혔다. 이헤에가 또다시 노골적으로 실실 웃음을 띤다.

"만일 꿰뚫어 볼 수 있다면 네 공이다. 허나 오치카, 그런 경우엔 그걸로 그만인 게 아니야. 왜 손님이 이야기를 지어냈는지, 그저 사례금을 받고 싶었을 뿐인지, 거기까지 꿰뚫어 보아야 일이 끝나는 것이지."

"무리예요!"

오치카의 항의는 무시되었다.

"게다가 오치카, 한 편의 이야기가 통째로 다 지어낸 이야기일 때에는 그나마 쉽지. 이야기 속의 어떤 한 부분이 틀렸거나, 잘려 나갔거나, 덧붙여졌을 때도 있을 게다. 그 경우에도 거짓과 진실을 알아내고 이야기하는 사람이 어째서 그런 짓을 했는지 생각해 보아야 할 게다. 그리고 내게 가르쳐 다오."

더더욱 무리다. 지나치게 어렵다. 이헤에는 대꾸할 말을 잃은 오치카를 내버려 두고 성큼성큼 나가 버렸다.

"다과는 네가 좋아하는 것으로 주마."

어르는 듯한 말투로 말한 후 소리도 내지 않고 장지를 닫는다. 오치카는 잠시 그쪽을 노려보고, 그러고 나서 한껏 혀를 내밀어 메롱해 주었다.

두시를 알리는 종소리와 함께 야소스케의 안내를 받으며 흑백의 방을 찾아온 이는, 오치카보다 열 살 정도 나이가 많아 보이는 날씬하고 아름다운 여자였다. 사람의 눈을 확 끄는 하얀 목덜미에, 굵은 격자무늬 기모노와 짙은 옷깃이 선명한 대비를 이룬다.

오치카가 준비하는 사이에, 이헤에가 말했던 대로 흑백의 방에는 작은 화로와 주전자, 다구※ 한 벌과 두 종류의 다과를 담은 옻칠한 그릇이 마련되었다. 정원의 만주사화가 지고 나자 가을이 갑자기 걸음을 재촉하듯 아침저녁으로 발부리에 냉기가 강하게 느껴지게 된 무렵이라, 화로의 온기는 적어도 늦가을 바람을 등에 맞고 미시마야를 찾아온 손님을 접대하는 한 가지 방법이 될지도 모른다.

손님을 데려온 야소스케는 요령부득을 글씨로 적어서 붙인 것 같은 얼굴을 하고 있었지만, 안내되어 온 아름다운 손님도 보기에 차분하지 못한 분위기였다. 방 안을 눈으로 쪼듯이 불안하게 둘러보면서, 틀어 올린 머리에 손을 대었다가 옷깃을 가다듬었다가 한다.

약간의 거리를 두고 오치카와 마주 앉은 여자가 이내 말을 꺼냈다. "직업소개꾼 도안 씨의 소개로 찾아뵈었는데요."

예, 하며 고개를 끄덕이고, 오치카는 다음 말을 재촉했다. 가까이서 보니, 또 목소리를 들어 보니 자신보다 열 살 정도 연상이라는 처음의 짐작은 빗나간 듯했다. 오히려 오타미 숙모 쪽에 가까운 나이겠다.

본가의 어머니는 종종 목소리에는 그 사람의 나이가 나타난다고 말하곤 했다. 그 말을 떠올리니 간절하게 그리워졌다.

물론 몹시 아름다운 여자임이 분명하다. 머리카락은 풍성하고, 새까만 윤기를 띠고 있다. 백발 한 올 눈에 띄지 않는다. 서늘한 눈매에 곧게 뻗은 콧날. 입술의 모양새는 인형 만드는 직인이 만든 것 같다. 화려한 격자무늬를 세련되게 소화하고, 시마다쿠즈시_일본 여성의 대표적인 전통 머리 모양. 흔히 중년 여성이나 게이샤가 틀었다_로 틀어 올린 머리와 그 머리를 장식하는 대모갑 빗의 호화로운 세공에 화류계의 냄새가 떠돈다.

"이곳의 주인장께서 풍류를 아시는 분이라, 무언가 색다른 행사를 시작하셨다는 얘기가 사실인지요."

불안해 보인다기보다는 무언가를 저울질하는 듯한 말투였다.

오치카는 서둘러 생각했다. 이헤에게서는 아무런 말도 없었다. 즉 손님과 대화를 시작할 때 어떻게 운을 뗄지부터가 오치카에게 맡겨진 일이다.

"도안 씨는 어떤 행사라고 말씀하시던가요."

오치카가 정중하게 되묻자 여자는 얼핏 눈썹을 움직이며 하얀 이를 보였다. 눈썹도 뽑지 않았고 오하구로_{헤이안 시대부터 비롯된 이를 검게 물들이는 풍습. 에도 시대에는 기혼 여성과 유녀들 사이에 유행하였다}를 하지 않은 점으로 미루어 남편이 있는 여자는 아니다.

"요즘식의…… 괴담 대회를 열고 싶어 하신다고요."

'괴담' 부분은, 입술 모양으로 읽어낼 수 있을 정도로 천천히, 또렷하게 발음했다.

"아니, 옛날에 유행하던 일이잖아요? 백 명이 한곳에 모여서 한 사람씩 돌아가며 신기한 이야기를 하다가, 하나가 끝날 때마다 촛불을 하나씩 끄는데, 전부 다 이야기하고 나면 귀신이 나온다거나 하는 그거잖아요. 아가씨도 아시겠지만."

여자는 이쪽의 얼굴을 들여다보듯이 몸을 내밀었다.

"예, 이야기로 들은 적은 있어요."

"옛날 사람들은 참 우아했지요. 요즘이야 아무도 그럴 시간이 없는데 말이에요. 부자들이 상인처럼 굴고 부자인데도 바쁘게 사니, 세상 사람도 모두, 아래에 있는 사람들까지 바쁘잖아요."

처음부터 허물없는 서글서글한 말투다. 거기에 불쑥 손짓이 섞인다. 술집이나 찻집에라도 있는 것 같다.

"그래서 미시마야의 주인장께서는, 백 명을 한꺼번에 모으는 엄청난 일은 할 수 없지만 한 번에 한 명이라면 괜찮겠다며 신기한 이야기를 모으실 생각을 하셨다고 들었어요. 그리고 이야기를 듣는 사람은 미시마야의 아가씨라고요."

오치카에게 생긋 웃음을 짓는다. 오치카도 미소를 지으며 고개를 끄덕였다.

"신부 수업치고는 별난 일인 것 같네요. 수고가 많으셔요."

여자가 꾸벅 머리를 숙여서, 결국 오치카는 진심으로 웃음을 짓고 말았다.

"배려해 주셔서 고맙습니다. 저희 주인어른은 구두쇠라, 하룻밤에 백 자루의 초를 써서 초 가게의 배를 불려 주는 일을 견디지 못하셨던 것이겠지요."

아름다운 여자도 웃었다. "어머나, 재미있는 아가씨네."

잘 마실게요, 하며 오치카가 내준 차로 가볍게 입을 적시고 문득 주위를 이리저리 둘러보며 생각에 잠긴다. 그러고 나서 말했다.

"이번 색다른 종류의 괴담 대회는 제가 들려 드리는 이야기로 시작이 되겠군요. 거기에 어울릴지 어떨지는 모르겠지만, 뭐, 별로 유별나지는 않으니 듣기 불편하진 않으실 거예요."

귀신의 집 이야기니까요—하고 아름다운 여자는 이야기를 시작했다.

2

여자의 이름은 오타카라고 했다. 다만 여기에는, "그런 이름을 쓸게요"라며 양해를 구하는 말이 붙었다. 마쓰다야의 도베에—도키치 때와 같다.

"지금부터 말씀드릴 내용은 제가 아직 순진한 소녀였을 무렵에 일어난 일이에요. 하지만 이야기 자체가 시작된 것은 그 시절보다 훨씬 더 어릴 때지요."

잠시 뜸을 들이며 어떤 말로 시작해야 할지 궁리하는 듯한 요염한 옆얼굴을, 오치카는 자세를 바르게 하고 바라보았다.

오타카네는 모두 여섯 식구다. 부모와 네 명의 형제가 함께 산다.

오타카 위로 오라비 미노키치와 언니 오미쓰가 있고, 남동생 이름은 하루키치다.

아버지 다쓰지로는 자물쇠 고치는 일을 생업으로 삼고 있다. 가게를 낸 것은 아니고, 연장통을 짊어지고 행상을 다닌다. 자물쇠를 달고, 떼고, 수선하는 게 주된 일이지만 주인이 열쇠를 잃어버리면 자물쇠를 따 주기도 하고, 손수 열쇠를 만들기도 한다.

섬세한 수작업이면서 동시에 남의 집에 들어가야 하고, 경우에 따라서는 그 집이 남에게 들려주길 꺼리는 사정이나 호주머니 형편까지 추측할 수 있는 장사이니, 데퉁스러운 사람은 할 수 없는 일이다. 입이 가벼운 사람도 안 된다. 다쓰지로는 성실한 성격에 실력도 좋았으며, 이웃 사람들로부터, "다쓰 씨는 자신의 입에도 자물쇠를 채우고 있지"라는 평을 들을 만큼 말수가 적은 사내였기 때문에 이 직업에는 안성맞춤이었다.

일가는 니혼바시 북쪽의 고부나초에 위치한 나가야에서 살고 있었다. 여러 종류의 도매상이 많은 곳이어서, 아내인 오산은 우산을 바르거나 향을 포장하거나 버선을 꿰매는 등 이런저런 삯일을 부지런히 했다. 아이들도 어머니 일을 곧잘 도왔다. 언니 오미쓰는 철이 들자 근처 가게에 아기를 보는 고용살이 일꾼으로 나갔다. 마음씨가 착한 오미쓰는 아기 돌보는 데 능숙했고 그러한 평판은 곧 퍼졌다. 덕분에 어딘가의 가게에서 자식을 낳게 되면 눈치 빠른 참견쟁이들이 오미쓰에게 귀띔해 주어서, 아기를 업어 주러 그 집으로 가곤 했다. 받을 수 있는 금액은 심부름삯 정도지만 그래도 고마운 일이다.

한편 오라비 미노키치는 열 살이 될까 말까 할 때부터 아버지의 일을 배우기 시작했다. 이쪽도 꽤나 소질이 있었다. 결코 풍족한 생활은 아니지만 배를 곯지 않았고, 화재로 인해 집에서 쫓겨나지도, 누군가가 병으로 고통스러워하지도 않았다. 나름대로 행복한 생활이 이어지고 있었다.

그러던 어느 해 초겨울의 일이다.

다쓰지로는 발품을 부지런히 파는 사내이기도 해서, 해가 떠 있는 동안에는 먼 곳까지도 곧잘 돌아다녔다. 늦게 돌아온 아버지가 밥에 더운물을 부어 후루룩 들이켜면서 별일 아니라는 듯이 오늘은 어디어디를 돌고 왔다고만 중얼중얼 이야기하면, 그곳들이 당장은 어디인지 짐작도 가지 않을 만큼 멀리 떨어진 동네임을 알게 된 아이들이 크게 놀란다—고 하는 일이야 이 집에서는 전혀 드문 일도 아니었다.

그런데 이날따라, 오산도 아이들도 다른 일로 놀라게 되었다. 불빛이 필요할 정도로 밤이 이슥해서야 겨우 돌아온 다쓰지로가 갑자기 가족들에게 할 이야기가 있다는 것이다. 이미 자고 있는 막내 하루키치를 일부러 깨우라고까지 한다.

"대체 무슨 일이에요. 그렇지 않아도 늦게 들어와서 걱정하고 있었는데."

약간 기분이 언짢은 오산에게 밥은 필요 없다고 말하고, 다쓰지로는 좁은 나가야의 단칸방에 정좌했다. 무언가 몹시 고뇌에 찬 얼굴을 하고 있다.

자연히 오산과 아이들도 자세를 가다듬는다. 졸린 눈의 하루키치는 어머니의 무릎에 앉고, 오미쓰와 오타카는 그 옆에 바싹 기대었다. 자매는 연년생으로, 각각 열세 살과 열두 살이다. 맏이인 미노키치는 열다섯 살로, 요즘은 자물쇠 장사 일의 요령도 많이 배워서 새해부터는 다쓰지로의 행상을 따라다녀 볼까 하는 정도에 이르렀다. 장남으로서의 자각도 생겼는지, 그는 평소와 분위기가 다른 아버지와 불안해 보이는 어머니를 중재하듯 사이에 앉았다.

다쓰지로는 천천히 입을 열었다.

"너희들도 기억하고 있지 않니. 전에 구름이 한 조각도 없을 정도로 날이 맑아서, 아침부터 기분 좋은 날씨였던 적이 있지? 왜, 내가 '마스야'라는 과자 가게의 찹쌀떡을 가져온 날 말이다."

나가야에 사는 이들에게 달콤한 과자는 사치품이다. 그 말에 모두들 곧 떠올렸다.

"아아, 그거. 맛있었어요!"

오미쓰가 냉큼 대답한다. 오산도 고개를 끄덕였다. "갑자기 웬 선심인가 했지만, 그날은 장사가 잘 되어서 그랬다고 당신이 말했었지요."

"실은 그렇지가 않소." 다쓰지로는 꿇어앉았다. "'마스야'라는 곳은 나라에도 물건을 대는 훌륭한 과자 가게이고, 물론 가게 간판에 그런 말이 적혀 있는 건 아니지만, 딱 보기에도 나 같은 행상인 따위가 편하게 드나들 가게는 아니지. 그 찹쌀떡은 받은 것이라오."

"받은 것?"

"음. 아이들에게 가져가라며 주시더군."

과자 가게 마스야는 고이시카와의 안도자카 언덕 근처에 있다고 한다.

"무사님들의 저택이 많은 곳이라, 나도 지금까지 손님을 찾아 돌아다닌 적이 없지는 않았다오. 하지만 나를 불러 준 적은 한 번도 없었소. 손님이 생긴 예가 없었지. 그래서 그 부근과는 인연이 없는 모양이라 여겼는데—."

그날 두시가 지났을 무렵, 한길을 천천히 걸어가는데 쇼린인鷲林院이라는 절 앞의 생울타리 부근에 기모노가 걸려 있는 게 보였다. 선명한 붉은색 후리소데소매가 긴 일본 전통 옷. 미혼 여성이 정장으로 입었다로, 은사가 반짝반짝 햇빛을 튕겨낸다.

저도 모르게 시선이 끌려 다가가 보니 생울타리 안쪽에는 훌륭한 저택이 있었다. 보다시피 판장이 아니고 문도 없으니 무사의 집은 아니겠지만, 고개를 한 바퀴 빙 돌리지 않으면 다 둘러볼 수 없을 정도로 집이 크고 정원도 넓다. 새로 깐 지 얼마 안 된 모양인 정연한 기와지붕을 반쯤 가리듯이 가지를 뻗은 소나무 사이로, 얼핏 하얀 회벽의 광이 보인다.

"정원에서 옷을 볕에 쬐고 있었던 거요무시보시(虫干し)라고 하는 풍습. 일 년에 한두 번, 삼복이나 맑은 가을날, 옷이나 서적, 세간을 햇볕에 말리거나 그늘에 통풍시켜 벌레와 곰팡이를 막는다."

정원의 나무라는 나무에는 온통 갖가지 색깔의 옷과 띠가 걸려 있다. 생울타리 위에 걸려 있던 후리소데는 바람에 쓸려 날아간 것이었다.

"꽤 대강대강 한다고 생각했소. 걸려 있는 옷도 띠도, 값이 나가는 물건임을 한눈에 알 수 있는 것들뿐이었지."

길가에도, 저택의 정원에도 사람의 모습은 눈에 띄지 않았다. 다쓰지로는 큰 목소리로 저택 쪽을 향해 말을 걸었다. 이보시오, 자물쇠 장수입니다. 자물쇠를 고치실 일은 없습니까—.

행상을 다니는 자물쇠 장수에게는 옷을 볕에 쬐고 있는 집을 놓치지 말라는 철칙이 있다. 옷을 볕에 쬘 정도로 부자라면 곳간이니 금고니 해서, 자물쇠가 필요한 경우가 많기 때문이다.

두세 번 부르자 광의 하얀 벽 쪽에서 얼핏 사람이 움직였다. 이윽고 붉은 다스키로 소매를 걷어 올린 하녀가 나무 그늘에서 얼굴을 내밀고 이쪽으로 다가왔다.

다쓰지로는 목례를 하고 생울타리에 걸린 후리소데를 조심스럽게 집어 들었다.

"가지에서 떨어진 모양입니다, 하고 하녀에게 돌려주었지. 딱 당신 나이쯤으로 보이는 사람이었소." 다쓰지로는 아내에게 말했다.

"그랬더니 하녀가, 자물쇠 장수라면 마침 잘 왔다고 하는 거요. 나는 솔직히 속으로 싱글벙글하고 있었소. 지금까지 입질이 없었던 길목에서 처음으로 미끼를 물어 당기나 싶었는데, 이게 또 대단한 집이란 말이야. 하녀의 행동거지에서 느껴지는 바로 보아, 무가가 아니라 상인의 집임을 똑똑히 알 수 있었소. 상인인데 이런 저택이라면 상당한 부자인 게지."

다쓰지로는 하녀의 안내를 받아 저택 옆문을 통해서 정원 안으로 들어갔다. 광 근처에 고용살이 일꾼들이 주로 드나드는 듯한 나무 문이 있었던 것이다.

광 옆에는 그 외에도 하녀 몇 명과, 나이 든 남자 한 명이 서 있었다. 아무래도 하녀들을 관리하는 역할인 모양이다. 관리인이나 대행수일 터이다.

짐작했던 대로 붉은 다스키를 걸친 하녀가 그에게, 대행수님, 하고 불렀다. 하녀는 허리를 약간 굽혀 인사하는 다쓰지로를 가리키며 말한다.

"자물쇠 장수입니다. 역시 정말로 알아서 불려 왔네요."

양쪽으로 여닫는 형식인 광의 문이 활짝 열려 있다. 두께가 다쓰지로의 손바닥 폭 정도는 너끈히 되어 보인다. 새하얀 회반죽에 눈이 시리다.

대행수라는 남자는 문 바로 옆에 서 있었다. 그래서 회반죽의 색깔이 반사되는 것이리라. 안색이 희어서 핏기가 가신 듯한 인상이다. 희끗희끗함을 지나쳐 거의 은발에 가까운 백발이어서 더욱 그랬다.

대행수의 표정이 희미하게 일그러진다.

쓸데없는 소리를 한다—며 하녀의 말을 나무란 것 같다고, 다쓰지로는 느꼈다.

분명히 묘한 말이기는 하다. 알아서 불려 왔네요. 누가 다쓰지로를 불렀다는 걸까.

뭐, 깊이 생각할 정도의 일은 아니다. 어깨 위의 연장통을 가볍게 추스르며, 필요한 일이 있으시다면 해 드리겠습니다, 하고 붙임성 좋게 말을 붙였다. 이쪽 광의 자물쇠인지요, 그 외에도 수선할 곳이 있다면 말씀해 주십시오, 하고 말을 늘어놓는다. 대행수는, 마찬가지로 차분한 색깔의 (아마 명주의 자투리 천이리라) 다스키로 옷을 걷어 올려 야윈 팔을 드러내고 있었는데, 그 팔로 몸을 지키듯이 가슴 앞에서 단단히 팔짱을 끼고 있다.

무언가 생각에 잠긴 것처럼 보였다.

주위 하녀들의 분위기도 조금 이상하다. 처음에 만난 붉은 다스키를 맨 하녀가 가장 나이가 많고 나머지는 젊은 여자들뿐인데, 차분하지 못하게 힐끔거리며 서로 눈을 마주 보다가, 다쓰지로가 무심코 웃음을 지으면 얼굴을 획 돌리고 마는 것이다.

다쓰지로도 직업상 위험한 자물쇠를 다룬 적이라면 몇 번이나 있다. 가장 싫고 거북한 것은 뭐니뭐니해도 사람을 가두기 위한 방의 자물쇠다. 어째서 이런 게 필요할까. 어째서 이토록 튼튼하게 만들어야 하는 걸까. 물론 다쓰지로가 그곳에 들어가 자물쇠를 달거나 고칠 때는, 그 방의 주인은 다른 곳으로 옮겨져 있거나, 또는 앞으로 그곳에 갇히기를 기다리는 몸이라, 어느 쪽이든 자물쇠 장수의 눈이 닿는 곳에 있는 것은 아니다.

그래도 기척은 알 수 있다. 사람을 가둘 방과 자물쇠가 필요하다고 결정한 그 집 사람들의 울적함이나 가책도 느껴진다. 때로는 거북함을 숨기기 위해 일부러 자물쇠 장수에게 난폭한 말을 하는 손님도 있다. 더 심한 경우는 실컷 복잡한 주문을 달아 여러 번 다시 만들게 하고, 이거라면 절대로 아무도 열 수 없겠지, 안에 있는 자가 도망칠 수는 없겠지, 하고 끈질길 만큼 확인을 한 끝에 대금을 깎는 손님이다. 게다가 이런 불길한 물건에 비싼 값을 치를 수는 없다며 침이라도 뱉듯이 돈을 내던졌을 때는, 어지간한 다쓰지로도 화가 났다. 벌써 이 년쯤 전, 에도에서 이름난 포목전의 별택에서 있었던 일이다. 누가 그 방에 갇혔는지, 결국 알 기회는 없었다.

어쨌거나 그런 경험을 해 온 다쓰지로이기 때문에 대행수와 하녀들의 안절부절못하면서도 침울한—분위기에 대해 새삼 놀라지는 않았다.

아무래도 냄새가 난다. 이렇게 기모노 등을 볕에 쬐는 것은 단순히 옷가지를 볕에 쬐려고 하는 게 아닌 모양이다. 광의 물건을 꺼내어 비우고, 대신 거기에 누군가를 넣으려는 것이 아닐까. 건물을 고쳐서 사람을 가둘 방을 만드는 수고를 생략하고 기왕 있는 광을 그런 용도로 쓰는 경우도 있다.

만일 그렇다면 매정한 일이기는 하지만, 이쪽은 이게 생업이다. 차마 할 수 없다느니, 가엾다느니 하면서 일을 따지고 고르다가는 입에 거미줄을 치고 만다. 다쓰지로는 웃는 얼굴을 무너뜨리지 않았다.

그러자 대행수가 팔짱을 풀고 어깨를 늘어뜨리며 긴 한숨을 내뱉었다. 그대로 발치로 시선을 떨어뜨리며, "어쩔 수 없지" 하고 중얼거렸다. 이 또한, 무엇이 어쩔 수 없다는 것인지 알 수가 없다.

대행수는 품에서 보라색 비단보로 싼 물건을 꺼냈다. 정중한 손놀림으로 비단보를 연다.

낡은 자물쇠가 나왔다. 폭이 여덟 치한 치는 약 3.03센티미터, 길이가 네 치 정도로, 가로로 긴 사각형이고 네 귀퉁이에 쇠장식이 달려 있다. 그 외의 부분은 전부 나무 재질이었다. 완전히 거무스름해진 자물쇠다.

"진귀한 물건이군요."

다쓰지로는 솔직하게 감탄했다. 쇠로 만든 자물쇠라면 얼마든지 있지만 나무로 만든 것은 에도 시중에서는 거의 볼 수 없다. 다쓰지로도 이야기로만 들은 적이 있을 뿐이다.

"좀 봐 주시겠소."

대행수가 자물쇠를 비단보째로 내밀었다. 다쓰지로는 아까 호사스러운 후리소데를 집어 들었을 때 못지않게 귀중한 물건을 다루는 손놀림이 되었다. 이 대형 자물쇠는 묵직하니 중량감이 있기도 하다. 위쪽에 달린 고리 같은 부분을 문에 걸고, 고리를 본체에 밀어 넣는 방식이다. 열 때에는 아래쪽에 뚫린 열쇠 구멍에 열쇠를 밀어 넣는다. 소위 말하는 맹꽁이자물쇠다.

대행수와 하녀들에게 빙 둘러싸인 채 다쓰지로는 자물쇠를 찬찬히 살펴보았다. 참으로 튼튼하고, 어긋남이라고는 없는 아름다운 자물쇠였다. 쇠장식에 구리를 사용하여 살짝 녹청이 슬었지만 그 점이 또 고색古色을 더한다.

"열쇠도 나무로 만들어졌겠군요."

함께 보여 주지 않으면 자물쇠가 어떻게 움직이는지 알 수 없다. 그래서 당연히 그렇게 물었다.

대행수는 백발을 천천히 가로저었다.

"열쇠는 없다오."

"예에" 하고 다쓰지로는 얼빠진 목소리로 말하고 말았다. "없습니까."

하녀들은 하나같이 고개를 숙이고 아예 자기 신만 내려다보고 있다. 다스키를 맨 나이 많은 하녀만이 활짝 열린 광의 문 안쪽, 여기에서는 엿볼 수 없는 어둠 쪽으로 시선을 주었다.

"그런데 어떻게 여셨습니까? 이 광의 자물쇠가 아닌 것인지요."

"아니, 이 광의 자물쇠가 맞소. 계속 문에 걸려 있었지."

"그렇다면……."

안의 옷이며 띠를 꺼내기 위해서는 자물쇠를 열어야 했을 터이다.

다쓰지로는 다시 한 번 자물쇠를 살펴보았다. 부숴서 열었을지도 모르기 때문이다. 하지만 열쇠 구멍은 깨끗하게 벌어져 있고, 어딘가를 자르거나 비틀어서 연 흔적은 없다.

"자물쇠 장수 양반, 한 가지 부탁할 게 있는데. 이 자물쇠의 열쇠를 만들어 주지 않겠소."

다쓰지로는 눈을 약간 크게 뜨고, 이번에는 멍청한 맞장구가 아니라 대답을 할 작정으로 "예에" 하고 대답했다. 여는 것만이라면 열쇠 없이 어떻게든 열 수는 있었다. 하지만 다음에 이 자물쇠를 채울 때에는 열쇠가 있었으면 좋겠다. 그런 의뢰인 것이다.

"고맙습니다. 꼭 그렇게 하고 싶은 참이었습니다. 나무 자물쇠는 쇠로 만든 자물쇠가 나돌기 전의, 한참 옛날 물건입니다. 요즘은 매우 귀중한 물건이지요."

조금은 놀라거나 감탄해 주지 않을까 싶었는데—적어도 "아아, 그렇소이까" 하는 맞장구 정도는 쳐줄 줄 알았는데, 대행수도 하녀들도 여전히 켕기는 듯이 얼굴을 흐릴 뿐이다.

"그래서 저도,"

상인답게 굴고 있는 다쓰지로는 혼자만 분위기를 파악하지 못하고 따로 떨어져 있는 듯한 기분이 들었다.

"지금까지 다뤄 본 적이 없습니다. 그게 걱정이라서—예, 맡겠습니다, 라고 이 자리에서 대답한다면 터무니없이 경솔한 짓이겠지요."

대행수는 짧게 "흠" 하고 대답했다. 그러고는 여전히 광 안쪽을 바라보는 하녀의 시선을 가로막듯이 한 손을 광 문에 대고 천천히 밀어 닫았다.

문 옆에 있던 젊은 하녀가 당황하며 펄쩍 뛰어 피한다. 대행수가 다른 한쪽 문을 닫기 시작하자 다스키를 맨 하녀가 허둥거리며 다가와 거들었다. 광의 문은 꼭 닫히고 말았다.

"죄송합니다."

하녀가 작은 목소리로 대행수에게 사과했다.

"그러면 시간이 조금 걸린다는 뜻이오?"

대행수의 물음에 다쓰지로는 고개를 끄덕였다.

"맡아 가지고 가야 할 겁니다. 이것저것 조사해 봐야겠지만 제 힘으로는 감당할 수 없을지도 모릅니다. 그러면 면목이 없긴 한데."

맥 빠질 정도로 빠르게 대행수는 다쓰지로의 근심을 물리쳤다.

"그건 상관없소. 할 만큼 해 보면 되오. 당신에게 맡기겠소. 오늘 이곳을 지나간 일이 무슨 인연이라 여기고 맡아 주지 않겠소."

거칠게 손을 흔들었지만 말투는 정중했다. 대행수든 관리인이든,

이만한 저택의 살림을 맡아 하는 입장에 있는 사람이 일개 행상인에게 이리 정중하게 말할 필요는 없다.

하지만 그 정중함 뒤에서 다쓰지로는 말할 수 없이 어둡고 차가운 무언가를 느꼈다. 자연스럽게 얼굴을 마주할 만한 때에, 대행수가 다쓰지로의 얼굴을 똑바로 보지 않는 것도 못내 마음에 걸린다. 그러다 보니 하녀들의 안색 또한 이상하다는 사실을 깨달았다. 뭔가 두려워하고 있는 것 같지 않은가.

이 제의는 거절하는 편이 낫겠다. 다쓰지로의 감이 눈을 뜨고, 술렁술렁 가슴 깊은 곳을 뒤흔들며 그렇게 말하고 있다. 아니, 그러면 역시 제가 마음이 편치 않으니까요—라는 말이 실제로 목구멍까지 올라왔다.

그런데도 손은 자연스럽게 움직여 자물쇠를 보라색 비단보에 다시 싸고 있다.

"맡아 해 보겠습니다."

혀가 멋대로 움직이는 것 같다.

"그렇소이까. 고맙소. 정말 고맙소."

대행수의 얼굴에 처음으로 느슨한 미소가 떠올랐다. 붉은 다스키를 맨 하녀도 안도의 숨을 내쉰다. 나이 어린 하녀들은 여전히 다른 쪽으로 시선을 돌리고 있다.

하얀 회벽이 눈부신 광은, 다쓰지로와 다른 사람들을 내려다보다시피 하며 서 있다. 문득 정신이 들어 보니 일동은 광이 드리우는 그늘 속에 완전히 들어가 있었다.

"우선 수탁증을 드리겠습니다. 잠시 자리를 빌려도 되겠습니까."

"상관없소."

다쓰지로가 연장통을 내려놓고 뚜껑을 열자 대행수는 하녀들에게 옷과 띠를 정리하라고 명령했다. 하녀들은 기다렸다는 듯이 재빨리 흩어졌다.

붉은 다스키를 맨 하녀만이 잔걸음으로 정원을 향해 가면서 다쓰지로를 돌아보았다. 얼굴은 보지 못했지만 다쓰지로는 그 하녀가 걸음을 멈췄음을 알았다.

"제가 이 자물쇠를 맡아 가지고 있는 동안 대신할 자물쇠가 필요하시겠지요?"

"아니, 필요 없소." 대행수는 망설이지 않고 즉시 대답했다. "그런 걱정은 할 필요가 없소. 그보다 자물쇠 장수 양반, 한 가지 부탁이 더 있는데."

처자식이 있느냐고 묻는다. 있습니다, 하고 다쓰지로가 대답하자 대행수는 바싹 다가서려는 듯이 반보 앞으로 나왔다.

"부인과 아이들에게는 절대로 자물쇠를 보여 주어서는 안 되오. 그것만은 단단히 약속해 주시오."

3

"그건 우리를 말하는 거지요?"

오산이 깜짝 놀라 눈을 크게 뜨며 되묻는다. 무릎 위의 하루키치도 똑같은 얼굴을 하고 있다.

"그렇소, 달리 누가 있다는 게요"라고 말하며 다쓰지로는 쓴웃음을 지었다.

아내와 아이들에게 절대로 자물쇠를 보여 주지 마라. 다쓰지로는 이 부탁―이라기보다 명령을, 자물쇠가 귀중한 물건이기 때문이라고 해석했다. 신기해하며 장난삼아 만지게 두어서는 안 된다는 뜻이리라.

"그래서, 저도 직인입니다. 아무것도 모르는 마누라와 자식들에게 의뢰받은 중요한 물건을 만지게 두지 않습니다, 하고 대답했소. 솔직히 화가 치밀어 올랐지만 얼굴에 드러낼 수도 없었지."

그래도 대행수는 더욱 끈질기게, "절대로, 절대로 안 되오" 하고 다짐을 받았다.

"그래서 그날은 자물쇠를 받아들고, 수탁증을 주고 돌아오게 되었는데."

돌아올 때에 아까 그 붉은 다스키를 맨 하녀가 나무 문 있는 데까지 쫓아와, "자녀분들께 드리셔요" 하며 찹쌀떡 꾸러미를 건네주었다. 사양하는 다쓰지로의 품에, 아직 따끈따끈한 꾸러미를 밀어넣다시피 한다.

"죄송해요, 이런저런 이상한 주문을 드려서."

몹시 거북한 듯이 그렇게 중얼거렸다. 그러고는 무언가 더 말하고 싶은 듯한 얼굴로 등 뒤를 신경 쓰고 있다. 정원에서는 대행수와 손아래 하녀들이 돌아다니며, 볕에 쬐던 옷과 띠를 점검하면서 두런두런 이야기를 나누는 중이었다.

말하기 어려워하는 듯한 하녀의 눈치를 살피다가, 다쓰지로는 슬쩍 유도해 보았다. "이곳은 낮에는 비어 있는 저택인지요."

큰 부자의 집이라면 그런 일도 없지는 않다. 하녀는 기묘하게 아픈 것처럼 얼굴을 찌푸리더니, "사람은 있어요" 하고 무뚝뚝하게 말했다. "쓸데없는 질문은 하지 마셔요."

품에 찹쌀떡 꾸러미와 석연치 못한 기분을 안고, 다쓰지로는 자리를 떠났다.

곧장 호리에초로 방향을 잡았다. 호리에초의 한 동네에 다쓰지로의 스승인 자물쇠 직인 세이로쿠가 집을 빌려 살고 있다. 외동딸이 근처의 큰 나막신 도매상으로 시집을 갔는데, 이 시댁에서 딸을 예뻐해 준 덕분에 유유자적한 은퇴 생활을 할 수 있게 된 환갑이 넘은 노인이다. 아내는 몇 년 전에 먼저 세상을 떠났다. 나이가 나이다 보니 눈병을 앓고 있었지만, 효심이 지극한 딸 부부가 눈치 빠른 소녀를 하나 붙여서 보살펴 주고 있기 때문에 곤란한 일은 아무것도 없었다.

모르는 일이 있으면 스승에게 상의한다. 독립한 자물쇠 직인이 된 후에도 변하지 않는 다쓰지로의 습관이었다. 옛날에는 도깨비처럼 무서웠던 세이로쿠도 은퇴하고 나서는 사람이 둥글둥글해졌다. 다쓰지로가 찾아가면, 너는 아직도 그런 걸 혼자서 못 하느냐고 타박은 해도, 얼굴은 희색을 띠었다.

세이로쿠는 눈이 약해져서 늘 어둑어둑한 어둠 속에 있는 거나 마찬가지였지만, 자물쇠 직인으로서의 실력은 전혀 둔해지지 않았다. 만져 보기만 해도 그 자물쇠의 구조를 안다. 망가졌으면 어디가 망가졌는지 금방 알고 고치는 방법도 가르쳐 준다. 스승님은 손끝에 눈이 달려 있다고, 다쓰지로는 생각했다.

"스승님은 잘 지내시지요?" 하고 오산이 끼어들었다. "우리는 꽤 오래 찾아뵙지 못했으니까요."

응―하고 고개를 끄덕이고 나서, 다쓰지로는 약간 묘한 말을 했다.

"그때는 잘 지내셨소."

딸 부부가 궁리해서, 손가락으로 만지면 어떤 말인지 알 수 있도록 특별히 제작한 장기 덕분에 심심한 것과는 인연이 없는 나날이었다. 한창 귀여울 때인 손자도 가끔 놀러 온다.

"제가 돈 많은 상가로 시집을 가면, 언젠가는 아버지도 호강시켜 드릴 수 있어요."

오미쓰가 힘을 주어 그렇게 말했다. 본인은 충분히 진심이다. 다쓰지로 부부는 웃었지만, 말없이 아버지의 이야기를 듣고 있던 미노키치는, "쓸데없이 끼어들지 마" 하고 따끔하게 꾸짖었다. "그보다 아버지, 스승님은 뭐라고 하셨어요? 자물쇠를 보여 드렸지요?"

다쓰지로는 성실한 장남을 돌아보며 고개를 한 번 끄덕여 보였다.

"당장 보여 드렸다."

나무 자물쇠라, 내가 젊었을 때는 많이 만져 보았지, 그립구나―하고 중얼거리면서 세이로쿠는 손안에서 자물쇠를 굴리고, 더듬어 보며, 무게와 형태를 확인했다. 그 사이에 다쓰지로는 사정을 술술 이야기했다.

그러자 세이로쿠가 갑자기 고개를 갸웃거렸다. "얘야, 다쓰지로. 이 자물쇠는 상했지 않느냐."

"상하다니—안의 장치가 말입니까?"

다쓰지로는 알 수 없었지만 스승님께서는 한눈에 알 수 있는 일인지도 모른다고 생각했기 때문에 그렇게 되물었다.

"아니……." 세이로쿠는 끊임없이 눈을 깜박이면서 다쓰지로 쪽으로 시선을 향했다. 눈알이 쉬이 건조해지는 모양인지, 아프기 전보다 눈 깜박임이 많아졌다.

"감촉이 이상해서 그런다."

너는 느끼지 못했느냐, 하고 오히려 되묻는다.

"어떻게 이상합니까?"

"미끈미끈하구나."

마치 썩은 것처럼.

다쓰지로는 놀랐다. 분명히 낡아서 거무스름해졌지만 촉감은 건조했고 모서리는 단단했다. 눌러 보았을 때 들어가는 곳도 없다.

"다시 한 번 만져 보아라."

세이로쿠가 자물쇠를 돌려주자 다쓰지로는 꼼꼼하게 살펴보았다. 미끈미끈한 느낌은 전혀 나지 않는다.

"그러냐. 묘하구나."

내 연장통을 다오, 하고 세이로쿠는 말했다. 은퇴했어도 연장통은 잘 간수해 두었으며 손질도 계속하고 있다.

세이로쿠는 손끝으로 도구를 골라 이걸까, 저걸까, 하고 시험하더니 끝이 휘어진 가느다란 송곳 같은 도구나, 끝에 작은 고리가 달려 있는 도구를 열쇠 구멍에 번갈아 꽂아가며 더듬어 본다.

"아주 간단한 구조로군."

정말로 이게 광의 자물쇠냐고, 세이로쿠는 물었다. 왼손에는 자물쇠를, 오른손에는 도구를 들고 약해진 눈을 가늘게 뜨고 있다.

"예, 틀림없습니다."

"볕에 쪼이려고 내놓은 옷은 호화로웠다고 했지?"

"그야 금사, 은사로 번쩍거렸—."

그때, 세이로쿠가 웃 하고 신음하며 자물쇠를 떨어뜨렸다. 오른손의 도구도 빙글 돌아 무릎 위에 떨어진다.

오른손의 검지에서 피가 흘러나오고 있었다.

"스승님!"

다쓰지로는 서둘러 수건을 꺼내서 피를 닦기 위해 세이로쿠의 손을 잡았지만, 노^老스승은 그것을 밀어내고 두 눈 바로 앞까지 손을 가져갔다. 그러고 나서 떨어진 자물쇠를 주워들더니 옆에 놓여 있던 보라색 비단보 위에 놓았다.

손놀림이—뭔가 칼날이 있는 물건을 다루는 것처럼 신중하다.

"내가 실수한 게 아니다."

세이로쿠는 손가락의 피를 입으로 빨아내고, 그 손을 다쓰지로의 얼굴 앞에 내밀었다.

"상처를 한 번 보아라. 도구에 찔린 게 아니야."

스승의 한 손을 공손하게 잡고, 다쓰지로도 눈을 바싹 대다시피 하며 살펴보았다.

작지만 깔쭉깔쭉한 상처는 무언가에 물린 듯 보였다.

"이 녀석 때문이다."

세이로쿠는 비단보 위의 자물쇠를 눈으로 가리켰다.

"누가 만지작거리는 것이 싫은 게지."

다쓰지로는 한순간 오싹해졌다. 하지만 우선은 웃어 보았다. "설마요 스승님, 자물쇠는 산 것이 아닙니다."

"아니, 살아 있다."

처음 듣는 말은 아니다. 세이로쿠는 이전부터, 가끔 훈계하는 듯한 말투가 되어서는 다쓰지로에게 이렇게 말해 줄 때가 있었다. 자물쇠는 산 것이다. 생명이 있다. 사람의 마음이 담기는 물건에는 혼이 깃들 때가 있지.

"하지만 손을 물다니…… 개나 고양이도 아니고."

"그런 못된 자물쇠도 가끔은 있다. 너는 아직 만난 적이 없을 뿐이야."

이것이 첫 상대겠구나, 하며 의욕적인 듯싶기도 하고 경계하는 듯싶기도 한 얼굴이 된다.

"이 녀석을 하룻밤―아니, 이틀 밤만 내게 맡겨 주지 않겠니." 세이로쿠는 말했다.

싫을 리가 없다. 애당초 그에게는 생소한 나무 자물쇠인데다 열쇠가 없다고 하니, 혼자서는 이제 어떻게 해야 할지 알 수가 없어서 상의하러 들른 것이다.

"그렇게만 해 주신다면 저야 좋지요. 그런데 스승님, 어떻게 하시려고요."

"뭐, 좀 만져서 버릇을 가르쳐 주려는 게다."

또 대상이 생물인 것마냥 말한다. 도전하는 듯이 보이기도 했다.

"이 일은 누구에게도 이야기해서는 안 된다. 오산에게도 아이들에게도 말하지 마라. 쓸데없는 걱정을 시키면 안쓰러우니까."

그런 사정으로, 다쓰지로는 가족에게 아무 말도 하지 않았다. 마스야의 찹쌀떡만은 고마운 마음으로 가족과 함께 먹었다.
"약속대로, 이틀 후에 스승님을 찾아갔소."
세이로쿠는 몹시 진지한 분위기를 띠고, 마침 그 자물쇠를 만지고 있던 참이었다. 무뚝뚝하게, 이틀을 더 달라고 한다. 그 말을 끝으로 무엇을 물어도 건성으로 대답할 뿐이었다. 다쓰지로 따위에게 신경을 쓸 시간이 아깝다는 듯.
승낙은 했으나, 다쓰지로는 스승의 오른손 검지에 얇게 자른 무명천이 아직도 꼭 감겨 있음을 알아차렸다. 게다가 그 무명천에는 살짝이기는 하지만 피가 배어 있다.
"스승님, 또 물리신 겁니까?"
슬쩍 물어보았으나 세이로쿠는 얼굴도 들지 않았다. 별수 없이 집안일을 맡고 있는 소녀에게 물어보았다.
"지난 이틀 동안, 스승님께서는 계속 저 자물쇠를 만지고 계셨나?"
늘 명랑하고 생쥐처럼 부지런한 소녀는 다쓰지로의 물음에 기다리고 있었다는 듯이 고개를 끄덕였다.
"그렇답니다. 제가 모신 후로 지금까지 이런 일은 처음이에요. 진지도 드시지 않고, 밤새도록 저 자물쇠를 만지고 계신다니까요."
손끝의 눈으로 볼 수 있는 세이로쿠에게는 밤이고 낮이고가 없다. 불빛이 없어도 일은 할 수 있다. 그렇다고 해도 약간 도가 지나치다.

"어제는 장기를 두자는 권유가 들어왔는데, 그것도 거절해 버리셨어요."

세이로쿠가 장기판과 말을 만지면서 장기를 둔다는 규칙을 받아들이고 장기판 위의 승부를 즐기는 상대가 몇 사람이나 있다고 한다. 그들이 찾아와 한 판 두자고 청하면 세이로쿠는 몹시 기뻐하며 한 번도 거절한 적이 없었다. 고뿔로 열이 나서 자리에 누워 있다가도 억지로 일어나려고 해서, 손님이 역시 오늘은 그만두자며 말린 적까지 있었다고 한다.

"손가락의 상처는? 아직 피가 나던데."

"예, 보기보다 깊으신 모양이더라고요."

자물쇠를 만질 때 쓰는 도구는 끝이 아주 가늘기 때문에 조금만 찔려도 그렇게 되는 경우가 있기는 하다.

"주인어른은 그런 건 잊어버리실 정도로 열중해 계셔요."

어린아이의 장난을 보는 것처럼 소녀는 웃고 있다. 하지만 그 후 조금 마음에 걸리는 말을 덧붙였다.

"저기, 다쓰지로 씨. 무슨 냄새 안 나요?"

다쓰지로는 코를 벌름거리며 킁킁거려 보았다.

"냄새라니, 무슨 냄새 말이냐?"

"제 기분 탓일까요. 그저께쯤부터, 어떨 때 문득 코끝을 스치거든요. 쇳내 같기도 하고 비린내 같기도 한…… 불쾌한 냄새가."

다쓰지로는 다시 한 번 크게 킁킁거려 보았지만 아무런 냄새도 맡을 수 없었다.

한 평 반짜리 고아가리에서는, 세이로쿠가 이쪽에 등을 돌리고 고개를 숙인 채 두 어깨를 웅크리다시피 하며 자물쇠를 만지고 있다. 희미하게 소리가 난다―.

이때 오산이 "싫어요, 여보" 하고 약간 큰 목소리로 말했다. "으스스하잖아요. 해도 졌는데, 그런 이야기로 우리를 겁주지 말아요."

야단을 맞고, 다쓰지로도 제정신으로 돌아왔다. 아이들은 하나같이 눈을 동그랗게 뜨고 입을 반쯤 벌린 채 그의 이야기를 열심히 듣고 있다. 하루키치는 오산의 무릎 위에서 몸을 비틀어 어머니에게 매달리는 듯한 자세다. 오미쓰와 오타카는 몸을 바싹 붙이고 손을 마주 잡고 있었다.

미노키치만이 정좌를 무너뜨리지 않고 의아하다는 표정으로 눈을 반쯤 가늘게 뜨고 있다.

"아, 미안하오. 무섭게 하려던 것은 아니야. 다만 앞으로의 일을 결정하려면 당신과 아이들도 대강 알아 두는 편이 좋겠다고 생각한 건데―."

다쓰지로는 목덜미를 북북 문질렀다.

"역시 나와 당신 둘이서만 이야기할까. 아이들은 이제 재웁시다."

"싫어요." 오미쓰가 입을 삐죽거렸다. 맞아요, 맞아요, 하며 오타카도 언니를 흉내 낸다.

"여기까지 들었는데, 끝이 어떻게 되는지 모르면 더 무서워요."

응, 응, 하고 하루키치도 눈을 동그랗게 뜬 채 고개를 젓는다.

"하지만……."

"아버지, 괜찮으니까 얘기해 주세요." 미노키치가 그렇게 말하며 처음으로 아버지를 향해 무릎걸음으로 한 걸음 다가갔다. "앞으로의 일이라는 말씀이 마음에 걸려요. 저는 아무렇지도 않아요. 너희들도 괜찮지? 아버지도 어머니도 오빠도 있으니까. 무섭지 않지?"

응! 동생들은 한 목소리로 대답했다.

"그러냐. 음." 다쓰지로는 한숨을 내쉬었다. "그래서 또 이틀이 지나고, 스승님 댁에 갔단다. 스승님은 안 계셨어—."

소녀가 허둥지둥 나와서, 주인어른은 에치고야에 가셨어요, 라고 말한다. 에치고야는 스승의 딸의 시댁이다.

"요전에 다쓰지로 씨가 왔던 날 저녁에, 작은 마님께서 도련님을 데리고 오셨어요."

스승의 딸과 손자다.

"날씨가 좋은 날이어서 어딘가 다녀오시는 길이라며, 선물을 잔뜩 가져오셨지요. 그때도 주인어른은 자물쇠를 만지고 계셨는데, 처음에는 작은 마님이 말을 걸어도 대답조차 하지 않으셨어요."

그래도 그때는 소녀 또한 가세해서 어떻게든 세이로쿠를 자물쇠에서 떼어 놓았다. 할아버지, 할아버지, 하며 따르는 귀여운 손자를 보고 세이로쿠도 가까스로 마음이 바뀌었는지, 딸과 손자는 그대로 그와 함께 저녁을 먹게 되었다.

"작은 마님도 걱정이 되셨겠지요. 주인어른은 지난 며칠 사이에 점점 뺨이 홀쭉해져 가는 듯했으니까요."

자지도 않고 먹지도 않는 날이 내내 이어졌다고 한다. 게다가 또 한 가지, 마음에 걸리는 부분이 있었다.

"다쓰지로 씨, 주인어른의 손가락에 난 상처, 기억하시지요?"

물론이다. 자물쇠에게 물렸다는 상처다. 이틀이 지났는데도 피가 나고 있었다.

"그 상처가 곪기 시작해서—."

검지 끝이 두 배가량 부었다고 한다. 세이로쿠의 딸은 걱정하며 의원에게 보이라고 권했지만, 세이로쿠는 이 정도는 술로 씻어 두면 낫는다며 웃어넘겼다.

"그래서 작은 마님과 도련님은 집으로 돌아가셨는데……."

이튿날 아침 일찍, 에치고야에서 고용살이 일꾼이 심부름을 왔다. 도련님이 높은 열로 앓아눕고 말았다는 것이다.

"밤중에 크게 우시기에 깨어 보니, 그때는 이미 화로처럼 뜨거우셨대요. 집안은 야단법석이고."

에치고야가 부른 의원이 와서, 어젯밤에 먹은 것이 잘못된 게 아닌지 조사하는 중이라고 한다. 그래서 세이로쿠에게도 알리러 온 것이다.

"그러면 스승님도 에치고야에?"

"예. 가셨다가 아직 오지 않으셨어요."

소녀는 애가 탄다는 듯이 걱정하고 있다. 다쓰지로는 집을 잘 보라는 당부를 하고 자신도 에치고야로 달려갔다.

도착해 보니 공교롭게도 세이로쿠는 방금 집으로 돌아갔다고 고용살이 일꾼이 말해 주었다. 되돌아가기 전에 다쓰지로는 도련님의 용태를 물었다.

"전혀 열이 내리지 않고, 계속 헛소리만 하십니다."

덩치 큰 고용살이 일꾼이 반쯤 울상을 짓고 있다.

"무서워, 무서워, 저리 가— 그렇게 말하며 손으로 허공을 휘젓고, 무언가를 뿌리치는 것 같은 행동을 하세요. 정말이지, 무슨 병에 걸리신 걸까요."

다쓰지로의 등에 오한이 스쳤다. 그와 동시에 떠올렸다. 저택의 관리인인지 대행수인지 하는 남자가 다쓰지로를 꿰뚫어 보듯이 했던 말을. 당신의 아내와 아이들에게 자물쇠를 보여 주어서는 안 된다.

"에치고야의 도련님이 자물쇠를 보았는지 어떤지는 알 수 없어."

아내와 아이들 앞에서 말하는 다쓰지로의 이마에는 어느새 식은땀이 배어 있었다.

"하지만 스승님과 함께 저녁을 먹는 동안, 자물쇠와 한 장소에 있었던 것이 틀림없어. 어쩌면 눈에 들어왔을지도 모르지."

"하지만 비단보에 싸여 있었잖아요?"

미노키치의 물음에 오산이 말했다. "어린아이들이란 무엇이든 불쑥 만지거나 건드려 보는 법이니까. 알 수 없지."

세이로쿠의 집으로 달려가 보니, 스승은 소녀의 부축을 받다시피 하며 서 있었다. 간신히 측간에 갔다가 돌아온 참이라고 한다.

"스승님도 몸이 안 좋으십니까?"

그리 묻고, 다쓰지로는 자신의 물음을 뒤쫓듯이 앗 하고 소리쳤다.

"스승님의 오른손이 빵빵하게 부어 있더구나."

의원의 처치를 받았는지 무명천이 단단히 감겨 있다. 그 밑으로 기름종이가 삐져나와 있었다.

세이로쿠의 얼굴에는 핏기가 없었다. 그러면서도 뺨 언저리는 검푸르게 부어 있다.

소녀가 자리를 까는 중이었다. 다쓰지로는 세이로쿠를 안아 눕히려고 했지만 세이로쿠는 고개를 저으며 그를 밀어냈다.

"그보다 풍로에 불을 지펴 다오. 빨리, 활활 불을 피워라."

순간 다쓰지로는 스승이 무엇을 하려는지 깨달았다. 그래서 재빨리 시키는 대로 했다. 그 김에 보라색 비단보도 가져오려고 했지만 스승이 말렸다.

"―너는 만지지 마라. 내가 하마."

다쓰지로와 소녀, 두 사람은 세이로쿠를 부축하고, 그가 자물쇠를 꺼내 풍로의 불에 태우는 모습을 지켜보았다.

"시커먼 연기가 나고, 자물쇠는 불타고 말았어."

쥐 죽은 듯 조용히 굳어 있는 아내와 아이들에게, 다쓰지로는 그렇게 말했다.

"스승님은 자물쇠가 숯처럼 탈 때까지 태우시고 탄 것을 부지깽이로 부숴 가루가 될 때까지 눈을 떼시지 않았지."

그러고서야 겨우 안심했는지 덜컥 정신을 잃었다.

"나는 옆에 붙어 있었단다. 한 시간쯤 지나자 스승님은 정신을 차리고, 내 손에 매달리다시피 하며 말씀하셨어."

네게는 미안한 일이지만 그 자물쇠는 이제 없다. 사실은 내가 직접 사과를 드리는 게 도리이나 보다시피 움직일 수가 없구나. 그러니 자물쇠를 맡긴 저택으로 당장 달려가서, 이러이러하게 되었다고 설명한 후 머리 숙여 사과드리고 오너라, 하고.

"좋고 싫고 할 것도 없었지. 나는 갔다. 갔어."

안도자카 언덕의 저택에는 관리인인지 대행수인지 하는 남자가 붉은 다스키를 맨 하녀와 단둘이 있었다. 대행수는 장부 같은 것을 쓰고 있었고, 하녀는 정원을 청소하는 중이었다.

"내가 이야기를 시작하자, 그 대행수는 끝까지 듣지도 않더구나."

대강의 일은 짐작이 간다, 고 말했다. 그러더니 터무니없는 말을 꺼냈다.

"자물쇠 장수 양반. 손님이 맡긴 물건을 태워 버렸으니, 당신도 마음이 편하지 않겠지. 그러니 한 가지, 다른 부탁을 들어 주지 않겠소."

이 저택에서 살아 달라는 것이다.

다쓰지로는 아내와 아이들의 얼굴을 둘러보았다. 다행히 하루키치는 지쳐서 잠들어 있다.

"일 년 만이라도 좋소. 내년 이맘때, 그렇지, 눈이 흩뿌리기 시작할 때까지."

그 약속을 지켜 준다면 답례로 당신에게 백 냥을 드리지.

4

백 냥이라는 말을 엄숙하게 맛보듯이 입에 담고 나서, 오타카는 눈을 들어 오치카의 얼굴을 보았다.

생긋 웃는다. 미인도가 갑자기 움직여 미소를 짓는 것 같다.

"어쩌면 실례되는 질문일지도 모르겠지만요, 아가씨."

예, 하고 오치카는 살짝 자세를 고쳐 앉았다.

"아가씨는 미시마야 주인어른의 양녀이신가요."

친딸이 아니라는 사실을 꿰뚫어 본 것이다.

"그렇습니다. 저는 이 집 주인 이헤에 님의 조카랍니다."

사정이 있어서 본가를 떠나, 지금은 이곳에 몸을 맡기고 있다는 사실도 이야기하려 했지만 오치카가 말을 잇기도 전에 오타카가 부드럽게 끼어들었다.

"아아, 역시. 아니, 아니, 그래서 뭐가 어떻다는 건 아니에요. 미안해요."

깊이 캐물을 의도가 없음을 보여 주는 것이다. 그러나 오치카는 이상한 생각이 들었다.

"괜찮습니다. 하지만 어떻게 아셨나요. 제가 주인어른을 아버지라고 부르지 않았기 때문인가요?"

오타카가 눈가에 주름을 지으며 즐거운 듯이 웃는다.

"제대로 된 가게의 아가씨라면 대개 그렇지요. 자신의 부모라도 외부인을 대할 때는 주인어른, 마님이라고 부르는 법이니까요."

그렇다면 더더욱 수수께끼 풀이를 해 주었으면 한다.

"제가 '백 냥'이라고 말했을 때 아가씨가 매우 깜짝 놀랐기 때문이에요."

"어머나" 하며 오치카는 입에 손을 댔다. 그 모습을 보고 오타카가 더욱더 활짝 웃는다.

"아가씨는 그런 얼굴을 하시면 아주 귀엽네요. 인형이 움직이는 것 같아요. 부럽군요."

놀리는 것은 아닌 듯하다. 오치카는 부끄러웠지만 솔직하게 고맙다는 인사를 했다.

"어릴 때부터 미시마야 주인장 정도의 재산을 가진 집에서 자란 아가씨라면, 백 냥쯤으로 깜짝 놀라거나 하지는 않는답니다. 그래서 저는, 이 아가씨는 미시마야에 오신 지 별로 오래되지는 않았겠구나 하고 생각했지요."

세상 물정을 잘 알다 보니 보는 눈도 있는 걸까.

"하지만 백 냥은 미시마야에서도 큰돈이에요. 숙부님도 숙모님도 갑자기 백 냥이라는 말을 들으신다면 아까의 저와 똑같이 눈을 휘둥그렇게 뜨셨을 거예요. 두 분이 봇짐장수로 시작해서 간신히 이만큼 키우신 가게니까요."

"어머나, 그러면 시험해 보세요."

놀라지 않으실 거예요, 하고 오타카는 부드럽지만 단호한 어조로 말했다.

"상인이 돈을 움직이는 재량은 가게의 크기로 정해지는 게 아니랍니다. 오래된 가문인지 아닌지도, 크게 상관없지요."

"그러면 재량은 무엇으로 정해지는 것인지요."

"기세로 결정되지요."

미시마야는 계속 상승세고 지금도 그 기세가 멈추지 않고 있다. 따라서.

"옛날에는 어땠을지 몰라도, 지금의 당신 숙부님은 당신이 대충 이 정도일 거라고 짐작하는 것보다 두 배, 세 배는 큰돈을 움직이고 계실 거예요."

오타카는 그렇게 말했다. 쓸데없는 이야기지만요, 하며 식어 버린 차로 손을 뻗는다. 오치카는 허둥지둥 찻주전자를 끌어당겼다. 이야기에 완전히 빠져들어서 접대하는 것을 잊고 있었다.

"계속 이야기를 하시느라 목이 마르시지요. 한숨 돌리셔요."

"그러면 잠시 쉴 겸, 아가씨도 생각해 봐 주세요. 우리 가족이 백 냥과 맞바꾸어, 몹시 불길한 자물쇠가 걸려 있던 으스스한 광이 있는 저택으로 이사를 했을 거라고 생각하시나요?"

오치카는 망설이지 않고 고개를 끄덕였다.

"그런 이야기를 듣고 가만히 지나치다니, 도저히 그럴 수는 없잖아요."

"무언가 사연이 있어 보이는 저택이에요. 그런데도 제 아버지와 어머니가 어린 자식들을 데리고 그 집에 들어가 살아도 좋다고 결정했을 거라는 말씀인가요?"

"그건…… 이것저것 고민은 했을 것 같지만요."

하지만 보수는 백 냥이다. 이게 이 이야기에서 가장 불길한 냄새가 나는 부분이 아닐까.

오타카는 갑자기 얼굴을 숙이고 자신의 주변을 보았다.

"제 아버지는 처음부터 이 이야기에 적극적이었어요."

수수께끼 같은 자물쇠가 일으킨 기분 나쁜 사건을 직접 조우한 것은 그 시점에서는 다쓰지로 혼자뿐이다. 그런 그가 가장 그러고 싶어 했다.

"백 냥의 위력이지요" 하고 오타카가 말을 잇는다. "일 년, 겨우 일 년이에요. 그동안만 참으면 백 냥이 굴러들어 오는 거예요. 모두 더 잘 살 수 있어요."

무엇보다 다쓰지로 부부는 그렇게 바라던 가게를 낼 수 있다.

"어머니는 정면으로 반대했어요."

남편을 설득하기 위해서 오산은 이렇게 말했다고 한다.

―여보, 중요한 것은 백 냥의 무게예요. 우리들에게 있어서의 백 냥이 아니에요. 상대방에게 있어서 백 냥의 무게지요.

"상대방에게는 우리 일가의 목숨값이기도 하다고 말하셨어요."

세이로쿠와 그의 손자에게 일어난 일을 생각하면, 그 저택에는 틀림없이 그곳에 사는 사람의 목숨을 위태롭게 할 만한 무언가가 기다리고 있을 터이다. 관리인인지 대행수인지를 맡고 있는 남자는 이를 감안하여 백 냥이라는 값을 매긴 것이다.

"저택에서 살면 틀림없이 혹독한 일을 당할 것이다. 불쌍하니 백 냥을 주마. 상대방은 백 냥이 대단한 값은 아니라고 여기는 걸까. 아니면 백 냥은 큰돈이지만 그만큼을 내고라도 우리를 그 자리에 대신 세우고 싶은 것일까. 어느 쪽일지 잘 생각해 봐라. 어머니는 그렇게 말했어요."

오치카는 소박하게 감탄했다. "오타카 씨의 어머님께서는 현명한 분이시군요."

"고맙습니다."

오타카는 우아하게 머리를 슬쩍 숙였다.

"하지만요, 아가씨. 여자가―특히 아내가 현명한 건, 그저 그뿐으로는 아무런 쓸모도 없답니다. 이를 살리는 것도 죽이는 것도, 짝이 되는 남편의 현명함에 달려 있으니까요."

다쓰지로는 오산의 말뜻을 이해할 수가 없었다. 백 냥은 오른쪽에서 보아도 왼쪽에서 보아도 백 냥이다. 무게에 무슨 차이가 있단 말인가. 당신은 백 냥이 갖고 싶지 않다는 것인가.

"아까 제가 아가씨께 실례되는 질문까지 해 가면서 백 냥이라는 말을 듣고 놀라시는지 아닌지에 대해 이야기했던 이유는, 이런 일을 겪었기 때문이에요."

부부 중에서는 오산 쪽이 상인이었다. 다쓰지로는 어디까지나 직인이었던 것이다. 진정한 상인은 돈거래를 할 때 상대방에게 있어서의 가치를 먼저 염두에 두고 흥정한다. 자신이 어떻게 생각하는지, 얼마나 이익을 얻을지는 두 번째 문제다. 하지만 다쓰지로는 그러한 저울을 가지고 있지 않았다.

"아무리 이야기를 나누어도 의견이 맞질 않아서 어머니도 초조해지고 말았지요. 문병도 갈 겸, 어찌하면 좋을지 스승님께 여쭤보고 오라고 하시더군요."

아내에게 야단을 듣고 다쓰지로는 풀이 죽어서 나갔다. 세이로쿠가 자물쇠를 태우고 나흘 후의 일이었다.

세이로쿠의 손은 붓기가 거의 가셔 있었다. 에치고야의 손자도 열이 내려 거짓말처럼 건강해졌다고 한다. 다쓰지로는 마음 놓고 스승과 상의할 수 있었다.

세이로쿠는 좋은 얼굴을 하지 않았다. 수상쩍은 이야기라며 다쓰지로를 꾸짖었다. 그러나, "말려도 소용없겠지. 너는 이미 완전히 그럴 마음을 먹었구나" 하고 체념한 듯이 한탄하더니, 다만 아이들은 자신에게 맡기고 가라고 말했다. 함께 그 집에 들어가 살아서는 안 된다.

"내심 불안하던 아버지도 스승님의 제안을 받아들였어요. 그러고는 곧장 안도자카의 저택으로 달려갔지요."

그날은 대행수 혼자 있었다. 하녀들의 모습은 보이지 않았다. 대행수는 무료한 듯, 남아도는 시간을 주체하지 못하고 있는 것처럼 보였다고 한다.

저택에서 이상한 분위기는 느껴지지 않았다. 하기야 그날은 광 근처에도 가지 않았으니까. 빈집처럼 메마르고 쓸쓸한 분위기가 떠도는 방과 복도는 깨끗하게 청소되어 있고, 덧문도 대부분이 활짝 열려 있어서 여기저기에 초겨울의 부드러운 햇빛이 비쳐 들었다.

다쓰지로가 우리 부부 둘만 옮겨 오겠습니다, 하고 말하자 대행수는 자못 불쾌한 듯이 얼굴을 찌푸렸다.

"그래서야 이야기가 다르지 않소."

다쓰지로는 몹시 곤혹스러웠다. 이 관리인인지 대행수인지를 맡고 있는 남자는 차갑고 심술궂은 인품의 소유자로는 보이지 않는다. 실제로 자물쇠를 다쓰지로에게 맡길 때에는 아내와 아이들이 가까이 가지 못하게 하라고 충고해 주었다. 그런데 지금은 사연이 있어 보이는 저택에서 아이들을 멀리 떼어 놓자는 제안을, 화난 듯한 얼굴로 다짜고짜 걷어찬다.

"아이들도 모두 데려오시오. 그러지 않으면 백 냥은 지불할 수 없소."

어지간한 다쓰지로도 불안을 느끼고, 세이로쿠와 손자의 몸에 무슨 일이 일어났는지에 대해서까지 낱낱이 이야기한 후에 이유를 물었다. 지난번과는 사정이 다른 듯합니다. 대체 이 저택에는 어떤 문제가 있는 것인지요.

아무 문제도 없다고, 대행수는 말했다.

"문제가 있는 것은 그 자물쇠뿐이었소. 자물쇠가 불타 없어져 버렸으니, 저택에도 광에도 이제 수상한 것은 전혀 남아 있지 않지."

그렇다면 왜 다쓰지로에게 백 냥을 주면서까지 일 년 동안 살라는 것일까?

"그건, 거리낄 만한 게 없다는 점을 확인하고 싶기 때문이오. 만약을 위해서지. 당신들에게 그 수고비를 지불하겠다는 것이오. 백 냥으로 부족하리라고는 생각하지 않는데."

됐소, 당신이 거절한다면 다른 사람을 찾아보면 되지. 다쓰지로의 코앞에 백 냥을 매달고 휘이휘이 흔드는 것 같은 말투다.

이번에야말로 다쓰지로는 낚이고 말았다. 그냥 '좋은 이야기'라고 여기는 동안에는 아직 여유가 있다. 하지만 '달려들어서 움켜쥐지 않으면 순식간에 다른 곳으로 달아나고 마는 좋은 이야기'일 때는, 여유고 나발이고 날아가 버린다.

다쓰지로는 고집스러운 표정이 되어 나가야로 돌아왔다.

"어머니는 매우 실망했지요. 하지만…… 아버지는 이미 백 냥에 눈이 어두워져 있었어요. 무슨 일이 있어도 우리를 데리고 안도자카의 저택에 가겠다고 우길 뿐. 의논도 대화도 더 이상 없었답니다."

결국 다쓰지로 일가는 일찌감치 짐을 꾸려 안도자카의 저택으로 이사를 하게 되었다.

"다 함께 짐수레를 밀면서 말이지요. 먼 길이었어요."

그렇게 말하며 오타카는 느릿느릿 한숨을 내쉬었다. 미간을 살짝 찌푸리고 있다. 하지만 표정에, 그 후에 어떤 무서운 일이 기다리고 있는 것일까 하고 오치카를 긴장시킬 만한 빛은 떠오르지 않았다.

그게 이상해서 오치카는 입을 열었다. 말로 끄집어내어 생각해 보기 위해서.

"다쓰지로 씨가 처음에 안도자카의 저택을 찾아갔을 때 나온 하녀는 '자물쇠 장수가 불려 왔다'는 말을 했지요."

오타카는 고개를 끄덕이고 문득 눈을 가늘게 떴다.

"대행수인 남자는 야단쳤고요."

"밖에 소문이 날까 봐 꺼리는 것이었겠지요."

그렇기 때문에 농담이 아니라, 그 저택에 열쇠가 있을 듯하지 않은가, 라는 생각이 든다.

"괴이한 자물쇠는 광에 걸려 있었어요—."

반짝거리는 옷들을 넣어둔 광이다.

"애초에 열쇠가 없는 자물쇠가 어떻게 열린 걸까요. 대행수와 하녀들은 어떻게 열었을까요."

자물쇠는 망가지진 않았다.

"저는 몰라요. 아버지도 대행수에게서 듣지 못했던 게 아닐까 싶어요. 들었다면 우리에게도 이야기해 주었을 테니까요."

오치카는 짧게 고개를 끄덕였다. 그러고는 말했다.

"자물쇠가 멋대로 열린 게 아닐까요."

저절로 말이다.

"어떤 사연이나 이유가 있는지는 일단 제쳐 놓고, 때가 오면, 혹은 자물쇠의 마음이 내키면 멋대로 열리는 경우가 있다. 그런 자물쇠였던 거지요."

오타카는 아슬아슬할 정도로 눈을 가늘게 뜨고, 열심히 오치카 쪽으로 상반신을 기울이고 있다.

"하지만 저택 분들께는 기쁜 일이 아니었어요. 가능하면 조금이라도 빨리 자물쇠를 원래대로 채워 버리고 싶었어요. 즉 자물쇠를 잠근다는 것이지요. 그래서 다쓰지로 씨에게 열쇠를 만들어 달라고 부탁한 거예요."

"그렇다면 '자물쇠 장수가 불려 왔다'는 말은 이상하지 않을까요. 저택 분들이 '자물쇠 장수를 불렀다'라면 이해가 가지만."

오타카는 반론이라기보다 오치카의 다음 생각을 듣고 싶어서 묻고 있는 듯했다. 거기에 힘을 얻어 오치카는 말을 이었다.

"물론 대행수님과 하녀들도 자물쇠 장수를 부르고 싶었겠지요. 하지만 그 전에 자물쇠 장수가 알아서 왔어요. 그것을 '불려 왔다'고 한다면 이유는 하나뿐이에요."

자물쇠가 스스로 자물쇠 장수를 부른 것이다.

"어째서."

오치카를 더욱 고무하듯이, 오타카가 의문을 던진다.

"자물쇠는 멋대로 열렸지요? 자신이 열리고 싶다고 생각했기 때문에. 그렇다면 자신의 의사에 반해 열쇠로 잠기는 것은 싫어했을 거예요. 그런데 어째서 열쇠를 만들어 달라고 하기 위해 자물쇠 장수를 부른단 말인가요?"

"하지만 열쇠는 만들지 못했어요."

건드린 것만으로도 세이로쿠는 손이 부었다. 자물쇠가 미끈미끈하다며 기분 나빠했다.

오타카는 말했다. "만들 수 없다면, 자물쇠가 자물쇠 장수를 불러도 소용없지요."

"죄송해요. 분명히 앞뒤가 맞지 않네요."

오치카는, 이번엔 입을 다물고 열심히 생각했다. 방금 전의 오타카와 똑같이 미간에 주름이 생겼다.

그러다 오치카는 퍼뜩 얼굴을 들었다. "세이로쿠 씨가 자물쇠를 태워 버린 후, 광은 어떻게 되었나요? 관리인인지 대행수인지 정체를 알 수 없는 남자가, 다쓰지로 씨에게 다른 자물쇠를 달아 달라고 부탁하지 않았나요?"

왜인지 오타카는 몹시 만족스러운 듯이 웃음을 지었다. 당장이라도 쿡쿡 웃을 것 같다.

"그게 말이지요, 부탁하지 않으셨어요."

다쓰지로 일가가 살던 일 년 동안, 안도자카 저택의 광에는 자물쇠가 걸려 있지 않았다.

"잠그지 않아도 된다고, 대행수가 말했거든요."

다른 무엇보다도 광이 마음에 걸렸던 오산은 제일 먼저 그리로 향했다. 광에 자물쇠가 보이지 않자, 대행수에게 조심성이 없다고 말했다. 어쨌거나 딱 보기에도 값비싸 보이는 옷이 가득했던 것이다.

"하지만 자물쇠는 필요 없다고, 대행수는 말했어요. 저대로 내버려 두어도 상관없다고요."

오산과 아이들이 대행수를 만난 것은 그날이 처음이었다. 이렇다

할 특징도 없는, 어디에나 있을 법한 가게 일꾼으로 보였다고 한다. 각별하게 심술궂어 보이지도, 냉혹해 보이지도 않았다.

"그래도 저택에 살게 되고 나서 우리는 몇 번인가 시험해 보았어요."

광에 새 자물쇠를 달려고 했다. 다쓰지로는 그게 직업이다. 얼마든지 만들 수 있고 궁리도 해볼 수 있다.

오타카는 입가에 쓴웃음을 지으며 고개를 저었다.

"전혀 소용이 없었어요. 어떤 자물쇠를 가져가도, 절대 잠기지 않았지요."

그렇겠지, 그렇겠지. 엉뚱할지도 모르지만 오치카는 기뻐졌다. 저도 모르게 목소리가 높아진다.

"그러면 이해가 가지 않습니까!"

오타카가 가볍게 고개를 갸웃거린다. "이야기의 앞뒤가 맞나요?"

"예. 광의 문은 열린 채로 남았지요. 단 하나뿐인, 그곳을 잠글 수 있었던 자물쇠가 사라져 버렸기 때문에요."

나무로 만들어진 '문제가 있는' 이상한 자물쇠는 그렇게 하고 싶었다. 광을 열어 버리고 싶었다.

"그러려면 자신이 사라지는 게 제일이지요. 그래서 자물쇠 장수를 부르고, 만지게 하고, 문제를 일으킨 것이 아닐까요."

부연하자면, 대행수와 하녀들도 그 사실을 알고 있었던 게 아닐까. 그래서 하녀는 '자물쇠 장수가 불려 왔다'고 무심코 말실수를 했고, 대행수는 '아내와 아이들이 가까이 가지 못하게 하라'고 충고한 것이다. 연약한 여자나 어린아이가 자물쇠의 해를 입는다면 가엾다고 여겼으니까.

"그렇다면 그 저택에서는 전부터 그런 일이 되풀이되어 온 걸까요."

"그럴 거예요."

다쓰지로 이전에 '불려 온' 자물쇠 장수들은 자물쇠에게 해를 입고 그 불길함을 알기는 했어도, 부수지는 않았다. 다쓰지로의 경우에도 실제로 손을 쓴 것은 스승인 세이로쿠다. 노직인은 경험이 많고 보는 눈이 있었기 때문에, 아무 망설임 없이 이런 자물쇠가 세상에 존재하면 안 된다고 판단해, 손님이 맡긴 물건이라도 불태워 없애야겠다는 결심을 실행에 옮겼던 게 아닐까.

"기분 나쁜 자물쇠는 핵심이 아니에요. 핵심은 광 쪽이지요. 자물쇠가 망가지고 싶어 한 게 아니라, 광이 자물쇠를 부수고 싶어 했다는 게 사실이 아닐까요."

정신없이 이야기하던 오치카는 짝짝 하고 손뼉을 치는 소리에 제정신으로 돌아왔다. 쳐다보니 오타카가 박수를 치고 있다.

"아가씨도 참으로 머리가 좋으시군요."

탄복한 듯한 눈빛이다. 오치카의 뺨이 확 타올랐다.

"죄송합니다. 쓸데없는 말씀을 드렸네요" 하며 바닥에 손을 짚고 납작 엎드렸다.

"무슨 말씀이셔요. 이런 분이시기 때문에, 미시마야 주인어른께서는 괴담을 들을 사람으로 당신을 두신 거예요."

아가씨의 말씀이 옳아요, 하고 오타카는 말했다. 다시 후우 하고 숨을 내쉬고, 조금 아련한 눈빛이 되었다.

"우리가 저택에 들어가 살게 되자 대행수는 보름에 한 번꼴로 상황을 살피러 왔어요. 그럴 때면 우리도 알 수 없는 일투성이라 부아가 치밀기도 하고, 흥미도 있으니 이리저리 찔러 보았지요. 그러면 질금질금이기는 해도 이야기해 줄 때가 있었어요."

예, 그러니 심성이 나쁜 사람은 아니었지요, 하고 그립다는 듯이 중얼거렸다.

"그렇게 들은 이야기들을 이어 붙여 보면 대강, 방금 아가씨가 추측하신 것과 같은 내용이 된답니다."

광의 자물쇠가 갑자기 저절로 열린다. 광의 힘이 광을 닫아 두는 자물쇠의 힘을 이길 때가 있으면 그렇게 되는 모양이다, 라는 게 대행수의 말이었다고 한다.

"저택 사람들은 언제 그렇게 열리는지 모른다, 그래서 안심하고 살 수가 없다고 했어요."

그래도 쭈뼛거리며 상황을 보고 있으면 어느 사이엔가 또 저절로 자물쇠가 잠겨 있다. 적어도 세이로쿠가 그 자물쇠를 불태워 버릴 때까지는, 쭉 그 일을 되풀이해 왔다―.

"그래서 오타카 씨 가족이 그 집에 들어가 살게 되고 나서, 저택에서는 무슨 일이 일어났나요?"

정체가 무엇이든, 자물쇠에 의해 광에 갇혀 있던 것은 자유로워졌다. 다쓰지로 일가는 그 안에 내던져진 것이다.

한순간 오타카는 오치카를 뚫어져라 바라보았다. 오치카도 마치 연모하는 사람과 마주하듯이 바라본다.

그러자 오타카가 소녀처럼 풋 하고 웃음을 터뜨렸다.

"그것이 말이지요."

한 손을 가볍게 흔들며 이렇게 말했다.

"아무 일도 일어나지 않았답니다. 예, 아―무 일도요."

5

오타카는 안도자카 언덕의 저택으로 이사해서 처음 눈을 보았던 날의 일을 똑똑히 기억했다. 한 시간도 안 되는 동안, 하얀 파편이 비에 섞여 서걱서걱 내렸을 뿐이지만, 이를 알아차린 어머니 오산이 서둘러 달력에 표시했기 때문이다.

대행수와의 약속은 '내년 겨울, 눈이 흩뿌리기 시작할 때까지 이 저택에 있는' 것이다. 다시 말해서 내년 이맘때. 그렇다면 앞으로 일 년이라는 뜻이다.

그날로 벌써 고부나초의 나가야를 떠난 지 보름 정도가 지났다. 저택의 생활도 모습을 갖춰, 완전히 자리를 잡았다.

당장은 아무 일도 일어나지 않았다. 수상한 소리도, 사람 그림자도, 무엇 하나 없다. 맥이 빠질 정도로 조용했다.

그래도 다쓰지로는 이사를 하고 나서 닷새 동안은 행상을 나가지 않았다. 엿새째에 처음으로 나갔다가 일찌감치 집에 들어와서는 아내와 아이들이 아무 일 없이 지내고 있음을 알게 되자, 이레째부터는 나가야에서 살았을 때와 비슷하게 열심히 장사를 하게 되었다. 가족 중 아무도 그것을 나무라지는 않았다.

광대한 저택에 방은 다 셀 수 없을 정도로 많았지만 오타카네 가족이 사용한 곳은 부엌을 포함해서 겨우 세 군데로, 처음 대행수에게 이끌려 한 바퀴 돌아보았을 때를 빼면 절반 이상의 방에는 발을 들여놓은 적이 없다. 덧문도 닫혀 있었다. 대행수 역시 그렇게 해도 전혀 상관없다고 말했다.

"당신들이 쓰고 싶은 곳만 쓰시오. 다른 방은 신경 쓰지 않아도 되니까."

깨끗한 것을 좋아하는 오산은 그러면 저택이 상한다고 걱정했다.

"적어도 사흘에 한 번 정도는, 방마다 통풍을 시키는 편이 낫지 않을까요."

그러자 대행수는 웃으며, "당신이 신경 쓰인다면 그렇게 하면 되지만, 이제부터 다가올 계절에 섣불리 덧문이나 장지를 열었다간 추워서 못 살 거요. 뭐, 날씨가 좋아지면 해 보시오"라고 몹시 친절한 말투로 말하는 것이었다.

수수께끼로 말하자면 이 대행수의 태도가 가장 수수께끼로, 이는 저택에 이사를 오고 나서 며칠이 지나도 풀리지 않았다. 오타카 부모의 코앞에 백 냥을 매달아 현혹하고, 아이들도 데리고 오지 않으면 없었던 얘기로 하겠대서 고민하게 만들었다. 그러고는 막상 오타카와 가족들이 이사를 오자 몹시 기뻐하며 맞아들이고 저택 안을 구석구석 안내해 주며 마음대로 쓰라고 했다. 무언가를 꾸미는 기색도, 두려워하는 기색도 없다. 호박이 넝쿨째 굴러들어 왔다며 혼자 싱글거린다거나, 더 나아가 이제 이 집의 재앙을 다쓰지로 일가에게 떠넘겨 버릴 수 있겠다며 가슴을 쓸어내리고 있는 듯싶지도 않았다.

무엇보다 대행수는 광에 가까이 가서는 안 된다고 말하지 않았다.

"저택 안 어디를 들어가도 상관없소. 당신들이 기분 나쁘게 여길 장소도 있겠지만."

그렇게만 말할 뿐이었다. 언제, 몇 번을 물어도 대답은 같았다. 당신들은 이 저택에서 좋을 대로 지내면 된다. 해서는 안 되는 일은 하나도 없다.

대행수가 상황을 살펴보러 오는 것은 반드시 오후다. 대개 아이들에게 선물로 단것을 가져와 오산에게 차를 한 잔 얻어마시고 두 시간 정도 이야기를 나눈다. 무언가 부족하지는 않은가. 이상한 일은 없는가, 아이들은 건강한가. 그를 상대하는 오산도 점점 익숙해져서 흔해 빠진 수다를 떨 때도 있었다. 아니, 그렇다기보다 수다를 떠는 일 정도밖에 할 게 없었다.

안도자카 언덕의 저택에서는 그 후에도 쭉 아무 일도 일어나지 않았다. 석 달쯤 지나자 봉당 한쪽 구석에 만든 작업장에 틀어박혀 있을 때가 많은 미노키치를 제외하고, 오타카를 비롯한 세 남매는 온 저택을 마음껏 뛰어다니며 놀게 되었다. 처음에는 무서워서 흠칫거렸지만, 아무 일도 없자 금방 익숙해진 것이다. 아니, 그렇다기보다 세 아이들은 내력도 주인도 알 수 없는 안도자카 언덕의 이 저택이 매우 편안한 집이라는 사실을 하루하루 살면서 체감하게 되었다.

넓고 따뜻하고 깨끗하고, 흠 잡을 데가 없는 집이다. 비좁고 허름하고 외풍이 불어 들어오는 뒷골목 나가야의 두 평 반짜리 방과는 전혀 다르다.

오미쓰와 오타카 자매는 마침내는 광에도 들어가, 그곳에 있는 반짝거리는 옷을 몰래 꺼내어 어깨에 걸쳐 보기도 했다. 물론 나중에 오산에게 들키면 (대개는 하루키치가 고자질한다) 따끔하게 야단을 맞았지만.

그렇게 겨울을 지내고 새해를 맞고 봄이 와서 정원에 매화 향기가 떠돌고 이어서 벚꽃이 진다. 장마가 오고 활짝 갠 오월을 보내고 매미가 시끄럽게 울고 한여름의 강한 햇빛과 짙은 그늘이 저택 안과 밖을 또렷하게 나누어 비춘다.

매미가 죽고 가을벌레 소리가 들리고, 이윽고 정원의 나무가 잎을 떨어뜨리기 시작한다. 계절이 바뀌는 길목에 접어들 때마다 오타카는 저택의 아름다움을 새삼 실감하고, 옷을 갈아입듯이 분위기를 바꾸어 가는 그 모습을 질리지도 않고 넋을 놓은 채 바라보게 되었다.

안도자카 언덕의 저택은 오타카네 가족이 온 이후로 상하지 않았다. 나가야에서의 삶밖에 몰라서 이런 큰 집의 손질법도 사용법도 모르는 오타카네 가족이 들어와 살아도 망가지는 일은 없었다.

오타카는 문득 생각했다. 이 집은 살아 있는 것이 아닐까. 우리가 관리하지 않아도 스스로 옷을 갈아입고, 스스로 화장을 하고, 스스로 머리를 감고, 늘 깨끗하게 몸단장을 하고 있는 게 아닐까—.

어째서 '화장'이라고 생각했을까. 집이 남자고 여자고 할 리도 없는데.

아니, 하지만 이 저택은 여인이다. 왜냐하면 광에는 반짝거리는 옷들이 잔뜩 들어 있으니까. 게다가 그렇지—이곳에서는 늘 달콤하고 좋은 냄새가 난다. 마치 옷에 밴 향의 냄새처럼.

그렇다, 광 속에 들어 있는 그 옷과 똑같다.

달력에 표시를 한 날로부터 정확하게 삼백육십 일이 지나고, 얼어붙은 흐린 하늘에서 하얀 파편이 나풀나풀 내려오기 시작했다. 오타카는 그때 정원에서 불쏘시개로 사용할 마른 가지를 모으고 있었다. 아아, 눈이구나, 하고 생각하니 자연스럽게 눈물이 났다.

이제 저택과는 작별이다. 양팔로 마른 가지를 끌어안고, 잠시 따뜻한 뺨에 조금씩 내리는 눈을 맞으며 서 있었다.

다음 날 저녁, 다쓰지로가 장사를 마치고 돌아올 무렵을 기다렸다는 듯이 대행수가 찾아와, 약속한 일 년이 지났으니 저택을 나가도 상관없다고 말했다.

"여러 가지로 고맙소. 당신들은 잘해 주었습니다."

처음으로 대행수가 깊이 머리를 숙인 것을, 오타카는 똑똑히 기억하고 있다.

"―그런 이야기랍니다."

가슴 앞에서 양 손바닥을 소리 나지 않게 나긋나긋 맞부딪치며 오타카는 미소를 지었다.

웃는 얼굴을 하는 오타카를 보고, 오치카는 그저 멍하니 앉아 있을 수밖에 없었다. 구멍이 뚫릴 정도로 오타카의 얼굴을 바라보고 또 보지만, 상대방의 요염한 미소에는 변함이 없고, 부드럽게 오므리듯 다문 입술이 움직일 기색도 없다.

"이것, 뿐인가요?"

마침내 약간 맥 빠진 목소리로 오치카는 물었다. "이야기는 여기에서 끝인지요?"

"예" 하고 오타카는 주눅 든 기색도 없이 대답했다.

"하지만—당신은 처음에 귀신의 집에 대한 이야기라고 말씀하셨는데요."

"예, 말했지요."

태연자약하다. 눈에는 더욱더 흥겨운 빛이 깃든다. 오치카를 놀리려는 걸까.

분명히 놀리는 것이다. 오치카는 발끈했다. 스스로도 자신의 눈썹이 날카롭게 치켜 올라가는 소리를 들은 듯했다.

"아무리 그래도, 이건 너무하세요. 저는 장사의 재능도, 세상 살이의 지혜도 없는 어린 계집아이지만 여기에는 미시마야 주인 이헤에 님을 대신해 앉아 있는 것입니다. 어린 계집아이인 저를 놀리시는 것은 손님 마음이지만, 미시마야를 모욕하신다면 잠자코 있을 수는 없어요."

단호하게 얼굴을 들고 상대의 눈을 응시하며 말을 쏟아내는 오치카를 보고도 오타카는 동요하는 기색이 없었다. 웃음은 더욱 부드럽게 녹았다.

"아가씨는 참으로 현명하셔요" 하고 달콤한 곡조에 실어 노래하듯이 중얼거린다.

부아가 치미는 아첨이고 비아냥이다. 오치카는 화가 나서 오히려 말문이 막히고 말았다. 가슴속만 타오른다.

"저기요, 오치카 씨."

오타카가 처음으로 오치카를 이름으로 불렀다.

"당신, 이 댁에서 지내시면서 주눅이 들어 있지요."

무슨 속셈일까. 갑자기 화제를 돌리다니.

"아무리 잘해 주신다고 해도 숙부님과 숙모님 댁이니까요. 게다가 당신에게는 떠올리고 싶지 않은데 잊을 수 없는, 괴로운 옛일이 있고요."

이번에야말로 오치카는 할 말을 잃었다. 자신의 귀를 믿을 수가 없다. 지금 이 여자가 뭐라고 한 거지?

눈만 크게 뜬 오치카에게 오타카는 무릎걸음으로 한 발짝 슬쩍 다가와, 목소리를 더욱 낮추고 오치카를 어루만지듯이 훑어보면서 속삭였다.

"어린 나이에 가엾은 일이에요. 하지만 아무리 후회해도 죽은 사람은 돌아오지 않는답니다. 일어나고 만 일은 사라지지 않아요. 그러니 절에 들어가려는 생각을 접으신 것은 아주 다행스러운 일이었어요. 세상에 그렇게 아까운 일이 어디 있답니까."

오치카는 현기증을 느꼈다. 뱃속이 천천히 뒤집히고 숨이 막힌다. 어째서? 오타카는 무슨 말을 하는 걸까. 어떻게 그 일을 알고 있을까? 오치카의 과거를.

"어, 어떻게—."

헐떡이듯이 입을 열자 오타카는 더욱 바싹 다가와 한 손을 들어 손가락을 우아하게 뻗더니 오치카의 입술을 만졌다.

"아무 말씀도 마셔요. 그렇게 무서운 얼굴을 하시면 안 됩니다."

그 자세 그대로 힐끗 곁눈질을 하여 주위에 사람의 기척이 없는 것을 확인했다. 그러고 나서 말을 이었다. "당신의 신상에 있었던 일을 저는 전부 다 알고 있어요. 미시마야 주인어른에게서 들은 것은 아니에요. 저는 알 수 있답니다. 당신 같은 분을 찾고 있었기 때문이지요."

오치카는 오타카의 갸름하고 검은 눈을 들여다보고 있었다. 홀린 것처럼 움직일 수가 없다. 서로의 숨결이 닿을 정도의 거리다. 오타카의 유혹하는 듯한 눈빛이 오치카의 마음 깊은 곳까지 스르르 들어와, 무엇이든지 다 살펴보고 있다—.

오치카의 영혼의 모양, 거기에 새겨진 상처의 깊이까지도.

"안도자카 언덕의 집은 지금도 틀림없이 존재하고 있답니다." 오타카는 말했다. "광에는 당신에게 잘 어울리는 옷이 많이 있지요. 당신도 그 집과 잘 어울리셔요. 그 아름다운 정원도 당신을 마음에 들어 하겠지요, 오치카 씨."

가시지요.

오타카는 오치카의 귓가에서 속삭였다. 밀어를 속삭이는 듯한 달콤한 울림이다.

"저와 함께 가셔요. 그 집에서 살아요. 무서울 건 전혀 없어요. 전부 다 말씀드렸지요? 분명히 그것은 귀신의 집이랍니다. 하지만 무서운 일은 없어요. 다만 이승을 벗어난 존재를 부를 때에는 귀신이라고 부를 수밖에 없을 뿐……."

어째서냐고, 오치카는 쉰 목소리로 말했다. 어째서, 제가.

어머나, 쉬운 수수께끼예요, 하며 오타카는 활짝 웃었다. "오치카 씨에게 백 냥이라는 돈은 필요가 없겠지만 마음의 평안함은 필요하니까요."

안도자카 언덕의 저택에 오면, 그것을 얻을 수 있어요—오타카가 그렇게 속삭였을 때, 복도 안쪽에서 쿵쾅거리는 발소리가 들려왔다.

"아가씨, 오치카 아가씨!"

야소스케의 목소리다. 이어서 장지문이 드르륵 열렸다. 기세를 못 이겨 장지가 도로 닫힐 정도의 힘이다. 남자 두 명이 고꾸라질 듯이 흑백의 방으로 뛰어들어 왔다.

한 사람은 틀림없이 야소스케다. 또 한 사람은 수수한 색깔의 기모노에 새하얀 버선을 신은 몸집이 작은 젊은이였다. 상인이거나 가게의 점원일 터이다. 오치카가 전혀 모르는 얼굴이다.

그 젊은이가 앗 하는 소리도 없이 입을 벌려 경악한 얼굴을 하고 오치카의 옆을 향해 소리쳤다.

"오타카 누님!"

오치카는 튕긴 듯이 오타카를 돌아보았다. 오타카는 아직도 바싹 붙어 앉아 있었다. 아름답고 요염한 웃음도 그대로고, 오치카의 입술을 누르던 손가락도 세운 채로.

"누님, 어째서 이런 곳에."

젊은이가 달려와 오타카를 양팔로 껴안았다. 그와 동시에 오타카가 무너졌다. 눈이 감기고, 두 손이 방바닥 위에 털썩 떨어진다. 정신을 잃고 만 모양이다.

오치카에겐 야소스케가 달려왔다. 근엄한 대행수는 섣불리 오치카의 몸에 손을 대서는 안 되겠다 싶었는지 춤을 추는 것처럼 양손을 퍼덕거리고 있다. 혀도 제대로 돌아가지 않는다.

"아, 아가, 아가씨, 무사하십니까."

오치카는 그저 깜짝 놀라, 야소스케의 새파래진 얼굴을 들여다보며 아무 말도 하지 못했다. 오치카 쪽에서 손을 뻗어 그의 팔을 잡자, 야소스케는 퍼덕퍼덕 춤추던 것을 멈추고 오치카를 단단히 부축해 주었다. 그러고는 오치카를 질질 끌다시피 하여 젊은이와 오타카에게서 떼어 놓았다.

젊은이가 오타카를 팔에 안은 채 이쪽을 돌아본다. 오치카는 거의 아무 생각도 떠올리지 않으며 그저 옷깃을 누르고 바로 앉았다.

"미시마야의 아가씨로군요. 큰 실례를 저질렀습니다."

젊은이는 또렷하게 말했다. 뒤집어진 목소리이기는 하지만 눈빛은 침착하고 말투도 정중하다. 눈썹이 또렷하니 짙은 얼굴이다.

"이 사람은 제 가족으로, 분명히 오타카라는 사람이 맞습니다. 실은 병자랍니다."

병자, 하고 오치카는 되풀이했다. 야소스케가, 그래요, 그렇습니다, 하고 조급하게 말한다.

"오늘 '흑백의 방'에 찾아뵙기로 한 사람은 접니다. 막 나서려던 차에 급한 일이 생겨서 늦어졌는데, 그 사이에 이 사람이 멋대로 미시마야를 찾아오고 만 것입니다. 참으로 죄송합니다."

오치카의 갑갑하던 가슴이 진정되기 시작했다. 호흡이 편해진다. 젊은이의 시원시원한 말투가, 오타카가 이야기하는 동안에는 시간이 멈춘 것 같았던 흑백의 방에 신선한 바람을 불러다 주었다.

"저어, 의원님을 부를까요."

힘없이 기절해 있는 오타카의 안색은 종이처럼 하얗다. 젊은이는 걱정스러운 듯이 그 얼굴을 시선으로 한 번 어루만지더니, 고개를 가로저었다.

"배려해 주시니 황송합니다. 허나 바깥에 저희 가게 사람들을 대기시켜 두었으니, 이대로 곧장 데리고 돌아가겠습니다."
"그래도—."
젊은이는 오치카에게 한순간 수줍은 듯한 웃음을 보였다.
"이런 일은 전에도 있었습니다. 푹 쉬게 하면, 이 사람은 원래대로 돌아옵니다. 걱정해 주셔서 고맙습니다."
"그러면 함께 오신 분들을 불러오겠습니다."
야소스케가 날듯이 일어선다. 어쩌면 도망친 것인지도 모른다. 하지만 오치카는 이제 거의 평상심을 되찾았다.

오치카는 오타카에게 살며시 다가가 얼굴을 들여다보았다. 영혼이 빠져나가 버린 것처럼 잠들어 있다. 가끔 눈꺼풀이 희미하게, 한기를 견디는 작은 새처럼 떨릴 뿐이다. 잠들어 있어도 아름다운 얼굴이지만 요염함은 사라졌다. 오히려 어린 여자아이의 잠든 얼굴처럼 보이기까지 하는 게 이상했다.

"병을 앓고 계신다는 것은."
오치카는 오타카의 얼굴을 바라보며 젊은이에게 작은 목소리로 물었다.
그는 한동안 대답하지 않았다. 오치카는 눈을 들어 그를 보았다. 젊은이가 오타카의 잠든 얼굴을 바라보고 있다.
"마음의 병, 이라고나 할까요."
말하기 힘들다기보다 어떤 말로도 표현할 수가 없다는 고민을, 오치카는 그 대답에서 느꼈다.
"아까 이분을 '오타카 누님'이라고 부르셨지요."

젊은이는 또 수줍어했다. 이번에는 몹시 부끄러운 듯이, "죄송합니다" 하고 말한다.

"혹시 하루키치 씨인가요. 이분의 동생이신."

젊은이의 표정이 문득 부드러워졌다. 그가 이쪽을 바라봤기 때문에 오치카는 그에게서 약간 떨어졌다.

"아니요, 저는 하루키치가 아닙니다. 말씀드리는 게 늦었습니다. 저는 호리에초에 있는 나막신 도매상 에치고야의 세이타로라고 합니다."

호리에초. 나막신 도매상 에치고야. 들은 적이 있다. 오치카는 "아" 하고 소리를 질렀다.

"아까 이야기에 나왔어요. 이분의 아버님인 다쓰지로 씨의—."

스승이었던 자물쇠 직인 세이로쿠의 딸이 시집을 간 상가다.

그러자 세이타로라고 자신을 소개한 젊은이도 얼굴에 웃음을 지었다.

"누님이 이야기를 하였습니까. 제 외할아버지에 대해서도?"

"예. 안도자카 언덕의 저택 자물쇠에 손을 물리셨다는—."

세이타로는 세 번째로 부끄러운 듯이 눈을 깜박이고, 오치카에게 말했다.

"자물쇠를 만졌다가 크게 열이 났던 아이가 접니다."

이번에는 오치카도 "어머나" 혹은 "세상에" 하고 놀랄 겨를이 없었다. 이야기의 주인공이 갑자기 눈앞에 나타난 것이다.

"누님이 어디까지 이야기했나요. 아니, 그…… 아가씨를 안도자카 언덕의 저택으로 부른 것은 아닌지요."

오치카는 천천히 고개를 끄덕였다. 세이타로가 애처로울 정도로 얼굴을 일그러뜨리며 깊이 숨을 내쉰다.

"그렇다면 많이 무서우셨겠습니다. 아무리 사과를 드려도 모자라겠지요. 제가 좀 더 단단히 누님을 감시했어야 하는데."

핏줄로 이어진 것도 아닌 에치고야의 세이타로가 오타카를 '누님'이라고 부른다. 누님이라는 호칭은 몹시 친근하게 들렸고, 감시했어야 한다는 말은 그가 평소 오타카 옆에 있다는 뜻을 포함하고 있다. 오치카로서는 수수께끼가 더욱 늘어난 것처럼 느껴질 뿐이었다. 그럼에도 계속해서 물으려고 했을 때, 아까보다 더 소란스러운 발소리가 다가왔다. 오타카를 데려가려는 것이다.

순간 목소리를 낮추고, 오치카는 빠른 말투로 물었다.

"오타카 씨 가족이 백 냥을 받는 대신에 안도자카 언덕의 저택에서 일 년 동안 살았다는 이야기는 사실이지요?"

세이타로는 고개를 끄덕였다. 오치카의 눈을 똑바로 보고 있다. 거기에 두려움의 빛이 보였다.

"누님네 식구 여섯이서 이사를 갔지요. 일 년이 지나고, 돌아온 이는 한 명뿐이었습니다."

그게 이 사람입니다, 하며 팔 안에 있는 오타카의 몸을 살며시 흔들었다. 오타카의 눈꺼풀이 파르르 떨렸다.

6

 그로부터 사흘 후, 호리에초의 나막신 도매상 에치고야에서 다시 세이타로가 찾아왔다.
 이번에는 오치카 혼자가 아니라 이헤에도 함께 만나기로 했다. 사흘 동안 오치카는 숙부에게 대강의 경위를 이야기했다. "안도자카 언덕의 빈 저택에서 일어난 괴이한 일은 아직 끝나지 않은 게로구나" 하고 미간을 찌푸리며 중얼거렸던 이헤에는 그 뒷이야기를 은근히 기다리고 있었다.
 "어머나, 숙부님, 이 '흑백의 방'에서의 일은 제 소관이 아니었던가요."
 오치카가 슬쩍 놀리자, "세이타로 씨라는 사람은 꽤나 용모가 준수한 젊은이라지 않느냐. 시집도 안 간 너와 단둘이 둘 수는 없지. 뭐, 네가 꼭 단둘이 있게 해 달라면 빠지겠다만" 하며 이헤에가 오치카를 도리어 놀렸다.
 세이타로는 시동(侍童) 하나와 함께 많은 선물을 들고 왔다. 지난번 일에 대한 사과와 감사의 표시이니 보잘것없지만 부디 받아주시기 바란다며 머리를 숙인다.
 "누님은 어떠신가요."
 이야기를 꺼낸 이는 오치카다. 가장 마음에 걸리는 일이다. 세이타로가 오타카를 '누님'이라고 불렀기 때문에 그것을 따라했다.
 "걱정해 주시니 송구합니다."
 세이타로가 다시 한 번 깊이 머리를 숙인다. 그러고는 이헤에와 오치카의 얼굴을 순서대로 바라보며 대답했다.

"만일 괜찮으시다면, 누님과 누님 일가에게 어떤 일이 일어났는지, 중단되었던 옛 이야기를 계속 들려 드리고 싶은데요."

"오오, 기다리고 있었습니다" 하고 이헤에가 표정을 누그러뜨리며 바싹 다가앉는다.

세이타로는 진지한 얼굴로 말을 이었다. "함께 안도자카 언덕까지가 주실 수 있으실는지요."

오치카는 놀라서 숙부를 보았다. 어지간한 이헤에도 허를 찔린 모양이다.

"괴이한 빈 저택에 말입니까."

"저택은 이제 없습니다." 세이타로는 천천히 곱씹듯이 말했다. "불에 타서 없어지고 말았습니다."

가 본다 해도 볼 것은 없다.

"다만, 저택이 없어졌음을 두 분의 눈으로 확인해 주셔야, 앞으로 할 이야기를 이해하시기가 쉬워질 겁니다."

"알겠습니다. 가지요."

이헤에는 멋대로 결정해 버렸다.

세이타로는 준비성 좋게도 가마 세 대를 대기시켜 두고 있었다. 시동이 옆을 달려 따라온다. 에이호, 에이호, 하는 가벼운 구령에 따라 흔들리면서, 오치카는 가슴속으로 불안을 곱씹었다. 이야기를 듣기만 하는 거라면 몰라도, 괴이한 일이 일어난 곳에 찾아가는 일은 어떨지. 지나치게 깊이 들어가는 게 아닐까…….

숙부 이헤에의 어린아이 같은 호기심은 그렇다 치더라도 세이타로의 진의를 알 수가 없다. 어찌할 셈일까.

안도자카 언덕에 도착하자 세 사람은 시동과 가마를 언덕길 입구에서 기다리게 하고 걷기로 했다. 화창한 가을날이다. 머리 위에는 마치 물들인 것 같은 푸른 하늘이 펼쳐져 있다. 절과 무가의 저택이 많은 곳이라, 주위는 쥐 죽은 듯 조용하고 들리는 것은 주위를 에워싼 나무들이 서늘하게 술렁거리는 소리뿐이다. 조금 더 지나면 잎이 시들어 떨어지고, 이번에는 뼈를 엘 듯한 차가운 바람이 불겠지.

"언덕 중간쯤입니다."

앞장선 세이타로가 고개를 약간 수그리고 있다.

어디라고 가리켜 주지 않아도 금세 알 수 있었다. 언덕 왼쪽에 느닷없이 공터가 나타났기 때문이다. 일그러진 데라고는 없는 직사각형의 땅이다. 옆으로도 넓지만 안으로도 깊다.

어느 모로 보나 이상한 광경이었다. 있어야 할 건물이 그것만 뿌리째 뽑혀 나간 듯 보인다. 지면이 드러나 있고, 빗물을 흘려보내는 고랑이 파여 있다.

"빈 저택이 있던 터입니다."

세이타로는 공터를 향해 손을 모았다.

"누님이 아가씨께 들려 드린 일은 십오 년 전에 일어났습니다."

세이타로의 외할아버지, 자물쇠 직인 세이로쿠는 제자인 다쓰지로가 이 저택으로 이사를 가기로 결정했을 때 당연히 좋은 얼굴을 하지 않았다. 아이들만이라도 두고 가라는 제안이 거절당한 후에는 강하게 반대하기도 했다. 그러나 백 냥이라는 큰돈에 낚이고 만 다쓰지로는 말을 듣지 않았다. 별수 없이 세이로쿠는, 내가 자주 안도자카 언덕을 찾아가겠다고 다쓰지로에게 말했다. 그리고 그때 너나 네 아내, 아이들 중 누군가 한 명이라도 몸이 안 좋아 보인다면, 무슨 일이 있어도 목덜미를 잡아 끌고 저택 밖으로 데리고 나올 테다.

그러나 실제 행동으로 옮기진 못했다. 세이로쿠가 오늘은 안도자카 언덕에 상황을 살피러 가야겠다고 마음먹으면, 자물쇠에게 물린 상처가 이미 나았을 터인데도 갑자기 욱신거리기 시작한다. 열이 나고 한기가 든다. 다리에서 힘이 풀린다.

으스스하기 짝이 없는 일이다. 세이로쿠는 더욱더 다쓰지로네가 걱정되어 견딜 수가 없었다. 그래서 안도자카 언덕으로 심부름꾼을 보내어, 다쓰지로 쪽에서 이리로 오라고 전했다.

다쓰지로가 왔다. 이상한 기색은 전혀 없었다. 혈색도 좋고 건강해 보였다. 오히려 살이 오른 것처럼 보이기까지 했다.

오산도 아이들도 모두 행복하다고 한다. 극락처럼 살기 좋은 저택으로, 일 년으로 기한이 정해져 있는 게 유감스러울 정도다. 계속 살고 싶다—세이로쿠가 물을 때마다 안도자카 언덕의 저택이 얼마나 아름다운지, 얼마나 훌륭한지를 다쓰지로는 황홀한 표정을 지으며 청산유수로 이야기했다.

앞으로는 보름에 한 번, 반드시 얼굴을 보여 다오. 세이로쿠의 부탁에도 다쓰지로는 쾌히 응했다. 보름에 한 번, 반드시 찾아왔다. 늘 똑같이 만면에 웃음을 띠고 저택에서의 생활이 얼마나 즐거운지를 이야기한 후 돌아갔다.

그렇게 열 달 남짓이 지났다.

"할아버지께서는 마침 오늘같이, 하늘이 구름 한 점 없이 맑게 갠

날이었다고 말씀하셨습니다."

세이타로는 푸른 하늘을 올려다보며 말을 이었다.

"처음으로 다쓰지로 씨가 약속한 날에 찾아오지 않았던 것입니다."

세이로쿠는 하루 종일 기다렸다. 다음 날도 기다렸다. 마침내 하루를 더 기다리고, 더 이상 기다릴 수가 없게 되었다.

안도자카 언덕으로 가려고 하니 또 다리에서 힘이 풀리고 말았지만 세이로쿠는 이번만은 물러나지 않을 결심을 한 상태였다. 직인 동료와 이웃에 사는 남자들에게 부탁해, 덧문의 문짝을 떼어 그 위에 실어 달라고 하여 안도자카 언덕으로 향했다.

그는 저택의 생울타리 너머로 소리를 질러 다쓰지로를 불렀다. 오산을 불렀다. 아이들을 불렀다.

대답이 없다. 기분 좋은 가을바람에 저택의 정원을 장식하고 있는 나무들이 흔들린다. 다쓰지로가 말했던 대로 아름다운 광경이었다.

세이로쿠는 남자들을 설득해, 저택 안까지 들어가서 다쓰지로네 가족을 찾아다녔다. 깨끗하게 정리되어 있고 구석구석 청소까지 마쳐 놓은 방에서 방으로, 이제 막 갈아 붙인 것처럼 새하얀 장지를 열고, 호화로운 그림을 그린 당지_{중국에서 건너온 종이의 일종으로 화려한 무늬가 있는 두꺼운 종이. 맹장지로 쓰였다} 문을 열고, 훌륭한 조각을 새긴 교창_{交窓} 아래를 뛰어다니며 찾고 또 찾았다.

그러다가 겨우, 그 자물쇠가 걸려 있던 광 앞에 우두커니 혼자 앉아 있는 오타카를 발견했다.

다른 사람들은 어찌 되었느냐, 너 혼자서 무엇을 하고 있느냐, 다른 사람들은 어디로 갔느냐. 세이로쿠가 쉰 목소리로 물어도 오타카는 아무 대답도 하지 않았다. 눈은 크게 뜨고 있고 입가는 느슨하게 풀려 있다. 남자들 중 한 명이 오타카를 안아 올리다가, 소녀의 몸이 너무 가벼워 놀라고 말았다. 목각 인형 같았다.

어쨌거나 여기에서 데리고 나가자. 세이로쿠는 문짝 위에서 지시를 내렸고, 깊은 사정은 모르지만 이상한 상황에 으스스함을 느끼고 있던 남자들도 얼른 떠나려고 했다.

그때 오타카가 날뛰기 시작했다.

나는 여기에 있을 거야. 어디에도 가지 않아. 여기에 있을 거야, 여기에 있을 거야!

소리치는 목소리는 또래 소녀의 목소리다. 그러다 갑자기 돌변하더니, 이곳에 놔두셔요, 하고 남자들을 달래듯이 부탁하기 시작한다. 그 목소리와 표정에 당치 않게도 촉촉한 색향이 섞였다.

―이제 곧 이 아이의 차례니까 잠시만 더 기다려 주셔요.

오타카는 여자 목소리로 그렇게 말하고 한 번 숨을 쉬더니, 다시 소녀의 목소리로 돌아와 울부짖기 시작한다. 아직 안 돼! 아직 내 차례가 오지 않았어! 나는 여기에 있을 거야!

일동은 이제 완전히 공포에 사로잡혔다. 한 사람이 뒷걸음질 치다가 달리기 시작하자, 그것을 계기로 앞다투어 저택 밖으로 도망쳤다. 세이로쿠도 문짝 위에서 식은땀에 젖어 있었다.

"오타카 누님은 할아버지 집에서 살기 시작했습니다."

세이타로의 이야기는 계속된다. 오치카가 문득 정신을 차려 보니,

추운 것도 아닌데 자신의 소매로 몸을 감싸는 듯한 자세를 하고 있었다.

"할아버지는 내력도 정체도 알 수 없는 그 대행수가 혹시 누님의 일로 따지러 오지나 않을까 싶어, 사람을 시켜 감시하게 했습니다."

한편으로 세이로쿠는 동네의 오캇피키에게 부탁하여, 안도자카 언덕에 있는 저택의 내력과 그 주인을 조사해 달라고 했다. 공들인 수법의 유괴일지도 모른다며, 오캇피키 쪽도 팔을 걷어붙이고 덤벼들었다.

"며칠이 지나도 오타카 누님은 말을 하지 않았습니다. 광 앞에서 발견되었을 때와 똑같은 상태로 돌아가고 만 것입니다."

눈은 뜨고 있다. 표정은 공허하다.

"저는 당시의 오타카 누님을 딱 한 번 본 적이 있습니다."

여자아이의 모습을 하고 여자아이의 얼굴이 달린, 텅 빈 자루가 앉아 있는 것처럼 보였다고 한다.

이헤에가 갈라져 버린 목에 침을 삼키고, 여전히 쉰 목소리로 물었다.

"오캇피키는 무언가 알아냈습니까."

세이타로는 고개를 끄덕였다. 한층 더 고개를 숙이는 바람에 얼굴에 그늘이 지고 말았다.

"예. 한 달쯤 걸려서……."

—다 당신을 위해서 하는 말이니, 그 저택에는 상관하지 않는 것이 좋소. 당신을 위해서요.

오캇피키는 떫은 얼굴로 세이로쿠에게 말했다.

―그 집은 본래 무가의 저택으로 시정의 우리들에게는 손도 눈도 귀도 닿지 않는 일이 많이 일어났소. 하지만 수상쩍다는 사실은 틀림없지.

저택이 지어진 지는 백오십 년이 되었다고 가르쳐 주었다.

―그런데 한 군데도 상하지 않았소. 정원 또한, 저택에는 정원사나 나무 심는 직인은 한 명도 드나들지 않는데도 그런 광경이라오.

백오십 년 동안 아무런 변화도 없다.

―단 한 가지 나도 알아낼 수 있었던 것은 그 저택의 광에 대해서라오.

그 광은 옛날에 사람을 가두기 위해 사용된 적이 있는 모양이다.

"누가 어떤 사정으로 갇혀 있었는지는 알 수 없소. 다만 원래의 주인인 무가는 핏줄이 끊겼고, 그 후 저택의 주인이 바뀌었소."

바뀌어도 새 주인 밑에서 또 누군가가 광에 갇힐 만한 사정이 생긴다. 그것이 몇 번 계속되고, 결국 아무도 살지 않게 되었다고 한다.

―그런데도 폐가는 되지 않았소. 저택은 여전히 깨끗하지.

세이로쿠는 다쓰지로 가족에게 백 냥 이야기를 꺼낸 남자 때문일 거라고 짐작했다. 대행수인지 관리인인지 모르지만, 저택을 유지하고 손질하는 일을 맡고 있던 남자다.

그러나 오캇피키는 세이로쿠의 눈앞에서 천천히 고개를 저었다.

그런 남자는 없소, 하며.

―다만, 그 근처 직업소개꾼의 이야기로는 어디에선가 불쑥 솟아온 것처럼, 오 년에 한 번 꼴로 고급스러운 기모노를 입은 대행수 같

은 남자가 찾아와, 그 저택의 광에 들어 있는 물건들을 볕에 쬐어야 하니 이삼일 동안 하녀를 보내 달라고 한다는군.

그러고는 고용된 하녀에게는 터무니없이 많은 수당을 준다고 한다. 두 번 다시 같은 직업소개소에는 나타나지 않고, 같은 하녀도 고용하지 않는다.

—다쓰지로 씨 가족이 만난 것도 그 대행수일 테지.

그것은, 정체가 무엇이든 어차피 사람이 아닌 존재이리라.

사람이 아니다.

어쩌면 저택 그 자체인지도 모른다.

상관하지 말라는 다짐을 받고, 오캇피키는 떠났다. 나도 이제 질색이오.

세이로쿠는 어중간한 의심을 품은 채 남겨졌다. 아무래도 기분이 가라앉지 않았다. 안도자카 언덕의 저택에 내력이 있다는 사실은 알겠지만, 이렇다 할 줄거리가 제대로 보이지 않는다.

백 냥을 주겠다는 말을 꺼낸 대행수가 평범한 사람이 아니라고? 저택 그 자체라고?

대체 어떻게 하면 저택에 팔다리가 돋아나 주위를 돌아다닐 수 있단 말인가. 큰돈을 눈앞에 매달아 다른 사람을 조종할 수 있다는 말인가.

그렇다—세이로쿠는 혼자서 자신의 무릎을 쳤다. 수상한 일은 얼마든지 널려 있지만, 돈 문제만은 이야기의 결이 다르다.

오 년에 한 번, 대행수는 직업소개꾼을 통해 하녀를 고용한다고 한다. 하녀들에게는 큰돈을 준다고 한다. 그렇다면 돈에는 출처가 있을 것이다. 그 출처가 곧 안도자카 언덕에 있는 저택의 진짜 주인이라는 뜻이 되지 않겠는가.

요물이니 귀신이니 하는 것이, 속세에서 쓰이는 제대로 된 돈을 융통할 수 있을 리가 없다. 설마 받은 후 며칠이 지나면 나뭇잎으로 바뀌고 마는 너구리의 금화도 아닐 테고, 대행수의 뒤에서 살아 있는 사람이 돈을 대고 있음이 틀림없다. 오캇피키는 그 점을 간과하고 있다.

세이로쿠는 불끈 화가 치밀었다. 그가 이러는 동안에도 옆방에 있는 오타카는 초봄의 햇빛을 받으며, 두 눈을 멍하니 뜨고 목각 인형처럼 넋이 나가 있다. 저 아이를 저런 꼴로 만든 놈은 누구일까. 그놈을 붙잡아서 혼쭐을 내주지 않고서는 내 속이 풀리지 않는다.

세이로쿠는 안도자카 언덕의 저택에 가기로 결심했다. 일어서서 준비를 시작한다. 이제나 몸이 아파질까, 저제나 아파질까 하고 긴장하면서, 단벌 나들이복을 입고 하오리를 손에 집어 들고 신을 신고 바깥으로 나갔다.

다리가 풀리는 일은 없었다. 세이로쿠의 두 다리는 그를 단단히 받쳤다. 걸음걸이에도 힘이 들어가 있다. 이 정도면 괜찮다, 쳐들어가 주마—.

이야기가 여기까지 이르고 나서 세이타로가 한숨을 돌렸을 때, 오치카 옆에서 이혜에가 크게 재채기를 했다.

"추, 춥군."

코를 훌쩍이며 창피한 듯이 작은 목소리로 말한다.

"이야기를 끊어서 죄송합니다. 그래서 세이로쿠 씨는 이곳까지 혼자서 오신 겁니까?"

세이타로는 이헤에를 보는 것도 아니고, 오치카에게서도 얼굴을 돌린 채, 휑뎅그렁하니 붉은 흙이 드러나 있는 땅에 시선을 고정하고 고개를 끄덕였다.

"제가 마지막으로 할아버지의 얼굴을 본 것은, 그날 자정도 훌쩍 지났을 무렵이었습니다."

세이로쿠가 에치고야를 찾아왔다고 한다.

"그리고 그때까지의 경위를 제 부모님에게 밝히셨습니다."

나는 다녀왔다. 그 저택에 다녀왔다. 너희들은 무슨 일이 있어도 가까이 가서는 안 된다. 절대로 가까이 가지 마라. 오캇피키의 말은 옳았다.

열에 들뜬 듯이 빠른 말투로 퍼부으며, 세이로쿠는 부들부들 떨고 있었다.

"제 부모님은 몹시 걱정하여 할아버지를 에치고야에서 주무시게 했습니다. 그만큼 할아버지는 몹시 흐트러져 계셨습니다."

세이타로는 진심으로 무서웠다. 그는 한 번 자물쇠에 해를 입었다. 안도자카 언덕의 저택 이야기가 주위 어른들의 입에 오를 때마다 그 일을 떠올리며 두려워하곤 했다. 하지만 무섭기 때문에 더더욱, 어린 마음에도 일이 어떻게 될지 신경이 쓰였다. 그래서 그때도 부모가 소란스럽게 구는 소리를 듣고 몰래 일어나, 대화를 나누는 모습을 처음부터 끝까지 장지 뒤에서 몰래 엿보았다.

세이로쿠의 이야기는 지리멸렬했고, 이에서 딱딱 소리가 날 정도로 떨고 있어서 더욱 알아듣기가 힘들었다. 그러나 그가 몇 번이나 되풀이하던 일련의 말은 어린 세이타로의 귀에 새겨졌다.

―그곳엔 모두 있다.

―그 저택은 분명히 사람을 삼키는 것이야.

―다쓰지로도 오산도 아이들도, 오타카마저도, 삼켜지고 말았다. 그 애에게 남은 것은 그릇뿐이야.

―알맹이는 전부 그 광 안에 있다. 모두 모여서, 광의 작은 창문에서 나를 향해 손을 흔들더구나.

이리 오셔요, 이리 오셔요, 하고.

"제 부모는 눈을 부릅뜨고 거품을 뿜으며 이야기하는 할아버지를 어떻게든 달래고 얼러, 안채의 방에 눕혔습니다."

그러나 세이로쿠는 날이 밝기 전에 모습을 감추었다.

그리고 그날 정오에, 에치고야 사람들은 안도자카 언덕의 저택이 화재로 불타 없어졌음을 알게 되었다. 어째서 그런 소식이 에치고야에 전해졌느냐.

"저택이 불탄 자리에 할아버지의 시신이 쓰러져 있었기 때문입니다."

세이로쿠는 저택에 불을 지르고 자신의 몸도 함께 태워 버린 것이다. 그러나 뼈까지 탄 세이로쿠는 어째서인지 얼굴만은 타지 않고 남았다.

세이로쿠는 눈도 크게 뜨고 있었다.

"불탄 자리를 치우고 난 후로 이곳은 이런 모습입니다."

세이타로는 한 발짝 걸음을 내딛으며 황폐한 공터를 향해 두 손을 펼쳤다.

"냉이 한 포기도 나지 않지요."

기분 탓인지, 오치카는 공터를 불어오는 바람에 탄내가 섞여 있는 것 같다고 느꼈다.

"그렇다면 이제 문제는 없을 터인데요. 사람을 삼키는 저택은 이 세상에서 사라졌으니까요."

오치카의 물음에 이헤에도 힘을 싣듯이 고개를 끄덕여 보인다. 하지만 세이타로는 두 번이고 세 번이고 계속해서 고개를 저었다.

"할아버지께서 돌아가시고, 오타카 누님은 에치고야에 왔습니다. 제 어머니가 간절하게 바라서 맡게 된 것입니다."

에치고야에서 살기 시작한 후로도 오타카의 상태가 나아지는 일은 없었다. 하루 종일, 조종하는 사람을 잃은 인형처럼 앉아 있었다.

"어느 날, 오타카 누님의 방으로 들어가는 복도 앞에서 하녀가 사람 그림자 같은 것을 보았습니다. 누가 찾아올 리도 없는 신세인 누님입니다. 이상하다고 생각한 하녀가 달려가 보니―."

주저앉아 있는 오타카의 무릎 위에 보라색 꾸러미가 오도카니 놓여 있었다. 열어 보니 기리모치_{직사각형으로 썬 떡. 에도 시대에는 사 분의 일 냥짜리 은화 백 닢을 네모지게 종이에 싸서 봉한 것을 가리켰다}가 네 개 들어 있었다.

백 냥이다.

세이타로는 어둡게 그늘진 눈을 들어 오치카를 보았다. "그 후의 일입니다. 오타카 누님은 말을 하게 되었습니다. 표정도 변합니다. 얼핏 보면 나은 것 같았습니다."

하지만 그렇지 않았다.

"아가씨에게 안도자카 언덕의 저택으로 오라고 유혹한 것은 오타카 누님이 아닙니다. 저택이 불타 없어지고, 그 안에 살고 있던 것은 새로운 살 곳을 찾아내야 했습니다."

혼이 삼켜지고 그릇만 남은 오타카라는 소녀는 살 곳으로 안성맞춤이다.

"안도자카 언덕의 저택은 별것도 아니라는 듯, 지금은 오타카 누님의 몸속에 있는 것입니다. 오타카 누님은 그러한 역할을 맡은 거겠지요."

백 냥은 그 보수다.

오타카를 찾아 에치고야에 온 것은 대행수였다.

저택을 지키고 관리한다. 저택이 굶주리지 않도록, 그곳에 끌어들일 새 혼을 찾아 모은다—.

이헤에가 살며시 다가와 오치카의 어깨를 안았다. 오치카는 숙부의 손에 손을 겹쳤다.

안도자카 언덕의 저택으로 오셔요. 요염한 목소리로 오치카를 부르던 그것은 진짜 오타카가 아니었던 것일까. 당신에게 잘 어울리는 옷이 많이 있지요. 당신도 그 집과 잘 어울리셔요.

"지금까지도 오타카 누님이 이상한 행동을 한 적은 있었지만 전부 에치고야 주변에서만으로 그쳤습니다. 그런데 이번만은 안 되겠습니다."

세이타로는 우두커니 선 채 눈을 감았다.

"에치고야에서도 마침내, 누님을 가두어 놓을 방을 만들어야겠어요."

한 줄기 바람이 세 사람을 쓰러뜨릴 정도로 강하게 불어왔다가 순식간에 떠나갔다. 오치카는 그때, 소녀 오타카가 진심으로 사랑하고 동경했다는 이곳의 아름다운 정원에서 나무들이 우는 소리를 들었다고 생각했다.

련戀・
사邪

おそろし

1

　에치고야의 오타카에 관한 일은 오치카의 마음에, 오치카가 자각하고 있는 것보다 더욱 짙은 그늘을 드리운 듯했다.
　오치카는 꿈을 자주 꾸게 되었다. 꿈의 내용은 확실하지 않고, 등장하는 사람의 모습도 희미하다. 남자나 여자나, 사람의 모양새를 하고는 있지만 얼굴 생김새가 또렷하지 않고 목소리도 들리지 않는다.
　다만 이러한 꿈속에서 오치카는 대개 두려워하고 있다. 몹시 미안한 마음이 들어 끊임없이 사과할 때도 많다. 그러다 눈을 뜨면 뺨이 젖어 있다.
　물론 만사에 재빠른 숙부 이헤에는 오치카의 그런 상태를 알아채고, 그 후로 '흑백의 방'에 손님을 부르는 일을 자제했다. 그뿐만 아니라 이 일에 관하여 숙모 오타미와 말다툼을 했는데, 오치카가 눈치챈 것만 해도 두 번은 된다. 이들 부부 사이에서는 늘 그렇지만 말다툼이라고 해도 옥신각신 논쟁을 벌이는 게 아니라 숙부가 숙모에게 꾸중을 듣는 것이다. 이번 경우, 오타미가 왜 이혜에를 꾸짖었는지는 분명하다. 신기한 이야기를 모은다는 희한한 도락을 생각해 내고, 거기에 오치카를 끌어들인 남편의 경솔함에 오타미가 화를 낸 것이다.

이혜에는 겸연쩍은 듯싶기도 하고 걱정스러운 듯싶기도 한—무언가 공을 들인 장난을 쳤다가, 이제 와서 조금 지나쳤다고 허둥거리는 어린아이 같은 얼굴을 하고 때때로 오치카를 바라보았다. 오치카는 숙부를 위로하고 싶어서 태연한 척 웃으려고 했지만 잘 되지 않았다.

스스로도 그런 자신을 답답하다고 생각한다. 그리고 또 밤이 되면 꿈을 꾼다. 누군가를 향해 울면서 사과하지만 문득 정신을 차려 보면 그 상대의 얼굴을 알 수 없는, 불안한 꿈을.

세이타로에게 이끌려 안도자카 언덕을 찾아가고 나서 열흘 후의 일이다.

아침 청소를 마친 오치카는 저도 모르게 멍한 상태로, 흑백의 방 툇마루에 앉아 만주사하가 피어 있던 부근의 시들어 버린 풍경을 바라보고 있었다. 그때 당지 문 맞은편에서 목소리가 나고, 고참 하녀 오시마가 얼굴을 내밀었다.

"아가씨, 이곳에 계셨어요?"

오치카는 놀랐다. 분명히 오치카는 주인 부부의 조카지만, 이곳 미시마야에는 예절 견습을 위해 와 있다. 이는 이혜에와 오타미의 입을 통해 고용살이 일꾼들 사이에도 잘 알려진 사실이고, 오치카 자신도 가장 가까이에서 일하는 오시마에게 손님으로 대하지 말아 달라고 단단히 부탁해 두었다. 사실 오시마는 지금까지 한 번도 오치카를 '아가씨'라고 부른 적이 없다.

오치카의 놀란 얼굴에, 오시마는 입가를 죽 당기듯이 씩 웃으며 당지 문을 조용히 닫고 그곳에 앉았다.

"아니, 오늘만은 아가씨라고 불러도 괜찮답니다. 나리의 분부시니까요."

"숙부님이?"

"예. 오늘 하녀 오치카는 하루 쉬는 거예요. 오치카 아가씨로 돌아가시는 거지요. 제게는 아가씨의 시중을 들라고 하셨어요."

오시마는 한 손으로 가슴을 탁 쳤다.

"무엇이든지 분부해 주셔요. 다행히 날씨도 좋답니다. 어디 좀 나갈까요? 아가씨는 에도에 오신 후로 아직 아사쿠사의 관음보살님께 참배하러 간 적도 없으시지요? 아니면 새 옷을 지으러 도리초에라도 가 볼까요."

오시마의 말대로 하늘은 파랗고 맑게 개어 있다. 늦가을에 접어들어 바람은 차갑지만 양지로 나가면 해님의 빛이 몸을 감싸주리라. 물건을 사러 나가거나 한가로이 거닐거나 구경을 나가기에는 절호의 날씨다.

"숙부님은 또 어째서 그런 변덕스러운 생각을 하신 걸까요."

오치카는 작게, 흘리듯이 중얼거렸다.

"정월 휴가는 아직 멀었는데."

오시마는 오치카를 바라본 채 가볍게 고개를 갸웃거렸다.
"모르실 리는 없겠지요. 나리도 마님도, 아가씨를 걱정하시기 때문이에요."
저도—라고 말하다가 오시마는 곤란한 듯이 아래를 향했다.
얼굴도 몸도 포동포동하지만 자세히 보면 여자치고는 조금 지나칠 정도로 뚜렷한 생김새라 오히려 엄격해 보인다. 하지만 이 사람의 심성이 착하다는 것을 오치카는 이미 알고 있다. 숙식을 함께하며 한 달쯤 같이 일해 보면 누구나 알 수 있는 사실이다.
"죄송해요." 오치카는 말했다. 입으로만 말하는 것이 아니라 앉은 자세를 바로 한 후 무릎에 손을 얹고 머리를 숙였다.
"그러지 마셔요. 안 됩니다."
오시마는 얼른 일어나 다가오더니 손을 뻗어 오치카의 어깨를 안다시피 했다. 이는 어느 모로 보나 고용살이 일꾼끼리 하는 허물없는 행동이었다. 오시마 스스로도 그 점을 깨달았는지 허둥지둥 손을 집어넣으며 수줍은 듯 웃었다.
"저도 참, 안 되겠네요. 아가씨로 대해 드리겠다는 것도 말뿐이고."
조금도 안 될 것 없다. 오시마의 굵은 팔에서 온기가 전해진다. 오치카는 기뻤다. 온갖 말을 늘어놓으며 '걱정된다'고 하는 것보다 더 고마웠다.
치밀어 오른다기보다 이미 계속 그곳에 고여 있던 눈물이 흘러나와, 오치카의 뺨을 타고 한 방울 떨어졌다.
"아가씨……."

오시마는 이번에야말로 거리낌 없이 오치카를 따뜻이 껴안았다.

"아침부터 울면 재수가 없다는 둥, 싫어하는 사람도 있지만요. 네, 야소스케 씨 같은 사람은 미신 신봉자라 그렇게 말할 게 분명하지만 저는 신경 쓰지 않는답니다. 아침이든 밤이든 슬플 때는 슬픈 거니까요."

그런 오시마가 곁에 있기 때문에, 오치카의 눈물은 한 방울로 끝났다. 한 방울로 가슴에 얹혀 있던 것이 사라졌다.

사라진 후에 어떤 결심이 남았다. 오치카는 얼굴을 들고 말했다.

"모처럼 휴가를 받을 수 있다면—."

"네, 네."

"저, 오늘은 계속 여기에 있고 싶은데, 안 될까요."

"나가시지는 않고요?"

햇볕을 조금 쬐면 좋을 텐데, 하고 오시마는 진심으로 유감스러운 듯이 물었다.

"그건 알지만, 제게는 밖에 나가서 기분 전환을 하기보다는 이 방에서 느긋하게 쉬는 편이 마음이 편해요."

이 방이 오치카가 있을 곳이다.

"오시마 씨는 이 방에 손님을 초대하는 취미에 대해 숙부님께 들으셨어요?"

오시마는 오치카에게서 조금 떨어지더니 자세를 바르게 하고 고개를 저었다. "아니요, 듣지 못했습니다. 하지만 만일 아가씨가 이야기하신다면, 이 오시마가 들어도 된다는 허락은 받았습니다."

이야기를 듣고 듣지 않는 것에도 허락이 필요하다. 이것이 주인과 고용살이 일꾼의 관계다.

"물론, 결코 다른 사람에게는 이야기하지 않겠어요. 야소스케 씨에게도 말하지 않겠습니다."

오시마는 엄숙한 표정으로 입을 촘촘히 꿰매는 것 같은 몸짓을 했다. 오치카는 작게 웃었다. 가끔 헐뜯긴 해도 오시마는 이렇게 금세 예로 들 만큼 야소스케와 사이가 좋으며, 이 충성스러운 대행수를 신뢰하는 것이다.

"어머나, 아가씨, 웃으셨네요."

"그렇지요? 저도 웃는 법이 생각난 것 같아요."

"아, 다행이다. 그렇다면 잠깐만 기다리셔요, 아가씨."

그대로 서둘러 나간 오시마는 곧 돌아왔다. 다구를 얹은 쟁반을 들고 있다. 그 뒤로 똑같이 쟁반을 든 오타미가 보인다.

"어머나, 숙모님."

일어서려는 오치카를 제지하며 오타미는 다과를 늘어놓기 시작했다.

"여자 둘이서 이야기를 나누려는 자리이니 맛난 것이 있어야지."

점심에는 배달 요리를 시켜 주마, 라고 한다.

"숙모님, 저는—."

"괜찮다, 괜찮아. 오늘은 푹 쉬렴."

오치카가 이런 휴일을 바라고 있었음을 미리 알았던 것처럼 준비가 잘 되어 있다. 아니, 오타미는 확실히 꿰뚫어 보고 있었으리라. 이혜에를 야단치면서 그가 품은 생각을 확실하게 듣고, 오타미는 오타미대로 지금의 오치카를 위해서 무엇을 어떻게 하면 좋을지 고심했을 터이다.

 오시마가 방바닥에 양손을 짚어 방 밖으로 향하는 마님을 배웅하였고, 오타미는 생글생글 웃으며 나갔다.

 오치카는 숙부 이헤에게 부탁받은 일과, 이 방에서 들은 두 편의 이야기를 오시마에게 들려주기 시작했다.

 '만주사화' 이야기가 끝나자 오시마는 아까 오치카가 그랬던 것처럼 한때 붉은 꽃이 피어 있던 곳에 눈길을 주었다. 잠시 동안 그대로 가만히 바라본다.

 "이대로는 조금 춥네요. 문을 닫지요."

 갑자기 제정신으로 돌아온 듯이 눈을 깜박이더니, 오시마는 한 팔 길이만큼 열려 있던 유키미 장지바깥 풍경을 방 안에서 구경하기 위해, 일부분을 위아래로 밀어 여닫을 수 있게 만든 장지. 중세 이후로 설경을 감상하는 풍속에서 비롯되었다를 벌떡 일어서서 꼭 닫았다. 방 안은 하얀 장지 종이를 통해 들어온 햇빛으로 가득 차, 오히려 더욱 밝아진 듯했다.

 안도자카 언덕의 저택 이야기는 만주사화 사이에서 내다보는 얼굴 이야기보다 훨씬 더 하기가 어려웠다. 어쨌거나 이 이야기는 끝나지 않았다. '흉가'는 지금도 에치고야의 오타카 안에 깃들어서 새로운 입주민을 찾는 중이다.

 이야기를 모두 듣고 난 오시마가 딱딱한 것을 미처 다 씹지 못한, 미처 다 삼키지 못한 듯한 얼굴을 하고 있다.

 "무서운 일이군요."

 정말로 입이 꿰매어진—그것도 서툴게 삐뚤빼뚤 꿰매어진 것마냥, 오시마는 입술을 일그러뜨리며 중얼거렸다.

"아가씨, 이런 이야기를 두 편이나 듣고 기분이 어두워지시는 것도 무리는 아니에요. 하물며 도베에 씨라는 분은 여기에서 나가신 후에 돌아가셨고, 오타카 씨는 결국 에치고야의 방에 갇히게 될지도 모르는 거잖아요."

나리의 생각을 모르겠어요, 라고 한다.

"아가씨로 하여금 그런 이상한 손님들을 상대하게 해서 무슨 좋은 일이 있다는 걸까요."

"저도 처음에는 몰랐어요."

오치카는 정직하게 그렇게 말했다.

"숙부님은 제가 너무 고집스럽게 하녀 일을 하고 있으니, 조금 엉뚱한 일을 겪게 해 주려는 심산이실까 싶었지요."

"그럴 수도 있겠네요." 오시마는 눈알을 이리저리 굴렸다. "나리는 말이지요, 가끔 저희들을 깜짝 놀라게 하는 걸 좋아하시거든요. 아주 사소한 장난이지만요."

자신의 힘으로 세운 미시마야를 이렇게까지 평판 좋은 가게로 만든, 장사밖에 모르는 이헤에게도 그런 일면이 있구나. 오치카는 절로 미소가 지어져서 생긋 웃었다.

"하지만 지금은 조금 알게 된 듯한 기분이 들어요……."

세상에는 무서운 일도 이해할 수 없는 일도 얼마든지 있다. 답이 나오지 않는 일도 있으며 출구가 발견되지 않는 일도 있다.

"오치카 너만 그런 것이 아니란다, 하고 숙부님이 제게 가르쳐 주시려는 게 아닌가 싶어요."

오시마는 아까 만주사화가 시든 정원을 바라볼 때와 같은 눈빛으로 오치카를 보았다.

"아가씨만 그런 것이 아니라고요……?"

예, 하고 오치카는 고개를 끄덕였다.

"그렇지, 이렇게 하지요. 지금부터는 제가 '흑백의 방'에 초대된 손님이에요. 오시마 씨가 저 대신 이야기를 들어 주셔요."

만주사화 꽃을 두려워하던 마쓰다야의 도베에가 죽은 후, 이혜에는 이런 말을 했다.

─네게도, 누군가에게 마음속을 완전히 털어놓고 후련하게 해방되는 날이 왔으면 좋겠다. 분명히 그런 날이 올 테지만, 언제 올지는 알 수 없어.

그렇다, 오치카도 당시에는 그렇게 생각했다. 왔으면 좋겠다. 하지만 언제일지는 알 수 없다. 틀림없이 정신이 아득해질 정도로 먼 미래의 일일 테지.

하지만 뜻밖에 일찍, 지금이 바로 그때가 아닐까. 오치카는 이야기하고 싶어졌다. 토해내고 싶어졌다. 오치카를 이렇게 만들어 준 것은 오시마의 소박한 팔에 담긴 든든함과 온기였다.

게다가 오치카가 고백을 하는 데에 흑백의 방만큼 어울리는 장소는 없다.

이곳은─일상 생활 속에선 감추어져 있는 것을 말하는 장소다.

"저기, 그렇게 해 주셔요. 부탁이에요."

"그건 그, 저 같은 게 해도 괜찮다면─."

예상치 못한 일이라는 듯이 오시마가 주눅이 들었기 때문에 오치카는 고개를 저었다.

"긴 이야기는 아니에요. 복잡하지도 않고요. 다만, 제가 큰 잘못을 저질렀을 뿐이지요."

큰 잘못이었다. 그럴 마음은 눈곱만큼도 없었지만.

결과적으로 두 사람이나 죽는 사건이 일어나고 말았다ㅡ.

"제 본가는 가와사키 역참에 있는 여관이에요. 오시마 씨도 아시지요."

"예, 큰 여관이라고 들었습니다."

"가게 이름은 '마루센'이라고 해요."

오치카는 익숙한 본가의 모습을 떠올려 보았다. 많은 손님들이 짐을 내리고 하녀가 발을 씻겨 주는 넓은 봉당. 벽에는 '마루센'이라 적은 등롱이 줄줄이 늘어서 있다. 복도는 길고, 여럿이서 묵는 방은 술래잡기를 할 수 있을 정도로 크다.

'마루센'은 그냥 잠만 재워 주는 게 아니라, 국 하나, 찬 하나의 간소한 차림이지만 식사도 팔기 때문에 부엌에는 두 말짜리 솥들이 놓여 있었다. 겨울철이 되면 그 솥으로 종종 토란국을 만들곤 했다. 옛날에 오치카의 할아버지가 쇼나이_{야마가타 현 북서부, 모가미가와 강 하류의 동해에 면해 있는 지방. 쌀의 산지로 유명하다} 쪽에서 온 상인에게 배웠다는, 짭짤한 된장을 듬뿍 쓴 맛이 자랑거리다.

정원에는 둥근 돌로 에워싼 작은 연못이 자리 잡았고, 크고 작은 개구리 장식물이 놓여 있었다. 여행을 떠났다가 무사히 돌아온다는 뜻이 있다고도 해서, 개구리는 여행을 떠나는 사람들의 수호신이다. 주인이 사 모은 것도 있고 숙박객이 주고 간 것도 있다. 오랜 세월 동안 기가 막힐 정도로 많은 수가 모여, 연말에 대청소를 할 때에는 개구리들을 깨끗하게 닦아 주는 것도 큰일이었다.

떠올리는 사이 오치카는 자연히 눈을 가늘게 떴다. 그립고, 아득하게 느껴진다. 이제 돌아가지 않기로 결심했기 때문일까. 아니면 그곳에서 일어난 일로부터 멀어지려는 오치카의 마음이, 태어나고 자란 집의 광경을 희미하게 만들고 있는 걸까.

부모님과 오라비. 그리고 많은 고용살이 일꾼들의 얼굴도, 떠올리려고 하니 연기를 붙잡는 것처럼 불확실하다.

"부산하지만 즐거운 집이었어요."

흐려지는 생각을 억지로 붙들며 오치카는 말을 이었다.

"제게는 오라버니가 한 명 있답니다. 기이치라고 하는데 나이는 일곱 살 위지요."

"장래에는 그 오라버니가 '마루센'의 주인이 되시겠군요." 오시마가 추임새를 넣어 준다. "아가씨는 틀림없이 기이치 씨와 사이가 좋으셨겠지요."

"나이 차이가 많이 나서, 저는 응석받이라는 말만 들었어요."

"응석받이인 오치카 씨라니, 저도 한번 보고 싶네요."

놀리듯이 오치카 씨 부분에 힘을 주어, 오시마는 웃으며 말했다.

"후계자이고, 벌써 스물넷이나 되었으니 오라버니도 아내를 맞이해야 하지만,"

오치카가 숨을 한 번 쉰다.

"제 쪽이 먼저 혼담이 정해졌어요. 반년 전의 일이지요."

오치카는 같은 역참에 위치한 여관 '나미노야'의 요시스케와의 일을 이야기했다.

사련 • 185

"어머나, 어머나." 오시마는 입에 손을 대었다.

"요시스케 씨라니 어떤 분인가요. 다정한 분인가요? 용모는 어떻습니까?"

키는 어느 정도인지. 얼굴 생김새는 어떠한지. 몸을 내밀고, 오치카와 오시마가 아는 남자들의 이름을 꼽으며 이중 누구를 닮았느냐고 묻는다. 꽤 진지하다. 그저 오치카가 이야기하기 쉽도록 하는 배려뿐만 아니라 실제로 흥미가 있는 것이리라.

오시마는 독신이다. 이 가게와 혼인한 것이나 마찬가지인 사람이라고만 여겼는데, 어쩌면 이곳에 오기 전에 누군가와 가정을 꾸렸을지도 모른다. 아니, 역시 그런 기회는 없었을까. 이런 생각을 오치카는 처음으로 떠올렸다.

"오시마 씨는, 남편분은?"

갑자기 되묻자 오시마는 조금 놀란 듯이 턱을 당기고 어깨를 움츠리며 웃음을 터뜨렸다.

"먼 옛날, 젊은 시절에요."

금방 헤어졌어요, 하고 간단하게 말했다.

"툭하면 싸움질을 하는 사람이었어요. 덜 삶은 풋콩처럼요."

미숙하고 성미가 급했다고 한다.

"도락이니 술이니 하는 것엔 손대지 않았지만요. 부지런한 사람이었고요. 뭐, 저와는 인연이 없었던 거겠지요."

다정한 눈을 하고 그렇게 말했다.

"오시마 씨, 그분을 좋아하셨어요?" 하고 오치카는 이어서 물었다. 오시마가 어린 소녀처럼 수줍어하며 웃는다.

"한 번은 혼인한 사이였으니까요. 예, 좋아했던 거겠지요."

"저도요." 오치카는 가볍게 손을 움켜쥐고 가슴에 살며시 대었다. 심장 위에. "저도, 요시스케 씨를 좋아했어요. 그래서—."

그래서 요시스케가 죽었을 때는 괴로웠다.

신이 나 있던 오시마가 갑자기 원래대로 돌아왔다. 웃는 얼굴도 사라졌다.

"돌아가셨나요."

오치카는 손을 더욱 세게 쥐었다. "살해당했어요. 저 때문에."

오시마의 눈이 천천히 시선을 피한다. 입가를 움직이며 할 말을 찾는다. 오치카는 앞질러 말했다. "괜찮아요, 신경 쓰지 마셔요."

"하지만 아가씨, 저는 바보처럼 용모 같은 것이나 여쭙고."

"괜찮아요. 덕분에 저도 오랜만에 요시스케 씨의 얼굴을 떠올려볼 수 있었어요."

한때는 구제불능의 방탕한 아들로 유명했지만 남자다운 용모는 아니었다. 단아한 용모라고—딱히 말하지 못할 것도 없으려나.

"소꿉친구였기 때문에 어릴 때부터 잘 알았어요. 오라버니보다 두 살 어렸는데, 늘 함께 놀곤 했지요."

요시스케는 기이치와 역참 변두리에 있는 숲에서, 어느 쪽이 나무의 높은 곳까지 올라갈 수 있는지 경쟁하다가 떨어져서 코뼈가 부러진 적이 있다. 요시스케가 열 살 남짓 되었을 무렵이다. 다행히 뼈는 붙었으나 콧날이 조금 휘었다. 요시스케 본인은 그것 때문에 내 용모가 서푼은 내려갔다고 자주 말하곤 했다. 하지만 기이치 형님보단 못하지 않다고도 했다.

오치카를 아내로 주십시오, 하고 '마루센'에 와서 오치카의 부모님께 머리를 숙였을 때는 그 콧날까지 새빨개져 있었다. 그런 요시스케의 얼굴을 오치카는 태어나서 처음으로 보았다.

늘 보아 오던 요시스케의 얼굴을 눈부시다고 생각한 것도 처음이었다.

2

훌쩍훌쩍 콧물을 들이켜는 소리가 들린다. 오치카는 눈을 깜박이며 제정신으로 돌아왔다. 쳐다보니 오시마가 눈을 새빨갛게 붉히고 손가락으로 코끝을 누르고 있다.

"죄송합니다, 아가씨."

너무 가엾어서 눈물이 나고 말았어요, 하고 중얼거린다.

"지금의 그, 아가씨의 얼굴이" 하고 오시마가 손으로 눈가를 마구 문지르며 말한다.

"저 같은 것이 지금까지 본 적도 없을 만큼 어여쁘고, 행복해 보이셔서."

그런가, 그런 뜻인가. 이제 되찾을 수 없는 시간을 떠올리고 있는 오치카가 다른 어떤 때보다도 즐거워 보였기 때문에, 오시마는 가엾게 여겨준 것이다.

"방금 그게 진짜 오치카 아가씨로군요."

오시마는 소매로 성대하게 코를 풀었다.

"앞으로도 아가씨…… 얼마든지, 요, 좋은 일은, 요, 있으니까요. 그러면 또."

오치카는 미안해서 머리를 숙였다.

자기 쪽에서 이야기를 들어 달라고 말을 꺼냈는데, 머릿속에서 요시스케의 얼굴이 사라짐과 동시에 무언가를 놓친 듯한 기분이 들었다. 오시마의 눈물에 마음이 아프다.

"―에치고야의 오타카 씨는 그렇다 치더라도, 만주사화 이야기를 해 주신 도베에 씨는 마음이 강한 분이었네요."

"괴로운 추억을 끝까지 이야기하셨기 때문인가요?"

"네. 도중에 그만둬 버려도, 가장 중요한 부분을 감추어도, 이야기를 바꿔 버려도 됐을 텐데."

오치카는 갑자기 약한 마음이 들어 고개를 떨어뜨렸다. "저는 못 할 것 같아요."

그러자 오시마가 가슴에 감은 띠를 탁 하고 두드렸다.

"좋습니다. 그러면 오시마가 여쭙지요."

대청소라도 시작할 듯한 기세다.

"대체 그렇게 행복했던 아가씨에게서 요시스케 씨를 빼앗은 놈이 누굽니까? 누가 요시스케 씨를 죽였는지요."

도끼로 장작을 패는 것처럼 직설적이다. 오시마는 여자치고는 힘이 세고 장작을 잘 팬다.

"―빼앗은?"

신선한 표현이었다.

잃었다고만 생각해 왔기 때문이다.

"그렇습니다. 멍하니 계시지 말고요."

"하지만 저 때문이에요."

"그 말은 아까도 들었어요." 오시마는 고용살이 일꾼으로서의 조심성 따위는 옆으로 제쳐 놓고 초조해했다. "하지만 아가씨, 아가씨가 요시스케 씨를 해치지는 않으셨을 테지요. 정신 똑바로 차리셔요. 그리고 우선 그 살인자에 대해서 가르쳐 주시지요."

살인자. 오시마는 조금의 망설임도 보이지 않고 단호하게 딱 잘라 말했다.

그것이 오치카를 움직였다. 오치카의 마음속에 무서운 죄악의 말이 되어 응어리진 남자의 이름. 그 이름을 소리 내어 말하려고 입을 열었다.

"마—마쓰."

오시마가 오치카를 격려하듯이 고개를 끄덕인다.

"마쓰타로라는 사람이었어요."

그 아이가 '마루센'에 온 것은 오치카가 여섯 살이 되던 해의, 정월이 지날 무렵이었다. 초봄이라는 계절은 이름뿐이고, 눈 섞인 비가 옆에서 들이치듯이 불어닥쳐 얼어붙을 정도로 추운 날이었다.

가와사키 역참에서 도카이도 가도를 따라 내려가면 일 리쯤 떨어진 가도 변의 비탈면에 작은 아이가 굴러떨어져, 바위인지 튀어나온 마른 가지인지에 걸려 있다—비바람을 뚫고 간신히 마루센까지 당도한 행상인이 그렇게 호소한 게 모든 일의 발단이다.

마루센의 단골손님인 행상인이었다. 사람 됨됨이가 확실하고, 장사 수완도 뛰어나며, 여러 지방을 돌아다녀 경험이 풍부한 인물이다. 이런 사람이 구르듯이 뛰어들어 와 알린 소식이니, 무언가를 잘못 보고 경솔하게 그리한 것은 아닐 터. 마루센에서는 당장 사람을 모아 사내아이를 찾으러 가기로 했다.

행상인은 꽁꽁 얼어 있었다. 사내아이를 발견했을 때, 어떻게든 혼자서라도 구해낼 수 없을까 싶어 헛되이 시간을 낭비했다고 한다. 날씨가 험하다 보니 가도를 지나는 다른 사람을 발견할 수 없었던 것도 운이 나빴다.

행상인은 혀도 제대로 움직이지 않았지만, 다부지게 자신이 안내하겠다고 말했다. 마루센 쪽에서는 말렸다.

"그러면 사내아이가 떨어져 있는 부근의 소나무 가지에 수건을 묶어 두고 왔으니, 그 수건을 표식으로 삼아 찾아 주시오."

마루센뿐만 아니라 다른 여관에서도 젊은 남자들이 와 주어서 곧 열 명 정도가 모였고, 저마다 밧줄이며 사다리를 손에 들고 얼어붙을 것 같은 빗속으로 나갔다. 머리를 수그리고 몸을 서로 맞대면서 도롱이와 삿갓으로 만든 한 덩어리의 경단처럼 나아가는 남자들의 모습을, 오치카는 처마 밑에서 어머니와 오라비 기이치 사이에 끼어 지켜보았다.

"너희 아버지는 힘이 세고 마차꾼 겐 씨는 원숭이도 따라잡지 못할 정도로 몸이 날래니까 틀림없이 괜찮을 게다. 금세 아이를 발견해서 구해줄 거야."

오치카의 머리에 손을 올려놓고 어머니는 그렇게 말했다. 힘은 아직 어른들에게 미치지 못하지만 입은 어른 못지않게 잘 놀리는 기이치는, 끌어올린다 해도 어차피 얼어 죽어 있을 거라고 화난 듯한 말투로 말했다가 어머니에게 호되게 엉덩이를 얻어맞았다.

"너도 마루센의 후계자라면, 인연이 있어서 이 역참을 지나는 사람들에게 정 없는 말을 해서는 안 된다. 누군가가 곤란에 처해 있으면 결코 못 본 척해서는 안 돼."

알고 있다며, 기이치는 입을 삐죽거렸다. 알고 있어도 거스르는 말을 해 보고 싶은 나이였다.

남자들은 좀처럼 돌아오지 않았다. 소나무를 치운 지 얼마 되지 않은 때라 손님은 많지 않다 _{일본에는 새해가 되면 문 앞에 장식으로 소나무를 세우는 풍습이 있었 다}. 이런 시기에도 급한 용무가 있어 나온 것인데, 험한 날씨에 발이 묶여 원망스럽게 생각하고 있는 여행자들이다. 처음에는 사내아이의 안부를 걱정하면서 시간을 때우다가 조금 지나자 역시 안 될 거라는 식으로 중얼거리는 이들이 늘기 시작했다.

"이런 일로, 구조하러 간 남자들이 다치지 않았으면 좋겠는데."

그런 말을 얼핏 듣고, 오치카는 아버지가 걱정되어 견딜 수가 없었다. 어머니도 걱정하고 있겠지만 얼굴에는 드러내지 않고 일을 한다. 기이치는 일을 시키면 대답 대신 밉살스러운 말을 했다.

"어린아이가 떨어진 게 아니라, 여우나 너구리의 짓일지도 모르잖아요."

"이런 역참 부근에 무슨 여우나 너구리 따위가 나온단 말이냐."

"그러면 설녀雪女_{눈이 많은 지방의 전설에서, 큰 눈이 내린 밤에 흰 옷을 입은 여자의 모습으로 나타난다고 하는 눈의 정령}일지도."

"기이치, 그런 이야기를 누구한테 들었니? 무엇보다 바깥에는 진눈깨비가 오고 있어. 이런 날씨에는 설녀도 소매가 젖는 게 싫다며 돌아다니지 않을 게다. 시시한 소리 그만하고 손님 화로에 숯이나 채워 놓고 오렴."

오치카는 이층 복도 창에 달라붙어 있었다. 거기에서는 역참 출입구의 커다란 나무 문이 보인다. 지독히 추워서, 창을 손바닥 폭만큼만 열어 놓은 채 목을 길게 빼고 있었다.

격렬한 진눈깨비의 발 너머로 등롱의 불빛이 불안하게 흔들린다. 하나, 둘, 셋. 가도에서 큰 나무 문으로 다가온다.

살아 있다, 아이가 아직 숨이 붙어 있어, 빨리 물을 끓여 주게— 남자들이 저마다 소리치는 목소리가, 바람이 우는 소리에 섞여 분명히 들린다.

"돌아왔어요!"

오치카는 여관 전체에 울려 퍼지도록 크게 소리치며 계단을 뛰어 내려갔다.

이런 것을 두고 '목숨을 건졌다'는 표현을 쓰겠지. 사내아이는 마루센의 안방에 깔린 침상 속에서 사흘 동안 이 세상과 저세상을 왔다갔다하다가, 나흘째 되는 날 아침에 정신을 차렸다.

다행히 길에서 비탈면으로 굴러떨어졌을 때 큰 상처를 입지는 않았다. 다만 몸속 깊은 곳까지 얼어 버려서 손발 끝으로 피가 통하지 않았던 모양이다. 좌우 새끼발가락과 오른손 검지와 중지, 왼손 새끼손가락이 검게 쭈글쭈글해졌다. 아무래도 그대로 썩어서 떨어져 버릴 것 같다.

게다가 아이는 누가 말을 걸어도 전혀 대꾸하지 않았다. 고개를 끄덕이거나 고개를 가로젓거나 하는 일은 있으니 넋이 나간 것은 아니다. 미음을 먹게 되고 나서부터는 눈동자에도 힘과 빛이 돌아와, 옆에 있는 사람의 눈을 똑바로 마주 보기도 한다. 다만 어떻게 해도 말을 할 수가 없는 모양이었다.

그래서 이름도 나이도, 어디에서 태어났고 어디로 가는 중이었고 어째서 그런 곳에 떨어져 있었는지, 그때 누가 함께였는지 따위의 자세한 사정은 알 수 없었다. 아무것도 밝혀지지 않은 채로 아이는 회복했고, 보름이 지나기도 전에 침상에서 일어나 마루센 안을, 노인처럼 불안한 발걸음이기는 하지만 벽을 잡고 천천히 돌아다닐 수 있을 만큼은 되었다.

피가 통하지 않은 다섯 개의 손가락과 발가락은 결국 모두 없어지고 말았다. 전혀 말을 하지 않으니, 그가 이 사실을 슬퍼하는지 어떤지는 알 수 없다. 가끔씩 양지에서 물끄러미 자신의 손을 볼 때가 있는데 그 모습을 알아차릴 때마다 오치카의 어머니가 눈물을 지으며 위로했지만 거기에 대답하려는 기색은 보이지 않았다.

나이는 여전히 모르지만 기이치보다는 어리고 오치카보다는 많아 보인다. 대략 열 살 정도일 것이다. 이름은, 없으면 불편하다며 오치카의 아버지가 '마쓰타로'라고 붙여 주었다.

"표식이 되어 준 소나무 덕분에 목숨을 건진 아이이니 말이다.일본어로 소나무는 마쓰(松)라고 발음한다."

어떤 일에든 끼어들지 않으면 견디지 못하는 나이였던 기이치는,

"그렇게 따지자면 수건 덕분이지. 원래는 행상인 아저씨 덕분이고"

하고 한마디 했다가 야단을 맞았다. 아무래도 기이치는 마루센뿐만 아니라 주위 여관 사람들의 동정과 관심을 한몸에 받고 있는 마쓰타로가 왠지 거슬리는 모양이었다.

마쓰타로가 아직 침상을 떠나지 못하고 있을 무렵, 오치카는 어린아이다운 호기심에 가끔씩 그의 상태를 확인하러 침실을 찾았다. 가서 무엇을 하는 것은 아니다. 오치카는 아직 천진한 어린 소녀였고, 마쓰타로는 말을 하지 않았으니. 하지만 그런 모습을 기이치에게 들키면 오치카는 늘 따끔하게 야단을 맞았다. 목덜미를 잡혀 방에서 끌려나간 적도 있다.

"저놈은 요물일지도 모른다고. 옆에서 얼쩡거리지 마!"

"요물이라는 건 무서운 거야?"

"그래. 오치카 너 같은 건 머리부터 덥석 먹어 버릴걸."

마쓰타로가 일어나서 걸을 수 있게 되니 눈에 띨 기회도 자연히 많아졌다.

여관 사람들은 친근하게 그에게 말을 걸고 보살펴 주었다. 그 모습을 본 오치카는 오라비의 꾸중도 잊고 마쓰타로 옆으로 다가가곤 했다. 그러면 또 기이치가 야단을 쳤다.

그런 일이 되풀이되다 보니 아무리 어른들의 눈에 띄지 않도록 조심한다 해도 들킬 수밖에 없다.

마쓰타로가 온 지 한 달쯤 지났을 무렵이다. 마루센 뒤뜰의 장작 패는 곳에서 기이치가 거칠게 그를 떠미는 모습을 우연히 지나가던 어머니가 목격했다.

이번에는 기이치가 목덜미를 잡혔다.

부모님의 방으로 끌려간 기이치가 꾸중을 듣고 큰 소리로 대꾸하며 아우성치다가 야단맞아 우는 모습을 오치카는 복도 끝에서 엿보고 있었다. 아버지의 목소리도 크지만 오라비도 지지 않는다. 어머니의 목소리에는 눈물이 섞여 있었다.

"마쓰타로가 가엾지 않니? 인정머리라고는 눈곱만큼도 없는 게냐."

"저런 놈은 진짜 싫어요!"

"좋아하고 싫어하고 할 것도 없잖느냐. 저 아이가 어떤 아이인지도 아직 모르는데."

"얼굴을 보면 알아요!"

바깥까지 들릴 정도로, 부끄러움이나 남의 귀 따위는 전혀 의식하지 않는 응수다. 마루센의 고용살이 일꾼들은 얼굴을 마주 보며 쓴웃음을 짓고는 들리지 않는 척했다. 오치카는 오라비가 가엾기도 하고, 꼴좋게 됐다는 마음도 들었다가, 그와 함께 울고 싶기도 하면서, 이 자리에서 도망쳤으면 좋겠다는 생각도 들었지만, 여기에 있어 주지 않으면 오라비에게 미안한 것 같기도 한, 여섯 살 아이로서는 도저히 끌어안을 수 없는 복합적인 심정으로 가슴이 꽉 막혀 몸을 움츠리고 있었다.

그때 등 뒤에서 사람의 기척이 느껴졌다.

돌아보니, 저도 모르게 비틀거리고 말았을 만큼 가까운 거리에 마쓰타로가 서 있었다.

발가락을 잃은 탓인지 그의 걸음걸이는 조금 불안하다. 서 있을 때도 반드시 벽에 손을 대고 있다. 하지만 지금은 두 팔을 내린 채 오치카를 쓸쓸하게 내려다보고 있었다.

오치카는 눈을 크게 뜨고 그저 마쓰타로의 얼굴을 바라보았다. 그 사이에도 기이치가 울거나 화내는 소리가 들려온다.

마쓰타로의 뺨에는 아까 기이치에게 떠밀렸을 때 생긴 모양인지, 살짝 피가 배어 나오는 생채기가 나 있었다. 상처가 그의 창백한 얼굴에 더없는 생기를 주었다.

굳게 다물어져 있던 입술이 희미하게 움직인다. 오치카는 홀린 듯이 그것을 바라보았다.

"……미안."

처음으로 들은 그의 목소리였다.

오시마는 작게 기침을 하고, 약간 망설이듯이 입가를 오물거리더니 오치카에게 시선을 향했다.

"그 아이는 마루센에 눌러앉게 된 건가요."

오치카는 고개를 끄덕이다가 살짝 웃었다. 눌러앉는다는 표현에는, 처음부터 기이치의 편을 드는 마음이 있다.

"오시마 씨도 짐작하시겠지만, 그 무렵의 오라버니는 마쓰타로 씨를 질투하고 있었어요."

오시마는 기세 좋게 말했다. "그야 그렇겠지요. 어디에서 굴러먹던 말 뼈다귀인지도 알 수 없는 아이를 주워다가 부모님이 애지중지 보살피니까요. 오라버님도 그 무렵에는 열세 살 정도였지요? 아직 이치만으로는 사물을 생각할 수 없는 나이인걸요, 질투하지 않는 게 이상하지요."

"오라버니도 어른이 되고 나서는 그렇게 말했어요. 그때는 자신이 잘못했다고."

어른이 되고 나서 얼마 동안은. 마쓰타로가 그런 무서운 짓을 저지르기 전까지는.

무서운 사건이 일어난 후에는 이렇게 말하게 되었지만.

―내 감은 틀리지 않았어. 아무리 생각해도 유감스럽구나. 그 녀석을 일찌감치 마루센에서 내쫓았더라면 좋았을 것을.

"마쓰타로 씨는 말이지요,"

오치카는 애써 오시마에게 웃음을 지었다.

"아까는 요시스케 씨의 용모 이야기를 했는데, 마쓰타로 씨는 얼굴이 아주 아름다웠어요."

배우로 만들고 싶은 미남이라고, 오치카의 부모는 자주 말하곤 했다.

"인형 같았거든요."

요시스케의 얼굴 생김새가 화제에 올랐을 때는 어린 소녀처럼 신이 나서 떠들더니, 지금 오시마는 코앞에 죽은 벌레라도 들이대어진 것처럼 몸을 뒤로 뺐다.

"싫어요. 그게 오히려 더 싫습니다" 하고 얼굴을 찌푸리며 내뱉는다.

"죄송해요. 제가 이야기하는 순서가 엉망이라 도저히 이해하지 못하시겠지만, 그래도 오시마 씨. 저는 마쓰타로 씨를 싫어하지 않았어요."

"아가씨도 참, 또 그렇게 다정한 말씀을 하시고."

오치카는 재빨리 고개를 저었다. 어떤 말을 하면 이 답답한 마음이 전해질까—.

결국 솔직해지는 게 제일 좋다.

"오히려 좋아했어요."

오시마는 놀라기보다 눈썹을 찌푸렸다. 그래도 오치카는 주눅 들지 않았다. 좋아했어요, 하고 되풀이했다.

처음으로 그의 목소리를 들은 사람은 오치카다. 그 "미안"은 여섯 살 여자아이의 마음에 다른 사람에게서 받은 적이 없는 그늘을 만들어 주었다. 그 그늘은 결코 무서운 형태를 띠고 있지 않았다.

그늘은 그늘이어도—나무 그늘이다. 오치카는 확실히 이곳에서, 그때부터 열일곱 살이 될 때까지 가끔씩 쉬어 가곤 했던 것이다.

지금 흑백의 방에서 돌이켜 보니, 당시 그의 목소리를 들은 오치카의 눈빛이 마쓰타로의 마음속에도 오치카의 형태를 한 나무 그늘을 만들었던 것 같다.

지금까지는 몰랐다. 아니, 알고 있었지만 인정하고 싶지 않았다. 인정하는 것을 피하기 위해 오치카는 자신만을 열심히 탓해 왔다. 마쓰타로 씨의 마음을 알아차리지 못했어요, 몰랐어요, 나는 생각지도 못한 일이었어요, 라고. 그 길을 걸어 가면 다른 옆길을 돌아보지 않아도 되기 때문이다. 어쩌면 그쪽이 본래의 길이었을지도 모르는 옆길을.

"역참 마을에서는 함께 여행을 하던 부모가 병으로 쓰러지거나, 부모와 헤어진 어린아이가 외톨이로 남겨지는 일이 그리 드물지 않아요. 그럴 때는 아이에게 집이 어디인지 물어서 보내 주거나, 집이

멀 때는 인편에 소식을 부탁한 후에 누군가 데리러 와 줄 때까지 맡아 주기도 한답니다. 여관 회합에 이에 관한 규칙이 분명해서, 돌아가며 보살피도록 되어 있어요."

아이에게 가족이 없거나, 마쓰타로처럼 애초부터 신원을 알 수 없는 경우에는 양부모를 찾게 된다.

"우리 아버지와 어머니는 처음부터 마쓰타로 씨를 맡을 생각이었어요. 그런 일을 당하고도 살아남은, 운이 강한 아이니까요. 이 아이는 틀림없이 큰 인물이 될 거라고 아버지가 일부러 신이 난 목소리로 말하고, 그것을 또 오라버니가 질투하며 화를 내고."

오치카에게 입을 연 일을 계기로 마쓰타로는 조금씩 말을 하기 시작해 인사와 대답 정도는 하게 되었으나, 여전히 지나치게 말이 없는 아이인 점은 변함이 없었다. 눈앞에서 부모와 자식이 싸워도 거북한 얼굴을 하지 않고, 오치카의 아버지를 진정시키지도 않는다. 기이치에게 얻어맞고 떠밀려도 말대꾸는커녕 같이 때리려고 하지도 않는다.

"부모님의 마음은 알겠어요. 역시 다정하시네요. 게다가 여관에는 일거리가 얼마든지 있을 테고요."

"그렇기는 하지만 고용살이 일꾼으로 부리려고 한 것은 아니에요. 오라버니와 저 사이에는 사실 남자아이가 하나 더 있었답니다. 태어나자마자 곧 죽었지만요. 아버지와 어머니는 그 아이 대신 키우려는 생각도 가지고 있었겠지요."

다만 또 한 사람, 마쓰타로를 맡고 싶다고 자청한 이가 있었다. 그 행상인이다. 자신이 미처 구해 주지 못한 아이지만, 고맙게도 여관 사람들이 구해 주었다. 그렇다면 앞으로 이 아이의 생활은 제가 책임지겠습니다.

"마쓰타로 씨가 구출되었을 당시에도, 목숨을 건졌다는 걸 알 때까지 마루센에 머물면서 약값과 숙박비를 내주었을 정도예요. 그 후에도 자주 얼굴을 보러 오곤 했지요."

행상인 역시 어린 자식을 잃은 사람이었다. 그 아이 대신 키우고 싶다고, 아내와도 의논을 마쳤다고 한다.

마쓰타로가 걸을 수 있게 되고 나서 두 달가량 그렇게 계속 이야기가 오갔을까. 어느 쪽도 양보하지 않아서 결론이 나지 않았다. 오치카의 아버지는, 행상인의 마음은 대단하지만 장사로 집을 비울 때가 많으니 마쓰타로는 그 사람의 아내가 키우게 될 테고 그러면 아무래도 불편해져서 마쓰타로에게 좋지 않을 거라고 주장했다.

"이렇게 되면 어쩔 수 없다, 본인이 결정하게 하자는 결론이 났지요."

마쓰타로는 마루센에 있고 싶다고 말했다.

3

"어린아이의 말이었지만, 절대적인 한마디였어요." 오치카는 미소를 지었다. "우리 아버지와 어머니는 손뼉을 치며 매우 기뻐했답니다."

훗날, 이 일을 둘이서 수척해질 정도로 깊이 후회하리라고는 도저히 짐작조차 할 수 없었다.

"그래서 우리는 삼 남매 같은 생활을 시작하게 되었는데……."

기이치와 마쓰타로는 좀처럼 사이가 원만해지지 않았다. 걸핏하면 시시한 다툼이 일어났다. 마쓰타로의 허물이 아니다. 기이치가 튼튼한 해자와 돌담을 쌓아 올리고, 거기에서 틈만 나면 마쓰타로를 향해 화살을 쏜다―는 식이었다. 마쓰타로 쪽은 쏘는 대로 맞으며 여전히 입을 꾹 다물고 있다. 그것이 얄밉다며 기이치는 또 화를 낸다.

그래도 세 사람은 역참의 같은 서당에 다니고, 매일 함께 밥을 먹으며, 베개를 나란히 하고 잤다. 여관의 자잘한 일을 거드는 것이나 심부름도 똑같이 했다.

불편한 손발을 움직이는 일에도 점차 익숙해진 마쓰타로는 열심히 배우고 열심히 일했다. 타고나기를 총명한 아이인 것 같았다. 자연히 불쌍하다, 기특하다며 그를 감싸고 칭찬하는 사람들이 많아졌다. 기이치는 이런 상황도 크게 불만이어서, 몇 번이나 부모에게 마쓰타로를 고용살이 일꾼으로 대하라고 호소했다가 그때마다 꾸중을 들었다.

기이치에게는 그런 일이 전부 다 마쓰타로의 역성만 들어주는 것으로 여겨졌다.

마쓰타로가 온 지 일 년쯤 지났을 무렵이었나, 오치카는 정좌를 하고 마주 앉은 아버지가 오라비를 차근차근 타이르는 광경을 목격한 적이 있다.

"너는 말이다, 내 뒤를 이어 마루센의 주인이 될 사내다. 여관이라는 장사는 그냥 평범한 장사가 아니야. 돈을 받으니 재워 준다, 밥을 내준다. 그런 마음가짐으로는 해나갈 수 없는 것이 이 장사다."

또 무엇이 필요하다는 거예요, 장사는 장사잖아요. 강하게 대꾸하는 기이치의 얼굴을 물끄러미 응시하며 아버지는 이렇게 말했다.

"정이다. 사람의 정 말이야. 어머니도 말씀하시지 않았니? 곤란에 처한 사람을 못 본 척해서는 안 된다, 사람을 돕는 마음을 잊지 마라. 그것이 가장 중요하다."

너는 좀 더 도량이 큰 사내가 되어야 해. 그러지 않으면 마루센의 주인이 될 수 없다. 꾸지람을 들은 기이치가 얼굴을 홱 돌렸다.

"그럼 됐네요. 마쓰타로를 후계자로 삼으면 되잖아요. 나는 나갈 거야, 이제 이런 집에는 있고 싶지 않아!"

그 후 약간 소란스러워졌다. 아버지가 오라비의 목덜미를 잡고 헛방까지 끌고 가, 안에 가두고 문에 빗장을 질러 버렸기 때문이다.

"내가 됐다고 할 때까지 아무도 열지 마라."

가족에게도 고용살이 일꾼들에게도 그렇게 말하고, 오치카의 아버지는 곧장 일하러 나가 버렸다.

기이치는 나가겠다는 비장의 패를 써 버렸기 때문인지, 이번에는 울거나 소리치지 않고 아버지와 근성을 겨룰 작정인 듯했다. 헛방은 조용했다. 조금도 소리가 나지 않았다. 오치카는 몇 번인가 헛방으로 다가갔다가 그때마다 어머니나 고용살이 일꾼들에게 붙들렸다.

"아버지의 명령이야."

"나리가 말씀하시는 대로 해야 해요, 오치카 아가씨."

하지만 오라버니가 불쌍하다고 오치카는 우는 소리로 말했다. 기이치에게도 분명히 그게 들렸을 텐데. 그는 아무 말도 하지 않았다.

겨우 나온 것은 사흘 후의 일이다.

오치카는 지금도 무엇이 계기가 되어 기이치가 헛방에서 나왔는지 자세한 사정을 모른다. 다만 엿들은 바로는, 아무래도 마쓰타로가 기이치와 이야기를 한 듯했다. 헛방 앞에 앉아 문에 머리를 붙이다시피 하고 있는 그의 모습을 고용살이 일꾼들이 보았다고 한다.

"처음으로 자신에 대한 이야기를 한 모양이에요."

마쓰타로가 왜 그런 일을 당했는지, 당시에 누가 함께 있었는지는 그가 마루센에 자리 잡고 나서도 여전히 수수께끼였다. 역참의 유력자들이 이 일을 중요하게 여기고, 오캇피키를 시켜 마쓰타로가 가와사키 역참에 나타났을 때를 전후로 역참을 지나간 여행자들에 대해 조사한 적이 있다. 그중에서도 갈 때는 마쓰타로만 한 나이의 아이를 데리고 있었는데 돌아올 때는 혼자였다거나, 묘하게 침착하지 못했다거나, 험한 날씨 속에서 서둘러 역참을 빠져나갔다거나 하는 등의 수상한 기색을 보이는 사람은 없었는지 주의를 기울여 꼼꼼히 조사했다.

하지만 아무것도 알 수 없었다. 에도에서 가와사키까지는 당일치기로 왕복할 수 있는 거리다. 마음만 먹으면 가도를 벗어나 걷는 일도 어렵진 않다. 마쓰타로를 버린 동행자가 있다면, 그 사람은 역참을 피해 길을 서둘렀으리라. 그렇기에 마쓰타로에게 일어난 일의 진실은 마쓰타로 자신밖에 몰랐던 것이다.

기이치는 그 후로 달라졌다.

"마쓰타로 씨에게 심술궂은 짓을 전혀 하지 않게 되었어요."

함께 노는 동네 친구들이 마쓰타로가 손가락이 없다고 놀리거나 하면, 기이치는 새빨개져서 화를 내고 악착같이 혼내 주었다. 그게 효과가 있어, 점차 장난꾸러기들도 마쓰타로에게 손을 대지 않게 되었다.

"저어……." 오시마가 머뭇머뭇 끼어든다.

"그런 아이들 중에 혹시 요시스케 씨가 있었던 것은 아닌지요. 어릴 때부터 친구라고 하셨지요."

오치카는 고개를 한 번 끄덕였다.

"아이들은 모두 잔혹한 데가 있지만, 어릴 때의 요시스케 씨는 꽤나 고집이 센 아이였으니까요."

이게 또 이상한 일인데, 기이치가 마쓰타로를 동생처럼 대하기 시작하자 이번에는 기이치와 형제처럼 붙어 다니던 요시스케가 질투를 한 모양이다.

"그 후로 오라버니와 요시스케 씨의 사이는 원래대로 돌아오지 않았어요. 그러니 요시스케 씨가 어른이 되어 도락을 시작하고, 저와의 혼담이 나왔을 때도 오라버니는 곧장 딱 잘라 말할 수 있었을 거예요."

말도 안 된다고.

"하지만 반년 전에 두 번째 혼담이 들어오고, 요시스케 씨 본인이 마음을 고쳐먹고 머리를 숙였을 때에는 오라버님도 납득하고—."

"네, 기뻐했어요."

이번에야말로 진짜 형제가 될 수 있다며.

오시마는 깊이 탄식했다. "그게 뭔가요, 질투를 했다가 받았다가 하는 거네요."

"정말 그렇지요."

마음속 생각은 막을 수 없고, 완전히 감추기도 어렵다.

"저도 눈치챘는데요."

오시마가 일부러 오치카의 눈과 마주치지 않도록 시선을 피하며 조심스럽게 중얼거린다.

"아가씨가 요시스케 씨와 혼인하기로 결정이 되었을 때, 이번에는 마쓰타로라는 사람이 질투를 했겠군요. 질투가 나서, 어떻게도 할 수가 없어서, 요시스케 씨를—."

저도 모르게 주먹을 쥔다.

"마쓰타로라는 사람은,"

오시마는 '마쓰타로'라고 대놓고 함부로 부르지는 않았다. 굳이 이런 식의 호칭을 썼다.

"아가씨를 좋아하고 있었어요. 아까 아가씨가 직접 말씀하셨으니까 저도 믿을 수밖에 없지만, 아가씨도 마쓰타로라는 사람을 좋아하셨고요. 그런 마음은 전해지는 법입니다. 그러니 마쓰타로라는 사람은 멋대로 아가씨를 자신의 것이라 여겼겠지요. 그런데."

요시스케가 옆에서 오치카를 가로채려고 한다. 어릴 때 자신을 집요하게 괴롭히고 놀리던 미운 놈이.

"그래서 요시스케 씨를 죽이고 말았군요. 아아, 무서운 일이네요" 하며 오시마는 증오스러운 듯이 신음했다.

오치카의 마음속에 여러 가지 색깔의 색종이가 눈보라처럼 흩날리듯이 온갖 마음의 파편이 춤추었다. 예쁜 것이 있는가 하면 새카만 것도 있다. 무슨 색이라고 비유할 수 없는 색깔도 있다.

그것을 바라보고 있는 동안에 자연히 말이 새어 나왔다.

"―잔혹한 짓을 저지르고 있었어요."

"예, 잔혹한 짓이지요. 너무 잔혹해요!"

오치카는 고개를 저었다.

"마쓰타로 씨가 한 일이 잔혹하다는 게 아니에요. 우리가 마쓰타로 씨에게 잔혹한 짓을 하고 있었어요."

놀라서 대꾸하려고 하는 오시마에게 오치카는 조용히 고개를 저었다.

"저는요, 분명히 마쓰타로 씨를 좋아했어요. 오라버니도 사이좋게 지내고 있었고요. 아버지도 어머니도 귀여워했어요. 가족처럼."

하지만, 처럼은 어디까지나 처럼일 뿐이다.

"마음 어디에선가 선을 긋고 있었어요."

"하지만 그건―."

"그런데 입으로는 다른 말을 했지요. 늘 다정한 말만."

오치카는 애써 눈을 크게 뜨고 오시마를 정면에서 바라보았다.

"오시마 씨도 아시지요. 역참 마을에는 몸을 파는 여자들이 존재하기 마련이에요."

식사 시중을 드는 여자다. 식사 시중을 든다는 것을 명목으로 손님에게 불려가 몸을 판다.

"예, 예에……." 오시마 쪽이 얼굴을 붉혔다.

"가와사키 역참은 니혼바시에도 시대에 니혼바시에는 막부 공인의 유명한 유곽 요시와라가 있었다에서 가까운 곳이니까요. 오히려 그쪽의 수입이 마을을 풍요롭게 만들었을 정도랍니다."

"아가씨, 용케 그런 것을 알고 계시네요."

"여관에서 태어나고 자라면 싫어도 알게 되는 일이에요."

알면서 모르는 척하는 것도 동시에 배운다.

"그런 여자들은 모두 가난해요. 먹고살기가 힘들어서 몸을 팔아야만 하는 것이지요. 그 사람들의 생계를 위협하는 것은 금지된 일이라고, 혼담이 들어올 나이가 되었을 즈음에 어머니에게 배웠어요."

보지 못한 척하는 게 친절이다. 동정 따위를 해서는 안 된다. 아무 일도 없는 듯한 얼굴을 하고 기분 좋게 인사하는 거야. 그리고 깊이 관여하지 않으면 된다, 하고.

"같은 여자끼리인걸요. 저 또한 가엾다거나 힘들겠다거나 반대로 정말 천박한 장사겠네, 하고 여러 가지로 생각하곤 했어요. 그런 여자들을 사서 노는 남자들을 사람도 아니라고 여겼었죠. 하지만 그런 생각은 전부 마음에 넣어 뚜껑을 닫아 두라고, 어머니는 말씀하셨어요. 네가 혼자서 아무리 애써도 가와사키 역참의 식사 시중 드는 여자를 모두 도와줄 수는 없다, 그 사람들 나름의 생계를 위한 길이니까, 라고요."

세상이란 그런 법이다.

"저도 지금에 와서야 알았지만, 우리 가족은 아주 깊은 뿌리 부분에서부터 마쓰타로 씨를 마치 마루센에 오는 식사 시중 드는 여자들과 똑같이 대하고 있었던 게 아닐까 싶어요."

친절하게 대한다. 곤란에 처해 있으면 도와준다. 함께 웃을 때도 있고, 무슨 일이 생기면 걱정한다. 그렇게 해 두면 서로 이득이 있는 사이이기 때문이다.

하지만 선은 긋고 있다.

"아버지는 여관 장사에는 사람의 정이 필요하다고 하셨어요. 허나 정말로 정을 가졌다면, 부모와 형제를 위해 몸을 파는 여자를 내버려둘 수는 없을 거예요."

오치카는 날카롭게 오시마의 눈을 보았다.

"마루센이 부르는 여자는 질이 좋다고, 우리 가게는 평판이 나 있었어요. 아버지가 상등품을 골라오곤 했기 때문이지요."

여자들도 마루센의 나리는 이상한 손님을 붙여 주는 일이 없으니 안심이다, 대금을 쓸데없이 가로채는 일도 없다고 신뢰했다.

이러한 사정을 오치카가 직접 보고 들은 것은 아니다. 대개는 고용살이 일꾼들을 통해, 그것도 그들이 오치카의 귀가 주변에 없다고 방심한 사이에 이야기하는 것을 엿들어 얻은 지식이다. 지금은 일부러, 직접 목격한 일인 것처럼 힘주어 이야기했다.

오시마의 안색이 이번에는 하얘졌다. 상등품이라는 야비한 말이 오치카의 입에서 튀어나왔다는 사실을 믿을 수 없는지, 자신의 귀를 의심하는 것마냥 손가락으로 귓불을 잡아당기고 있다.

"죄송해요." 오치카는 사과했다. "오시마 씨를 곤란하게 했네요. 달리 표현할 말을 찾을 수가 없었어요."

그뿐만 아니라 말하면 말할수록 마쓰타로와 마루센의 관계를 이야기하는 데에 이 비유만큼 딱 들어맞는 것은 없는 듯싶다.

다만 식사 시중을 드는 여자들과의 관계와, 마쓰타로와의 관계 사이에는 한 가지 분명히 다른 점이 있었다.

그 '선'이 있음을 서로 알고 있느냐 그렇지 않으냐 하는 것이다.

"마쓰타로 씨는 계속 우리 집에서 살았어요. 오시마 씨도 아까 말했지만, 여관에는 자잘한 일거리가 질릴 정도로 많이 있지요. 남자 일손이 늘어나는 것은 고마운 일이고, 마쓰타로 씨는 귀한 일꾼이었어요."

고용살이 일꾼처럼 일하고 가족처럼 대우받는다. 성장함에 따라, 마쓰타로는 그러한 어중간한 위치에 자리 잡았다.

"마쓰타로 씨는 우리 집에 온 지 오륙 년쯤 지나자 손가락이 없다고 말하지 않으면 아무도 알아차리지 못할 만큼 손을 쓰는 일도 능숙하게 해냈어요. 어머니가 손가락이 없는 부분에 솜을 채운 장갑을 만들어 주었기 때문에 평소에는 늘 그 장갑을 끼고 있었지요."

여관에 할 일이 없으면, 종종 나뭇조각으로 새며 꽃 등의 작은 장난감을 만들기도 했다. 오치카도 몇 개인가 받아서 자신의 방에 장식해 두었다. 어린 자식이 있는 단골 숙박객에게 마루센이 드리는 선물이라며 주었더니 몇몇 손님들이 기뻐하기도 했다.

"이런 점을 눈여겨보고, 역참의 몇몇 직인들이 우리 집에 일하러 오지 않겠느냐는 이야기를 꺼낸 적도 여러 번 있었어요. 마쓰타로도 언제까지나 마루센에서 더부살이 노릇을 할 수는 없다, 독립할 수 있도록 생업을 가지라고 권했지요."

하지만 그때마다 마루센은 그 제의를 거절했다. 마쓰타로 본인이 마음 내켜 하는 것처럼 보여도, 이 아이는 기이치의 동생이고 우리 아들이나 마찬가지입니다, 라며.

"그야말로 가족으로 여겼기 때문이겠지요."

"예. 하지만 후계자는 오라버니예요. 아들이나 마찬가지라고 하면 듣기는 좋지만, 다르게 생각하면 능력을 발휘할 기회를 주지 않고 가두어 둔 것이지요. 마쓰타로 씨는 몸을 아끼지 않고 부지런히 일하는 사람이니, 제 부모님도 완전히 의지하게 되어 놓아주고 싶지 않았던 거예요."

급료가 필요 없는 고용살이 일꾼이다. 어쨌든 마쓰타로는 일을 해서 목숨을 구해 준 은혜를 갚고 있었으니까.

"본인이 그것을 바랐겠지요."

"우리도 그렇게 생각하고 있었어요."

그러나 이렇게 돌이켜 하나하나의 일을 곱씹어 보면, 마쓰타로는 그러한 이야기가 무산될 때마다 낙담하고 있었던 것 같다는 기분도 든다.

"저는 그 무렵, 아무것도 알아채지 못했어요. 우리 집에서 마쓰타로 씨가 없어지면 쓸쓸해질 테고 불편해지기도 할 거라는 사실은 역시 깨달았지만요."

마쓰타로의 입장이 되어 앞일을 생각했다고는 말할 수 없다.

"딱 한 번, 그런 우리들의 이기심을 다시 보게 될 기회가 있었어요."

마쓰타로가 마루센에서 살게 된 지 팔 년째 되던 해의 일이다. 그를 발견하고 도움을 청해 온 행상인이 오랜만에 마루센을 찾아왔다.

"마쓰타로 씨를 맡을 수 없게 된 후로 마루센에는 발길을 끊은 상태였어요. 그분이 정말로 오랜만에 손님으로 와 주신 겁니다."

행상인은 훌륭하게 성장한 마쓰타로의 모습을 보고 눈물을 글썽거릴 정도로 기뻐했다. 마쓰타로도 그를 기억하고 있어서, 이제야 제대로 고맙다는 인사를 드릴 수 있겠다며 기뻐했다.

"두 밤을 지낸 후 돌아가실 때였어요." 오치카는 말을 이었다. "행상인 아저씨가 아버지와 어머니에게 긴히 할 이야기가 있다고 하셨어요."

오치카는 나중에 자세한 이야기를 들었다.

"마쓰타로 씨를 에도로 데려가고 싶다는 제안이었지요. 이번에는 양부모니 양자니 하는 게 아니라 자신이 저 아이를 맡겠다. 상인으로 독립시켜 줄 수도 있고 기술을 익히게 해줄 수도 있다, 잘 보살필 테니 부디 마쓰타로를 에도로 보내 달라고요."

오치카의 부모는 고개를 끄덕이지 않았다. 그러자 행상인은 직접 담판을 지을 기세였다.

―지금까지 마루센의 고생과 온정이 있었기 때문에 오늘의 마쓰타로가 있는 거지요. 그 점은 저도 잘 알고 있습니다. 하지만 이대로는 저 아이도 가엾잖습니까. 평생 다 갚을 수도 없는 은혜를 짊어지고 살아가게 될 테니.

"아버지도 어머니도 화를 냈어요."

은혜로 묶어둘 생각은 없다. 마쓰타로는 우리 아들이나 마찬가지다. 저 아이가 스스로 에도에 가고 싶다고 한다면, 언제든지 기쁘게 보내줄 것이다. 쓸데없는 참견은 말아 달라.

―본인이 설사 그러기를 바라더라도 말을 꺼내지는 못합니다. 그러니 제가 부탁드리는 게지요.

방바닥에 이마를 조아리는 행상인을, 결국은 쫓아내다시피 돌려

보냈다. 그 후 행상인은 두 번 다시 마루센에 모습을 보이지 않았다.

"훈수를 두는 사람에게 판이 더 잘 보인다고, 행상인 아저씨에게는 우리의 본심이 잘 보였던 것이겠지요. 그래서 부탁해 왔는데, 우리는 쫓아내고 말았어요."

그때는 기이치도 "집념이 깊네" 하며 행상인을 욕했다. 오치카도 "어머니, 소금을 뿌리지 그러셨어요" 하고 어른들을 따라 덩달아 밉살스러운 말을 했다.

마루센에도 마쓰타로에게도, 그때까지와 변함없는 생활이 돌아왔다. 행상인이 찾아온 일에 대해 마쓰타로가 무언가 말한 적은 없다. 마음 깊은 곳에서 그가 무엇을 생각하고 어떻게 느끼는지, 마루센 사람들은 알 수 없었다―기보다 알아보려는 마음이 애초에 없었다.

아들이나 마찬가지인, 의지가 되는 일꾼.

"방탕한 생활을 시작한 오라버니한테 아버지도 어머니도 휘둘리고 있었을 무렵에 마쓰타로 씨가 없었다면 마루센은 장사를 할 수 없었을 거예요. 마쓰타로 씨가 마루센을 경영하고 있었다 해도 과언이 아닐 정도였지요."

"아가씨." 오시마는 지친 듯이 눈을 깜박이며 오치카를 불렀.

"이야기는 잘 알겠습니다. 마쓰타로라는 사람은 마루센 분들에게 은의를 느껴서 열심히 노력했지만 어쩌면 그것이 무거워졌는지도 모르지요. 그래도 살인은 살인입니다. 변명은 할 수 없어요."

오치카는 입을 다물고 얼마간 말없이 오시마의 눈빛을 받아들였다. 가장 마지막에 남겨둔 가장 잔혹한 이야기를 오시마에게 하려면, 잠시 마음을 다잡아야 했다.

"제가 열네 살이 되고, 처음으로 요시스케 씨와 혼담이 오고 갔을 때—."

기이치가 앞장서서 걸어찼다. 요시스케의 '나미노야'는 이쪽의 주장이 일리가 있는 만큼 체면을 있는 대로 구기게 되자 뒤로 얄미운 험담을 했다.

—벌써부터 그런 되잖은 핑계를 늘어놓으며 혼담을 거절하다니, 오치카는 틀림없이 늦게까지 시집을 못갈 것이다. 그렇게 되고 나서 울며 매달려도, 이 역참에서는 아무도 상관하지 않을 게다.

"우리 집에서는 그 험담을 듣고 아버지도 어머니도 기이치 오라버니도, 모두가 말했어요. 고용살이 일꾼들 앞에서도, 이웃들과 잡담을 할 때도, 웃거나 화내면서 저마다 몇 번이나 말하곤 했지요."

흥, 상관없어. 오치카는 마스타로와 가정을 꾸리면 되니까.

4

"—물론 진심이 아니었어요."

오시미의 시선을 피하며 오치카는 말을 이었다. "진심으로 그런 생각을 한 것도, 말한 것도 아니었어요. 아버지도 어머니도 오라버니도 고용살이 일꾼들도."

그때는 그렇게 말해 보고 싶었다. 말하면 말할수록 통쾌하고, '나미노야' 사람들의 콧대를 납작하게 해 주는 듯해서 기분이 좋았던 것이다. "하지만 아가씨는 마쓰타로 씨를 좋아하셨잖아요."

그 마음은 아련한 연심이 아니었던가. 어른들의 생각과는 다르게, 마쓰타로의 아내가 되는 것을 오치카 자신이 몽상해 보는 일은 없었던가.

오치카를 향한 질문이지만 거기에는 마쓰타로를 동정하는 듯한 울림이 있었다. 물론 오시마에게 그런 의도는 없었으리라. 그래서 더더욱 아프게 느껴져 당장은 대답할 수가 없었다.

입술을 축이고, 오치카는 대신 이렇게 말했다.

"마쓰타로 씨는 어차피 남이었어요."

가족처럼 함께 살아도, 가족 같은 친근함을 느끼고 있어도, 가족은 아니다. 그 사이에는 선이 그어져 있다.

"더구나 단순한 남이 아니에요. 어디서 굴러먹던 말 뼈다귀인지 모를 뿐만 아니라 무서운 일을 겪은, 버림받았을지도 모르는 아이지요. 어떤 나쁜 인연을 달고 있을지 알 수 없어요. 그 인연이 언제 불쑥 나타날지도 모르고요."

그러니 선은 지울 수 없다.

그게 어른의 사고방식이다.

그것이—어디서 굴러먹던 말 뼈다귀인지도 모르는 아이를 주워서 키워 준 '은인'의 사고방식이라는 것이다.

"나미노야에 들으라는 듯이 빈정거리며 대꾸하기 위해서, 마루센은 마쓰타로 씨를 방편으로 삼았어요. 예, 그런 것이었어요."

그런 말을 들은 나미노야 쪽은,

—기분 나쁜, 버려진 아이였던 마쓰타로 쪽이 도락에 빠진 요시스케보다 그나마 낫기라도 하다는 것인가.

사련 • 215

그렇게 받아들이고 더욱 기분이 상했을 터이다. 마루센도 그런 의도가 있었기 때문에 마쓰타로를 끌어낸 것이다. 그래서 역참 전체에 당당히 퍼뜨리고 다녔다. 오치카에게는 마쓰타로가 있다고.

"그러던 차에, 지금도 똑똑히 기억하는데 어머니가 아버지의 소매를 잡아끌며, 여보, 적당히 해 두시는 게 좋아요, 하고 속삭인 적이 있어요."

―마음에도 없는 말을 하고 다니지 마셔요. 나미노야가 끽소리 못하게 하기에는 이제 충분하잖아요. 마쓰타로도 불쌍해요.

처음부터 오치카를 마쓰타로와 짝지워 줄 생각 따윈 없었음을 똑똑히 알 수 있는 말이다.

"아버지는 웃고 계셨어요."

―뭐, 마쓰타로가 진심으로 받아들일 리가 없어. 그 녀석은 자신의 분수를 잘 아니까.

―그렇다면 더더욱, 이제 그만해요. 저는 마음이 켕겨 죽겠어요.

그 말대로 당시 어머니의 얼굴에는 양심의 가책과 함께 짙은 걱정이 떠올라 있었다.

오시마는 어두운 눈을 하고 상반신을 내밀었다.

"마쓰타로라는 사람은 어땠나요? 진심으로 받아들이던가요, 아가씨와의 이야기를."

분수를 잘 아는 사람이었으니까.

"이야기의 한 자락이 얼핏 귀에 들어오기만 해도 늘 크게 당황하곤 했어요. 당치도 않다, 그런 일이 있을 리가 없다, 있어도 되는 일이 아니다, 황송하다며 땀을 뻘뻘 흘리고."

하지만 그가 부정하면 부정할수록 오치카의 아버지나 오라비 기이치는 더욱 주장했다. 무엇을 어려워하느냐, 오치카와 가정을 꾸리고 정말로 마루센의 가족이 되면 좋지 않느냐—고.

"지금 돌이켜 보면 아버지와 오라버니는 서로 부추기고 있었던 거예요."

마쓰타로를 놀리고 있었던 것은 아니다. 지나치게 노골적인 말이긴 하지만, 사실 그는 안중에 없었다. 마쓰타로를 방편으로 삼아, 도락에 빠진 아들을 오치카에게 떠넘기려고 한 나미노야의 체면을 구겨 놓을 수 있겠다. 그게 재미있고 기분 좋아서, 둘 다 열중하고 말았던 것이다.

"오라버니는 제일 먼저 이 혼담에 화를 내어 일을 만든 사람이기도 했기 때문에 더욱 그랬어요. 아버지를 달랠 계제가 아니었지요."

아주 조금만 변명을 하자면, 기이치는 어릴 때 마쓰타로를 실컷 괴롭힌 요시스케가 바로 그 마쓰타로와 비교당함으로써 역참 전체에서 수치를 당하는 꼴이 되는 것도 통쾌했으리라. 마쓰타로 역시 이를 즐겁게 여길 거라고 생각하는 눈치도 있었다.

악의는 없었다.

진심도 아니었다.

마쓰타로가 신경 쓸 리 없다고 여겼다. 왜냐하면 그 아이는 마루센의 은혜를 입었으니까.

"그러던 와중에 저는,"

아까 오시마가 한 물음에 대답해야 한다.

"저는 착한 아이였어요, 오시마 씨."

처음에는 예상치도 못한 아버지와 오라비의 말에 놀랐다. 혼담 자체가 부끄러운 나이라, 누군가가 이 얘기를 꺼내면 빨개져서 도망쳐 버리거나, 고개를 홱 돌리거나 하던 오치카였다. 하지만 때로는 이제 막 어깨를 징그지 않은 옷을 입게 된 계집아이다운 당돌함으로_{어린}

_{아이의 경우 옷을 좀 크게 만들고, 그 성장에 맞추어서 기장을 어깨 부분에서 징그어 입히곤 했는데, 성장기가 끝나 어른처럼 자라면 이 어깨 부분의 징근 것을 풀어 입었다.} 그러게요, 요시스케 씨보다 마쓰타로 씨가 훨씬 더 다정하니까 저도 마쓰타로 씨가 더 좋아요—하고 아버지나 오라비가 하는 대로 덩달아 떠들어 보이기도 했다.

그럴 때는 늘 새끼 토끼마냥 몸이 떨리고 뺨이 뜨거워졌다.

그렇다. 마쓰타로를 좋아했으니까. 오치카의 마음속에는 열네 살 소녀의 진심이 있었다. 분명히 마음속에 있었다.

"아까 말씀드린 아버지와 어머니의 대화를 얼핏 들었을 때에는 정말로 놀랐어요. 어떻게 된 일일까? 하고 생각했지요. 그래서 어머니와 몰래 이야기를 했어요."

어머니는 당연히 오치카를 꾸짖고 달랬다. 가정을 꾸리는 일은 네가 짐작하는 것처럼 쉬운 일이 아니다. 부부에게는 서로 어울리는 격이라는 것이 있어. 세상 사람들의 눈도 있다.

—마쓰타로는 남이야.

그것이 어른의 사고방식임을, 오치카는 놀라는 동시에 배웠다.

반발은 없었다. 공교롭게도, 거기에 반항할 수 있을 만큼 부모와 오라비로부터 오치카의 마음은 멀리 떨어져 있지 않았다.

그렇다, 착한 아이였다.

아직은 마쓰타로를 좋아한다는 마음을 고집할 수 있을 정도로 자란 것도 아니었다.

그렇다, 어린 아이였다.

"그 후로는 애써 모르는 척하게 되었어요. 어머니와 저 사이에, 여자끼리의 양해가 있었던 거지요."

농담으로 해도 되는 것과 안 되는 것이 있다. 진심으로 받아들여도 되는 것과 안 되는 것이 있다. 이를 구분하지 못하면 어른이 될 수 없다.

결국―내가 마쓰타로 씨의 아내가 된다는 것은 농담이었다.

"마쓰타로 씨는 전혀 달라지지 않았어요. 저한테 쭉 '아가씨'라고 불렀고요."

마지막의 그 대화를 나눌 때까지는.

"반년 전, 요시스케 씨와의 혼담이 결정되어서, 저는 몹시 행복했어요."

그날, 이미 해가 기울기 시작할 무렵이었다. 볼일이 있어 어제부터 에도에 가 있었다, 오치카에게 선물을 사왔다―그렇게 말하며 요시스케가 불쑥 마루센을 찾아왔다.

"에도의 유명한 방물상에서 파는 띠 장식인데, 젊은 아가씨들 사이에서 유행하는 것이라고 했어요."

옅은 복숭앗빛의 조개껍질을 세공하여 수 겹으로 겹쳐서 꽃 모양을 만든, 참으로 섬세하고 아름다운 띠 장식이었다.

"몸에 달고 다니면 행복해진다고 했어요. 저는 더 이상 행복해지면 오히려 곤란하다고 여길 정도였답니다."

둘은 마루센의 뒤뜰에 있었다. 뜰이라고 해도 무슨 정취를 띤 것은 아니고 땅을 평평하게 골랐을 뿐인, 장작을 패거나 물건을 말릴 때 쓰는 곳이다.

붉은 햇빛이 눈에 들어와, 오치카는 몹시 눈이 부셨다. 요시스케의 얼굴이 빨갛게 보이는 것은 부끄러워하고 있어서가 아니라 저녁 햇빛이 비쳐서라고 생각하고 있는데 그 요시스케가,

—오치카, 그렇게 빨개지지 마.

라고 말했다. 오치카는 이번에야말로 정말 새빨개져서 고개를 숙이고 말았다.

자못 흐뭇하고 귀여운 광경이었으리라. 겨우 반년 전인데, 지금의 오치카에게는 아득히 멀게 느껴진다. 자신이 겪은 일이 아닌 것만 같다. 그렇기 때문에 마음의 눈에 떠오르는 그때의 정경이 한없이 다정하고 아름답다. 이제부터 가정을 꾸리려고 하는 젊은 남녀의 소꿉놀이 같은 대화가 세세한 부분까지 귓가에 되살아난다. 수줍어서 갈라지고 뒤집어지려고 하는 요시스케의 목소리가 들려온다.

—마음에 들어? 새벽부터 가게 앞에 줄을 서서, 겨우 산 거야.

고마워요, 하고 오치카는 꺼질 듯한 목소리로 대답했다.

그때 뒤뜰로 이어지는 여관 뒷문에서 마쓰타로가 천천히 모습을 나타냈다.

아직 등불을 켤 시간은 아니었지만 저녁 해가 닿지 않은 뒷문 안쪽은 어두웠다. 여관 안팎이, 각각 또렷하게 밝기가 달랐다. 마쓰타로는 그 어둠 쪽에서, 녹아 버릴 듯한 저녁 해 쪽으로 천천히 스며나오듯이 나타났다. 어둠이 사람의 형태를 이룬 것처럼.

그 때문일 것이다, 먼저 알아차린 요시스케가 깜짝 놀랐다. 오치

카는 그의 시선을 좇아 마쓰타로를 발견하고 역시 펄쩍 뛰어오를 뻔했다. 그 순간에는 약혼자와 만나는 모습을 들키고 만 부끄러움 때문에 심장이 헛발을 디딘 것 같았지만—.

"마쓰타로 씨의 얼굴을 보고, 다른 의미로 깜짝 놀랐어요."

지금까지 보인 적이 없는 험악한 얼굴을 하고 있었다.

마쓰타로는 두 사람에게 깊이 머리를 숙이고, 방해해서 죄송합니다, 하고 정중하게 말했다.

—본래는 이런 때에 인사를 해서는 안 된다는 사실은 저도 잘 압니다. 하지만 마침 지나가는데 아가씨와 요시스케 씨의 얼굴을 뵈어서요.

"나중에 들었는데, 마쓰타로 씨는 아마 장작을 가지러 가던 중이었나 봐요."

그러고는 바싹 붙어 있는 요시스케와 오치카를 보았다.

요시스케와 마쓰타로는 이번 혼담이 결정된 후 정식으로 인사를 나눌 기회가 없었다. 만일 마루센 사람들이 마쓰타로를 가족처럼 여겼다면 이것은 이상한 일이다. 오치카의 약혼자로서 요시스케는 제대로 마쓰타로에게 인사를 해야 하고 마쓰타로도 소개를 받아야 했다. 그게 적당히 얼버무려져 있었던 것도, 돌이켜 보면 마쓰타로의 어중간한 입장을 보여 주는 좋은 예이다.

—저 같은 것이 하기에는 주제넘은 말이지만, 한 번은 제대로 축하를 드리고 싶었습니다. 축하드립니다.

마쓰타로는 양손을 무릎에 짚고 다시 한 번 고개를 숙였다.

—요시스케 씨, 모쪼록 아가씨를 잘 부탁드립니다.

오치카와 나란히 서 있던 요시스케는 이 말을 들은 순간, 마치 오치카를 감싸듯이 등 뒤로 숨기고 앞으로 불쑥 나섰다.

그가 화났음을, 오치카는 피부로 느꼈다. 발끈했을 때의 요시스케의 모습은 어린 시절에 몇 번이나 보았다.

―뭐라고. 다시 한 번 말해 봐라.

요시스케의 목소리가 거칠어졌다. 마쓰타로는 얼굴을 들었다. 험악하게 굳어진 뺨에 다른 색깔이 떠올랐다. 놀람과, 또 하나는 무엇일까. 분노는 아니지만 어딘가…… 기다리고 있기라도 한 것 같은.

역시 이렇게 되는 건가, 하는 각오의 빛.

요시스케의 눈초리가 치켜 올라간다. 한 발짝 더 마쓰타로에게 다가간다.

―너 따위가 어째서 오치카를 잘 부탁한다는 말을 하는 거냐. 주제넘을뿐더러, 뻔뻔스러운 데에도 정도가 있지. 네가 오치카의 무엇이라도 된다는 말이냐?

그만해요. 오치카는 요시스케의 소매를 잡았다. 하지만 요시스케는 오치카를 보려고도 하지 않았다. 눈빛으로 마쓰타로를 태워 죽이려는 듯이 노려본다.

죄송합니다, 하고 마쓰타로는 사과했다. 비틀거릴 만큼 깊이 몸을 접고 고개를 숙인다. 그대로 더듬더듬 호소했다.

―다만, 저는 정말로 아가씨가 행복해지셨으면 좋겠다는 생각에. 마루센 분들께는 다 갚을 수도 없는 은혜를 입은 몸이니, 무언가 축하를 드리고 싶어서.

그 말이 오치카의 가슴을 찔렀다. 마쓰타로가 서툴게 말을 고르면서 무엇을 전하려는 건지, 오치카는 잘 알 수 있었다.

―괜찮아요. 사과하지 마셔요, 마쓰타로 씨. 요시스케 씨도 화내지 말고.

오치카는 더 세게 요시스케의 팔을 잡고 마쓰타로에게서 떨어뜨리려고 잡아당겼다. 하지만 뜻밖에 요시스케는 그런 오치카의 손을 뿌리쳤다.

―됐으니까 오치카 너는 가만히 있어.

어릴 때 그대로였다. 발끈해서 높은 나무 꼭대기에 올라가려고 하는 요시스케. 결코 말로 지지 않는 요시스케. 싸우면 이기지 않고서는 속이 풀리지 않는 요시스케.

―네가 그렇게 다정하게 대하니까 이 녀석이 기어오르는 거야. 마루센의 아저씨와 아주머니도, 기이치 형님도 이상해. 오치카와 한 지붕 아래에서 이런 들개를 키우다니. 나는 계속 안달복달했어. 이 녀석의 정체가 뻔히 보이는데 다 같이 속수무책으로 속고 있으니.

그러고는 정말로 들개라도 쫓듯이, 마쓰타로의 얼굴 바로 앞에서 손을 흔들어 댔다.

―오치카가 내 아내가 되고 기이치 형님과 내가 처남 매부 사이가 되면, 마루센과 나미노야는 하나의 여관이 될 거야. 같이 장사를 해서 점점 번성시킬 거다. 언젠가는 역참 제일의 여관으로 만들고 말겠어. 거기에 더 이상 너 따위가 있을 곳은 없다. 지금부터는 내가 단단히 막아낼 테니까.

―우연히 먹이를 얻어먹었을 뿐인 들개 주제에, 우쭐해서 눌러앉더니 꼴사납기 짝이 없군.

─나와 오치카에게 그런 말을 하다니, 네가 뭐라도 된 줄 아느냐. 지금 당장 나가. 냉큼 짐을 싸!

몸을 일으킨 마쓰타로는 욕설을 뒤집어쓰며 우두커니 서 있었다. 아연실색하여 안색이 창백하다. 한편 요시스케는 더욱더 신이 나서 그를 욕한다. 그런 일이 있었지, 이런 일도 있었다, 아저씨도 아주머니도 기이치 형님도 사실은 너를 두고 이런 말을 했어, 너는 아무것도 모르고 눈치채지도 못했겠지. 그게 애물단지라는 것이다.

입을 반쯤 벌리고 요시스케를 바라보던 마쓰타로가 문득 오치카의 얼굴로 시선을 옮겼다. 두 사람의 눈이 마주쳤다.

오치카는 시선을 피했다.

요시스케가 더욱 격앙하여, 갑자기 덤벼들다시피 마쓰타로의 멱살을 잡았다.

─네 이놈. 지금 오치카를 보았겠다? 그 징그러운 눈으로 오치카를 보았겠다? 네놈의 속내는 이미 다 꿰뚫어 보고 있다. 멋대로 오치카를 짝사랑하다니, 분수를 몰라도 정도가 있지!

두 번 다시 오치카를 보지 말라고 고함치며 요시스케는 마쓰타로를 때렸다. 제대로 주먹을 얻어맞고 땅바닥에 쓰러진 마쓰타로를 걷어차다.

─아주 잠시라도, 네놈이 오치카와 혼인하겠다고 생각한 것이 잘못이다. 꼴좋게 되었구나.

그 말에 겨우 오치카도 이해했다. 전부 납득하고, 심장이 얼어붙었다.

요시스케는 계속 집착하고 있었다. 잊지 않았다. 원망하고 화내고 있었다. 전에 혼담이 오갔을 때에 마루센 사람들이 퍼뜨리고 다닌 말 때문에 체면이 완전히 구겨진 것을. 아니, 그뿐만 아니라 더 어렸을 때에 마쓰타로 때문에 싸우다가 기이치에게 절교당한 것도. 좋아하는 형이었던 기이치를 마쓰타로에게 빼앗긴 것도.

두 사람을 한꺼번에 되찾고 이제 마쓰타로를 내려다보는 입장에 서서, 요시스케는 뱃속 깊은 곳에 삼켜 왔던 울분을 한꺼번에 토해 내려 하고 있다.

그만해요, 그만해요. 오치카는 헛된 목소리를 짜내고 요시스케의 소매에 매달리며, 아직도 마쓰타로에게 발길질을 하려는 그를 필사적으로 말렸다. 마쓰타로는 걷어차이고 욕설을 듣고 비웃음을 당하는 대로 가만히 있다. 얼굴에 흙이 묻었다. 창백해진 뺨에 피가 흐른다.

요시스케는 멈추지 않았다. 오치카에게 사과해! 뭐가 잘 부탁한다는 것이냐! 더러워! 네가 오치카의 무엇이라고?

―부탁이에요, 이제 그만해요!

오치카의 비명에 겨우 요시스케는 날뛰던 것을 멈추었다. 땅바닥에 쓰러져 몸을 움츠리고 있는 마쓰타로의 등에, 숨을 헐떡이면서도 입을 오므려 퉤 하고 침을 뱉는다.

―오치카 때문에 봐주는 거다. 고맙게 생각해.

그런 말을 내뱉고는 오치카의 어깨를 안고 건물 쪽으로 발길을 돌렸다.

그때.

―아가씨도 그렇습니까.

땅바닥에 엎드린 채 마쓰타로가 중얼거렸다. 갈라져서 쉰 목소리가 오치카의 발밑을 기어올라 오는 것 같았다.

―오치카 씨도 저를 그렇게 생각하고 있었습니까.

요시스케도 오치카도 그 자리에 얼어붙었다. 오치카는 공포 때문에. 요시스케는 분노 때문에.

마쓰타로가 아픈 듯이 고개를 들어 오치카를 보고 있었다. 애원하듯이. 매달리듯이.

책망하듯이.

―정말로?

그 시선의 열기가, 그 물음의 절절함이, 요시스케의 둑을 토대에서부터 허물었다. 분노로 이성을 잃고 마쓰타로에게 덤벼든다. 얻어맞고 차이는 대로 가만히 있던 마쓰타로가 이번에는 사납게 일어섰다. 두 사람은 서로 맞붙어 얽혔다. 오치카는 찢어지는 소리를 지르며 도움을 청했다. 대등하게 싸우니, 실컷 얻어맞은 후인데도 마쓰타로 쪽이 강했다. 요시스케가 당해내지 못한다. 그 사실에 깜짝 놀란 요시스케는 더욱 이성을 잃고 마구잡이로 덤벼들었다.

―죽여 버리겠다, 개 같은 놈! 내가 이 손으로 죽여 버리겠어!

"장소기, 좋지 못했어요."

훨씬 작아 보일 정도로 몸을 움츠리고, 아무 말도 하지 못한 채 앉아 있는 오시마에게 오치카는 천천히 말했다.

"장작을 패기 위한―도끼가 가까이 있었지요."

먼저 그것을 움켜쥐고 쳐든 이는 요시스케였다. 마쓰타로는 아슬아슬하게 피하더니 손쉽게 도끼를 빼앗아 요시스케를 쓰러뜨렸다.

떨리는 숨을 한 번 내쉬는 사이에, 오치카는 보았다.

마쓰타로가 손에 든 도끼를 보았다. 그의 발밑에 쓰러진 요시스케를 보았다. 죽여 버리겠다는 말이 그냥 위협이 아님을, 요시스케의 표정을 보고 알 수 있었다.

그리고 마쓰타로는 오치카를 보았다.

오치카는 다리가 풀려 주저앉은 채 순간적으로 뒤로 물러나 그에게서 도망치려고 했다.

살려 주세요—라고 말한 기억이 있다.

마쓰타로의 눈에 눈물이 흘렀다.

그의 손이 도끼 자루를 고쳐 쥐는 것을, 오치카는 보았다. 손가락 마디가 하얘지는 것을 보았다.

"제 눈앞에서 마쓰타로 씨는 요시스케 씨를 쳐 죽였어요."

치고 치고 또 치고, 피보라를 흩뿌리고, 튀어 오른 피를 뒤집어쓰면서. 달려온 기이치와 고용살이 일꾼들이 그를 붙잡아 뒤에서 꼼짝 못하게 껴안고 도끼를 빼앗아도, 계속 내리치려고 발로 땅바닥을 걷어찼다.

—요시스케, 정신 차려! 오치카, 오치카, 괜찮으냐?

기이치의 정신이 팔린 찰나를 노려, 마쓰타로는 그를 밀쳐내고 땅바닥을 긁으며 일어서더니 달리기 시작했다. 붙잡으려는 고용살이 일꾼들의 손을 피하고, 밀쳐내면서.

오치카 옆을 지나갈 때, 그 두 눈이 마지막으로 오치카를 응시했다. 한순간 다리도 멈추었다. 모두가 홀린 듯이 움직이지 못한 그 한순간.

―나를 잊으면 용서하지 않겠어.

오치카에게 주^呪가 걸린 한순간이었다.

마쓰타로는 달아났고, 이튿날 아침 일찍 시체로 발견되었다. 그 옛날, 그가 역참 사람들에 의해 끌어올려진 그 비탈면에서 뛰어내린 것이다. 목뼈가 부러졌다.

죽어서도 그의 눈은 뜨여 있었다.

경鏡·
마魔

おそろし

1

 하루뿐인 휴가는 오치카가 지금까지 마음에 숨겨 온 과거를 이야기하는 것만으로 끝나고 말았다. 다음 날부터 오치카는 하녀 오치카로 돌아갔다.
 오시마에게 모든 일을 고백하긴 했지만 편해진 건 아니다. 애초에 그럴 만한 짐이었다면 좀 더 일찍 내려놓을 수 있었으리라.
 다만 오시마가 알게 되어서 오치카는 꽤 후련해졌다. 오시마는 이제 오치카를,
 ―우리가 꼬치꼬치 캐물어서는 안 되지만, 무언가 가엾은 사정을 지닌 아가씨.
 라는 식으로 여기지 않을 것이다. 오치카에게 허물이 있고, 자신 또한 그 사실을 잘 알기에 지금과 같은 처지에 있는 것이다. 동정을 받아야 할 사람은 오치카가 아니다.
 격려받고 위로받고 애석함과 슬픔의 대상이 되어야 할 사람들은

모두 무덤으로 들어가고 말았다. 살아남은 오치카는 살아남은 것만으로도 이미 죄인이다.

마쓰타로는 어째서 요시스케를 쳐 죽인 도끼를 추슬러 들어 나를 쳐 주지 않았을까. 그래야만 했는데, 왜 내 목숨을 내버려 둔 채 마루센에서 도망쳐 자신의 목숨을 내던졌을까.

지금까지 몇 번이나 자문자답해 보았다. 이제 오치카는 그 답을 겨우 알 수 있을 듯한 기분이 든다. 이 또한 오시마에게 이야기함으로써, 그 사건 직후부터 지금까지 혼란스러워하며 간직해 두었던 짐이 정리된 덕분이다.

마쓰타로는 오치카를 살려 두는 게 가장 적당한 벌이라고 생각했으리라. 어째서냐면, 오치카가 목숨을 구걸했기 때문이다.

─살려 주세요.

그 이기적이고 한심한 애원에 마쓰타로는 깨달았다. 눈이 번쩍 뜨이는 기분이었을 터이다.

나는 이런 여자에게 마음을 기울이고 있었다. 장난으로든 어린 마음에든, 이런 여자가 자신을 좋아해 주어서 기쁘게 여겼다.

애초에 나 같은 처지에 오치카와 혼인할 수 있을 리 없다. 그 사실은 잘 알고 있다. 하지만 나는 그래도 좋다고, 여자에게 내 인생을 걸었다. 이 여자의 행복을 위해 이 여자의 그림자가 되었다. 아무런 대가도 바라지 않고 어떤 난관에도 불평하지 않으며 곁에서 모든 힘을 다하자고 마음먹었다. 평생을 바치자고 결심했다. 그것이 마루센에서 입은 은혜를 갚는 길이라고 여겼다.

때문에 마루센에서 소외당하면서도 혼담 성사에 축하를 건네고,

얄미운 요시스케에게도 머리를 숙이며 오치카의 행복을 바랐다.

그런데 어떠한가.

요시스케의 욕설은 그나마 이해가 간다. 각오도 하고 있었다. 하지만 오치카는 어떠한가.

요시스케와 함께 마쓰타로를 욕하고 비웃었다면, 그 또한 일종의 계기가 되었을지 모른다. 오치카에 대한 마쓰타로의 마음을 짓밟고 마쓰타로를 잘라내려 했다면, 차라리 깨끗하다고도 할 수 있었을 터이다. 그 결과로 마루센을 나가게 되더라도, 마쓰타로는 오치카를 미워하지 않을 자신이 있었다. 마쓰타로의 마음은 마쓰타로 혼자만의 것이니까.

그러나 오치카는 요시스케의 편을 들지 않았다. 동시에 요시스케를 타이르지도 않았다. 요시스케가 조용히 있으라고 하자, 입을 다물고 요시스케가 마쓰타로에게 욕설을 퍼붓는 광경을 말없이 보고만 있었다.

결국 눈앞에서 요시스케를 죽였는데도 나를 미워하지 않는다. 욕하지도 않는다. 이유를 캐묻지도 않고, 울면서 사과한 것도 아니다. 건넨 말이라고는 단 한 마디. 살려 주세요.

그렇게 자신이 소중한가. 착한 아이인 채로 남고 싶고, 마쓰타로에게도 미움받고 싶지 않은 것인가. 살려 달라고 매달리면 마쓰타로가 용서해 줄 거라고, 그게 통할 거라고 생각한다.

죽일 만한 가치도 없다. 마쓰타로는 그 점을 깨달았다. 이런 여자 때문에 미친 듯이 질투하고, 분노로 이성을 잃고, 요시스케를 죽인 자기 자신이 가련해졌다. 이런 여자에게 인생을 걸고 마루센에서 견뎌온 나날을 헛수고로 만든 것이 한심해서 도무지 견딜 수가 없었다.
그래서 죽음을 택한 것이다.

다행히 오치카의 고백으로 오시마의 태도가 달라지지는 않았다. 완전히 아무 일도 없었던 듯 대해 주니 조금은 속을 알 수 없는 느낌이 들어서 무섭기도 하다. 하지만 오시마는 오치카보다 훨씬 더 물정에 밝고 세상살이에 익숙한 여자다. 고용살이 일꾼의 입장이고, 숙부 부부의 체면도 있다. 그런 부분을 잘 안배할 수 있는 게 당연하다. 오치카는 오시마에게 오치카 씨, 오치카 씨 하고 불리며 함께 바쁘게 일하는 데 몰두했다.

그러나 자신의 과거를 고백하고 나서 이틀 후, 생각지도 않은 일이 일어났다. 마루센의 단골손님이자 오치카도 얼굴을 아는 상인이 미시마야를 찾아왔다. 기이치로부터, 미안하지만 에도로 돌아가거든 미시마야에 들러 가까운 시일 내에 오치카를 만나러 가겠다고 전해 달라는 부탁을 받았다는 것이다.

숙모 오타미는 상인을 맞아 다과를 대접하고 선물을 들려 정중히 인사를 한 후 돌려보냈다. 오타미가 얼굴을 보여 달라고 오치카를 불렀지만, 오치카는 이런저런 핑계를 대어 도망쳤다.

상인 쪽도 물론 마루센에서 일어난 흉사를 알고 있다.

—오치카 씨가 건강하시다면, 굳이 제 변변치 못한 얼굴을 보실 필요는 없습니다. 마님께서 안부 전해 주십시오.

이쪽도 붙임성 좋게 말하며 슬쩍 빠져나가, 오래 머무르지 않고 미시마야를 떠났다.

　오치카는 곤혹스러우면서도 약간 화가 났다. 오라비가 이제 와서 무슨 용무가 있기에 오치카를 만나고 싶다는 걸까.

　기이치에 대해, 오치카는 틀어지고 복잡해진 마음을 품고 있다. 오라비가 마음 써 주고 있음은 잘 알고, 걱정을 끼쳐서 미안하다고도 생각한다. 하지만 그런 한편으로 오라비의 존재가 무겁게 느껴지는 마음도 분명히 있다.

　흉사가 벌어진 후, 기이치는 오치카에게 엎드려 수없이 사과했다. 너는 잘못이 없다. 마쓰타로가 그리 날뛴 까닭은, 요시스케로부터 들어왔던 혼담을 거절할 때 내가 앞장서서 마쓰타로를 치켜세우고 너와 혼인시킬 거라는 말을 하여 그 녀석을 들뜨게 했기 때문이다. 입 밖에 내지 않고, 얼굴에도 나타내지 않고, 당치도 않다고 부정하면서도 마쓰타로는 그럴 생각을 품고 있었다. 그런데 그게 호되게 뒤집히고 말았으니 녀석은 화가 났던 것이다.

　줄 생각도 없는 보물을 주겠다, 언젠가 주겠다고 눈앞에서 흔들어 대면 아무리 약한 입장이라도 욕심을 갖게 되기 마련이다. 나는 그 사실을 몰랐다. 마쓰타로는 분수를 알 거라고만 생각해서 가볍게 여겼다.

　너는 남의 일에 휘말려 엉뚱하게 얻어맞은 거나 마찬가지다. 잘못한 쪽은 마루센이다. 그중에서도 내가 가장, 제일 잘못했다. 그 벌을 너 혼자 다 받고 말았구나. 오라비는 미안하고 부끄러워서, 네 얼굴을 제대로 볼 수조차 없다―.

　눈물을 흘리는 기이치 앞에서, 오치카는 입을 열어 항변할 기력을 잃은 채 그저 고개만 숙이고 있었다.

　오라버니, 그건 아니야. 오라버니는 착각하고 있어. 나를 시집보내고 시집보내지 않고는, 마쓰타로 씨에게 상관없었어. 그 사람은 정말로 자신의 처지를 잘 알고 있었어. 그 사람이 이성을 잃을 정도로 화가 난 까닭은 내가 요시스케 씨의 아내가 될 예정이었기 때문이 아니야. 그런 소박한 것 때문이 아니야.

　그렇게 말해도 기이치는 이해하지 못하리라. 기이치는 설령, 그 자리에서 오간 말을 처음부터 끝까지 다 보고 들었다 해도 마쓰타로가 광란한 이유를 깨닫지 못할 것이다. 기이치는 기이치일 뿐, 마쓰타로가 아니니까.

　그런데도 기이치는 옆에서 손을 내밀어, 억지로라도 오치카의 무거운 짐을 빼앗아 자신이 지려 했다. 그런 식으로 무거운 짐을 맡기면, 짐을 맡긴 오치카는 더욱더 부끄러워지게 된다. 그 수치는 이제 아무도 씻어줄 수 없는데. 기이치에게는 그 사실이 보이지 않는 것이다.

　잘못 만들어서 어중간한 길이가 된 띠를 몸에 둘렀을 때, 매듭을 크게 묶으면 길이가 모자라 풀리고 작게 묶으면 띠가 남는다. 오라비에 대한 오치카의 심정은 그와 비슷했다. 기이치는 이 띠로도 잘 묶을 수 있다고 주장한다. 이 띠는 네게 잘 어울린다고 주장한다. 하지만 오라비의 말을 받아들이면, 풀린 띠가 언젠가는 다리에 얽혀 넘어지고 말리라는 사실을 오치카는 안다. 혹은 남은 띠가 다리를 탁탁 쳐서 귀찮아지고, 언젠가는 뜯어내 버리고 싶어질 것을 알고 있다.

부모는 많은 말을 하는 대신, 기이치가 자신들을 대변代辯하게 하고 그저 오치카를 걱정하며 눈물로만 세월을 보냈다. 그런 부모에 대해서도 오치카의 마음은 거의 비슷한 지점에 멈추어 있다. 따라서 부모에게서도 오라비에게서도 멀리 떨어지는 것 말고는 방법이 없었다.

그런 사실도 모르니 기이치가 오치카를 만나러 오겠다면 올 터이다. 기이치다운 배려다. 그렇다면 어쩔 수 없다. 한껏 건강한 얼굴을 하고, 에도 생활을 즐기고 있는 척해서 더 이상 기이치가 걱정하는 일이 없도록 연극이나 한번 해 주자. 그 정도의 재주는 미시마야에서 일해 온 나날 속에서—특히 흑백의 방에서 신기한 이야기를 들려 주는 손님들을 상대하는 진귀한 경험을 쌓으면서 익혔다고 생각한다. 한숨과 함께 오치카는 그렇게 결심했다.

가와사키 역참에서 에도까지라면 당일치기로 오갈 수 있는 거리다. 기이치가 언제쯤 오려나, 오늘 올지 내일 올지 신경 쓰고 있는 동안 사나흘이 지나갔다. 앞서 소식을 가져온 상인이 방문한 지 닷새 후의 일이다. 오치카는 아침에 일어나자마자 숙부 이헤에게 불려 갔다. 다름이 아니라 흑백의 방에 세 번째 손님을 불렀다고 한다.

"아니, 네 번째인가. 네가 세 번째 손님이었으니 말이다."

이헤에는 고지식하게 말을 고쳤다.

오치카는 표정에 드러내고 말 정도로 강한 의구심을 느꼈다. 이헤에가 괴담을 들을 사람으로 오치카를 둔 의도는 이제 알았다. 넓은 세상에는 온갖 불행이 있다. 갖가지 종류의 죄와 벌이 있다. 각각의 속죄가 있다. 어둠을 껴안고 있는 사람은 오치카 혼자가 아님을, 뻔한 설교를 통해서가 아니라 다른 사람의 체험담을 들려줌으로써, 오치카가 뼈저리게 깨닫도록 하려는 의도였을 것이다.

그 결과 오치카는 오시마에게 자신의 사정을 고백할 수 있었다. 덕분에 편해졌다고는 할 수 없지만, 말로 표현하고 이야기로 내려놓음으로써 자신의 등에 짊어진 것의 형태를 알았다고 생각한다. 거기에는 분명히 의미가 있다.

이헤에의 구상은 성공했다. 그런데 어째서 또 새로운 손님을 불렀을까?

이런 의심 또한 오치카의 표정에 나타났으리라.

숙부는 가볍게 웃었다.

"네가 만난 손님은 이제 겨우 두 명이 아니냐. 게다가 그중 한 사람, 에치고야의 오타카라는 아가씨는 자신의 등에 짊어진 무시무시한 존재 안에 여전히 갇혀 있지 않니."

부족하지―하고 선뜻 말한다. 그러고는 갑자기 밝은 얼굴이 되어 말을 이었다.

"그렇지, 에치고야 하니까 생각나는데, 그 후로 세이타로 작은 나리가 너에게 마음을 쓰는 모양이더라. 어린 아가씨한테 터무니없는 일을 당하게 했다며 걱정하더구나."

사과의 뜻으로 어디 에도의 맛난 음식이라도 한번 대접하고 싶다며, 이헤에에게 몇 번인가 심부름꾼을 보냈다고 한다.

"아직 너도 밖에 나갈 마음은 들지 않으리라 여겨 말하지 않고 있었지만, 너무 사양만 한다면 상대방도 난처하겠지. 무엇보다 고마운 배려가 아니냐. 기꺼이 초대를 받아들이겠다고 대답할 테니, 나와 함께 나가 보자꾸나."

가끔은 나들이복도 입어야지, 하고 즐거운 듯이 덧붙인다.

"뭣하면 옷을 새로 지을까. 네 숙모가 좋아할 게다."

"맛난 것을 사 주시는 것보다, 저는 오타카 씨가 어떻게 지내는지가 걱정이에요."

에치고야에서는 정말로 사람을 가두기 위한 방을 만들어 오타카를 가두었을까.

"그렇다면 더더욱 세이타로 씨를 만나서 직접 이야기를 들어보면 되지 않겠니."

"숙부님이 물어봐 주시면 안 될까요."

"나는 자세한 사정을 모른다. 그런 무례한 짓은 할 수 없어. 직접 물어보렴."

손님은 두시에 오실 거라는 말을 남기고, 이혜에는 얼른 자리를 떴다.

점심 식사를 마치고, 일개 하녀에서 흑백의 방에서 이야기를 듣는 사람으로 탈바꿈할 준비를 하다가, 오치카는 조금 망설였다. 에도에 처음 왔을 때 오치카를 위해 산더미처럼 옷을 지어 주려던 숙모를 애걸하다시피 말렸기 때문에, 오치카는 사실 손님을 맞이하기에 부끄럽지 않은 옷이 얼마 없었다.

만주사화 꽃 이야기를 들을 때 입었던 옷은 불길한 기분이 든다. 나중에 도키치, 그러니까 마쓰다야의 도베에가 죽었다. 에치고야의 오타카와 만났을 때 입은 옷은 더욱 좋지 않다. 그 옷들과 거기에 맞춰 둘렀던 띠를 빼면 남는 옷은 두 벌이다. 그중 한 벌은 오타미가 오치카에게 이것만은 꼭 짓게 해 달라며 빌다시피 해서 만들어 준 옷인데, 오치카에게는 아무래도 화려하게 느껴졌다.

이것도 아니야, 저것도 아니야, 하며 한바탕 고민하다가 결국은 색깔이 수수한 기러기 무늬 겹옷을 골랐다. 기러기는 가을의 풍물이며 차분해 보이는 점이 좋다. 어머니가 좋아했던 옷으로 오치카가 집을 나올 때 받았다. 벌써부터 유품을 나누어 주는 듯해서 불길하니, 옷 같은 것은 주지 말라고 오라비가 화를 냈던 일이 얼핏 떠오른다. 그래도 어머니는 옷만이라도 오치카 곁에 있게 하고 싶다며 몰래 들려 보내 주었다.

갑자기 가슴 깊은 곳이 아리다. 부모님은 건강하게 지내고 계실까. 어머니는 오치카를 에도로 보내고 나서도 딸을 떠올리며 울고 있을까. 아버지도 부쩍 늙어 보이고 기침이 늘어서 마음에 걸린다.

오라비의 방문을 그저 귀찮게만 여겼던 자신의 무정함에 오치카는 조금 부끄러워졌다. 오라비를 만나면 제일 먼저 아버지와 어머니는 어떻게 지내시는지 물어보자.

띠는 수수한 푸른색에 남색 줄무늬가 들어간 겐조献上하카타(현재의 후쿠오카)에서 주로 생산되는 고급 비단인 하카타오리 중에서도 최상품을 이르는 말를 골랐다. 에도에서도 널리 보급되어 있는 하카타오리의 띠에는 불구佛具인 독고獨鈷와 화롱花籠의 무늬가 짜 넣어져 있다고 들은 적이 있다. 흑백의 방에서 손님이 들려주는 슬프고도 불길한 이야기에, 적어도 불구의 무늬를 곁들이자는 마음이다.

마지막으로 손거울을 보고 머리를 다듬다가, 밝은 꽃무늬 자수가 놓인 댕기가 마음에 걸려 아무 무늬도 없는 것으로 바꾸었다. 하얀 버선을 신고, 오치카는 흑백의 방으로 향했다.

복도 맞은편에서 오시마의 목소리가 들려온다. 마침 손님을 안내해 오는 참인 모양이다. 여기서 얼굴을 마주치는 것도 거북한 노릇이다. 일부러 손님보다 늦게 가려고, 오치카는 복도 모퉁이에서 걸음을 멈추었다.

오시마가 즐거운 듯이 이야기하고 있다.

"정말 오랜만에 뵙습니다."

"몇 년 만이더라. 십 년은 지났으려나."

대답하는 손님은 여성으로, 오시마보다는 젊은 목소리다.

"그걸로는 부족하지요, 아가씨. 십오 년은 지났습니다."

그럴 생각은 없었지만 엿듣는 꼴이 되고 말았다. 이 손님은 아무래도 오시마와 아는 사이인 모양이다. 아가씨라니, 오시마가 옛날에 하녀로 고용살이를 하던 가게 사람일까. 그런 것치고는 격식을 차리지도 않고 허물없는 느낌이 든다.

"세월이 그렇게 지났구나. 오시마는 조금도 변하지 않았어."

"아가씨야말로 지금도 어여쁘셔요. 어머나, 저도 참 못쓰겠네요. 이제 아가씨가 아니라 작은 마님이라고 불러야 하는데."

"나를 아가씨라고 불러 주는 사람은 이제 오시마뿐이니까 괜찮아, 언제까지나 아가씨라고 불러도 돼."

두 사람은 밝게 웃었다. 자, 이쪽입니다, 하며 오시마가 흑백의 방의 당지 문을 여는 소리가 났다.

오치카는, 잠시만 계세요, 하는 인사와 함께 물러나온 오시마를 기다렸다. 불쑥 얼굴을 내밀자 오시마는 크게 놀랐다.

"아이구, 아가씨."

오치카는 입술 앞에 손가락을 하나 세웠다. 그러고는 목소리를 낮추었다.

"아니잖아요. 오치카예요."

"네, 오치카 씨."

오시마가 허둥거린다. 오치카는 오시마의 소매를 끌고 복도 모퉁이까지 되돌아갔다.

"오늘 오신 손님은 오시마 씨가 소개한 건가요?"

오시마는 당황하지도 않고, 벌써 들켰느냐는 얼굴로 어린아이처럼 혀를 쏙 내밀었다.

"예, 그렇답니다. 주제넘은 짓을 해서 죄송해요."

사과를 받을 정도의 일은 아니지만 수상하기는 하다.

"무언가…… 제게 들려주고 싶은 이야기를 가지고 계셨군요."

"아니요" 하고 오시마는 단호하게 고개를 저었다.

"저 같은 것에게는 아무것도 없답니다. 하지만 전에 아가씨의 이야기를 들은 후, 제일 먼저 마음에 떠오른 이야기가 있었어요. 그래서 그걸 들려주실 분에게 부탁하러 갔지요."

흔쾌히 와 주셨답니다, 하며 오시마는 흑배의 방 쪽으로 살짝 머리를 숙였다.

"아마 본인 입으로 말씀하실 테지만 저분은 제가 젊었을 때, 벌써 십오 년도 더 전에 고용살이를 했던 가게의 아가씨예요."

그 가게에서 옛날에, 불길하면서 신기하고 슬픈 일이 있었어요.

"이미 다 정리된 일이에요. 지금은 행복하게 살고 계시지요. 저도 깊이 고민하지 않고 찾아뵈어 부탁드릴 수 있었어요."

"계속 왕래하셨나요?"

오시마는 생긋 웃었다. "아가씨와 하녀 사이인걸요. 왕래라니 당치도 않으셔요. 하지만 저는 아가씨가 어떻게 지내시는지 알고 있었지요."

그만큼 마음을 쓰고 있었다는 말이리라.

"어쨌거나 만나 보셔요"라고 말하고, 오시마는 고개를 살짝 갸웃거리더니 오치카의 얼굴을 뚫어져라 바라보았다.

"지금 보니까 두 분이 조금 닮으신 것 같아요. 얼굴 생김새가 닮았다기보다 분위기라고 할까요."

오시마는 오치카의 뒤로 빙글 돌아가더니 양손으로 살며시 등을 밀었다.

"자, 다녀오셔요, 오치카 아가씨."

손님과 마주하자, 오치카는 우선 기다리시게 해서 죄송하다고 정중하게 사과했다.

손님은 비늘 모양의 삼각형 무늬가 들어간 화려한 기모노로 몸을 감싸고, 머리는 틀어 올려서 커다란 대모갑 빗을 두 개 꽂았다. 요즘 유행하기 시작한 새로운 머리 모양에, 오치카는 저도 모르게 시선을 빼앗겼다.

그러자 손님은 기쁜 듯이 웃음 지었다.

"유행에 금세 달려들다니, 말괄량이 같은 며느리라고 야단을 듣고 있답니다."

웃으면 눈이 실처럼 가늘어지고 눈초리가 내려간다. 통통한 뺨과 어우러져 보기에도 훈훈한, 참으로 복스러운 얼굴의 여자다. 나 같은 것과는 조금도 닮지 않았다. 오시마 씨도 너무한다고, 오치카는 마음속으로 쓴웃음을 지었다.

"초대해 주셔서 고맙습니다."

방바닥에 손가락을 짚고 머리를 한 번 숙이더니, "이 방의 용도에 대해서는 잘 알고 있어요. 저는 오후쿠お福라고 불러 주셔요" 하고 말했다. 가명이라도 어울리는 이름이다.

"그런데 오치카 씨―맞지요."

"네, 오치카예요."

"평소에 거울은 쓰시는지요?"

방금도 보고 온 참이다. 오치카는 예, 하고 고개를 끄덕였다.

"당연히 그러시겠지요. 하지만 걱정이 되어서요."

손끝을 가볍게 턱에 대며 생각에 잠긴다. 나이는 서른쯤―여자의 액막이란 의미를 띤 비늘 무늬 옷을 입고 있으니, 올해가 딱 액년厄年 _{일생 중 재난을 맞기 쉽다고 하는 운수 사나운 나이. 음양도에서 남자는 25, 42, 60세, 여자는 19, 33, 49세를 일컫는데, 특히 남자의 42세와 여자의 33세는 큰 액년이라고 한다}일지 모른다. 그렇다 하더라도 몸짓은 경쾌하고 사랑스럽다. 전혀 어색하지 않고 잘 어울린다.

"제 이야기를 들으신 후에는 거울을 보는 것이 조금 싫어질지도 모르거든요."

이렇게 오후쿠는 이야기를 시작했다.

2

오후쿠는 니혼바시 고마쓰초에서 태어나고 자랐다. 본가는 침선공방^{전문적으로 옷을 짓거나 바느질을 하는 가게. 일본에서는 시타테야(仕立屋)라고 하며, 남성의 관복이나 천 공예처럼 손이 많이 가는 고급 제품을 만들었다}을 경영했다. 가게 이름은 '이시쿠라야'라고 한다.

"신바바시 다리를 건너면 맞은편에 엣추노카미^{엣추는 현재의 도야마 현을 가리킨다. '-카미'는 그 지역의 영주에 해당하는 직위로, 에도에도 머무를 저택을 갖고 있었다} 호소카와 님의 저택이 있었습니다. 저희 가게는 오랫동안 호소카와 님 댁 출입을 허락받았기 때문에, 그쪽으로 발을 두고 자지 말라고 아버지도 어머니도 잔소리를 하셨지요. 하지만 반대쪽으로 발을 두면 그쪽은 그쪽대로 고후쿠초^{포목전이 많이 모인 지역}가 있고, 외호外濠^{성 바깥 둘레의 해자. 이중으로 두른 해자 중 바깥쪽의 해자를 가리키는 말이기도 했다} 맞은편에는 더 많은 무가 저택이 늘어서 있잖아요. 그중에도 단골손님이 있단 말이지요."

그래서 니혼바시 다리 쪽으로 머리를, 교바시 다리 쪽으로 발을 두고 이불을 까는 것이 이 집의 관습이 되었다^{고마쓰초는 북으로는 니혼바시, 남으로는 교바시 사이에 있다}.

"어딘가에 발을 두지 않으면 누울 수 없으니 어쩔 수 없잖아요. 같은 에도에 있는 다리인데도 니혼바시에 비해 교바시를 가벼이 여기게 되었고, 그래서 이시쿠라야에서는 어떤 일에 손해를 보면 '이게 무슨 교바시 취급이란 말이냐'라는 독특한 표현이 생겼답니다. 물론 다른 곳에서는 통하지 않아요. 우리 가게만의 암호라고 할까."

그러나 이 암호를 입에 담는 사람들의 수는 적지 않았다. 침선공방에는 크고 작은 규모의 차이가 있는 법인데, 이시쿠라야는 큰 가게였던 것이다.

"제 아비는 삼대째 주인인데, 그때가 이시쿠라야가 가장 번성하던 시절이었어요. 데리고 있는 직인만 해도 열다섯 명 정도에 이르렀지요."

침선공방은 재봉을 업으로 하며, 기모노나 하오리, 하카마도 물론 짓지만, 이시쿠라야에서는 이불을 많이 취급했다. 문외한이 보기에는 이쪽은 기모노처럼 복잡한 기술을 필요로 하지 않을 것 같지만, 실은 바느질 직인의 실력에 따라 누웠을 때의 느낌이 전혀 달라지고 마는 어려운 물품이라고 한다.

"특히 아버지는 이불 짓는 분야에선 에도에서도 손꼽히는 실력을 가지고 계셨어요. 번성한 이유도 그 때문이었지요."

아버지의 이름은 데쓰고로라고 한다. 이시쿠라야에서 주인은 대대로 이러한 이름을 쓴다. 가게를 처음 일으킨 주인, 오후쿠의 증조부의 이름이 이러했다.

"이불을 짓는 직인인데, 가게 이름은 이시돌이라는 뜻이고 주인은 데쓰쇠라는 뜻잖아요?"

오후쿠는 또 사랑스럽게 손가락을 입가에 대고 작은 새처럼 웃었다.

"어째서 딱딱한 것들뿐이냐며 종종 이상하게 여겨지곤 했어요. 별로 이상한 사연이 있는 것은 아니고, 제 증조부는 조슈현재의 군마 현을 가리키는 옛 지명의 이시쿠라라는 곳 출신이었거든요. 본래는 가난한 소작인으로, 먹고살기가 너무 힘들어서 에도로 나온 것이지요. 원래 이름

은 구와고로_{먹지 못한다는 뜻의 구와레나이(食われない)의 '구와'와 데쓰고로의 '고로'를 합한 것}였던 게 아닐까 하는 이야기도 들은 적이 있어요."

아아, 말이 난 김에 덧붙이자면, 하고 오후쿠는 정말로 말괄량이 같은 눈빛을 띠었다.

"제 어머니의 이름은 오카네_{돈이라는 뜻}라고 해요. 정말로 돈 냄새가 나지요."

오후쿠의 목소리가 귀에 기분 좋게 울려서 오치카는 고개를 끄덕이며 정신없이 들었지만 조금 걱정이 되기 시작했다. '오후쿠'는 이 자리에서 쓰는 가짜 이름일 텐데 '이시쿠라야'에 대해 전부 사실을 말하고 있는 것처럼 들리기 때문이다. 당장이라도 니혼바시 도리초 부근에 가서 이시쿠라야의 위치를 확인할 수 있을 듯하다.

그러자 오후쿠는 마치 오치카의 안색을 읽은 것처럼 미소를 지으며, "이제 이시쿠라야는 없답니다" 하고 부드럽게 말했다.

"지금부터 말씀드릴 사건 때문에 멸망하고 말았지요."

가게가 아니라 한 집안이나 번^藩_{에도 시대에 1만석 이상의 영토를 보유한 무사인 다이묘가 지배했던 영역, 혹은 그 통치 기구}이 사라진 것 같은 표현이었다. 오후쿠의 가벼운 어조에는 어울리지 않는 딱딱한 말이다.

"예, 멸망했어요." 오후쿠는 되풀이했다. "아버지도 어머니도 원통했겠지요. 하지만 이시쿠라야가 그대로 남았다 해도 좋은 일은 하나도 없었을 테니 그리된 게 다행이에요."

한탄과 동시에 단호하게 끊어내는 결단력도 포함된 말투다. 오후쿠의 눈빛이 무언가 그리운 것을 건져 올리듯이 방바닥 위를 헤매고 있다.

"역시 아침 해가 솟아오르는 듯한 기세의 미시마야답군요. 다다미의 가선에도 좋은 직물을 쓰시네요."

짙은 남색에 금사와 은사가 섞인 가선이다. 손님용 방이기 때문이리라. 그 말을 들을 때까지 오치카는 특별히 신경 써서 본 적도 없다. 숙부 부부도 마찬가지일 터이다. 그냥 다다미 가게에 맡겼을 게 분명하다.

"이 방을 '흑백의 방'이라고 한다지요? 오시마에게 들었어요."

오치카는 고개를 끄덕이고 주인 이헤에가 바둑 친구를 불러 바둑을 두곤 했다고 말해 주었다.

"그렇다면 다음에 다다미를 바꾸실 때에는 검은 바탕에 은사를 쓴 가선을 두르시면 좋지 않을까. 장식물이나 족자도 검은색이나 흰색으로 하거나, 바둑을 본뜬 것으로 하시고요."

그러고 보니—하며, 오후쿠가 통통한 뺨에 웃음을 짓는다. "이시쿠라야에도 '흑의 방'이라고 하는, 어린아이와 젊은 고용살이 일꾼들이 두려워하던 방이 하나 있었어요. 그 방도 우연히 다다미 가선이 검은색이었는데……."

그 방에서 지어진 이불이 더욱 문제였다고, 오후쿠는 말을 이었다.

"아버지가 새까만, 정말로 다른 색이라곤 하나도 섞이지 않은 검은 비단 이불을 지으신 적이 있었답니다."

단골이 특별히 주문한 이불이었다고 한다.

"저는 그 무렵에 다섯 살 정도인가 그래서 자세한 이야기는 나중에 들었어요. 그만큼 가게에서 쭉 입에 오르내리던 일이었지요."

주문한 사람은 무사였다. 오후쿠도 이름까지는 모르지만 상당히 지위가 높은 분으로, 주문을 할 때에는 그 집안의 에도 루스이^{에도에 있는 영주 저택에 머무르면서 막부와 번과의 공무상의 연락, 다른 번과의 연락 등을 맡아 행하던 직책}가 일부러 찾아왔다고 한다.

"가게 사람을 불러들이는 게 아니라 상대방이 온 겁니다. 어지간히 비밀리에 일을 진행하고 싶었던 게지요."

"새까만 이불에 무슨 용도가 있었을까요."

오치카도 저도 모르게 흥미를 느꼈다.

"오랫동안 병을 앓으신 분한테는 검은 이불을 보여 드리기만 해도 더욱 상태가 나빠지고 말 듯한 기분이 드는데 말이에요."

네, 정말 그래요, 하고 오후쿠는 크게 고개를 끄덕였다. 그러고는 주위를 경계하듯이 무릎걸음으로 앞으로 다가오더니, 속삭이는 목소리로 말했다. 오치카도 따라서 귀를 기울인다.

"사용할 곳은 따로 있었어요. 저도 그 의미를 알게 되기까지 꽤 시간이 걸렸답니다."

시집도 안 간 아가씨에게 할 만한 이야기는 아니지만, 하고 더욱 목소리를 낮춘다.

"나쁜 지혜도 세상을 살아가는 지혜 중 하나―라고 제 어머니가 자주 말해 주시곤 했으니, 저도 어린 아가씨께 말씀드리지요. 있잖아요, 피부가 하얀 여인이 검은 이불에 누우면 피부가 더욱 희게, 투명할 정도로 깨끗하게 보이는 법이랍니다."

오치카는 잠시 멍해졌다. 뜻을 깨닫고 나서는 당황했다. 오후쿠는 함께 장난이라도 치는 것처럼 즐거워 보인다.

"보통 여자의 피부를 가장 아름답게 보이게 하는 색은 따오기 깃털 색깔—또는 연한 주황색이라고 하지요. 하지만 특별히 피부가 하얀 여자인 경우에는, 오히려 새까만 색깔을 배경으로 두는 편이 좋은 대비를 이루거든요."

예에, 하며 오치카는 쩔쩔맸다.

"그 이불 주문은 마감 기일도 엄격하게 정해져 있는 데 더해 내용물이 무엇인지 알 수 없도록 엄중하게 싸서, 반드시 별저_{에도에 있는 다이묘나 지위 높은 무사들이 본가 외에, 근교에 두었던 저택}로 납품하라는 엄한 시달도 있었어요. 물론 다른 사람에게 말하면 안 됐고요."

다이묘 가의 본가와 별저는 기풍이 매우 다르다. 에도에 온 지 얼마 되지 않은 오치카도 그쯤은 알고 있다. 미시마야 역시 무가를 상대로 장사를 하기 때문이다. 본가는 엄격하게 격식과 예의를 중시하지만, 별저는 에도의 중심에서 떨어진 곳에 위치하는 경우가 많은 만큼 호방하고 스스럼이 없으며, 경우에 따라서는 풍기가 문란할 때도 있다고 한다.

"영주님이 눈처럼 피부가 하얀 애첩을 사랑하기 위해서 짓게 했거나—,"

부끄러운 광경이 눈앞에 펼쳐진 것도 아닌데, 오치카는 상상만으로도 눈 둘 곳을 찾을 수 없는 기분이 되었다. 이에 아랑곳하지 않고 오후쿠가 악의 없는 말투로 말한다.

"아니면 그런 여자를 이용해서 무언가 중요한 접대라도 하셨을까요. 어쨌거나 주문할 때는 번의 흥망이 걸려 있다는 식으로 말씀하셨다니까요."

루스이가 직접 은밀하게 찾아와 그렇게까지 말했다면 후자 쪽이 맞을 듯하다.

그러고 보니 흑백의 방에 처음으로 만주사화 이야기를 해 준 도키치가 찾아왔던 날, 미시마야에서도 비슷한 일이 있었는데. 무사 나리인 호리코시 님이 급하게 중요한 주문을 하기 위해 부르셨다며, 이헤에가 오타미와 함께 나갔다. 그 또한 가문의 흥망과 관계될 정도의 일인지 아닌지는 몰라도 중대한 주문인 듯했다.

심술을 부리려는 건 아니었던 오후쿠는 오치카가 곤란해하자 이야기의 방향을 원래대로 돌렸다.

"질이 좋은 검은 비단은, 바로 검게 물들이는 것이 아니랍니다. 아가씨는 알고 계시나요?"

먼저 붉은색으로 기초 염색을 하고, 그 위에 검은색으로 염색을 한단다. 그러면 검은색에 깊이가 더해진다. 하지만 조절이 어렵다. 검은색으로 염색한 후에 붉은 기가 남아 있으면 지저분해지고, 붉은색에 검은색이 그저 덧칠되었을 뿐이어도 실패다. 염색 직인의 실력이 발휘되는 부분이다.

"당연히 피륙 값도 비싸지요. 검은 비단으로 이불을 지을 때에는 아버지도 매우 신경을 쓰셨다더군요. 하지만 완성된 이불이 방에 개어져 쌓여 있으면 그냥 새까만 이불일 뿐이지요. 익숙한 풍경이 아니기 때문에 더욱더 수상하고 불길해서, 사정을 모르는 사람의 눈에는 무섭게 보였던 겁니다."

한때는, 우리 나리는 염라대왕의 이불을 지었다—는 소문까지 오갔다고 한다. 염라대왕의 주문이라면 심부름꾼으로는 적귀와 청귀가 쇠몽둥이를 들고 왔을까요, 하고 오후쿠는 웃으며 말했다. 오치카도 웃었다.

"하지만 저희 고참 직인은 사정을 듣지 못했어도 태연했어요. 침선공방에는 터무니없는 주문이 들어올 때가 있거든요. 오랫동안 이 장사를 하다 보면 어지간한 일로는 놀라지 않지요. 검은 비단 이불 정도는, 아아, 그렇습니까, 하고 끝나고 맙니다."

여자 기모노는 매우 손이 많이 가는 고가의 옷이 아닌 한, 여자들이 자기 집에서 짓는 법이다. 따라서 침선공방은 여자 기모노와는 인연이 없지만, 드물게는 특별히 부탁을 받아 만들 때가 있다. 헌 옷을 고칠 때도 있다.

"아무것도 듣지 못해도, 그런 기모노 뒤에 사연이 따라다닌다는 사실 정도는 눈치를 채거든요. 그러니 침선공방이라면 어디나 불가사의한 일화 한두 개 정도는 가게 안에 숨겨 놓고 있는 법이랍니다. 기도사나 무당을 부르는 일도 드물지 않고, 아가씨도 댁에서 하시지요, 그, 바늘 공양_{매년 2월 8일, 또는 12월 8일에 여자들이 바느질을 쉬고 부러진 바늘을 모아 두부나 곤약에 꽂는 등, 바늘을 공양하는 행사.} 이 또한 침선공방에서는 각별히 중요한 관습인데, 간혹 무서운 이야기가 얽혀 있곤 하지요."

단숨에 말하더니 후우 하고 어깨에서 힘을 뺐다. 시선이 또 허공을 떠돈다. 이번에는 그 시선에서 그리운 듯한 따뜻함이 아니라, 슬프고 차가운 기색을 느낄 수 있었다.

"하지만 무섭다, 이상하다고 생각하는 곳에 실은 정말로 무섭고 이상한 일은 없는 법이지요. 이시쿠라야에서도 흉사는 바깥에서 들어온 게 아니었습니다. 처음부터 집 안에 있었지요."

이것은 제 언니와 오라버니의 이야기입니다.

이십 년 전 초봄의 일이다.

나이를 한 살 먹어 이제 막 열 살이 된 오후쿠는, 그날 아침부터 이시쿠라야 앞과 문 사이를 왔다갔다 하며 이제나저제나 기다리고 있었다.

이제 곧 언니가 집으로 돌아온다.

오후쿠에게는 일곱 살 터울의 오사이라는 언니가 있다. 이 언니는 갓난아기였을 때부터 병약했는데 특히 기침이 심해 돌봐 주는 이가 애처롭고 안타까워서 눈물을 쏟을 만큼 괴로워하곤 했다.

오사이가 간신히 세 살이 되자 주위에서, 이대로 이 아이를 에도에 둔다면 도저히 잘 자라지 못할 것이다, 어딘가 따뜻한 지방으로 요양을 보내는 게 좋지 않겠느냐는 이야기가 나왔다. 사랑하는 딸을 멀리 떼어 놓는 일은 견디기 힘들지만, 오사이가 기침으로 괴로워하며 죽어 가는 모습을 그저 손 놓고 지켜보는 일은 더욱 괴로웠던 부모는 마음을 독하게 먹기로 했다.

그러나 이시쿠라야에는 마땅히 딸을 요양 보낼 만한 데가 없었다. 그때 마침 친하게 지내는 포목전에서 우리 친척뻘 되는 이가 오이소에 있다, 일 년 내내 따뜻하고 부드러운 바닷바람이 불며, 영양가가 풍부한 음식도 많은 곳이다, 그 집에 맡기면 어떠하겠느냐고 권해 주었다.

오이소라는 말만 듣고 이시쿠라야의 데쓰고로는 성미가 거친 아미모토_{어부를 고용하여 고기를 잡는 사람. 선주(船主)}의 집이 아니냐며 두려워했다. 자세한 이야기는 듣지도 않고 거절하려고 해서 포목전 주인 부부를 크게 당황시켰다.

"진정하고 들어 보십시오. 제 친척은 그 지역에서 나는 해산물 말린 것을 취급하는 도매상입니다."

잘 생각해 보면 니혼바시 포목전의 친척이라면 어부들을 감독하는 아미모토보다 도매상을 운영하는 쪽인 게 훨씬 말이 된다. 또한 이 도매상은 큰 가게로, 그 지방에서 아미모토와 비슷할 정도로 발이 넓으며 사람들의 존경을 받고 있다고 포목전 주인은 설명했다.

"대대로 며느리들이 하나같이 아들만 낳아서 말이지요. 후계자는 충분하지만 집안에 화사한 맛이 없어요. 여자아이가 한 명쯤 있으면 좋겠다고 간절히 바라는 집이니, 오사이를 애지중지하며 잘 보살펴 줄 겁니다."

맡길 집에 재산이 많아야 그만큼 이시쿠라야의 부담도 가벼워지겠지요—라는 말은 약간 쓸데없는 소리였다. 데쓰고로는 오사이에게 드는 진료비나 약값을 전부 다 직접 댈 작정이었기 때문에 조금 기분이 상했다. 하지만 상대방이 여유 있는 생활을 하는 편이 오사이에게도 바람직한 건 확실했고, 부모의 체면이나 고집하다가는 오사이의 목숨을 지키기 힘들지도 모른다며 곧 생각을 고쳤다. 데쓰고로는 전형적인 직인으로 타고났지만 상인으로서의 재능도 있었다. 돈이 얼마나 중요한지를 잘 알았다.

지금은 이 이야기를 받아들이기로 하자. 그의 결단에, 이번에는 오카네가 난색을 표했다. 상대방이 여자아이를 원해 왔다는 대목이 마음에 걸린 것이다. 오사이는 요양을 갈 뿐이다. 그러나 상대방 마음이 그러하다면, 병이 나아도 오사이를 돌려주지 않을지 모른다.

"벌써부터 그런 걱정을 해 봐야 아무 도움도 되지 않소."

데쓰고로는 아내를 꾸짖었으나, 그도 오카네의 불안을 전혀 이해하지 못하는 바는 아니었다.

그만큼 오사이는 아름다운 아이였다. 아기 때부터 그랬다. 안고 밖에 나가면 사람들이 걸음을 멈추고 다가온다. 병에 시달리고 있는 탓에 몸이 가냘프고 뺨에는 혈색이 적지만, 그 점이 오히려 아름다운 얼굴 생김새를 돋보이게 한다. 세 살이 된 지금, 어찌나 사람들의 시선을 끄는지 오사이가 있는 곳에는 늘 빛이 깃들어 있는 것처럼 여겨질 정도였다.

결국 데쓰고로는 내키지 않아 하는 오카네를 설득해, 유모로 하녀 한 명을 딸려 오사이를 오이소로 보냈다. 몸이 약한 아이를 데리고도 에도에서 사나흘이면 갈 수 있는 거리지만, 그쪽에서 무사히 도착했다는 서한이 올 때까지 그는 한숨도 자지 못했다. 오카네는 오사이와의 이별을 떠올리며 눈물만 흘렸다.

이시쿠라야에는 오사이 밑으로 사내아이가 하나 있다. 오사이와는 연년생으로 태어난 이치타로다. 누이가 오이소로 가고 나서 보름쯤 후, 이치타로가 마진에 걸렸다. 대개 어릴 때는 어떤 병이든 사내아이 쪽이 더 중하게 걸린다는데, 이치타로도 거의 죽을 뻔했을 만큼 마진이 심했다. 고열이 며칠이나 계속되었다. 오카네는 자지도 않고 간병에 힘썼다.

간병이 도움이 됐는지 간신히 이치타로가 회복하자, 오카네도 마음을 다잡았다. 아무래도 지금까지 오사이에게 매달려 있느라 이치타로에게 소홀하진 않았는지 스스로를 돌아보기도 했다.

 이시쿠라야의 주인 부부는 다시금 장사에 열을 올렸다. 오사이의 소식은 한 달에 한 번꼴로 오이소의 도매상 부부가 알려준다. 요양을 보낸 것이 묘안이었는지, 오사이의 심한 기침은 그 지방의 따뜻한 공기를 접하자 이내 저주가 풀린 것처럼 나아졌다. 처음에는 아버지와 어머니를 그리워하며 칭얼거리기만 하던 오사이도, 주위 사람들의 다정한 보살핌에 익숙해지면서 집에 가고 싶다고 보채는 일이 줄었다고 한다.

 그런 소식이 올 때마다 데쓰고로와 오카네는 기뻐했다. 한편 오사이를 보냈을 때 흘린 눈물과는 다른 의미로, 각자 남몰래 눈물을 흘릴 때도 있었다. 오사이는 우리 아이인데 이러다가 부모를 잊어버릴지도 모른다. 아니, 그런 일은 있을 수 없다. 기침이 멈추었다면 한시라도 빨리 도로 데려오는 게 좋지 않을까. 아니, 역시 지금은 너무 이를 테지—.

 일 년이 지났을 무렵, 오이소에서 시험 삼아 오사이를 에도로 데려가 보자는 이야기가 나왔다. 물론 이시쿠라야에서는 이의가 없었다. 조급해지는 마음을 누르며 애타게 기다리고 있자니, 도착하리라 기대했던 날에 심부름꾼이 달려왔다. 지금 오사이는 시나가와 역참에 머물러 있는데 어젯밤부터 심한 기침 발작을 일으켜 발이 묶였다. 에도의 바람이 잠들어 있던 병을 흔들어 깨운 모양이다. 유감스럽지만 이대로 오이소로 되돌아가겠다. 그 말을 듣고 데쓰고로도 오카네도 대꾸할 말을 찾을 수가 없었다.

 그 후로 몇 년 동안, 오사이는 마치 의식처럼 이 일을 되풀이했다. 오이소에 살면서 몸이 정말로 건강해진 듯하여, 그럼 에도에 얼굴을 내밀어 볼까, 하고 나서면 도중에 반드시 병이 도진다. 한번은 시나가와 역참에서 쉬는 것이 재수가 없었을지도 모르니 가마쿠라 부근에서 가마를 타고 한달음에 니혼바시까지 가 버리면 어떨까 싶어 시험해 보았다. 그러나 가마가 에도로 접어들자마자 피를 토할 듯한 기침 발작이 다시 시작되어 일동을 창백하게 만들고 말았다.

따뜻한 봄이라면 어떨까. 상쾌한 가을이라면 어떨까. 계절이 바뀔 무렵을 택해 여러 번 시험해 보아도 결과는 마찬가지였다. 결국 오사이는 에도에 발을 들여놓지 못한 채 여덟 살이 되었다.

아직 천진한 어린아이지만 여덟 살이면 자신의 생각이나 몸의 상태를 말로 호소하기에 충분한 나이다.

어느 날 오사이는 '에도로 돌아가지 않겠다'고 딱 잘라 단언했다.

에도와 오이소 사이를 심부름꾼이 수차례 왕복한 후, 오사이는 기한을 정하지 않고 오이소에서 살게 되었다.

오카네는 또 몹시 울었다.

오후쿠는 오사이보다 일곱 살 아래의 동생이다. 다시 말해 오사이를 오이소에 두기로 결정난 해에 태어났다. 따라서 오후쿠는 언니의 얼굴을 전혀 모르는 채로 자라게 되었다.

데쓰고로와 오카네가 오사이를 완전히 포기한 것은 아니었다. 하지만 아이의 행복을 생각하면 억지로 에도로 데려올 수 없다고 결심을 다진 상태이기도 했다. 떨어져 살아도 부모자식은 부모자식이다.

쓸쓸한 마음을, 그들은 오후쿠에게 애정을 쏟음으로써 달랬다. 오라비인 이치타로도 여섯 살 차이 나는 오후쿠를 몹시 귀여워했다.

사이좋은 남매였다. 이시쿠라야의 주인 일가는 이로써 네 명. 집에 없는 누이는 반짝이듯 아름다운 용모와 목숨을 위협하는 저주스러운 기침병을 가지고, 언제 부서질지 모르는 상태로 가족의 테두리 바깥을 떠돌 뿐이었다.

그런 오사이가, 열일곱 살이 되던 해에 드디어 이시쿠라야로 돌아온 것이다.

3

"그날 일은 지금도 똑똑히 기억하고 있어요."

옛날 이야기를 하며 잠시 동안, 대문 앞에서 처음으로 얼굴을 마주할 미모의 언니를 애타게 기다리는 소녀의 눈빛이었던 오후쿠가 눈을 깜박인다. 제정신으로 돌아온 모양이다. 지금의 오후쿠로 돌아오자 약간 삐죽거리는 듯한 사랑스러운 입매—틀림없이 어린 시절부터 오후쿠의 매력 중 하나였을—에 한순간이기는 하지만 쓴 것을 씹은 듯한 선이 그려졌다.

"세상 사람들은, 미인만 보면 정신을 못 차리는 것은 남자들뿐인 양 말하지만, 그렇지는 않답니다."

여자아이가 더 마음을 기울이곤 하는 법이지요, 하고 오후쿠는 말을 이었다.

"마음이 움직이고, 동경하게 되거든요. 나도 저분처럼 되고 싶다. 하지만 저분의 아름다움에는, 나는 물론이거니와 아무도 미치지 못한다. 그래야만 한다. 저분은 신의 가호를 받아 각별하게 지어진 아름다운 사람이니까—라고 생각하기도 하고요."

여자의 아름다움을 얘기하는 데에 '짓는다'는 표현이 자연스럽게 나온다. 침선공방의 딸이 아니면 불가능하다. 오치카는 그런 생각을 했다.

이내 무릎으로 시선을 떨어뜨린 오후쿠는 좀처럼 말을 이으려고 하지 않았다. 도키치 때도, 에치고야의 오타카 때도 이런 경우가 있었다. 오치카 스스로도 경험했다. 이야기하기 위해서 떠올리고 있노라면, 가슴속에 되살아난 기억에 압도되어 목이 메고 마는 것이다.

"언니를 만나셨을 때 어떤 기분이 드시던가요."

오후쿠를 살짝 흔들어 깨울 요량으로, 오치카는 재촉했다. 오후쿠도 잠에서 깬 것처럼 얼굴을 든다.

"예상했던 대로 아름다우셨겠지요?"

재차 묻는 오치카에게 오후쿠는 고개를 한 번 끄덕였다.

"결국 해가 지고 나서야 도착했어요. 꽤 늦었지요. 어머니는 또 도중에 언니 몸이 안 좋아졌나 싶어 안절부절못하며 걱정했고요."

오사이는 마침내 발을 들여놓은 에도 시내의 화려한 광경에 마음을 빼앗겨, 여기저기 들렀다 오느라 늦었다고 한다.

"벌써 저녁때였어요. 하지만, 아가씨. 거짓말이 아니랍니다. 언니가 모습을 나타내자, 그곳만 화악 밝아져서 촛불도 등불도 필요 없어졌어요. 예, 제 눈에는 그렇게 보였지요."

오사이의 기모노는 화려한 소국 무늬였다.

소녀 오후쿠의 눈에는 그 소국 하나하나의 빛깔이 언니의 하얀 뺨에, 가냘픈 목덜미에, 손목 안쪽의 투명한 피부에 제각기 비추어 은은하게 빛나 보였다고 한다.

―네가 오후쿠구나.

오사이가 제일 먼저 한 말이었다. 무릎을 가볍게 구부리고 허리를 굽혀 오후쿠와 눈높이를 맞추며, 꿀처럼 매끄럽고 달콤한 목소리로 그렇게 말을 걸었다.

―겨우 돌아왔어. 나는 네 언니란다. 오늘부터 사이좋게 지내자꾸나.

여장도 풀지 않은 채였고, 다리는 흙먼지투성이였음에도, 오후쿠가 저도 모르게 손을 내밀어 꼭 껴안은 오사이의 몸에서는 꽃향기가 났다고 한다.

"예, 분명히 향기가 났어요" 하고 오후쿠는 작게 중얼거렸다. "그렇게, 언니는 이시쿠라야로 돌아왔습니다."

오사이는 건강을 완전히 되찾은 상태였다. 지긋지긋하던 기침병은 어디론가 사라졌고, 혈색도 좋고 머리카락에는 윤기가 돈다. 행동거지는 우아하면서도 활기가 넘치고, 이야기하는 목소리에도 달콤함과 함께 또래 아가씨다운 들뜬 음성이 섞여 있었다.

이번 에도 행은 오사이 본인이 말을 꺼냄으로써 이루어졌다고 한다. 오이소의 양부모 집에서 도소주_{불로장수에 효험이 있다고 하여 설날에 축하주로 마심}를 마시며 새해를 축하하는 자리에서였다. 오사이는 붉게 칠한 잔에 입을 대는 시늉만 하고 내려놓으며 불쑥 말했다. 올봄에는 에도로 돌아갈까 해요. 이제 괜찮으니까 틀림없이 돌아갈 수 있을 거예요. 아저씨, 아주머니, 수고스러우시겠지만 에도에 심부름꾼을 보내 주세요—하며, 오사이는 자세를 바로하고 공손하게 절을 했다. 그 표정에는 한 조각의 망설임도, 불안도 보이지 않았다.

양부모 집에서는 크게 놀랐다. 세 살부터 열일곱 살이 될 때까지 불면 날아갈세라 애지중지하며 키운 딸이다. 입 밖에 내진 않았지만 오이소에서 시집을 보낼 생각까지 하고 있었다. 그런다고 에도 쪽에서 불평을 하지도 않을 테고, 오사이에게도 이의가 있을 리 없다. 어쨌거나 구 년 전, '에도로 돌아가지 않겠다'고 단호하게 말하지 않았던가.

그런데 어째서 또 갑자기—놀랐다기보다 당황하고 상심했다는 편이 옳을지도 모른다. 오이소에 있고 싶지 않은 이유라도 생긴 게 아닐까 하고, 오히려 그쪽을 의심한 것도 무리는 아니다.

오사이는 양부모의 그런 마음을 완전히 꿰뚫어 보고 있었다. 아무리 다그쳐 물어도 흔들리지 않았고 매달려도 동요하지 않았다. 너는 이제 괜찮다고 하지만 괜찮은지 어찌 안단 말이냐. 제 몸이니까 알아요. 이제 에도로는 돌아가고 싶지 않다며. 그건 여덟 살 때의 일이지요. 에도로 가까이 갈 때마다 병이 도졌으니, 울면서 그렇게 결심할 수밖에 없었어요. 그리운 본가예요. 돌아갈 수만 있다면 돌아가고 싶다고 늘 생각했어요. 이번에도 에도로 가까이 가면 병이 도질지 모른다. 이제 그럴 걱정은 없어요. 걱정하지 마셔요. 저는 알 수 있으니까요.

원래 그저 맡아 데리고 있던 딸이다. 본인의 의지가 확고한데 양부모로서 안 된다고 거절만 할 수는 없는 노릇이다. 그래도 마음 깊은 곳에는 일말의 희망이 남아 있었다. 이시쿠라야 쪽에서 한 번 더

마경 · 261

오사이를 타일러 주지 않을까. 오사이는 너무 오랫동안 집을 비웠다. 이제 돌아온들 익숙해질 수 있을까. 이대로 오이소에서 살거라, 라고.

그러나 이시쿠라야가 그런 대답을 내놓을 리는 없다. 쌍수를 들고 오사이를 환영하는 것은 부모로서 당연한 일이다. 이리하여 오이소의 양부모는 마음속으로 흐느껴 울면서도 얼굴엔 웃음을 띠우며, 오사이를 에도로 보내게 되었다.

그러나 이시쿠라야도 마냥 편하지만은 않았다. 십사 년의 세월은 분명히 길다.

부모인 데쓰고로와 오카네에게는 이십사 년이든 삼십사 년이든 아무런 문제가 없다. 부모니까. 하지만 오사이의 얼굴을 기억하지 못하는 남동생 이치타로와, 오사이의 존재를 얘기로 들었을 뿐인 오후쿠에게는 어떨까. 친누이가 요양지에서 돌아왔다기보다는, 남의 집 모르는 아가씨가 시집을 온 거나 마찬가지가 아닐까. 물론 이시쿠라야에 오사이에게 시시콜콜 불평을 하려고 눈을 빛내는 사람이 있을 리도 없지만, 아무리 사소해도 위화감은 목에 걸린 잔가시처럼 따끔따끔 신경이 쓰이는 법이다. 그게 일상의 생활이다.

만일 오사이가 동생들과 마음이 맞지 않는다면—.

그러한 걱정은 오후쿠가 울상을 지으며 오사이를 껴안은 그 순간에도, 기쁨으로 들썩이는 이시쿠라야의 토대 밑바닥에서 남몰래 욱신거리고 있었다. 특히 어머니인 오카네는 밤에도 제대로 자지 못할 만큼 걱정했다.

그러나 걱정은 기우로 끝났다.

열흘도 지나지 않아 오사이는, 이시쿠라야를 떠났던 게 십사 년은 커녕 십사 일도 되지 않았던 것마냥 완전히 익숙해졌다.

이시쿠라야에는 오사이가 모르는 관습이 몇 가지나 생겨 있었고, 오사이가 모르는 사람들도 많았다. 오사이는 그러한 점들을 전부 익혔다. 천성이 상인이고 직인인 데쓰고로가 눈을 휘둥그렇게 뜰 정도로 사람의 이름과 얼굴을 빨리 외웠다. 많은 바느질 직인들을 한 번에 구별해, 다음부터는 실수 없이 친근하게 불렀다. 자신이 집에 없는 동안에 일어났던 일이 화제에 오르면, 싫은 얼굴도 쓸쓸한 얼굴도 보이지 않고 오히려 즐거운 듯이 이야기해 달라고 조르며 적극적으로 끼어들었다.

한편으로 오사이는 오이소의 추억에 대해서도, 지겨워하거나, 지겹게 하지 않고 이야기해 주었다. 그 목소리는 때로는 달콤하고 때로는 청량하여 듣는 사람의 귀에 기분 좋게 울렸다. 몇 번이나 에도로 돌아오려고 했으나 에도 외곽에서 되돌아가야만 했던 대목에 이르러서는 그 목소리가 눈물로 흐려져 듣는 사람의 눈시울을 적셨다. 그러나 이야기를 마치면서, "어쨌거나 이렇게 돌아올 수 있었으니까요"라고 말하는 오사이의 밝은 얼굴에 사람들도 눈물을 닦으며 함께 웃었다.

무엇보다 이시쿠라야의 입장에서 중요한 점으로, 오사이는 손재주가 좋았다. 오이소에서 보통 사람들만큼 기모노 한 벌을 지을 수 있을 정도의 바느질 연습을 했을 뿐이라고 했는데, 막상 바늘을 쥐여줘 보니 그 실력은 이제 막 수업을 시작한 견습 직인 따위는 발치에도 미치지 못할 정도로 야무졌다. 이 사실에 누구보다 놀란 이는 열 살이 될까 말까 한 나이 때부터 데쓰고로에게 혹독한 수업을 받아, 열여섯 살이 된 당시에 자를 들고 구케다이_{기모노 등을 바느질할 때, 천을 팽팽히 당기기 위해 한쪽 끝을 매달아 두는 대} 앞에 앉은 모습이 겨우 어울려 보이기 시작한 이치타로였다.

"누님의 솜씨는 아버지를 쏙 빼닮았어. 핏줄인가 보네."

타고나기를 온화한 성품으로 지금까지 아무리 데쓰고로가 고함을 치고 자로 때려도 말대꾸 한 번 하지 않고 묵묵히 수업을 계속해 온 이치타로지만, 이때 처음으로 아버지를 놀리듯이 말했다.

"아버지는 이제 누님한테 따라잡힐지도 모르겠네요. 나이 앞에 장사 없으니까요. 앞으로 가르쳐 주실 수 있는 건 전부 저와 누님에게 가르쳐 주세요. 혹시 제가 배우지 못하는 것, 물려받지 못하는 것이 있어도 누님이라면 할 수 있을 테니."

그 말투에는 숨길 수 없는 애정과 존경의 마음이 담겨 있었다. 데쓰고로도 무슨 건방진 소리냐고 고함치지 않았다. 아들의 말이 옳다고 여겼기 때문이다.

"너도 지지 마라."

가까스로 대꾸한 데쓰고로에게, 이치타로는 상쾌하게 웃었다.

"누님에게 진다면 저는 상관없어요. 천하제일의 누님인걸."

마음이 맞지 않으면 어떡하나 할 정도가 아니었다. 이치타로는 연모하는 사람을 대하듯이 누이를 대하고, 오사이도 성실하고 다정한 동생의 성격을 좋아하는 한편, 후계자로서 받드는 것도 잊지 않았다. 호흡이 척척 맞는다고 할까, 연리지라고 할까. 때로는 주위 사람들이 어이없어할 만큼, 남매는 순식간에 친해졌다.

이리하여 십사 년 동안이나 이시쿠라야를 덮고 있던 검은 구름은 걷혔다. 오사이는 돌아왔다. 그냥 몸만 돌아온 게 아니다. 마음도 함께다. 오사이는 이시쿠라야를 비우고 있던 게 아니었을지도 모른다. 오사이의 혼은 집을 비운 그 세월 동안에도 항상 이시쿠라야 안에 머물렀는지도 모른다.

게다가 오사이는 사람들의 시선을 빼앗을 정도로 아름답다. 에도 물을 먹자, 짧은 시간에 그 미모는 한층 더 반짝임을 더한 듯했다.

이시쿠라야로 돌아오고 얼마 후부터 혼담이 들어오기 시작했다. 누가 어디에서 들었는지, 어떻게 소문이 퍼졌는지, 이시쿠라야 사람들은 따라잡을 수도 없는 속도였다. 그러나 오사이는 혼담들을 대뜸 거절했다. 이야기를 듣지도 않았다.

"저는 이제야 아버지, 어머니 곁으로 돌아왔어요. 당분간 시집은 가지 않겠습니다. 안 되나요."

안 될 리가 없다. 데쓰고로도 한 번은, 얼떨결이기는 했지만 평생 시집 같은 건 가지 않아도 된다는 말까지 하고 말았다. 오카네는 조금 더 분별이 있어 그런 남편을 꾸짖었으나, 오사이를 어디로도 보내고 싶지 않은 마음은 마찬가지였다.

"데릴사위를 들이면 되지요."

이시쿠라야 사람들의 면전에서 그런 말을 꺼낸 이는 이치타로다. 대를 이을 아들이며, 직인 데쓰고로의 수제자다. 아드님이 그런 말을 해도 되냐고, 그 자리에 있던 고용살이 일꾼들도 직인들도 한순간 곤란한 얼굴을 했다. 그러나 이치타로는 전혀 주눅 들지 않았다.

"저도 언젠가는 아내를 맞이할 텐데, 그러면 부부 두 쌍이 이시쿠라야를 지켜 나가게 되겠지요. 좋지 않습니까. 가게가 두 배가 되는 셈이니."

그러니 누님은 신랑감으로 저와 마음이 맞을 듯한 사람을 골라 주시지요. 저도 누님과 사이좋게 지낼 수 있을 만한 아가씨를 골라 아내로 맞을 테니.

"그렇게 하자. 틀림없이 즐거울 거야."

오사이도 흥분한 목소리로 대답한다. 천하태평이다. 거기에, 혼자만 나이 차이가 나서 소외돼 있던 오후쿠가, "그러면 나도" 하고 끼어들어, 일동을 더욱 웃게 한다. 그러자 오사이가 오후쿠를 무릎에 안아 올리고 말했다.

"그렇구나, 오후쿠도 쭉 이 집에 있자꾸나. 신랑을 들이는 거야. 계속 우리 남매끼리 즐겁게 사는 거지. 이시쿠라야를 크게 번성시키자."

이시쿠라야의 간판 아가씨 오사이는 자신도 모르는 사이에 몰래 그려진 초상화가 나돌고, 또 그 초상화에 터무니없는 값이 붙을 정도로 평판이 났다. 그녀의 웃는 얼굴은 분명히, 니혼바시 고마쓰초의 이시쿠라야에선 밤에도 등불이 필요없다—는 소문이 날 정도로 눈부셨다.

"저는 마침 서당에 다닐 나이였어요."

한 번 숨을 내쉬고, 오후쿠는 오치카가 새로 따라 준 따뜻한 차에 입을 대며 말했다.

"읽고 쓰기에, 여자아이이니 예의범절도 배우러 가야 했어요. 하지만 그게 싫어서 말이지요. 집에 있고 싶었어요. 집에 있으면서, 언니 옆에 있고 싶었어요. 자주 떼를 써서 어머니에게 혼나곤 했답니다."

당시의 오후쿠는 하루 종일 오사이 뒤를 쫓아다니며 생활했다고 한다.

"정말로 언니 뒤만 졸졸 따라다녔어요. 언니, 언니, 하면서. 아침에 일어나서 밤에 잘 때까지 함께 있었지요. 밥도 같이 먹고 목욕도 같이 했어요."

아름다운 광경이었으리라고, 오치카는 생각했다. 아름다운 언니에 귀여운 동생.

"결국 언니가 저를 서당에 데려다 주고 데리러 오게 되었어요. 언니가 함께 가 준다면 얌전히 서당에 가겠다고, 제가 우겼거든요."

그러나 이 자매만 밖에 내보낼 순 없었다. 위험하다.

"어디의 누가 언니 뒤를 쫓아 어슬렁거릴지 알 수 없잖아요. 정말로 잠깐 무엇을 사러 나가기만 해도, 어머니나 하녀가 같이 붙어 있어도 몰래 연애편지를 건네는 사람이 있을 정도였으니까요."

고참 바느질 직인 중에 말수가 적고 성품이 착하지만 겉모습은 험상궂은, 소스케라는 사내가 있었다. 당시 쉰 살이 조금 못 된 나이였다. 이시쿠라야에서 데쓰고로 다음가는 실력이라 매우 바쁜 처지였으나, 자매가 서당을 오갈 때 따라가 주게 되었다.

"허나 소스케도 시간이 나지 않을 때가 있지요. 은퇴한 것도 아니고 얹혀사는 것도 아닌 직인이니까요. 그럴 때는 오라버니가 와 주었어요."

그런데 말이지요—하고 오후쿠는 가볍게 어깨를 흔들며 작게 웃고는 시선을 떨어뜨렸다.

"오라버니도, 제 입으로 말씀드리기는 뭣하지만 얼굴이 어여뻤답니다. 오라버니에게는 오라버니대로 쫓아다니는 아가씨들이 있었어요. 더욱 큰일이 되었지요."

미모의 남매가 나란히, 사이좋게 이야기를 나누며 걷는다. 사랑스러운 어린 누이가 앞서거니 뒤서거니 하면서, 검은 눈동자를 반짝반짝 빛내며 그런 남매를 올려다본다.

"스쳐 지나가는 사람들이 돌아보고 싶어지는 것도 무리가 아니었겠네요."

"돌아보기만 하는 것이 아니에요. 따라왔다니까요"라고 말하며 오후쿠는 더 크게 웃었다.

"그 사람들은 그 사람들대로 우리 뒤를 졸졸 따라다녔어요."

"부럽네요."
"어머나, 그렇지만 아가씨도,"

놀리듯이 눈을 크게 뜨고, 오후쿠는 약간 등을 젖히며 오치카를 찬찬히 살피는 몸짓을 했다.

"따라다니는 사람들이 꽤 많을 듯한데요. 뒤를 쫓아오는 남자분도 있을 테고요. 하지만 아가씨가 알아차리지 못하신 모양이지요."

일부러 알아차리지 못한 척하시는 건가요, 하고 시치미를 떼며 덧붙인다.

그러다가 손에 든 찻잔이 기울었나 보다. 오후쿠의 손가락이 젖었다. 찻잔을 내려놓더니 기품 있는 손놀림으로 회지를 꺼내어, 실례를 했군요, 하고 중얼거리며 손가락을 닦는다.

놀림을 받은 데에 대한 화풀이는 아니지만 오치카는 조금 짓궂은 질문을 해 보고 싶어졌다.

"오후쿠 씨는 오라버님이신 이치타로 씨와 사이가 좋았지요."

예, 아주 좋았어요, 하며 오후쿠가 고개를 끄덕인다. "저를 많이 귀여워해 주었답니다."

"질투 나지 않았나요? 다정한 오라버님과 당신 사이에 갑자기 아름다운 언니가 끼어들어서―당신과 똑같이, 아니, 어쩌면 당신보다 더 사이좋게 지내는 거잖아요. 오라버님이나 언니, 어느 쪽에 대해서도 질투하지 않았나요? 어린아이에게는 흔히 있는 일인데요."

오후쿠의 눈빛이 여전히 오치카의 얼굴 위에 멈추어 있다. 하지만 표정만은 스윽 사라졌다. 화나게 한 걸까, 하고 오치카는 생각했다.

오후쿠는 몇 번인가 눈을 깜박이더니, 접어서 도로 품에 넣으려던 회지를 손안에서 힘껏 뭉쳤다. 그러고는 가볍게 쥔 그 주먹에 시선을 준 채 나직이 대답했다.

"질투하지 않았어요. 오라버니와 언니가 사이좋게 지내는 모습을 보면 저도 기뻤으니까요."

그렇다면 어째서 그렇게 어두운 눈을 하는 걸까. 서서히 의아한 생각이 들기 시작한 오치카 앞에서, 오후쿠는 더욱 세게 주먹을 움켜쥐었다.

"질투를 했다면 좋았을 거예요."

누군가가 끼어들었다면―하고, 더욱 낮은 목소리로 말한다. 쳐다

보니 오후쿠는 가볍게 이를 악물고 있었다.
"끼어들어?"
되묻고 나서, 이번에는 오치카가 표정을 잃었다. 지금까지 오후쿠가 한 이야기 중에 방금 한 말과 짝을 이루는—잘 생각해 보면, 부부라면 몰라도 남매 사이에는 너무나도 어울리지 않는 말이 있었던 듯한 기분이 든 것이다.
그렇다, 연리지다. 이 말은 서로 사랑하는 남녀를 비유하는 표현이 아니었던가.
오치카의 가슴속이 술렁거렸다.
설마—.
오사이가 돌아오고, 이시쿠라야의 근심은 사라졌다. 아름답고 현명한 세 남매 위에 드리워진 그늘 따위가 있을 리 없다.
하지만 이시쿠라야는 멸망했다고, 오후쿠가 말했다.
"저기요, 아가씨."
예, 하고 대답한 오치카의 몸이 뻣뻣해졌다.
오후쿠의 눈빛이 흔들린다. 흑백의 방에 온 이후 처음으로 오후쿠 안에서 검은 무언가가 흘러나오기 시작했다. 지금까지 한 이야기를 새로 물들일 때가 왔다.
오후쿠의 음성은 그 눈빛처럼 희미하게 흔들렸다.
"누나와 동생이, 여자와 남자로서 서로 좋아하는 일이 가능하다고 생각하시나요."

4

 방금 오치카의 가슴속을 술렁이게 한 의혹은 그릇된 추측도, 본질에서 동떨어진 것도 아니었다. 적중했다.
 쉽사리 대답할 수 있는 물음이 아니다.
 흑백의 방에서 마주한 두 여자 사이에 살짝 차가운 침묵이 흘러들었다. 오후쿠와 얼굴을 마주한 순간부터 묘하게 친근함을 느끼고 마치 연상의 소꿉친구와 오랜만에 재회한 듯한 편안함 속에 있던 오치카였지만, 이 대목에서 정신이 번쩍 들었다. 오후쿠는 이야기하는 쪽이고 오치카는 듣는 쪽이다. 오치카는 상대방에게서 이야기를 끌어내려고 노력하는 한편, 오후쿠는 이야기하기 위해 노력한다. 그리고 그 결과로 나온 이야기가 아무리 추악한 것이라 해도 오치카는 받아들여야 한다. 그것이 이 방의 규칙이다.
 "정말…… 그러한 일이 있었나요." 오치카는 물었다.
 망설임을 끊어 내듯이, 오후쿠가 크게 고개를 끄덕인다.
 "누차 말씀드렸다시피, 언니는 지나치게 아름다운 사람이었으니까요."
 두 사람 사이에 고여 있는 냉수 같은 분위기 맞은편에서, 오후쿠는 약한 목소리로 덧붙였다.
 "가까이 있던 이치타로 오라버니는 그 아름다움에 홀려 이성을 잃고 말았겠지요."
 그래도 적당한 선에서 제동이 걸리는 것이 보통의 남매 사이 아닌가.

나도—오치카의 마음이 문득 오후쿠 곁을 떠나 자신의 경우를 돌아본다. 기이치는 언제든 무슨 일이 있든 그냥 오라버니였다. 마쓰타로 씨는 오라버니 같기는 했지만 그렇다고 진짜 오라버니는 아니었다. 핏줄로 이어져 있지 않으니까. 그래서 아련한 연심도, 동경도 품었으나 사랑의 상대로 고를 사람이 아니라는 사실 또한 알고 있었다. 그렇게 배웠기 때문이다.

어린아이도 배우면 안다. 잘못된 방법이라도 이해는 한다. 그게 분별이라는 것이다.

"태어났을 때부터 계속 한 지붕 아래에서 살고, 철이 나기 전에 남매로서 익숙해지고—이상한 말이지만 남매로 만들어져 갔다면, 그리되지는 않았을 거예요."

말을 마친 오후쿠가 갑자기 어깨를 축 늘어뜨렸다. 얹혀 있던 것이 내려가듯.

"이제 와서 말해 봐야 부질없는 일이지만요, 예."

녹초가 된 듯이 천천히 손을 들어 올려 흐트러지지도 않은 머리카락을 손가락 끝으로 매만진다.

"저는 오라버니에게 그런 마음을 품은 적이 없어요……."

오후쿠의 눈동자 깊은 곳에 얼핏 굳은 빛이 보였다.

"그러니 그것은 언니의 몸을 얽매고 있던 병이 저지른 못된 짓이다, 그런 식으로도 생각하게 되더군요."

변덕스럽고 끈질긴 기침병이다.

"언니가 어렸을 때는 우리 가족에게서 떼어 놓고, 언니가 아름답게 자라자 시치미를 뚝 떼며 회복시켜서 돌려보냈다—. 예, 언니의 병은 그런 행동을 한 겁니다. 심술궂지 않나요. 병이라기보다 저주 같은 것이지요."

마치 병이 의사意思를 가진 존재라도 되는 듯이 말한다. 하지만 에도로 돌아오려 했던 오사이가 에도 경계선만 넘으면 갑자기 일으켰다는 기침 발작에는 분명히 어떤 의도가 느껴지기도 한다. 그 병이 오사이가 미녀로 다 자란 순간에 자취를 감추었으니 더욱 그러하다.

"예, 저주예요."

오후쿠는 화를 내는 것처럼 짧게 말을 끊으며 내뱉었다.

"우리 조상님 중에 연모하는 이와 비참하게 동반 자살한 사람이 있었던 게 아닐까. 아니면 고용살이 일꾼 중에라도, 함께 달아나고 싶은데 달아나지 못하고 세상을 덧없게 여기며 죽은 사람이 있지는 않았을까. 그런 남녀의 원한이 저주가 되어 이시쿠라야에 재앙을 가져온 게 아닐까 하고, 부모님은 고민하셨지요. 한때는 끊임없이 수험자修験者〔일본 고래의 산악 신앙에 불교와 도교 등을 가미한 종파인 수험도(修験道)를 닦는 사람〕나 기도사를 불러 점을 보거나 굿을 하곤 했답니다."

유감스럽게도 효험이 전혀 없었다고 한다. 자신의 딸, 자신의 아들이 스스로의 의지로 사람의 길을 벗어나 이러한 짓을 저지르다니 믿을 수 없다. 두 사람은 무언가에 홀린 게다, 현혹된 거다, 신벌이다, 저주다, 그랬으면 좋겠다, 그런 게 틀림없다―지푸라기라도 잡는 심정으로 신탁과 점에 의지하던 부모는 그때마다 낙담했고, 그 모습을 곁눈질하면서도 오사이와 이치타로가 서로를 좋아하는 마음은 조금도 흔들리지 않았다.

"아아, 이야기가 조금 앞서 가고 말았네요."

오후쿠는 코끝에 가볍게 손등을 대고 식은땀을 닦으며 얼굴을 들었다.

"두 사람의 분위기가 이상하다—아무리 사이좋은 남매라 해도, 지나치게 친밀하지 않은가 하고 제일 먼저 의혹의 눈초리를 보낸 이는 이시쿠라야의 하녀들이었어요."

이러한 일에는 항상 여자들 쪽의 눈과 귀가 빠른 법이다.

"이건 나중에 끼워 맞춰 보고 알게 된 일인데, 감이 좋은 사람에게는 언니가 이시쿠라야로 돌아온 지 반년쯤 지났을 무렵부터 이미, '어?' 하고 고개를 갸웃거릴 만한 구석이 보였다더군요."

물론 그렇게 생각해도 입 밖에 내지는 않는다. 말도 안 되는 이야기다, 무슨 망상이냐며 스스로를 꾸짖어 부정하며 가슴속에 단단히 넣어 둔다. 오사이가 이시쿠라야에 익숙해지고, 가족들 사이에 녹아들고, 이치타로와 사이좋게 지내는 세월이 흘러갈수록, 같은 지붕 아래에서는 한 명, 한 명 그러한 의혹을 가진 고용살이 일꾼들이 늘어 갔다.

봄이 오고, 장마철이 지나고, 여름을 맞이하고, 가을을 보내고, 겨울이 찾아오고, 해를 넘기고—.

아무래도 오사이 아가씨와 이치타로 도련님은 지나치게 사이가 좋은 듯싶지 않은가. 의혹은 부풀어 갈 뿐이었다.

"하지만 아무도 말을 꺼내지는 못했겠지요. 의심의 대상이 대상이기도 하고, 의심하는 내용이 또 그런 내용이니까요. 하녀들끼리 숙덕거리는 정도라면 몰라도—아니, 그 또한 자칫 입을 잘못 놀렸다간 이야기하는 상대방이 어떻게 받아들일지 알 수 없으니까요. 그저 아니기를 빌 뿐이지요."

 소문에 대해 이야기하려고 했을 뿐인데 상대방이 잘못 받아들여 깜짝 놀라 하며 데쓰고로 부부에게 아가씨와 도련님에 대해 희한한 의심을 하는 하녀가 있습니다, 하고 일러바쳤다간 큰일이다.

 따라서 모두들 입을 다물었다. 서로의 얼굴을 살피며. 지나친 생각이다. 터무니없는 착각이다. 그런 것으로 해 두자.

 "결국 모르는 사람은 부모님만 남게 되었어요."

 그리고 또 한 사람, 저도요. 손가락으로 가볍게 코끝을 누르며 오후쿠는 쓴웃음을 지었다.

 "열 살이었으니까요. 아무것도 몰랐어요. 우리 언니와 오라버니는 사이가 좋다, 그 정도로 여기고 있었을 테지요. 스스로도 조리 있게 이야기할 수 있을 만큼 똑똑히 기억하지는 못해요."

 오치카는 직설적으로 물었다. "누가 제일 먼저 부모님께 알리셨는지요."

 솜으로 만든 창끝에 찔리기라도 한 것마냥, 오후쿠는 가볍게 몸을 움찔거렸다. "예에, 그것은,"

 소스케가—.

 "서당에 데려다 주고 데려오곤 했던 실력 좋은 바느질 직인 말이군요."

 오후쿠는 자세를 바로 하고 앉으며 얌전히 고개를 끄덕였다.

 "가까이에서 두 사람을 보는 일이 많았으니 알아차렸을 테지요. 그리고,"

 말하기 어려운 듯이 눈을 내리깐다.

"어쨌거나 저는 순진한 어린아이였으니 확실하게 기억하는 것은 아니에요. 아니지만, 몇 번인가 그런 일이 있었던 듯한 기분이 들어요."

소스케와 함께 서당으로 오후쿠를 데리러 왔을 때, 오사이가 돌아가는 길에 오후쿠의 손을 놓고 소스케에게 뒷일을 부탁한 후 어디론가 몰래 사라진다. 그런 일이 두세 번.

"바깥에서 이치타로 씨와?"

"미리 짰던 게 아닐까 싶어요. 어느 모로 보나 있을 법한 방법이잖아요?"

소스케는 다 큰 어른이다. 오사이의 분위기를 보고 알아차린 바가 있지 않았을까. 그리고 고민했다. 아무래도 오사이 아가씨는 몰래 남자를 만나고 계시는 모양이다. 상대는 누구일까. 가게를 위해서도 알아두는 편이 좋지 않을까. 소란을 피울 정도까지는 아니겠지만, 아가씨가 나가실 때는 주의깊게 살펴보기로 하자. 무슨 일이든 조심해서 나쁘지는 않다—.

주의깊게 살펴 본 끝에, 오사이가 만나는 상대를 알았을 때 그는 얼마나 경악했을까.

"소스케 씨는 이시쿠라야의 주인에게 그 사실을 바로 털어놓으셨나요."

오후쿠의 눈에 그늘이 지고 입가가 살짝 떨렸다.

"꽤 용기가 필요했을 거예요. 그러니 우리 부모님께 이야기를 하기 전에 대행수나 고참 하녀와 상의를 했겠지요."

그러자 가게의 다른 사람들도 눈치는 챘지만 말을 못한 채 가만히 있었음을 깨달았다. 이제는 누가 고양이 목에 방울을 달 것인지만 남았다.

"제가 태어나기도 전이니까 꽤 옛날 일인데, 소스케는 한번 가정을 꾸린 적이 있어요. 하지만 아이가 생기기도 전에 아내가 세상을 뜨고 말았지요. 그 후로 쭉 이시쿠라야에 들어와 살면서 일만 하며 지내 온 직인이에요. 누구를 좋아하느니 반했느니 사랑하느니 연모하느니 하는 일과는 가장 인연이 먼 사람이지요."

그런 남자가 하는 말이라면 오히려 믿기 쉬우리라. 또 만일 이 일로 주인 부부의 노여움을 사서 쫓겨나게 된다 해도, 홀몸이고 기술도 가진 소스케라면 무엇을 하든 먹고살기야 곤란하지 않을 것이다. 결국 그가 주인 부부에게 아뢰게 되었다.

하지만 연애와는 인연이 없는 소박하고 성실한 오십 대 사내가 작심을 하고 올린 말은, 오히려 좋지 못한 결과를 낳고 말았다.

처음에는 데쓰고로도 오카네도, 소스케가 무슨 말을 하는지 이해할 수가 없었다. 이야기의 줄거리는 이해할 수 있어도 그저 당황한 탓에 요점이 머리에 들어오지 않는 것이다.

하지만 아주 잠시 동안 언짢은 농담이라며 물리쳤던 데쓰고로는, 내용이 머리에 들어오자 이내 맹렬하게 화를 내기 시작했고, 오카네는 벌벌 떨었다.

"저는 그 자리에 없었어요. 아마 자고 있었을 테죠. 이런 이야기를 해가 떠 있는 동안에 할 리가 없으니까요."

이시쿠라야 주인 데쓰고로의 노성은 가게의 토대를 뒤흔들 듯이 어마어마했다고 한다.

마경 • 277

―소스케 이놈, 네가 미친 것이냐!

이시쿠라야의 주인 부부의 입장에서는 그저 마른 하늘에 날벼락이거니와, 터무니없이 불길하고 소름 끼치는 고자질이다. 간신히 집으로 돌아온 아름다운 장녀와 가게의 장래를 맡길 후계자 사이에, 인륜에 어긋난 문란한 관계가 생겼다니. 게다가 그 이야기를 노련한 고참 직인이며 데쓰고로가 가장 신뢰해 온 소스케의 입에서 듣다니. 그가 이성을 잃은 것도 무리는 아니다.

"화가 난 나머지 아버지는 소스케를 때리고 걷어차서, 호되게 벌을 주었어요."

그동안 오카네는 내내 옆에서 몸을 움츠린 채 창백한 얼굴을 하고 있었다고 한다.

"허둥지둥 달려온 대행수가 말려 주지 않았다면, 아버지는 그 자리에서 소스케를 죽였을지도 몰라요."

소스케는 그대로 앓아눕고 말았다. 자리에서 일어나지도 못할 만큼 중태였다. 데쓰고로의 무시무시한 분노를 목격한 다른 고용살이 일꾼들은 완전히 움츠러들고 말아, 소스케의 편을 들어줄 수도 없었다.

오사이와 이치타로의 정도를 벗어난 관계에 대한 이야기는 어중간하게 방치되었다.

이즈음에는 한때의 분노에서 눈을 뜬 데쓰고로와 오카네 부부도 그 고지식한 소스케가 지어낸 이야기를 입에 담을 사람일지 의심해 볼 정도의 분별을 되찾을 수 있었다. 가만있자, 하며 서로의 눈을 마주 보니 오사이와 이치타로의 행동거지에 의심스러운 구석이―없는 것은 아닌 듯한 기분도 든다. 하지만 인정하고 싶지 않다. 소스케가 이상해졌다고 생각하고 싶다. 이제 와서 이쪽의 잘못을 인정하자니, 어떻게 첫발을 내딛어야 할지 모르겠다. 결국 이 일도 어중간하게 방치된다.

그런 가운데 닷새가 지나고, 소스케가 죽었다.

"평범한 죽음은 아니었지만, 의원을 부를 때부터 취중에 날뛰다가 계단에서 굴러떨어졌다고 소문을 내 두었기 때문에 불편한 일은 없었습니다."

가게 주인이 고용살이 일꾼에게 벌을 주다가 그리된 만큼, 사리에만 들어맞는다면 본래 죄가 되는 일도 아니다. 하지만 이시쿠라야로서는 매우 켕기는 데가 있었기에, 얼른 소스케의 장사를 치러 주기로 했다. 때는 바야흐로 오사이가 이시쿠라야에 돌아온 지 일 년 하고 두 달이 지나, 매화꽃의 봉오리가 벌어지기 시작할 무렵의 일이었다고 한다.

"밤늦게, 언니 오사이가 부모님의 침실을 찾아갔어요."

충성스러운 고용살이 일꾼이자 믿음직스러운 고참 직인이었던 소스케를 뜻밖의 일로 잃자 마음이 심란하여 잠을 이루지 못하던 데쓰고로와 오카네 앞에 오사이는 머리를 숙이며 손가락을 바닥에 짚고 엎드렸다.

―아버지, 어머니. 소스케가 그리되고 나서부터, 사람들이 여기 저기에서 소곤소곤 얘기하는 게 들려와요.

네 귀에 무슨 말이 들렸느냐고, 데쓰고로와 오카네는 되물었다.

―저와 이치타로의 이야기요.

기죽은 기색 없이, 그저 아련하고 슬픈 듯이 고개를 숙인 채로 오사이는 말했다.
―소스케가 아버지와 어머니에게 말씀드렸다고 하더군요.
오후쿠의 말에, 들어 본 적이 없는 오사이라는 아름다운 여자의 목소리가 덧씌어 들려오는 것 같다. 종이 울리는 듯이 희미하게 떨리는 좋은 목소리다.
―전부 사실이에요.
오사이는 그릇의 물을 비우듯이 술술 말하고, 부모님을 똑바로 쳐다보았다고 한다.
―저는 그게 나쁜 짓이라고는 생각하지 않아요. 제가 이치타로를 좋아해서는 안 되는 건가요. 이치타로가 저를 사랑스럽게 여겨 주는 것도 안 되는 일인가요.
누구에게도 그리 배운 적이 없는데.
오치카는 자신의 입장을 잊고 양팔로 몸을 감쌌다. 등골에 차가운 것이 스쳐 지나갔다.
정신을 차려 보니 오후쿠도 똑같이 하고 있다. 마주 앉은 두 여자는 외톨이처럼 쓸쓸하게, 각자가 자신의 몸을 팔로 감싸고 있다.
"죄송해요."
오후쿠는 손을 무릎에 내려놓고는 눈매를 누그러뜨리며 오치카에게 말했다. "불쾌한 이야기지요."
사람이 사람을 좋아하는 이야기인데도.
"이치타로 씨도 오사이 씨와 똑같이 생각하셨는지요." 오치카는 물었다. "나쁜 짓이라 여기지 않는다고."

오후쿠의 얼굴이 고통스러운 듯이 일그러졌다.

"오라버니는 조금 더 분별이 있었던 모양이에요."

그래도 오사이의 아름다움에 홀려 있었다. 그 표현이, 이때 처음으로 오치카의 마음에 손톱을 세우며 파고들어 왔다.

"오라버니는 끌려가고 있었던 것 같아요. 언니에게 붙들려 질질 끌려가 깊은 곳에 빠지고 만 거지요."

오후쿠의 말에도 처음으로 오사이를 탓하는 듯한 울림이 섞였다.

"그 아이가 유곽에 다니기라도 할 만큼 조숙한 아이였다면 많이 달랐을 텐데, 하고 훗날 아버지는 중얼거렸어요."

푸념이 아니다. 진심에서 우러나온, 피를 토하는 것 같은 후회다.

오사이와 만났을 때 이치타로는 열여섯이었다. 연정을 알 나이에 처음으로 만난 여자가 떨어져서 자란 누이였다. 거기에 더없이 아름다운데다 녹아내릴 듯한 웃음을 던지며 손을 뻗으면 닿는 곳에 있다. 눈을 떼고 싶어도 뗄 수 없다. 간신히 눈을 돌려도, 집 안을 돌아다니다 보면 또 무심코 시야 끝에 누이의 모습이 들어오고 만다.

천하제일의 누님인걸.

사랑스럽게 여기는 것이 뭐가 나빠?

"아가씨는 풀무 축제를 아시는지요" 하고 오후쿠가 물었다. "십일월 팔일은 대장간과 주물간의 축제랍니다."

둘 다 풀무를 쓰는 업종이다.

"이나리님을 모시는 축제지요. 직인들이 하루 동안 일을 쉬며 화재가 일어나지 않게 해 달라고, 화상을 입지 않도록 해 달라고 기도를 한답니다. 술을 마시고, 맛있는 음식을 먹으며 시끌벅적 즐겁게 지내는 거예요."

　이시쿠라야는 침선공방이니 직접적으로 관련이 없지만, 니혼바시 도리초 남쪽에 위치한 미나미가지초가지초는 대장간이 많이 모인 지역을 뜻함의 직인들과 데쓰고로 사이에 친분이 있었기 때문에 풀무 축제에 종종 초대를 받았다고 한다.

　"언니가 돌아온 해의 십일월 팔일—이니까 아직 언니와 오라버니 사이가 겉으로 드러나기 전이지요. 그때도 우리 가족은 축제에 초대를 받아서 갔어요. 어린아이한테도 즐거운 축제랍니다."

　갑자기 이야기의 방향이 바뀌었기 때문에 오치카는 잠자코 귀를 기울였다.

　"대장간 직인들이 집 지붕이나 이층 창문에서 귤을 던지거든요. 근처에 사는 아이들이 모두 모여들지요."

　많이 던지면 던질수록 복을 부르고, 그때 귤을 아끼면 장사가 잘 안 된다고 해서 소쿠리 가득 귤을 들고 던진다고 한다.

　"저는 손님의 자식이라서, 어린아이였지만 귤을 던지는 쪽이었어요. 언니와 오라버니 사이에 끼어서 어른처럼 귤을 던졌지요."

　그때 열 살의 오후쿠는 보았다.

　"오라버니가 소쿠리에서 귤을 하나 꺼내자, 거기에 언니가 살며시 손을 겹쳤어요. 귤을 쥔 오라버니의 손을 언니의 손이 감싸고."

　둘이서 얼굴을 마주 보고, 기쁜 듯이 웃음을 나누었다.

　"언니는 오라버니에게서 귤을 받아 들어 손안에 감추었어요."

　잠시 후에 소쿠리의 귤을 전부 다 던지고 나자, 오후쿠는 오사이가 그 귤을 까서 한 조각씩 곱씹듯이 먹는 모습을 보았다.

"두 사람 손의 온기가 남은 귤이에요."

따뜻해진 귤이라니, 맛있지 않았을 텐데 말이지요—.

"별일도 아니었어요. 하지만 언니와 오라버니 사이에 무슨 일이 있었는지 제대로 이해할 수 있는 나이가 되고 나서, 제가 제일 먼저 떠올린 것은 그 귤이었어요."

남매 사이가 아니라 그저 남녀 사이였다면, 귤처럼 새콤달콤한 행동이다. 그 귤은 자못 달콤했으리라.

"이번에야말로 부모님은 새파래졌어요." 오후쿠는 말을 이었다. "소스케가 진실을 말했으니까요. 그런데 아버지는 그런 소스케를 죽이고 말았지요."

오사이의 고백을 듣고 부모가 엄하게 캐묻자 이치타로는 곧 모든 사실을 인정했다. 자신은 나쁜 짓임을 알고 있었다. 잘못된 짓임을. 하지만 누님의 얼굴을 보고 있으면, 아무래도 자신의 마음을 억누를 수가 없다—.

"이렇게 되면 둘을 이시쿠라야에 놔둘 수가 없지요."

처음에 데쓰고로와 오카네는 오사이를 다시 오이소의 양부모 집에 맡길까 싶었다. 하지만 그러려면 사정을 이야기해야 한다.

"도저히 밝힐 수가 없었어요. 믿어 주지 않을지도 모르고요."

허둥지둥하고, 우왕좌왕하며, 어쩔 줄 몰라 하는 대소동이었다. 어쨌든 세상 사람들에게 알려져서는 안 된다. 데쓰고로와 오카네가 수험자나 기도사를 집으로 부른 것도 이즈음의 일이었다. 무엇이든 좋으니 해결책을 찾고 싶었던 것이다.

"결국 다른 가게의 밥도 한번은 먹어 봐야 한다는 명목으로, 오라버니를 우시고메 쪽에 위치한, 아버지가 알고 지내던 침선공방에 고용살이를 보내기로 했어요."

일이 발각되고 나서 두 달이 지나고, 오월의 하늘이 아름답고 맑게 개어 있을 때의 일이다.

마침내 이치타로가 이시쿠라야를 나가기 전날.

"언니가—목을 매달아 죽었어요."

5

부모 앞으로 쓴 편지가 있었다고 한다.

"언니는 어려운 한자는 쓰지 못했지만 글씨가 몹시 아름다워서……. 그 점도 부모님의 자랑거리였지요."

그 흐르는 듯한 글씨로, 오사이는 사과의 말을 늘어놓았다. 일이 이렇게 된 것은 전부 자신의 잘못이다. 용서를 청한다 해서 용서받을 수 있으리라고는 생각하지 않으니 자신을 원래 없었던 사람으로 치고 잊어 주기 바란다.

"병으로 죽었다고, 표면적으로는 소스케 때와 똑같이 처리했지요. 아버지는 또 많은 돈을 쓰신 모양이었어요."

역시 조금 지쳤는지 오후쿠의 말투도 둔해지기 시작했다. 오치카는 차를 새로 우리려고 손을 뻗었으나 오후쿠가 갑자기 가로막았다.

"죄송하지만 백비탕_{맹탕으로 끓인 물}을 주시면 안 될까요."

오치카가 찻잔에 백비탕을 따라 건넸다. 오후쿠는 품에서 작은 약포를 꺼내 약을 먹었다.

"가끔 이렇게 된답니다. 옛날 일을 떠올리면 말이지요. 관자놀이 언저리가 찌릿찌릿 아파져요."

처음 얼굴을 마주했을 때만 해도 근심이라고는 한 조각도 없는 행복한 사람으로 보였는데, 지금의 오후쿠는 표정에도 자세에도 그늘이 있다. 사람은 과거에서 도망칠 수 없다―갑자기 스치고 간 외풍처럼, 오치카는 생각했다.

"피곤하시면 뒷이야기는 다른 날 하도록 할까요."

"아니요, 아니요, 괜찮아요."

오후쿠는 고개를 저었다. 큰 짐을 조금씩 내려놓아, 이제 곧 전부 다 내려놓는다. 여기에서 그만두고 싶지는 않다.

"이제 조금만 더 하면 돼요. 사실, 지금까지의 꺼림칙한 이야기는 기나긴 서론이거든요."

오사이의 죽음으로, 이치타로는 아주 훌륭하게 정신을 차렸다.

그렇게밖에 말할 수 없을 만큼, 정말로 씌었던 게 떨어진 것마냥 오사이에 대한 연심에서 벗어났다.

무엇보다 그는 오사이의 갑작스러운 죽음에도 눈물을 흘리지 않았다. 시체를 보았을 때는 아무 말도 하지 못하고 쓰러지듯이 자리에 주저앉고 말았지만, 그 후로는 꿋꿋했다. 차가워진 오사이의 뺨을 만질 때도 그의 손은 떨리지 않았고, 눈은 오사이의 죽은 얼굴을 직시했다. 눈동자에는 딱딱하게 얼어붙은 것 같은 빛이 어른거렸다. 이제 웃지도, 이야기하지도 않게 된 오사이의 인형 같은 얼굴 밑에 숨어 있는 무언가를 똑똑히 바라보고 확인하려는 듯한 의지가 있었다. 그것이 어떤 의지이든, 적어도 이치타로는 이제 옳은 길이 아닌 연심 때문에 방황하는 젊은이가 아니었다.

허둥지둥 오사이를 장사 지내는 동안에도, 실은 데쓰고로와 오카네보다 그가 더 침착했다. 무슨 일이 있어도 체면을 유지해야 하는 그 자리에서 이치타로는 매우 든든했다.

모든 일이 일단락되자 그는 부모 앞에 손을 짚고 사죄했다. 이제 와서 변명할 생각은 없다. 의절당한다 해도 어쩔 수 없다. 자신은 그럴 만한 잘못을 저질렀다—.

그때 처음으로 눈물을 뚝뚝 흘리며 울었다.

데쓰고로와 오카네는 야위고 창백해진 얼굴을 마주 보았다. 그러고 나서 오카네는 이치타로를 끌어안고 함께 울었다.

결국 오사이와 이치타로 둘 다 나쁜 것에 홀려 있었으리라. 오사이는 자신의 죽음으로 그것을 씻어냈다. 그래서 이치타로는 구원받은 것이다. 데쓰고로는 그리 생각했고, 그렇게 말했다. 남편이 꺼낸 말에 오카네도 이의가 없었다. 아무도 잘못하지 않았다. 모두 마魔에 홀려서 무서운 일을 당했다. 슬픈 일을 겪었다. 앞으로 지나간 일은 잊고 다시 평온하고 사이좋게 살아가자.

그래도 이치타로는 전에 정해진 대로 집을 나가, 우시고메에 있는 침선공방으로 가겠다고 고집했다. 고용살이 일꾼들을 보기도 불편하니까. 일 년이나 이 년, 세간의 관심이 식을 때까지 이시쿠라야에서 떠나 있는 편이 낫겠다고 여겼을 것이다.

실제로 가게 사람들 중에는 그만두겠다고 하는 자들이 있었다. 한

두 명이 아니다. 소스케가 죽었을 때도 비슷한 움직임이 있어서, 데쓰고로와 오카네가 필사적으로 설득하여 말린 적이 있다. 하지만 이번에는 말리기도 어려웠다. 모두들 이제 지긋지긋하다며 도망치려 하고 있다.

데쓰고로는 그만두려고 하는 사람들을 깨끗하게 떠나게 했다. 하녀들에게는 고용살이할 곳을 주선해 주고, 이번 기회에 독립하고 싶다는 직인에게는, 입막음용은 아니지만 상응하는 돈을 챙겨 주는 배려도 잊지 않았다. 일손이 줄어들면 장사 규모도 작아지지만 어떻게든 버텨서 이 상황을 이겨내고 말리라. 이치타로의 말대로 이시쿠라야에는 나쁜 추억을 정리하고 잊어버리기 위한 약간의 시간과 거리가 확실히 필요하다.

오사이에 대해서도 마찬가지였다. 오카네는 몹시 고민한 끝에, 오사이의 물건들을 전부 버리기로 했다. 고소데_{소매가 좁은 기모노} 한 벌도 남기지 않았다. 전부 오사이를 장사 지낸 절에 맡겨서 공양을 부탁했고, 그 후에 태웠다. 장롱마저 부숴 버렸다. 단 하나, 오사이가 오이소에서 돌아오고 나서 처음으로 함께 물건을 사러 갔을 때 오카네가 골라 주었던 붉은 산호 비녀만은 차마 버릴 수가 없어서 남겼다. 하지만 누구의 눈에도 띄지 않도록 단단히 넣어 두었다.

그렇게 어른들이 각각 마음을 정리해 나가는 가운데, 오후쿠는 홀로 남겨져 있었다.

천진한 오후쿠는 애초에, 소스케와 언니의 잇달은 죽음을 이해하기가 어려웠다. 아는 사실은 다만, 이제 소스케는 없다, 언니도 없다, 두 사람의 모습이 어디에도 보이지 않는다는 것뿐이다.

거듭 안타까운 점은 그런 오후쿠조차도 소스케와 오사이의 죽음에 대해서, 가게를 나가는 친한 하녀나 직인들에 대해서, 곧 다른 가게로 일을 배우러 가서 당분간은 돌아오지 않는다는 오라비에 대해서, "왜? 어째서?"라고 함부로 입 밖에 내어 물어서는 안 된다는 사실을 눈치채고 있었다는 것이다. 이 일들은 아무래도 하나의 뿌리에서 나온 모양이고, 그로 인해 부모가 바싹 야윌 정도로 괴로워하고 슬퍼했다는 사실을 오후쿠도 어렴풋이 알고 있었다는 것이다.

오후쿠는 기운 없는 아이로 변해 갔다. 서당에도 자주 가지 않게 되고, 혼자서만 놀았으며, 말수도 줄었다.

부모가 알아차리지 못할 리가 없다. 하지만 불행하게도 당시의 데쓰고로와 오카네에게는 오후쿠에게 신경을 써 줄 여유가 없었다. 토대가 흔들리고 있는 이시쿠라야를 일으켜 세우는 일만으로도 버거웠다. 오후쿠는 아직 어리다. 저러다가 잊어줄 것이다. 어른들 사이의 복잡한 일을 이해하지 못하는 나이라는 점이, 오후쿠에게는 오히려 행운이다. 괜찮다, 괜찮아. 종종 그런 말을 나누며 서로를 위로하고, 서로를 납득시킬 수밖에 없었다.

"어린 마음에도 어른처럼 우울―했던 걸까요."

오후쿠는 먼 옛날의 자신을 가엾게 여기듯이 다정한 말투로 중얼거렸다.

"가게 장사나 세상의 평판, 여러 사람들이 드나드는 상황 같은 큰일들에는 관여할 수 없으니, 아무래도 슬프고 쓸쓸할 뿐이었어요."

"겨우 열한 살짜리 어린아이잖아요. 당연한 일이에요."

오치카가 달래듯이 말하자 오후쿠도 미소를 지었다. 그렇지요? 하며 고개를 끄덕이는 듯한 눈을 한다.

"언니를 장사 지내고 한 달쯤 지났을 무렵, 오이소에서 언니의 양부모가 달려왔어요. 그제야 우리 부모님도 언니가 죽은 사실을 겨우 그쪽에 알려준 거예요. 내내 말하지 않고 있었어요. 물론 말하기 어려웠겠지요."

결국 기침병이 도져서 오사이를 괴롭혔고, 눈 깜짝할 사이에 상태가 나빠져 어떻게도 손을 쓸 수가 없었다―.

"아버지도 어머니도 그렇게 변명했어요. 그 또한 괴로운 광경이었지요. 친부모가 양부모에게 머리를 조아리며 사과하니까요. 저쪽은 또 고압적으로 우리 어머니를 나무라고요. 겨우 건강하게 회복시켜서 돌려보냈는데, 대체 무슨 문제가 있었던 겁니까, 하고 말이지요."

어느 쪽이 더 우위에 있는 게 아닌데 말이에요, 하고 조금 화가 난 듯한 말투가 되었다.

그날도 오후쿠는 마음이 울적하여 혼자 우두커니 집 안에서 우물쭈물하고 있었다. 그러자 이치타로가 다가왔다.

"저는 부모님과 같은 방에서 잤는데, 아버지도 어머니도 잠잘 시간까지 아껴 가며 일했을 때였던 탓에 대개는 혼자 방에 틀어박혀 있었어요. 거기에 오라버니가 불쑥 얼굴을 내민 거예요."

"아직도 이시쿠라야에 계셨나요."

"예, 오라버니가 우시고메에 있는 가게로 간 것은, 그 후 얼마 되지 않아서였던 듯해요. 그렇기 때문에 저를 위해서 시간을 내 준 것이겠지만요…….'"

그렇게 말하고, 웬일인지 오후쿠는 살짝 얼굴을 찌푸렸다. "지만 요……"라는 말끝도 마음에 걸린다.

오치카도 이야기를 듣는 역할에 꽤 익숙해졌기 때문에 곧장 되묻지는 않았다.

"그때, 오랜만에 오라버니가 싱글벙글 웃는 얼굴을 보았어요."

―모두 바쁘니 오후쿠도 쓸쓸하겠지. 나는 일을 배우러 가지만, 뭐, 이 년만 지나면 실력을 키워서 돌아올 테니 착하게 기다리고 있어야 한다.

그러더니 예쁜 사탕 꾸러미를 오후쿠에게 주었다. 게다가 또 하나, 비단보에 싼, 작지만 약간 묵직한 물건을 오후쿠에게 내밀었다.

―누님이 없어져서 오후쿠도 슬펐을 테지. 가엾게도.

이치타로의 말을 흉내 내어 말하면서, 오치카 앞에 앉은 오후쿠는 더욱 얼굴을 일그러뜨렸다. 오른손 손가락 끝으로 가볍게 관자놀이를 누른다.

"어머니는 누님의 추억이 남아 있는 물건을 기모노도, 띠도, 버선 한 켤레조차 남기지 않고 절로 가져가 버렸어. 그런 물건이 곁에 있으면 슬플 테니 어쩔 수 없었겠지만, 오후쿠 너도 하나쯤은 누님의 유품을 갖고 싶겠지."

―이것을 주마.

비단보 안에서 자그마한 손거울이 나왔다.

"꽤 오래된 물건인 것 같았어요."

오후쿠는 두 손으로 손거울의 크기를 나타내 보였다. 둥근 부분이 손바닥만 하다.

"자루가 짧아서 어른의 손으로는 제대로 쥘 수 없을 정도였어요. 깨끗하게 닦인 상태였지만 가장자리 부분에는 오래된 녹청이 달라붙어 있었지요."

―누님이 소중히 여기던 손거울이란다. 몰래 넣어 두렴. 어머니한테 보여 주면 이 거울도 절로 가져가 버릴 테니까.

뚜껑도 받침대도 없는 손거울이다. 천으로 싸지 않고 아무 데나 두면 금세 녹청이 슬고 만다. 넣어 두라고 해도, 어린 오후쿠는 어떻게 하면 좋을지 알 수가 없었다.

"오라버니는, 벽장 속 헌 옷이 든 고리짝 밑바닥에 넣어 두라고 말했어요. 더 이상 네 키에는 맞지 않는 옷이 들어 있다. 저기라면 어머니도 좀처럼 열어 보지 않을 거야."

그 옷들은 오카네가 정리해서, 언젠가 태어날 손자를 위해 보관하고 있었다. 과연 당분간은 열 일이 없는 고리짝이다.

"오라버니는 직접 고리짝을 꺼내어 거울을 넣어 주었어요. 제게 약속하게 했지요."

―아무한테도 말하면 안 돼. 누님 생각이 나서 슬퍼지거든 꺼내서 들여다보렴. 절대로 아무한테도 보여 주어서는 안 된다.

남매는 굳게 손가락을 걸고 약속했다.

"오라버니가 어떻게 어머니의 눈을 피해 언니의 손거울을 보관해 두었는지, 이제는 알 수 없겠지요."

오후쿠는 말하며 한숨을 쉬었다. 또 하얀 손가락 끝으로 관자놀이를 누른다.

"하지만 거울을 일부러 제게 주고 숨겨 두라고 말한―그 이유라면 안답니다. 예, 알고 있어요."

이 이야기를 시작할 때 오후쿠는 말했다. 아가씨, 제 옛날 이야기를 들으면 거울을 보는 게 싫어질지도 몰라요, 라고.

"저는 오라버니가 말하는 대로 따르지는 않았어요."

몰래 손거울을 꺼내 바라보는 일은 없었다, 고 한다.

"언니가 없어져서 쓸쓸했고, 언니를 떠올리면 늘 눈물이 났지요. 하지만 손거울에는 손을 대지 않았어요. 넣어둔 후로 한 번도 꺼내지 않았어요."

왜일까.

"아무한테도 말하면 안 된다는 점이 마음에 걸렸을지도 몰라요. 오라버니의 그런 방식이 왠지 모르게 싫었어요."

이해해요, 하고 오치카는 말했다. "철이 나지 않은 어린아이라도, 그런 부분에선 오히려 어른보다 결벽할 때가 있으니까요."

오후쿠는 손거울에 대해서 부모에게 일러바치지도 않았다. 그저 잠자코 숨겨 두었다.

"오라버니는 정말로 이 년 만에 이시쿠라야로 돌아왔어요."

약속대로 실력도 늘어 있었다. 우시고메는 헌 옷 가게가 많은 동네다. 일거리도 니혼바시 일대의 침선공방들과는 또 다르다. 가게가 바뀌면 직인의 방식도 바뀐다. 남의 가게에서 얻어먹은 밥은 그의 피와 살이 된 것이다.

"하지만 약속했던 말과 차이가 한 가지 있더군요. 오라버니는 혼자가 아니었어요."

이치타로가 일을 배우러 간 침선공방에는 딸이 셋 있었다. 그 집의 차녀와 혼담이 나왔던 것이다.

"그 댁에서 무척 적극적이었어요. 물론 그 아가씨도 오라버니를 좋아했고요. 서로 반해 있었기 때문에 이야기는 거진 성사 단계였지요. 우리 아버지와 어머니가 승낙하기만 하면 될 일이었어요."

데쓰고로와 오카네는 승낙했다. 싫을 이유가 없다.

이치타로는 정말로 오사이를 잊었다. 그것은 나쁜 꿈이었다. 지금은 착한 아가씨와 서로 사랑하며 가정을 꾸리려 하고 있다. 이렇게 기쁜 일이 또 있겠는가.

"이시쿠라야도 이 년 만에 겨우 안정세에 접어들기 시작했으니까요. 직인도 하녀도 많이 바뀌었지만, 그만큼 언니의 그림자는 더욱 흐려지고 멀어져 있었지요."

이제 아무도 오사이에 관한 얘기는 꺼내지 않는다. 데쓰고로와 오카네가 가끔 몰래 이야기를 나누며 눈물을 지을 때가 있을 뿐이다.

혼담은 순조롭게 진행되었다. 이시쿠라야에 밝고 흥겨운 분위기가 돌아왔다. 하지만 그 모습을 이야기하는 오후쿠의 말투는 딱딱했다. 얼굴의 그늘도 짙어져 간다.

"이치타로 씨의 혼약자는 어떤 아가씨였나요?"

오치카의 물음에 제정신으로 돌아온 듯이 눈을 깜박이던 오후쿠가 그제야 미소를 지었다.

"오키치 씨라고 하는데요. 나이는 열일곱이었고 정말 밝은 사람이었어요. 하지만,"

더욱 크게 활짝 웃으며 말한다.

"이렇게 말하면 좀 그렇지만 터무니없이 못생긴 여자였답니다."

어머나, 하고 저도 모르게 오치카도 놀랐다.

"깜짝 놀랐지요? 언니와는 영 딴판이었으니까요."

"그래서 더 좋았던 것인지도 모르겠네요."

무심코 한 대꾸였지만, 오후쿠가 날카롭게 턱을 당겼기 때문에 오치카는 웃음을 지웠다.

"죄송해요. 제가 무례한 말씀을."

"아니요, 아니요. 당치도 않아요." 오후쿠의 눈이 어두워진다. "아가씨 말씀이 옳아요. 모두들 그 무렵에는 그렇게 생각했어요. 그림책에서 빠져나온 듯한 미녀에게 질려서 못생겼지만 성품이 착한 여자를 아내로 삼는다. 좋은 얘기이니까요. 아아, 이치타로도 이제 괜찮겠구나, 하고요."

그로부터 석 달 후, 모든 일이 순조롭게 풀려서 못생긴 오키치가 이시쿠라야로 시집을 왔다. 오키치는 조금 지나치게 수다스럽다 싶을 만큼 명랑한 며느리로, 만사에 쾌활하고 부지런했다.

"덜렁대는 부분이 있어서 자주 어머니께 야단을 맞곤 했어요. 하지만 본인은 그다지 신경 쓰지 않는 거예요. 강바람처럼 오른쪽에서 왼쪽으로 술술 흘려듣고."

"사이는 좋았나요."

"처음에는 당혹스러웠지만요."

오후쿠는 어두운 눈빛으로, 입가만 누그러뜨려 웃었다. 억지로 웃는 게 아니었다. 오키치와 관련한 재미있는 일들이 떠올랐으리라.

"그 일이 있은 후로 아무리 안정되었다고 해도, 이시쿠라야에서 모두가 함께 큰 소리로 웃는 일은 좀처럼 없었어요. 거기에, 하루 종일 딸랑딸랑 울리는 종 같은 사람이 온 거지요."

오후쿠는 겁을 먹고 말아, 자기 쪽에서 선뜻 다가가기는 어려웠다고 한다. 토라진 마음도 있었다. 겨우 오라버니가 돌아왔다, 잘되었다고 생각했는데 혹이 붙어 있다니. 거추장스럽다는 기분이다.

"그야말로 질투지요." 오후쿠는 말했다. 입가의 웃음이 눈가까지 퍼져 간다. 그 얼굴을 지켜보며, 아아, 정말로 오키치 씨라는 사람은 좋은 며느리, 좋은 새언니였구나, 하고 오치카는 납득했다.

"오키치라는 사람은 그런 구시렁거림에 아랑곳하는 여자가 아니었어요. 저한테도 처음부터 정면으로 부딪쳤고, 스스럼이 없었지요. 오후쿠야, 오후쿠야, 만주가 있으니까 먹자, 오후쿠야, 목욕하러 가자, 오늘은 습자 시간에 무엇을 배웠니, 나 또 어머님께 야단을 맞았어, 하고요. 어쨌든 저뿐만 아니라 누구한테나 아무 거리낌도 없이 대하는 탁 트인 사람이었어요."

결국 오후쿠는 오키치를 떠올리며 웃는 얼굴이 되었다.

"사이가 좋아지셨군요." 같이 미소를 지으며 오치카가 말했다.

"하지만 잠시 동안이었지요."

오후쿠는 딱 잘라 대답했다. 쨍 하고, 주위의 공기가 얼어붙었다.

"부부 사이는 좋았어요." 오후쿠가 단조롭게 말을 잇는다. "누가 보아도 오라버니와 오키치 씨는 잘 지내는 것처럼 보였어요. 왜냐하면 정말로 좋은 부부였으니까요."

그런데—.

"오라버니가 제게, 언니의 손거울을 돌려 달라고 했어요."

오키치가 시집을 온 지 한 달도 지나지 않았을 무렵의 일이었다고 한다.

"저는 오키치 씨에게 좋은 의미로도 나쁜 의미로도 휘둘리고 있을 무렵이었기 때문에, 손거울 따위 까맣게 잊고 있었어요. 오라버니의 말을 듣고서야 겨우 떠올렸을 정도였지요."

어째서? 하고 오후쿠는 이치타로에게 되물었다. 어째서 언니의 손거울이 필요한데?

"내게 준 게 아니냐고 말했지요. 오라버니는 웃었어요. 네게 준 것이 아니야, 우리 남매의 것이지."

그리워서, 좀 보고 싶어서 그래―.

"저는 모르는 척했어요. 역시 왠지 모르게 싫어서."

그러자 이치타로는 몰래 손거울을 꺼내 갔다.

"고리짝 바닥을 뒤져볼 필요도 없었어요. 금방 알았지요. 어떻게 알았을 것 같은가요?"

오후쿠는 수수께끼를 내듯이 물었다. 오치카는 대답을 입에 담기로 했다. 짐작이 간다. 오후쿠가 말하고 싶지 않을 만도 하다.

"오키치 씨가 그 손거울을 가지고 계셨기 때문이겠지요."

6

고리짝에 넣어 두었던 이 년 사이에 손거울은 완전히 흐려져 있었다. 오키치가 그 손거울을 닦으려고,

―어머니, 거울 닦는 사람을 부르면 안 될까요.

하고 물었을 때 이 사실을 알았다.

"사랑하는 딸이라고 해도, 아버지는 좀처럼 딸이 평상시에 사용하는 물건 같은 것에는 신경을 쓰지 못하는 법입니다. 하지만 어머니는 다르지요. 손거울을 보고 첫눈에 언니의 물건임을 알았어요."

오키치, 그 손거울 어디서 났니. 남편이 주었어요. 오래된 물건인데 무척 예뻐요.

수줍어하며 기뻐하는 듯 보이는 며느리를 갑자기 야단칠 수는 없다. 아무것도 모르는 오키치에게 오사이의 일을 들쑤셔서 들려줄 수는, 더더욱 없다.

오카네는 적당히 얼버무리고, 그런 거울쯤은 내가 닦아 주겠노라며 빼앗았다. 그러고는 이치타로를 불렀다.

무슨 생각을 하는 거냐고, 안색을 바꾸며 화내는 어머니에게 이치타로는 얌전하게 말했다고 한다.

―무슨 생각이기는요, 어머니. 그 거울은 오후쿠가 가지고 있던 거예요. 죽기 전에 누님이 오후쿠에게 주었을 테지요. 유품이라서 아무한테도 말하지 않고 숨겨 두고 있었나 봐요.

"그 손거울을, 제가 꺼내서 바라보고 있는 모습을 오키치 씨가 우연히 발견했다. 예쁜 거울이라고, 부러운 듯이 오라버니에게 말했다고 했어요."

―오키치가 안쓰럽기도 하고 오후쿠에게는 아직 쓸모가 없기도 해서 오키치에게 준 겁니다, 어머니.

"지어낸 이야기로군요."

오후쿠는 크게 고개를 끄덕였다. "그 후에 어머니가 저를 부르시더니, 오라버니가 이렇다던데 사실이냐고 물으셨어요. 저는 무섭기도 하고 화가 나기도 해서 엉엉 울었지요."

오라버니가 거짓말을 하고 있다. 오후쿠는 손거울을 고리짝에 숨겨 둔 경위를 어머니에게 털어놓았다. 오카네는 울고 있는 딸을 달래는 것도 잊고 바짝 다그쳐 물어 사실을 듣더니, 이번에는 오키치를 불렀다.

"자세한 것은 가르쳐 줄 수 없지만 그다지 기분이 좋지 않은 사연이 있는 손거울이니 쓰지 말라고 했어요. 오키치 씨는 순순히 따랐지요."

손거울은 오카네의 손으로 넘어갔다. 어머니가 거울을 버렸는지, 숨겼는지, 이 년 전에 오사이의 물건들을 그리했던 것처럼 절로 가져갔는지, 오후쿠는 알지 못했다. 오카네도 이야기해 주지 않았다.

"손거울에 대해서는 이제 잊어버리라고, 어머니는 제게 말했어요. 아무한테도 이야기하면 안 된다. 아버지에게도 말하지 말라고, 단단히 다짐을 받았지요."

이 일로 오라버니와 싸워서는 안 돼. 오키치에게도 쓸데없는 이야기를 들려주어서는 안 된다. 이치타로와 오키치의 사이가 틀어지기라도 하면, 오후쿠 너도 슬프겠지?

"부모님의 명령이니 저도 듣기는 했지만, 오라버니와의 사이에는 이상한 뒷맛이 남았습니다."

다만 그렇게 느낀 것은 오후쿠뿐이었던 모양이다. 이치타로는 태연했다. 아무 일도 없었던 것처럼 그때까지와 똑같이 오후쿠를 귀여워했고, 새색시 오키치와 사이좋게 지냈으며, 가업에 힘을 쏟았다. 아내를 갖게 되자 이시쿠라야의 후계자로서의 자각도 생겼는지 열심히 일하는 모습에 주위 사람들이 눈을 휘둥그렇게 뜰 때가 있었다고 한다.

"그런 만큼, 저는 아무래도 수상하고 이해할 수가 없어서 불쾌한 기분이 들었어요. 이 오라버니는, 그런 있지도 않은 거짓말을 술술 늘어놓았을 때의 오라버니와 같은 사람일까 하는 생각마저 들었답니다."

같은 이치타로라면 대체 무엇이, 그때의 그를 천연덕스러운 거짓말쟁이로 만들었을까. 왜 거짓말이 필요했을까.

무엇인지 짐작이 가시나요—라고 말하기라도 하는 것처럼, 오후쿠는 오치카를 바라보았다. 오치카는 입을 다문 채 마주 보았다.

"오라버니는 말이지요,"

오히려 박력이 느껴질 만큼 낮은 목소리로, 오후쿠는 말했다.

"그 손거울을 오키치 씨의 손에 들려 주고 싶었던 거예요. 손거울을 들여다보게 하고 싶었던 거지요. 한 번이면 됩니다. 한 번이면 충분했어요."

한 번이면이라는 부분에 저주라도 거는 듯 힘이 들어가 있다.

"무엇이 충분했던 것인지요."

되묻는 오치카에게서 갑자기 시선을 돌리며, 오후쿠가 원래의 말투로 돌아간다. "손거울 사건이 있고 나서 며칠인가 후에, 아가씨, 저는 보았어요. 아니, 나왔다고 해야 할까요."

유령이.

오치카의 목소리에도 힘이 들어갔다. "오사이 씨로군요?"

"아니요." 씁쓸하게 곱씹듯이 웃으며 오후쿠가 고개를 젓는다. "언니가 아니에요. 소스케였어요. 소스케의 유령이 이시쿠라야 여기저기에 나타났어요."

처음으로 본 사람이 누구인지는 알 수 없다. 데쓰고로였을지도 모르고 오카네였을지도 모른다. 확실한 점은 오후쿠가 소스케를 보고 놀라 부모에게 알렸을 때에는, 이미 두 사람 다 소스케를 본 후였다는 것이다.

―소스케 놈이 네 앞에까지 나타났단 말이냐.

하며 아버지가 창백해진 모습을 오후쿠는 똑똑히 기억하고 있다.

"유령이니 귀신이니 하는, 그런 존재는 무서운 것이잖아요? 이야기나 그림 속에서는 그렇게 나오지요. 원한에 찬 얼굴을 하고, 바짝 말라서 뼈와 가죽만 남은 꼴에 소복을 입고."

소스케의 유령은 전혀 달랐다. 이시쿠라야에서 바느질 직인으로 일하고 있었을 때 그대로의 모습으로 복도 끝이나 툇마루, 계단 아래나 방구석에 불쑥 나타나는 것이다. 게다가 낮이고 밤이고 가리지 않는다.

"살아나서 돌아온 게 아닐까 싶을 만큼 생생하고 또렷하게 보이는 거예요. 손을 뻗으면 만질 수 있겠더라고요."

하지만 눈을 깜박이는 사이에 사라지고 만다.

"저도 모르게 말을 걸려고 입을 열면 사라지고 마는 식이었어요. 믿어지세요, 아가씨?"

그보다 오치카에게는 묻고 싶은 점이 있다.

"소스케 씨는 어떤 얼굴이었는지요. 웃거나 울거나 하고 있었나요?"

웃지도, 울지도, 화내지도, 원망하지도 않았다고, 오후쿠는 대답했다.

"다만—눈을 크게 뜨고 양손을 비비며, 머리를 숙이고 열심히 무언가 전하려고 했어요. 싫다는 듯이 고개를 저었던 적도 있고요."

오후쿠는 같은 몸짓과 표정을 해 보였다. 오치카가 보기에 그 모습이 의미하는 바는 지극히 한정되어 있는 듯했다.

무언가를 막으려 하고 있다. 무언가를 알리려 하고 있다. 닥치면 좋지 않은 일, 위험한 일을.

자신들도 그렇게 생각했다고, 오후쿠는 말을 이었다.

"어떻게든 조금 더 확실하게 알려 주면 좋을 텐데, 입으로 말해 주면 좋을 텐데, 하며 어머니는 꽤 초조해하셨어요."

또 하나, 그들은 중요한 사실을 깨달았다. 소스케의 모습을 볼 수 있는 이는 아무래도 데쓰고로와 오카네와 오후쿠, 세 사람뿐인 것 같다는 점이다.

"소스케가 바느질 방에 나타났을 때는 아버지도 오라버니도 직인들도 모두 다 있었어요. 하지만 놀라는 사람은 아버지뿐이었지요. 다른 사람들은 아무도 알아차리지 못했어요."

"이치타로 씨도? 오키치 씨도요?"

그게 가장 중요하다는 듯이, 오후쿠의 눈빛이 날카로워졌다.

"예, 오라버니 부부에게는 보이지 않았어요."

이번에는 '오라버니 부부'라는 부분에 묘하게 힘이 들어가, 오후쿠의 목소리가 뒤집어질 뻔했다. 왜일까. 오치카의 가슴은 긴 이야기 속에서 밀려오는 몇 번째인지 모를 잔물결에 떨리기 시작했다.

"돌이켜 보건대—."

날카로운 눈빛을 한 채, 오후쿠는 움켜쥔 주먹으로 가슴을 한 번 쳤다.

"소스케의 유령에 놀라 그쪽에 정신이 팔려 있지만 않았다면 조짐을 알아차렸을 거예요. 분명 알았을 거예요. 하지만 저도 부모님도, 그때는 그런 지혜가 없었어요."

어떤 징조냐고, 오치카는 물었다.

오키치가 이상해지기 시작한 것이라고, 오후쿠는 대답했다.

"음식 취향, 옷 취향, 머리에 감는 댕기의 색깔. 하나하나는 사소한 것이에요. 하지만 분명히 달라지기 시작했어요."

그런데 말이지요—하고 자조하듯이 높은 목소리로 짧게 웃는다.

"어머니는 부엌을 맡은 하녀가, 작은 마님이 드시는 음식의 취향이 바뀐 것 같습니다, 라고 말했을 때 아기가 생겼나 싶었대요. 하녀도 그런가 싶어서 말한 것 같지만요. 그때 자세히 묻고 자세히 관찰해 두었으면 좋았을 거예요. 중요한 것은 달라졌다는 사실이 아니라, 어떻게 달라졌느냐는 것이니까요."

"어떻게 달라지기 시작했나요?"

오후쿠는 허공을 노려보았다. 움켜쥔 주먹을 아직도 심장 바로 위에 대고 있다.

"언니와—오사이와 비슷해졌어요."

처음으로 오후쿠가 언니를 남처럼 그냥 이름으로 불렀다.

그것은 은밀하게 새는 비와 비슷했다. 새기 시작했을 때, 밑에 사는 사람은 이를 알지 못한다. 물방울은 천장 위의 판자나 대들보에 가만가만 떨어지고 빨려 들어가, 비가 그치면 마른다.

그러나 비가 그치지 않으면 물방울은 점차 양이 늘어나고, 대들보를 적시고 천장 뒤에 고여, 이윽고 밑에서 올려다보는 사람의 눈앞에 홀연히 검은 얼룩이 되어 나타나는 것이다.

"처음으로 그 사실을 알아차린 것은 오키치 씨의 목소리 때문이었어요."

저녁때였다. 가족들이 밥상 앞에 앉아 있을 때, 이치타로가 무언가 재미있는 이야기를 해서 밥상 시중을 들던 오키치가 소리를 내어 웃었다.

오사이의 웃음소리와 똑같았다.

오후쿠는 밥그릇을 떨어뜨릴 뻔했다. 옆에 있던 오카네는 정말로 젓가락을 떨어뜨렸다. 데쓰고로가 튀어오르듯이 고개를 들고 오키치를 바라보았다.

오키치도 깜짝 놀라 시아버지에게 시선을 돌렸다. 오카네가 떨어뜨린 젓가락을 줍는다. 그 손이 떨리고 있다.

오후쿠는 천천히 고개를 들고 새언니를 보았다. 미인과는 거리가 멀지만 천성이 밝은 추녀의 얼굴이 마주 웃는다.

"밥 더 줄까, 오후쿠?"

―밥 더 줄까, 오후쿠?

오사이의 목소리, 오사이의 말투였다. 얼굴 생김새에는 변함이 없으니 참으로 이상한 일이다. 하지만 오사이였다. 말할 때 입술을 벌리는 모양. 고개를 살짝 갸웃거릴 때 보이는 목덜미에서 어깨에 걸친 움직임.

"그 후에는, 이상한 말이지만 언덕길을 굴러떨어지는 것 같았다고 나 할까요. 연달아 눈에 띄게 되었어요."

날이 갈수록 오사이가 되어 간다. 행동거지. 어쩌다 하는 몸짓. 좋아하는 것과 싫어하는 것. 목소리와 말투. 이치타로의 옷깃을 매만져 주는, 별것 아닌 손짓까지도.

저것은 오사이야. 오키치에게 오사이가 씌고 말았어. 오사이가 돌아온 거예요.

그런 말을 꺼낸 이는 오카네였다. 어느 날 밤, 세 가족이 나란히 누워 있는 침실에서 결국 견디지 못하겠다는 듯 말을 쏟아냈다.

인내가 바닥이 난 데에는 이유가 있었다. 그날, 이치타로가 데쓰고로에게 무언가를 청했다는 사실을 알았기 때문이다.

다름이 아니라, 데쓰고로가 딱 한 번 지은 적이 있는 검은 비단 이불을 자신도 지어 보고 싶다는 청이었다.

─검은 비단은 재단도 바느질도 어렵지요. 잘못 꿰매면 바늘구멍이 눈에 띄어서 불량품이 됩니다. 그러니 실력을 시험해 볼 겸 꼭 지어 보고 싶어요, 아버지.

실력을 시험해 보기는 무슨. 오카네는 눌러도 눌러도 튀어오르는 목소리를 죽이려고 애쓰며 데쓰고로에게 하소연했다. 여보, 이치타로가 오사이를 위해서 지어 주려고 하는 거예요. 눈처럼 피부가 희었던 오사이를 위해서요!

하얀 피부는 검은 비단 이불에 특히 잘 어울린다.

오치카도 더는 시선을 어디에 두어야 할지 알 수 없는 기분이 들지는 않았다. 부끄러움도 없다. 이야기하는 오후쿠의 안색에도 오치카를 놀리는 기색은 없었다.

불길한 검은 비단의 색깔이, 마주 앉은 두 여자 사이에 환상처럼 떠올라 있다. 그것은 아름다운 여자의 머리카락 색깔이기도 하다. 남자를 포로로 만들고, 이성을 잃게 하고, 길을 잘못 들게 하는 여자의.

"아버지도 물론 오라버니가 꺼낸 말이 이상하다고 여겼어요. 그러니 어머니가 주의를 환기시켜 주자 안도하는 기분도 들었겠지요. 아아, 나만 이상해진 게 아니구나, 아내도 같은 걸 느꼈구나, 하고요."

그러나 데쓰고로는 오후쿠를 저어하여, 아이 앞에서 쓸데없는 소리 하지 말라고 타일렀다.

"그래서 저는 이불을 걷고 벌떡 일어나, 저도 알고 있어요, 아버지, 하고 말했어요. 그 김에 손거울에 대해서도. 오라버니가 거짓말을 늘어놓은 일까지 한번에 몽땅 털어 놓았지요. 예, 아버지는 놀라긴 했지만 저나 어머니를 꾸짖지는 않았어요."

이로써 단숨에 족쇄가 풀렸다. 세 사람은 이마를 맞대고 지금까지 각자 가슴속에 담아 왔던 것을 꺼냈다. 오카네는 하녀 중 한 명이, 이치타로가 막 목욕을 마치고 돌아온 오키치에게 "오사이"라고 부르는 소리를 들은 얘기를 들려주었다. 하녀들끼리 수다를 떨 때 나온 이야기인데, 작은 나리도 저런 미남이니 이런저런 과거가 있겠지만 작은 마님 앞에서 인연이 있던 여자의 이름을 불러서는 안 될 텐데, 하며 서로 웃었다고 한다. 오사이에 대해서 모르는 하녀들이니 무리도 아니다.

이야기의 중간부터 오후쿠는 오카네에게 매달렸다. 오카네도 오후쿠를 꼭 껴안았다.

"아버지는 오키치 씨가 빨래를 안고 복도를 걸어가는 뒷모습이 오사이와 꼭 닮아 보이더래요. 처음엔 잘못 본 줄 아셨대요. 하지만 두 번, 세 번이나 그렇게 보였다고."

네 번째로 오키치가 걷는 모습에 오사이가 겹쳐 보였을 때, 데쓰고로는 말을 걸었다. 오키치는 가볍게 돌아보며, 예, 하고 대답했다.

돌아볼 때의 낭창낭창한 등, 목소리의 생기, 데쓰고로를 바라보며 깜박이는 눈. 이런 점들 또한 오사이를 꼭 빼닮았다.

―나는 내가 미쳐 가나 생각하던 참이야.

오사이가 돌아온 거예요. 오카네는 몇 번이나 그렇게 중얼거리다가, 갑자기 학질에 걸린 것마냥 떨며 오후쿠를 뿌리쳤다.

―그 손거울.

그것이 신물이다. 오사이는 손거울을 통해 오키치에게 씌인 게다. 거울에는 여자의 혼이 깃드니까, 하고 오카네는 단언했다.

―당신, 오키치에게서 거울을 빼앗은 후에 어떻게 했소?

데쓰고로가 묻기도 전에 오카네는 기다시피 벽장으로 다가가 문을 활짝 열었다. 나무 상자며 고리짝이며 오래된 보자기 사이로 손을 집어넣고, 새하얀 무명천에 싼 것을 꺼낸다.

버릴 수가 없었어요. 떨려서 제대로 움직이지 않는 손가락으로 초조한 듯이 무명천을 풀며, 오카네는 헛소리처럼 변명했다. 함부로 버리면 안 될 것 같은 기분이 들어서. 절에 가져가는 일도 내키지 않앉어요. 이 거울에 험한 짓을 하면 무언가 정말로 나쁜 일이, 진짜 일어나고 말 듯한 기분이 들어서.

―나도 당신이랑 똑같았어요. 이치타로와 오키치가 이상한 게 아니라 내가 이상해진 거라 여겼어요. 그렇게 생각하고 싶었어요.

한 번만 더 풀면 손거울이 나올 때쯤, 데쓰고로는 오카네에게서 그것을 빼앗았다. 무명천이 스르륵 풀려 떨어진다.

데쓰고로가 앗 하고 소리쳤다.

순식간에 얼굴에서 핏기가 가신다. 그래도 데쓰고로는 손거울 자루를 잡고 놓으려 하지 않았다. 손바닥이 달라붙어 버린 것 같았다.

오카네가 손톱을 세우며 남편의 굵은 손목을 잡고 손거울 안을 들여다본다. 오후쿠도 어머니에게 달려들다시피 하며 고개를 뺐다.

―보지 마, 보지 마! 오후쿠, 보면 안 된다!

데쓰고로는 오후쿠를 낚아채듯이 끌어안고 두툼한 손바닥으로 오후쿠의 눈을 덮었다. 하지만 오후쿠는 아버지의 무릎 위로 쓰러지는 찰나, 둥근 손거울 안에 비치는 것을 보았다.

오키치가 있었다.

오키치도 소리치고 있었다. 손거울 안에서 소리 지르고 있었다. 목소리는 들리지 않는다. 다만 일그러진 표정과 뻐끔뻐끔 움직이는 입이 보일 뿐이었다. 갑자기 손거울을 들여다본 데쓰고로와 오카네에게 필사적으로 호소한다. 아아, 아버님, 어머님! 겨우 발견해 주셨군요! 눈물에 젖은 눈이 이리저리 움직였다.

오키치는 주먹을 꼭 쥐고, 안쪽에서 거울 표면을 두드리고 있었다. 꺼내 주셔요, 꺼내 주셔요, 꺼내 주셔요. 여기에서 꺼내 주셔요.

저는 계속 여기에. 계속 여기에 갇혀 있었어요.

오키치의 혼은 오사이의 손거울 안에 갇혀 있었다.

오카네가 상처 입은 짐승 같은 목소리로 비명을 지르더니, 데쓰고로의 손에서 손거울을 빼앗아 일어섰다. 흐트러진 기모노 자락 밑으로 정강이 위까지 다 드러내고, 당지 문을 쓰러뜨릴 기세로 방을 나갔다.

이야기하는 오후쿠의 숨이 가빠진다. 오후쿠가 그때의 오카네가 되어 복도를 달려가는 것처럼.

"어머니는 젊은 부부의 침소로 뛰어들었어요."

데쓰고로는 한 발 늦게 따라갔다. 오후쿠는 이불 위에 혼자 남아 있었다.

오카네가 한 번 더, 이번에야말로 미친듯한 비명을 지르는 것을 들었다. 그 뒤를 이어 이치타로와 여자의 비명도 울렸다.

오후쿠는 저도 모르게 양손으로 귀를 막았다. 그 여자의 요란한 비명이 오사이의 목소리로 들렸기 때문이다. 오사이의 목소리는 이렇게 소리쳤다.

—어머니, 용서해 주셔요!

지금도, 흑백의 방에서, 그 순간의 그 자리로 돌아간 것처럼 오후쿠는 양손으로 귀를 막고 있다. 눈을 감고 있다.

그대로, 가까스로 숨을 가다듬고 말한다.

"어머니는 손에 든 손거울로 오키치 씨를 때리고 또 때려, 죽이고 말았지요."

처음에 한 번 친 것으로 머리가 깨졌다. 그것만으로도 목숨을 끊기에는 충분했으리라. 하지만 오카네는 손거울을 계속 휘둘렀다. 광란하는 어머니를 말리지도 않고 침소 벽까지 뒷걸음질 쳐 등을 바싹 붙인 채 주저앉아 있는 이치타로와, 눈앞에서 펼쳐지는 잔인한 행패에 다리가 풀려 어쩌지도 못하는 데쓰고로의 눈앞에서, 오카네는 오키치의 얼굴이 무너져 내릴 때까지 계속 때렸다. 피보라가 침소 천장까지 튀었다.

이불을 붉게 물들이고 얼굴조차 알아볼 수 없게 되어 통나무처럼 쓰러져 있는 오키치의 몸 위로, 오카네는 그제야 털썩 쓰러졌다.

오치카는 용기를 내어 물었다. "오카네 씨가 때린 것은, 정말로 오키치 씨였을까요."

글쎄요. 눈을 뜨고, 귀를 막던 손을 내리고, 오후쿠는 간신히 알아들을 수 있을 정도의 작은 목소리로 대답했다. "글쎄요, 어느 쪽이었을까요."

분노와 공포에 사로잡힌 오카네가 젊은 부부의 침소로 뛰어들었을 때, 이치타로가 함께 누워 있던 여자는 오키치였을까, 오사이였을까.

오카네의 눈과 데쓰고로의 눈에는 어느 쪽의 여자가 보였을까.

"조사를 맡았던 관리님도 뭐가 뭔지 알 수 없었던 모양이에요. 관청에 끌려가게 되었을 때 어머니는 완전히 정신이 나간 상태였으니까요."

여자의 비명은 이웃 전체에 울려 퍼졌다. 시어머니가 며느리를 죽였다. 어디에 어떻게 돈을 뿌려도 이번만은 무마할 수가 없었다고 한다.

이시쿠라야는 별로 궐소(闕所)에도 시대에 추방 이상의 형을 받은 자의 토지, 재산을 몰수하던 부가형(附加刑) 처분을 받았고, 범인인 오카네와 함께 데쓰고로도 감옥에 갇혔다. 상가의 주인이며 가장으로서 집안을 제대로 감독하지 못한 일을 추궁당한 것이다. 그래도 오카네가 제정신을 잃은 점이 다행으로 작용하여 그는 사형을 면했다. 곤장 백 대에 에도에서 쫓겨나는 형을 받고, 데쓰고로는 감옥을 나왔다.

오카네는 그대로 덴마초의 감옥에서 옥사했다.

"이치타로 씨는."

오라버니는—하고, 오후쿠는 속삭이는 목소리로 대답했다.

"오라버니는 도망치는 게 빨랐어요."

그날 밤 이시쿠라야에서 큰 소동이 일어난 사이에 이치타로는 남몰래, 옛날에 오사이가 목을 매었던 방의 같은 윗미닫이틀에 목을 매어 목숨을 끊었다.

그가 목을 맬 때 사용한 천은 검은 비단이었다. 언제 손에 넣었는지, 어떻게 숨겨 가지고 있었는지, 아무도 짐작조차 할 수 없었다.

오후쿠는 얼굴을 들고, 슬쩍 무릎을 미끄러뜨려 오치카 쪽을 향해 앉더니 조용히 머리를 숙였다.

"이렇게 해서, 이시쿠라야는 멸망했답니다, 아가씨."

에리り·
이나家鳴

おそろし

이에나리 : 일본 각지에 전승되는 괴이 현상 중 하나로, 집이나 가구가 이유도 없이 흔들리는 현상을 말한다. 귀신이나 요괴가 집을 흔들어 일으킨다고도 한다.

1

이시쿠라야는 멸망했다.

단순히 가게 하나가 망한 것이 아니다. 한 가족이 망가지고 사라져 버렸다.

오후쿠로서는 이야기할 생각으로 찾아오긴 했지만 하기 힘들었던 이야기를 다 마쳤고, 오치카로서는 이야기를 들을 생각으로 맞이하긴 했지만 듣기 힘들었던 이야기를 다 들었다.

"저기, 아가씨. 아니, 오치카 씨."

부르는 소리에 오치카가 얼굴을 들었다. 오후쿠는 밝은 눈을 하고 있었다. 이 방에서 처음 마주했을 때와 똑같이, 말괄량이처럼 웃는 얼굴로 돌아왔다.

"이게 제 옛날 이야기랍니다. 하지만 지금의 오후쿠는 이렇게," 하며 손바닥을 가슴에 대고 말했다.

"행복하게 살고 있어요."

감옥에 들어가 약해진 몸에 곤장 백 대의 벌을 받고 힘이 다해 버린 모양이다. 데쓰고로는 감옥을 나오자 챙길 것도 챙기지 못하고 남몰래 몸을 의탁했던 고참 바느질 직인의 집에서, 얼마 후 숨을 거두었다.

혼자 남은 오후쿠는 데쓰고로의 동료 상인이자 평소 친하게 지냈던 부부가 맡아 기르게 되었다.

"장래에는 후계자인 아들의 아내가 되어 달라고 해 주셨어요. 양녀라기보다는 예비 며느리로 맞아 주신 거지요."

과분할 정도로 다정하게 대해 주셨답니다, 하고 오후쿠는 흐뭇하게 웃으며 말을 이었다.

"죄를 저질러 재산을 몰수당한 가게의 딸을 말이지요. 아버님도 어머님도 남편도, 정말로 사람이 얼마나 좋은지 몰라요. 반대 입장이었다면 저는 도저히 흉내도 못 내었을 거예요. 참 기특한 집도 다 있지요."

눈동자를 한 바퀴 굴리며 일부러 어이없다는 듯이 말한다. 수줍어하는 것이다. 뺨이 살짝 빨개졌다.

"그러니까요, 오치카 씨. 버리는 신*이 있으면 줍는 신도 있는 거예요."

오치카를 바라보는 오후쿠의 눈동자에 빛이 반짝인다. 까만 사탕 같은 눈동자다. 부드럽고 달콤하며, 다른 사람에게 힘을 준다.

"나쁜 일이 한 가지 있어도, 설령 그게 아무리 나쁜 일이더라도, 그렇다고 해서 모든 게 망가지는 것은 아니에요."

오치카는 희미하게 미소를 지었다. "하녀 오시마와는 지금 계시는 집에서 만나셨군요."

"네. 오시마가 제 시중을 들어 주었어요."

오후쿠의 눈빛이 잔물결처럼 살짝 흔들렸다.

"아버지가 돌아가신 후 저는 목각 인형처럼 되고 말았어요. 아무와도 말을 하지 않았고, 울지는 않았지만 웃지도 않았지요. 밥도 제대로 먹지 않았고요."

오후쿠의 양부모이자 지금의 시부모는 그런 소녀를 흔쾌히 맡아 준 것이다.

"오시마 덕분에 그 상태에서 점점 벗어났지요. 오시마는 제가 고양이처럼 조용히 있어도 수다를 떨거나 웃거나 노래를 불러 주거나 하면서 명랑하게 대해 주었어요. 제 기분을 맞추려고 하지 않았어요. 그 나이 또래의 여자아이에게 하녀가 해 주는 일을 당연하다는 듯이 해 주고 있었던 것이지요. 그게 무슨 뜻인지 아시겠어요, 오치카 씨?"

오후쿠는 오치카가 대답할 새도 주지 않고 크게 고개를 한 번 끄덕인 후 한층 더 밝은 목소리로 말했다.

"이제 당연하다는 듯이 살아도 된다고 가르쳐 주고 있었던 거예요. 나쁜 일, 슬픈 일은 전부 끝났어요. 물론 터무니없이 불행하고 슬픈 일이었으니까, 가끔 떠올리며 울거나, 무서운 꿈을 꾸고 밤중에 벌떡 일어나게 되는 건 어쩔 수 없어요. 하지만 끝난 일이에요. 당연하다는 듯이 밥을 먹고, 재미있는 일이 있으면 웃고, 수다를 떨고 싶으면 수다를 떨어도 된다고요."

그건―하고 오치카는 가만히 입을 열었다.

"오후쿠 씨가 이시쿠라야에서 일어난 불행과는 아무런 상관이 없는, 허물이 없는 아이였기 때문이에요."

"그 점이 오치카 씨와는 다르다는 말씀인가요?"

급격하게 방향을 바꾸어 날카롭게 반격해 오는 말에, 오치카는 온몸이 경직되었다. 오후쿠는 가볍게 눈을 내리깔고 사과하듯이 목례했다.

"예. 오치카 씨의 처지에 대해서 오시마로부터 들었습니다. 오시마를 함부로 입을 놀리는 수다쟁이 하녀라고 탓하지 말아 주셔요. 진심으로 오치카 씨를 걱정하고 있답니다."

그렇기 때문에 오치카 씨에게 저를 만나게 해 주고 싶었던 것이겠지요, 하고 말을 이었다.

"한 사람의 어엿한 어른이 되기도 전, 사람 마음속의 캄캄한 헛방 안을 들여다보고 울지도 웃지도 않게 되어 버린 저를. 지금은 이렇게 건강하고 행복하게 살고 있는 오후쿠를 말이지요."

갑자기 오후쿠는 눈시울을 적셨다. 손끝을 눈가에 대고 서둘러 눈물을 닦는다. 그 김에 코도 훌쩍거렸다.

"오치카 씨는, 본가에서 일어난 슬픈 일이 모두 자신 때문에 일어났다고 여기시지요?"

"그게 사실이니까요."

"그렇다면 제 집에서 일어난 불행은 누구 탓일까요? 언니일까요. 제 언니 오사이가 모든 죄를 짊어져야 할까요. 친동생을 홀려 사람의 길을 벗어나게 만든 것만으로 모자라서, 죽은 후에도 망념妄念을 남기어 이시쿠라야 사람들에게 재앙을 가져왔지요. 예, 터무니없는 악녀예요. 오사이 언니는 단지 그런 나쁜 짓을 하기 위해서 태어난 여자였을까요."

오후쿠는 거듭 묻고 문득 숨을 내쉬더니 말했다.

"저는 그리 생각하지 않아요. 언니도 좋아서 저주 같은 기침병에 걸린 게 아니에요. 언니가 원해서 부모 곁을 떠나 자란 게 아니에요. 이시쿠라야에 원한을 갚으려고 오라버니를 사랑한 게 아니에요."

오후쿠는 '아니에요'라는 부분에선 일일이 고개를 저으며 노래하듯이 목소리를 높였다.

오치카는 고개를 떨어뜨리고 손톱으로 무릎 부분의 기모노를 꽉 움켜쥐었다. 말이 안 나온다. 하지만 마음이 심하게 동요하여 가만히 있을 수가 없었던 것이다. 겐조의 남색 줄무늬가 일그러진다.

"어쩔 수 없었던 것이지요."

오후쿠의 목소리가 위로하듯이 다정해졌다. 오치카를—위로하는 게 아니다. 죽은 부모, 언니와 오라비, 새언니, 충성스러운 고용살이 일꾼. 망해 버린 이시쿠라야에 대한 위령의 마음이 담겨 있다.

"어느 날 갑자기 본 적도 없는 모습으로 불행의 구름이 다가오더니, 그저 넋을 잃고 보는 동안에 우리 이시쿠라야 가족을 흠뻑 적시고, 벼락을 때리고, 전부 무너뜨렸어요. 그러한 일이었지요."

막을 수가 없었어요—.

"마쓰타로라는 사람은 버림받아 죽어가던 차에 오치카 씨의 아버님께 구조되었어요. 아버님은 결코 잘못된 일을 하신 게 아니에요."

오치카는 간신히 목소리를 냈다. "하지만 그 후의 일은 잘못되었어요."

"의도적인 게 아니에요. 마쓰타로 씨를 불행하게 하려고 일부러 그런 게 아니에요."

그래도 잘못은 잘못이다. 악의가 없어도, 그 잘못이 마쓰타로에게 상처를 입히고 그의 마음을 상하게 하고 말았다.

"그렇다면 오치카 씨는 어떻게 하는 게 좋았을 거라고 생각하셔요? 오치카 씨의 가족 모두가 마쓰타로 씨를 괴롭히는 게 좋았을까요. 오치카 씨도 마쓰타로 씨가 더 이상 댁에서 견딜 수 없게 될 때까지 심술을 부리면 좋았을까요."

오치카는 눈을 꼭 감고 새된 목소리로 외쳤다. "예, 차라리 그 편이 나았을 거예요!"

건조한 침묵이 찾아왔다.

"―하지도 못할 거면서."

오후쿠가 처음으로 오치카를 나무랐다. 달콤한 빛을 띤 검은 눈동자가 또 젖어 있다.

"저는요, 오치카 씨. 몇 년 동안이나 언니의 망령을 두려워하고 있었어요. 너무 무서웠답니다."

이번에는 손끝으로 미처 누르기도 전에 오후쿠의 오른쪽 눈에서 눈물이 한 방울 떨어졌다.

"그토록 아름다웠고, 누구에게나 사랑받았으면서도 망념을 남기고 죽은 언니예요. 언제 또 되살아나서 하나 남은 나도 죽이려고 할지 모른다, 자신은 불행하고 짧은 일생을 보냈는데 동생은 행복하게 살고 있다니 용서할 수 없다―는 듯이 저주하러 올 게 분명하다고 생각했지요. 그래서 저는 죽은 듯이 살았어요. 웃지도 않고, 말도 하지 않고."

 거울도 볼 수 없었다고, 눈을 깜박여 또 한 방울의 눈물을 떨어뜨리며 말했다.

 "거울이 곁에 있기만 해도 견딜 수가 없었어요. 들여다보면 언니가 비칠지도 모르니까요. 어쩌면 언니에게 씌어 혼을 빼앗긴 오키치 씨가 울고 있을지도 모르고요."

 꺼내 주셔요, 여기에서 꺼내 주셔요, 하고 거울 안쪽을 주먹으로 두드리면서.

 "그런데 어느 날, 정말로 언니의 망령을 보고 말았어요. 밤중에 제 머리맡에 서 있더군요. 아름다운 얼굴로, 생긋 웃으며 위에서 들여다보고 있었어요."

 소녀 오후쿠는 온 힘을 다해 비명을 질렀다. 옆에서 자고 있던 오시마가 벌떡 일어났다.

 "오시마는 저를 껴안아 주었어요. 저는 울면서 소리를 질렀지요. 언니가 왔어, 언니가 왔어, 하고."

 오시마는 오후쿠가 지쳐서 비명을 멈출 때까지 꼭 안아 주었다. 그리고 나서 차근차근 물었다. 오후쿠 아가씨, 무엇을 보셨습니까? 언니예요. 어떤 얼굴을 하고 계시던가요?

 "언니가 저를 보며 웃었다고 말했더니—."

 오시마도 웃었다고 한다.

 —뭐예요, 그렇다면 무서워하지 않아도 되겠네요, 아가씨.

 오시마의 말투를 흉내 내어 말하며, '흑백의 방'에 있는 오후쿠도 눈에 눈물을 머금은 채 웃는 얼굴을 되찾았다.

"언니는 오후쿠 아가씨가 잘 지내는지 걱정이 되어서 잠든 얼굴을 보고 계셨던 게 아닐까요, 하고 오시마는 말했어요. 미안하다는 말씀을 하시고 싶었던 거예요. 그래서 웃어 보이신 거지요. 그렇게 생각하지 않으시나요, 아가씨, 하고."

오치카는 함께 웃을 수 없었다. 오시마의 말은 어린아이를 속이기 위한 거짓말이 아닌가.

"그런 일은……."

"있을 리가 없다는 말씀인가요? 그렇지요, 귀신의 생각은 알 수 없어요. 산 사람끼리 얼굴을 맞대고 있어도 입으로 말해 주지 않으면 속을 알 수 없는데 하물며 귀신이야 말할 나위가 없지요."

하지만 언니는 입을 열지 않았어요. 원망스럽다는 말은 하지 않았답니다. 오후쿠 너를 저주해 주마, 라는 말도 하지 않았어요.

"다만 생긋 웃었을 뿐이에요."

그렇다면 오시마의 말도 일리가 있는지 모른다. 그렇게 생각했다—기보다 설득된 오후쿠는 오시마와 약속했다. 다음에 오사이가 나타나면 오후쿠 쪽에서 말을 걸어 보기로.

—언니, 오후쿠는 잘 지내요. 이제 별로 울거나 하지도 않아요.

—하지만 언니, 언니가 그렇게 얼굴을 보이시면 오후쿠는 조금 무섭답니다. 언니는 이미 이 세상에 없는 사람이니까요. 무언가 마음에 걸리는 일이 있어서 오후쿠의 머리맡에 서 계시는 건가요? 오후쿠가 무언가 해 드릴 수 있는 일이 있나요.

반쯤은 호기심이 들어, 반쯤은 초조함에 쫓겨 오치카는 짧게 재촉했다. "언니에게 그 물음이 들렸을까요."

오후쿠의 모습에는 흔들림이 없었다. 검은 사탕 같은 눈동자 속에 밝은 빛이 반짝 튀어 오른다.

"언니가 나타날 때마다 저는 물었어요. 언니는 말없이 미소를 짓고 있었지요. 그래서 몇 번이나 똑같이 물었어요."

일곱 번째로 오사이가 나타나고, 일곱 번째로 오후쿠가 물었을 때.

"언니는 제게 미안하다고 말했어요. 그 후로 모습을 나타내지 않았답니다."

만족한 것이겠지요—.

찬찬히 중얼거리고 나서 갑자기 입가에 손을 대더니 오후쿠는 깔깔 웃었다.

"어머나, 오치카 씨. 그렇게 입을 삐죽거리면 예쁜 얼굴이 엉망이 되잖아요."

오치카는 대꾸할 마음이 들지 않았다. 오시마와 오후쿠에게 놀림을 당한 기분이다.

"귀신은 있어요."

오후쿠는 웃음을 멈추고, 다시 또렷하게 울리는 목소리로 말했다. 오치카는 그 얼굴을 뚫어져라 바라보았다. 오후쿠의 눈동자도 입가도, 전혀 웃고 있지 않았다. 사랑에 빠진 처녀처럼 진지하다.

"분명히 있어요. 있지만, 그 존재에 생명을 주는 것은 우리들의 여기랍니다."

여기라는 대목에서, 아까 '지금의 오후쿠'라고 말했을 때와 똑같이 가슴 위에 손바닥을 올려놓았다.

"마찬가지로 극락도 존재하지요. 여기에 있답니다. 제가 이 사실을 깨달았을 때, 언니는 극락으로 건너갔어요."

자세를 바르게 하고 앉아, 오후쿠는 방바닥에 손을 짚고 깊이 절을 했다.

"긴 이야기를 들어 주셔서 고맙습니다. 이만 물러갈게요. 부디 오시마를 야단치지 말아 주셔요."

오후쿠가 떠나고 나서 해가 기울기 시작한 후에도 오치카는 혼자 흑백의 방에 앉아 있었다. 마음이 물결치고 있지만, 그것과는 반대로 다리가 풀린 것처럼 일어설 수가 없다. 오시마와 얼굴을 마주할 기분도 들지 않았다.

다른 사람에게는 생각에 잠겨 있는 듯이 보이리라. 하지만 오치카는 무언가를 생각하는 것도 고민하는 것도 아니었다. 마음속에서 춤추는 기억의 단편들을 바라보고 있을 뿐이다. 흩날리는 종이 같은 기억의 단편은 다가왔다가 멀어지고, 얼굴에 달라붙을 듯싶다가 어깨에 떨어져 내리기도 한다. 거기에 어린 마쓰타로의 얼굴이 보인다. 그를 업고 진눈깨비 속을 걸어 여관으로 돌아오던 아버지의 모습이 보인다. 높이 들린 수많은 등롱이 보인다.

요시스케의 고집스러운 입매가 보인다. 부끄러운 듯이 오치카에게 웃음 짓는 눈동자가 보인다. 다른 한 조각이 귓가를 가로지르고 기이치의 호쾌한 웃음소리가 들려온다. 오라버니의 뒤를 쫓아 달려가는 어린 오치카의 발소리와 목소리가 들린다. 오라버니, 어디 가는 거야? 오치카도 데려가.

그런가 하면 창호상 도베에의 근심에 찬 얼굴이 보인다. 그의 서글픈 미소를 비춘 한 조각이 뒤집히자, 그 뒷면에는 진홍색의 만주사화 꽃이 피어 있다. 손바닥을 하늘로 향하고 그해의 첫눈을 받으려는 소녀 오타카의, 한기로 홍조를 띤 뺨이 보인다. 정신을 잃은 오타카를 끌어안는 세이타로의 옆모습이 보인다.

흩날리는 종이는 계속해서 춤출 뿐, 전혀 가라앉지 않는다. 오치카의 마음도 가라앉지 않는다.

당지 문이 열리고 숙모 오타미의 목소리가 들렸다.

"오치카."

돌아보니 복도는 저녁 어스름에 완전히 가라앉아, 오타미의 얼굴도 모습도 그림자처럼 보였다.

"손님은 이미 돌아가신 모양인데, 왜 이러고 있니."

오치카는 무릎을 움직여 숙모 쪽을 바라보았다. 오타미가 스르륵 흑백의 방으로 들어왔다. 그림자가 차차 사람의 형태를 띠며 오치카 옆에 앉는다. 가까이서 보니 여느 때와 다름없는 숙모다. 오치카는 갑자기 울음을 터뜨릴 뻔했다.

"어머나, 너도 울상을 짓고 있구나."

오타미가 눈을 휘둥그렇게 뜨고 쓴웃음을 짓는다.

"너도—라니요."

"네가 여기에 틀어박혀 나오지 않으니, 오시마가 아까부터 풀이 죽어서 말이다. 주제넘은 짓을 하고 말았어요, 이제 아가씨를 뵐 낯이 없습니다, 하고 헛소리마냥 늘어놓으며 훌쩍거리고 있단다. 야소스케가 어쩔 줄 몰라 하고 있어."

근엄한 대행수도 야무진 고참 하녀가 허둥대는 모습에 크게 당황했다. 꾸짖어도 위로해도 효과가 없어서, 지금은 오시마에게 울지 말게, 울지 말아 주게, 하며 읍소중이라고 한다.

"그이도 그러다가 울기 시작할 거야. 야소스케가 울다니, 도깨비가 병에 걸리는 것보다 더 드문 일이지. 오시마와 함께 손에 손을 잡고 운다면, 남편에게 부탁해서 히가시료고쿠_{현재의 스미다 구에 속해 있는 일부 지역을 가리키는 에도 시대의 지명으로 당시의 유명한 환락가}에 극장을 하나 내어 달라고 할까. 재미있는 구경거리가 될 게다."

오타미는 매우 진지하게 말했다. 숙모님도 참, 하며 오치카는 저도 모르게 맥 빠진 웃음을 흘렸다.

"대체 오시마가 무슨 실수를 한 거니?"

오치카는 전부 털어놓았다. 흑백의 방에서 나온 이야기를, 숙부 이헤에보다 숙모에게 먼저 들려 주게 되리라고는 짐작도 못했다.

이시쿠라야가 망해서 없어졌다는 얘기를 다 듣고도 오타미의 표정에는 전혀 변화가 없다. 단골인 채소 가게 장수나 생선 가게 장수와 뒷문에서 잡담이라도 하는 듯한 표정이다.

"그래서 너는 화가 난 게냐."

대답이 막혀, 오치카는 가슴에 손을 댔다. 의도하지 않았으나 오후쿠가 몇 번인가 했던 몸짓과 똑같다.

자신의 고동이 전해져 온다. 거기에 분노가 섞여 있을까.

"—오시마 씨에게, 악의가 있었으리라고는 생각하지 않아요."

"하지만 화는 나는 게로구나. 그런 얼굴을 하고 있는 것을 보면."

마구 짓밟힌 기분이 들었던 것이다. 오치카는 기분을 표현할 말을 겨우 찾아냈다. 이 가슴을 꽉 막고 있는 후회와 가책을, 그런 것 따위는 마음먹기에 달렸다며, 타인이 손쉽게 옆으로 치워버리기라도 한 것처럼 분했다.

귀신은 있다. 살아 있는 사람의 가슴속에. 극락도 있다. 살아 있는 사람의 가슴속에. 모든 일이 그리 쉽다면 대체 괴로워할 사람이 누가 있겠는가.

"이번만 그런 것이니 참아 주렴. 오시마는 좋은 하녀야."

오치카도 이 일로 오시마를 미시마야에서 내쫓아 달라고 말할 생각은 없다. 숙모의 말에 오히려 기가 죽고 말았다.

"자, 잘 알고 있어요."

"그렇다면 참아 주렴" 하고 말하며 오타미는 미소를 지었다.

"내일 기이치가 올 게다."

서찰이 당도했다고 한다.

"그저 그리운 오라버니—라고 할 수만은 없겠지. 나도 충분히 알고 있단다. 하지만 만나면 그리워질 게야. 기분이 나아지면 좋겠구나, 오치카."

든든한 자세로 온화하게 웃는 오타미를 보고 오치카는 약간 곤혹스러워졌다. 숙모님은 이시쿠라야의 이야기를 별일 아니라고 생각하는 걸까.

물어보니, 오타미는 붉은빛으로 물드는 장지 쪽에 시선을 던지며 조금 눈부신 듯한 얼굴을 했다.

"나는 희한한 이야기라고 생각한단다. 꿈자리가 나빠질 것 같지만, 무섭다기보다는 가엾구나."

"―오사이 씨가 말인가요?"

"아니, 아니, 그게 아니야." 오타미는 손바닥을 팔랑팔랑 흔들었다. "남매 사이를 이상하게 의심했다는 누명을 쓰고, 결국 목숨을 빼앗겼다는 고용살이 일꾼 말이다."

소스케를 말하는 것이다.

"죽은 후에도 가게가 걱정되어 귀신으로 나타났댔지? 그 후에는 어찌 되었는지 전혀 말해 주지 않았구나."

듣고 보니 그렇다.

"오후쿠 씨라는 사람의 말대로 귀신이 여기에 있다고 해도" 하며 오타미는 가슴을 툭 쳤다. "아무리 충성스러운 사람이라도, 어차피 고용살이 일꾼. 찾을 일이 없어지면 아무도 마음을 써 주지 않는 게지. 있어도 없는 것이나 마찬가지야. 나는 그쪽이 훨씬 더 가엾고 슬프게 여겨지는구나."

말투에 약간의 분노가 섞여 있다.

"오키치라는 아가씨도 그래. 나쁜 짓은 무엇 하나 하지 않았는데, 이시쿠라야의 흉사에 휘말렸다는 이유만으로 잔혹한 일을 당하고."

어떻게 되었을까, 하고 오타미가 중얼거린다.

"오키치 씨…… 말인가요."

"그래. 지금도 손거울 안에 갇혀 있을까. 아니면 오사이와 이치타로가 죽었을 때 해방되었을까."

만일 지금도 그대로 갇혀 있다면, 누가, 어떻게 해야 그 손거울에서 꺼내줄 수 있을까―.

오타미는 병을 앓고 있는 자기 밑의 하녀라도 걱정하듯이, 얼굴을 흐리며 생각에 잠겨 있다.

"오후쿠 씨도 새언니가 어떻게 되었는지에 대해선 전혀 이야기하지 않았지? 그런 것일까. 신경 쓰는 게 이상한 것일까."

저도—물어볼 생각조차 하지 못했어요.

오치카는 다음 말을 이을 수가 없었다.

그날 밤은 바람이 강했다. 잠들지 못하던 오치카는 밤의 어둠 깊은 곳에서 미시마야의 대들보며 기둥이 무겁게 삐걱거리는 소리를 들었다.

오치카의 마음 깊은 곳에서도 똑같은 소리가 울리고 있었다.

2

기이치는 이튿날 아침 여덟시에 미시마야에 왔다.

늦가을 아침이라고 해도 이미 해는 높이 떠올라 고용살이 일꾼들은 가게 문을 열 준비로 바빴고, 주머니를 만드는 직인들은 이미 작업에 착수했다. 오타미는 오시마에게 오늘 하루 동안 안채에서 해놓아야 할 일을 명령한 후, 뒷길에 빌린 집에 마련한 작업장으로 이제 막 옮겨 간 참이었다. 그런데 도로 불려 오고 말았다. 오치카도 그 모습을 보았다.

조금 더 이르거나 늦거나 했으면 좋았을 텐데, 시간도 참 못 맞추는 사람이다—라고 순간적으로 생각한 오치카는 오라비한테 심술궂은 자신에게 곧 혐오감이 들었다.

오라버니를 만나면 어떤 얼굴을 할까.

하지만 그런 쓸데없는 걱정은 오시마가 발을 씻겨 주고 있던, 뒷문 마루 끝에 걸터앉은 기이치가 문득 이쪽을 돌아보았을 때 날아가 버렸다.

"오치카."

오랜만이다, 잘 지냈니―수줍은 듯이 뒤집어진 목소리로 말하며, 대야를 밟고 일어선다. 뺨에 핏기가 오르고 눈시울이 젖고, 그게 또 부끄러운지 주먹으로 얼굴을 북북 문지른다.

"오라버니."

오치카도 그렇게 대꾸하는 게 고작으로 그저 눈물만 날 뿐이었다. 기이치의 발밑에서 오시마가 참지 못하고 그의 발을 닦기 위해 두었던 수건으로 얼굴을 누른다.

"자, 자" 하고 오타미가 미소를 지으며 손뼉을 짝 쳤다. 숙모의 눈가도 빨개졌다.

"어쨌든 들어오렴, 기이치."

이헤에와 오타미, 기이치와 오치카. 미시마야 안채 객실에서 네 사람은 사이좋게 마주 앉았다. 물론 흑백의 방은 아니다. 도코노마에 걸린 족자는 에비스_{칠복신 중 하나. 오른손에 낚싯대를, 왼손에 도미를 안은 그림이 많으며 바다, 어업, 상가의 수호신이다}가 도미를 낚는 그림. 키 큰 시가라키 자기_{시가 현 고가 군 시가라키 지방산 도자기} 화병에는 오타미가 어디서 들여온 것인지 적당한 빛깔을 띤 밤송이 세 개가 매달린 밤나무 가지가, 아무렇게나 던져넣은 것처럼 보이지만 실은 치밀한 계산으로 꽂혀 있다. 지가이다나두 장의 판자를 좌우에서 아래위로 어긋나게 댄 선반. 도코노마 옆에 설치한다에는 청자 화로와 종이로 만든 고마이누신사 앞에 마주 보게 놓은, 한 쌍의 사자 비슷한 짐승의 상. 마귀를 쫓기 위한 것으로 고마(고구려, 또는 고려)에서 전래되었다고 하여 고마이누라는 이름이 붙었다. 마를 쫓는 소쿠리를 뒤집어쓰고, 커다란 눈을 부릅뜨고 있는 모습이 귀엽다. 그 옆에는 오자미 두 개를 쌓아 직접 만든 오뚝이가 있는데, 머리에 그려진 빨간 달마님 얼굴이 웃고 있다.

망설인 끝에 오치카는 미시마야에 처음 왔을 때 입었던 기모노를 골랐다. 기이치가 본 기모노이기도 하다.

마루센을 떠난 지도 석 달이 지났다. 오라비의 얼굴을 보기 전까지는 겨우 석 달이라고 생각했다. 그러나 이렇게 기이치와 나란히 앉으니 석 달이라는 시간이 길게 느껴진다.

작년의 일이지만 기이치는 한 번, 마루센의 후계자로서 아버지와 함께 미시마야에 새해 인사를 하러 온 적이 있다. 그 후로 처음 보는구나, 조금 관록이 붙은 것 같은데. 형님과 형수님은 잘 지내시지? 마루센은 번성하고 있을 테지—친척끼리의 인사와 가게끼리의 인사가 한바탕 오갔다.

그 후로 족히 한 시간은 들여, 기이치는 마루센에서 가져온 선물을 펼쳐 놓았다. 어지간한 행상인만큼이나 짐이 많다. 고리짝이며 보자기로 싼 보따리 들을 차례차례 풀어 내용물을 꺼낸다.

"오라버니, 전부 혼자서 가져왔어? 아무도 데려오지 않았어?"

"대사님일본 진언종의 개조인 구카이 대사를 말함께 가을 참배를 가려는 손님들이 밀어 닥쳐서 모두 바쁜 시기야. 고양이 손이라도 빌리고 싶을 정도인데 우리 일꾼들을 어떻게 끌어낼 수 있겠니. 나한테 종자 따윈 필요도 없고."

선물의 대부분은 여러 날 보존할 수 있는 음식으로, 말린 것과 절인 것, 가와사키 역참의 명물 과자 등이었다. 오타미가 기쁜 듯이 그 음식들을 받아 들자, 기이치는 자세를 바로 하며 마지막 보따리를 꺼냈다.

풀어 보니 다토가미_{두꺼운 일본 종이에 감물, 옻 등을 칠해서 접은 싸개. 옷이나 천 조각, 여자의 머리카락 묶는 기구 등을 넣었다}가 나왔다. 두 개다.

"숙모님과 오치카에게 드리는 거예요. 어머니가 고르셨어요."

"열어 보아도 될까?" 하며 오타미가 무릎걸음으로 다가오자 그럼요, 그럼요, 하며 기이치가 주먹으로 코 밑을 문지른다.

서둘러 다토가미를 푼 오타미는 환성을 질렀다. "어머나, 예쁘기도 하지. 보렴, 오치카."

띠다. 쌍을 이루는데다, 양쪽 다 깊은 남색 계통 색깔이긴 하지만 금사와 은사가 흩어져 있어 무게감이 엿보이는 쪽이 오타미의 것이고, 붉은색이 많은 쪽이 오치카의 것이리라.

둘 다 눈이 쌓인 나뭇가지 무늬였다.

"내 것이 눈 쌓인 소나무, 오치카 것은 눈 쌓인 남천이구나."

오타미가 조심스러운 손놀림으로 띠를 집어 들어 오치카의 몸에 대어 보고는 더욱 활짝 웃는다.

"다가올 계절에 딱 맞겠다. 참으로 안목이 좋으시구나."

"좋은 물건이야." 이헤에도 기뻐한다.

"오치카 앞으로 선물이야 당연한 거지만, 집사람에게까지 배려를 해 주시니 감사하구나."

오치카 덕분에 득을 보았구려, 하며 오타미에게 웃음을 짓는다. 오타미의 얼굴에도 웃음이 가득하다.

"이 천은 교토 것이지? 아주버님과 형님이 일부러 주문해 주신 것이겠네."

기이치도 기쁜 듯 뺨이 상기되어 있다.

"예. 단골손님 중에 가가에 위치한 포목전의 대행수가 있거든요. 그분께 부탁해서—."

"어머나, 그러면 꽤 오래전부터 준비하고 계셨겠네."

이때, 자리에 앉고 나서 처음으로 기이치가 슬쩍 오치카에게 시선을 보냈다.

"네가 에도로 떠나고 나서 곧 어머니가."

오치카는 띠를 몸에 댄 채 고개를 끄덕였다.

"아버지는 모처럼 가가에서 주문해 가져오게 한 것이니 유젠방염 풀을 사용하여 비단 등에 꽃, 새, 산수 등의 무늬를 화려하게 염색하는 날염법의 일종으로 하라고 말씀하셨지만 어머니가 그러면 오치카는 입지 않을 거라시면서. 상당히 고심하셨어."

분명히 우아하고 화려한 유젠 고소데였다면, 오치카는 다토가미를 풀어 보기만 하고 곧장 집어넣어 버렸을 것이다. 집을 떠난 딸에게 한껏 사치를 시켜 주려는 아버지의 마음도 기쁘지만, 현재 오치카의 심정을 헤아려 주려는 어머니의 배려는 몸에 사무친다.

눈이 쌓인 나뭇가지 무늬에는 그저 겨울의 무늬라는 점 이상의 의미가 있다. 유연한 나뭇가지가 눈의 무게를 견디는 모습을 본뜬 이

문양에는, 곧 눈을 튕겨내고 다시 일어설 생명의 힘과, 봄을 기다리는 마음이 담겨 있는 것이다.

오타미의 눈 쌓인 소나무는 '소나무'로 미시마야의 번성을 기원하고, 거기에 쌓인 눈을 오치카에 비유하여 모쪼록 딸을 잘 부탁드린다는 어머니의 마음이 녹아 있다. 오치카의 눈 쌓인 남천은 이 남천처럼 봄을 기다리는 마음을 잃지 말아 달라는 바람과, 남천의 '어려움을 기회로 삼는다'는 유래를 담고 있다_{남천의 일본어 발음인 '난텐'이 難転(難を転ずる 어려움을 기회로 삼는다)의 발음 '난텐'과 같은 것에서 이러한 뜻을 갖게 되었다는 설이 있다.}

양쪽 다 오치카 네게 쉬운 일이 아님은 알고 있다, 하지만 오치카, 어머니는 이렇게 계속 너를 생각하고 있단다—화려한 띠의 천을 통해 어머니의 목소리가 들려오는 듯한 기분이 들어서, 오치카는 굳게 눈을 감았다.

역시 바느질이 다르네요, 하고 띠를 이리저리 살펴보며 신이 나 있는 오타미도, 물론 문양의 의미는 잘 알고 있으리라. 띠에 뺨을 대고 몇 번이나 고개를 끄덕이고 있는 오타미는 형님, 오치카는 제가 잘 돌보겠습니다, 하고 거기에 담긴 마음에 대답하고 있는 것이다.

"우리 집과 에도 사이는 몇 번이나 오고간 적이 있지만" 하며 기이치가 머리를 긁적였다. "노상강도가 무섭다는 생각은 이번에 처음 들었습니다. 이 띠를 도둑맞기라도 한다면, 저는 두 번 다시 집에 돌아갈 수 없을 테니까요."

"그렇지. 어려운 일이었겠구나."

이헤에가 괴상한 목소리를 내며 노고를 치하하고, 셋이서 웃는다. 오치카는 아직도 고개를 숙인 채 눈물을 참고 있었다.

그러다 웃음소리가 끊긴 틈에 기이치의 배가 꼬르륵거리는 소리를 들었다. 오치카만이 아니다. 오타미도 '어라' 하는 얼굴이 된다.

"기이치, 아침밥은?"

기이치는 상기된 것을 뛰어넘어 술 취한 사람처럼 새빨개졌다.

"아니, 그."

"아침에 가와사키를 출발해서 온 것치고는 도착이 이르고······. 어젯밤에 에도에 와 있었던 게 아니냐" 하고 이헤에도 물었다.

실은, 하고 기이치는 더듬더듬 털어놓았다. 그만 마음이 조급해져서 어제 해가 지기 전에 이미 이쪽에 도착했으나 그 길로 곧장 미시마야에 올 결심이 서질 않아 단골 상인 여관에서 묵었다. 하지만 숙소에서 차려 주었음에도 불구하고 어젯밤의 저녁밥도, 오늘 아침밥도 목을 넘기지 못했다고 한다.

"오치카의 얼굴을 보기 전까지는, 말이구나." 오타미가 알아채고 말을 보탰다.

"만나는 게 무섭기도 했겠지만, 이렇게 막상 얼굴을 보고 나니 긴장이 풀려 배도 고파진 게지."

다정한 오라버니를 두었구나, 오치카는, 하며 오타미도 다정한 눈을 하고 웃었다.

곧 손뼉을 쳐서 오시마를 부르고, 기이치의 선물을 고맙게 받아 물려 두게 했다. 오타미 또한 직접 일어서서 기이치의 아침밥을 준비하기 시작했다. 밥상을 든 오타미가 돌아올 때까지 이헤에가 기이치를 상대해 주었다. 빨개져서 땀만 흘리는 기이치와, 눈물을 글썽거리며 눈을 내리깔고 있는 오치카 둘만 남았다면 이상한 침묵 겨루기 대회가 되었을 판이다.

"식사 시중은 네게 부탁하마, 오치카."

오타미의 말을 계기로 이헤에도 자리에서 일어섰다.

"쌓인 이야기도 있을 테지. 기이치, 사양할 필요 없으니 느긋하게 지내다 가렴."

기이치는 콧등에 땀을 흘리며, 고, 고맙습니다, 숙부님, 하고 뒤집어진 목소리로 말했다. 이헤에는 가볍게 웃고, 오타미의 등을 슬쩍 밀며 당지 문을 닫았다.

오치카는 손가락으로 눈가를 닦고 오라비의 식사 시중을 들었다. 기이치는 말없이 젓가락을 들고, 말없이 밥을 먹고 된장국을 마시고 절임을 씹었다.

큰길의 시끌벅적함과 동떨어진 안채에, 일말의 흥분과 일말의 슬픔을 함께 머금고 기이치 혼자 아침을 먹는 소리가 난다.

오라비의 얼굴이 아직도 새빨간 이유는 못된 짓을 하다가 야단맞은 개구쟁이 꼬마처럼 눈물을 참고 있기 때문임을, 오치카는 깨달았다.

"숙부님도 숙모님도 내게 정말 잘해 주셔. 진심으로 고맙게 생각해."

가슴 앞에서 양손을 모으고 오치카가 작게 중얼거리자, 기이치는 입 안 가득 밥을 문 채 응, 응, 하고 고개를 끄덕였다.

"아버지 어머니도 잘 지내시지? 조금은—나아졌지?"

입 안이 가득 차 있어서 그런 것만이 아니라, 기이치가 대답을 하기까지는 조금 시간이 걸렸다.

"어떻게든 노력하고 있어."

"……응."

"너를 계속 걱정하고 있다."

기이치는 젓가락을 놓고는 주먹으로 눈가와 입가를 북북 닦았다. 오치카를 보는 눈은 눈물로 젖었다. 겁먹은 강아지처럼 계속해서 눈을 깜박인다.

안타까웠다. 오치카는 오라비에게 달려들어 함께 울고 싶어지는 것을 겨우 참았다. 그랬다간 밥상이 뒤집히고 만다.

"하지만 어머니는 자주 말씀하셔. 오치카는 마루센을 떠나길 잘했다, 미시마야로 가는 편이 여기에 있는 것보다 훨씬 낫다고 말이야. 가끔 아버지가 네 생각에 눈에 띄게 풀이 죽어 계시면, 엉덩이를 때리듯이 그렇게 설교를 하시지."

눈앞에 떠오르는 것 같다.

부모님을 만나고 싶다. 억누르기 힘들 정도로 치밀어 오르는 마음에, 오치카는 결국 눈물을 흘렸다.

"―미안하다."

기이치는 두 무릎을 주먹으로 감싸듯이 쥐며 허리를 굽히고 머리를 숙였다. 몸집이 커다란 오라비가 지금은 자그마하게 줄어든 듯이 보인다.

"아직 너를 만나러 와서는 안 되는 건데. 이제 겨우 여기에서 안정을 찾았을 텐데. 조금 더―적어도 반년 정도 지난 후에 와야 하지 않을까 고민하다가. 그 정도 분별은 있었다만."

고개를 숙이고 중얼중얼 사과하는 기이치의 입가에서 하얀 밥풀이 톡 떨어졌다.

바보네. 오치카가 생각하기도 전에 말이 흘러나왔다.

"바보네. 오라버니는."

기이치가 눈물이 잔뜩 고인 눈을 든다. 오치카도 눈물을 멈출 수가 없었다.

"내가 가족들을 만나고 싶지 않을 리 없잖아! 오라버니가 나를 만나러 와서는 안 될 이유가 어디 있어!"

와앙 하고 소리를 지르며, 오치카는 기이치에게 달려들었다. 둘이서 부둥켜안고, 오치카는 울었다. 기이치도 울면서, 웃었다. 그러냐, 그러냐, 미안하다, 하며 웃고 있었다.

아침 밥상은 가까스로 무사했다. 소리 내어 우는 남매 옆에서, 밥과 된장국이 아직도 희미하게 김을 피워 올리고 있다.

목구멍까지 차 있던 울적함과 두려움을 각각 눈물로 씻어내자, 남매는 서로 이야기하고 싶은 것과 듣고 싶은 것을 산더미처럼 쏟아냈다. 어린 시절로 돌아간 듯한 모습으로, 입으로 밀치락달치락하며, 이야기를 끊거나 서로 말하려고 언성을 높이는 등 시끄럽기 짝이 없다. 족자 속의 에비스님이 낚싯대를 집어넣고 옆구리에 도미를 낀 채 귀를 막고 도망쳐 버린다 해도 이상하지 않을 정도였다.

부모님은 두 분 다, 기운이 넘친다고는 말할 수 없지만—어쨌거나 오치카가 없으니—어떻게든 하루하루 생활해 나가고 있다는 것. 가끔 웃는 얼굴이 돌아올 때도 있다는 것. 그리운 고용살이 일꾼들의 일하는 모습. 친하게 지내던 이웃 사람들의 안부. 오치카는 차례

차례 물으며 가슴속에 담아 갔다.

가장 묻고 싶지만 가장 묻기 힘든 질문은 역시 마지막 차례가 되었다.

"나미노야 분들은 어떻게 지내셔?"

매끄럽던 기이치의 혀도 이 물음에는 둔하게 반응했다. "응, 뭐, 그냥."

우리랑 비슷비슷해, 라고 한다.

"아주머니는 여전히 자리에 누웠다가 일어났다가 하시는 모양이야. 그래도 많이 좋아지시기는 했지만 몹시 야위셨어. 요양 겸 온천에라도 보낼까 하고, 아저씨가 말하셨지."

소꿉친구인 요시스케의 부모라, 기이치는 지금도 '아저씨, 아주머니'라고 부른다. 오치카도 순순히 그 호칭을 따르기로 했다.

"아저씨, 괜찮으실까……."

그날 문짝에 실려 집으로 돌아온 요시스케의 무참한 시체를 보자마자, 나미노야의 아주머니는 걷어 차인 장작개비처럼 쓰러졌다. 그대로 앓아눕고 말아, 그 후로 오치카는 아주머니의 얼굴을 보지 못했다. 유령 같은 모습이라는 소문만 들었다.

"아저씨는 꿋꿋해. 우리 아버지보다 더 잘하고 계셔."

기이치는 미안하다는 듯이 두툼한 어깨를 움츠렸다. "그때도 마쓰타로가 저지른 일은 오직 마쓰타로의 잘못일 뿐이고 마루센은 상관없다며 제일 먼저 감싸준 이는 아저씨였지."

마쓰타로는 마루센의 고용살이 일꾼이었다. 그런 그가 사람을 죽이는 큰 잘못을 저질렀으니 부모가 다이칸쇼代官所에도 시대에 막부의 직할지를 다스리던 지방관청로 끌려가 고용살이 일꾼을 제대로 감독하지 못한 벌을 받고 감옥에 들어가게 된다 해도 이상하지는 않다. 마루센이 궐소—여관 허가증과 권리를 빼앗기고 재산 전부를 몰수당한다는 일도 일어날 수 있었다. 지금까지 그런 예가 없었던 것은 아니다.

그 사태를 그야말로 몸을 던져 막아준 게 나미노야의 아저씨였다. 여관을 경영하는 동료들에게도 도움을 청하여, 마루센이 망하지 않고 끝날 수 있도록 손을 써 주었다.

너는 걱정하지 않아도 된다며 가족들이 쉬쉬했고, 애초에 오치카 또한 마음에 여유가 없었기 때문에 자세한 사정은 모른다. 다만 약간의 벌금만으로 사태가 끝났다는 얘기는 들었다.

아마 벌금으로 지불한 액수의 몇 배나 되는 돈을 뒤에서 조용히 관리들에게 건넸을 것이다. 그런 뒷배가 없으면 봐 주는 일도 없다. 그 돈은 마루센에서뿐만 아니라 나미노야에서도 냈으리라.

관청의 처벌이 끝난 후, 앞으로 나미노야와 처마를 나란히 하고 여관 장사를 계속해 나갈 수 없다며 마루센을 접으려 했던 오치카의 아버지를 설득한 이도 나미노야의 아저씨다.

—이번 일은, 여기 있는 누군가의 잘못도 아닐세. 나쁜 놈은 이미 죽었어. 요시스케는 운이 나빴네. 하지만 자네들의 딸 오치카는 살아 있어. 그 아이가 얼마나 괴로울지 생각해 보게. 자네 부부만이라면 마루센을 없애고 가와사키 역참을 떠나 순례자가 되든 어디에서 객사를 하든 마음대로 하면 돼. 하지만 오치카에게서 이 집을 빼앗는 짓만은 그만두게. 나 때문에 집이 없어지고 말았다고 생각하게 해서는 안 되네.

갓난아기 때부터 알고 지내던 아이야. 이제 곧 우리 며느리가 될 아이였네. 오치카는 자네들만의 딸이 아니란 말일세. 더 이상 오치카를 슬프게 하지 말게. 나미노야의 아저씨가 마루센의 안채에서 오치카의 부모를 간절히 설득하던 일을, 오치카는 기억하고 있다.

하지만 당시의 오치카는 아저씨의 '나 때문에'라는 말만이 귀에 들어와 괴로울 뿐이어서, 그 목소리로부터 도망치고 말았다. 아아, 나미노야의 아저씨도 원흉이 나라고 여기시는구나—하며.

모든 일을 그런 식으로 생각할 수밖에 없었던 것이다.

"아버지는 나미노야 쪽으로 평생 발을 두고 잘 수 없다고 하셔."

지금의 오치카는 기이치의 말에 망설임 없이 고개를 끄덕일 수 있었다.

"응, 나도 그렇게 생각해. 정말 아무리 감사해도 모자라지."

얼굴을 든 기이치의 눈이 오치카를 바라보며 밝아졌다.

"아저씨가 오치카는 어떻게 지내고 있는지, 에도에서 뭔가 소식은 없는지, 내 얼굴을 볼 때마다 물어보시더라. 아무리 숙부님의 집이라도 혼자서 더부살이를 하자면 주눅이 들 테지, 나더러 얼른 상황을 살피러 가 보라며 성화셨어. 어제 내가 출발할 때도 일부러 와 주시고."

—아직도 울면서 지내고 있지는 않겠지. 기이치, 부탁한다. 오치카를 부탁해.

겨우 눈물이 말랐는데 또 눈물이 날 것 같다.

"그런데 지금은 네가 나미노야의 아저씨는 괜찮으시냐고 묻는구나."

기이치는 진심으로 기뻐하는 것 같았다. 그 눈빛은 덤덤하기는 했지만 분명히 눈부신 것을 바라보고 있는 듯했다.

"너, 왠지 강해진 것 같은데."

역시 에도에 오길 잘했어. 이쪽 물이 맞나 보다—라고 말하는 오라비에게 오치카는 눈을 깜박이며 웃어 보였다.

"그렇지 않아. 하지만, 글쎄. 이헤에 숙부님이 조금 특이한 방식으로 거칠게 치료해 주셔서, 그게 효험이 있었는지도 모르지."

조금 전까진 효험이 있다는 실감이 들지 않았다. 하지만 오라비를 만나고 알았다. 그렇다, 나는, 나도 모르는 사이에 어두운 구멍 밑바닥에서 웅크리기를 그만두었다. 무릎을 껴안고, 거기에 이마를 바싹 붙이고, 입에 들어오는 것이라고는 자신의 눈물뿐—이라는 마음가짐에서 벗어나 있었다.

"거칠게 치료해 주셨다니, 그게 뭔데."

기이치에게라면 숨기지 않고 털어놓아도 된다. 있지—하며 오치카는 입을 열었다. 길어질 테니 요점만 간추려서 말하자고 생각했지만, 이야기는 저도 모르게 자세해졌다.

만주사화 이야기, 사람을 삼키는 저택과 거기에 사로잡혀 있는 여자 이야기, 길을 벗어난 사랑을 비추는 손거울 이야기. 세 번째는 어쨌거나 남매가 서로 사랑하는 이야기라 오라비가 거북해하지 않을까 하고 얼핏 걱정하면서도 전부 다 이야기했다.

기이치는 눈을 크게 뜨고 열심히 듣고 있다.

"그 흑백의 방에서, 나도 요시스케 씨와 마쓰타로 씨의 일을 털어놓고—."

거기까지 말했을 때 오치카는 겨우 깨달았다. 기이치의 안색이 변해 있었다.

3

"오라버니, 왜 그래?"

오치카가 몇 번인가 불러도 기이치는 혼이 빠져나간 듯이 앉아 있을 뿐이다. 핏기가 사라진 얼굴을 식은땀으로 흠뻑 적신 채.

"오라버니, 정신 차려!"

오치카는 기이치의 어깨를 움켜쥐고 마구 흔들었다. 겨우 오라비의 눈이 맑아졌다. 하지만 맑아진 탓에 더더욱, 잔혹할 정도로 또렷한 그늘이 오라비의 눈 속에 담겨 있는 걸 보았다.

"흑백의 방 이야기가, 그렇게 깜짝 놀랄 일이야. 오라버니, 뭐가 마음에 걸려서 그래?"

기이치는 머뭇거리는 모양인지 무거운 듯이 눈을 움직여 오치카를 보았다.

"이헤에 숙부님은 무슨 생각으로 네게 그런 무서운 일을."

시키고 있는 것이냐—하고 점점 사그라져 가는 목소리로 중얼거리더니 고개를 떨어뜨린다.

"억지로 시키시는 게 아니야. 처음에는 나도 영문을 알 수 없었고, 얼렁뚱땅 귀찮은 일을 떠맡은 듯해서 화도 났는데 이제 괜찮아."

지금까지 세 명에게서 들은 세 편의 이야기만으로도, 오치카의 가

숲속에서 무언가가 움직였다. 요시스케가 죽은 후로 오치카의 마음 속에 뿌리를 내리고 잎을 우거지게 했던 무언가가 약해지고, 대신 다른 무언가가 자라며 가지를 치고 뿌리를 걷어내기 시작했다. 이는 오치카에게 좋은 일인 듯한 기분이 든다.

덕분에 강해졌으니까.

"불행한 일을 겪은 사람이 나뿐만은 아니라고 생각함으로써, 조금은 구원받았다는 거냐?"

기이치의 공허한 물음에, 오치카는 고개를 힘차게 저었다. "그런 사소하고 계산적인 게 아니야, 오라버니."

열심히 생각한다. 말을 찾으며, 오치카는 머리를 굴렸다.

"잘 표현할 수는 없지만…… 나는 다른 사람의 불행한 이야기를 들음으로써 내가 뭘 무서워하는지 알아 가고 있는 거야. 정체도 모르면서 무조건 두렵다고 도망쳐 다니기보다는 그 편이 낫다는 사실을 깨달은 거지―."

응. 아직 충분하지는 않지만 지금은 그런 말이 가장 와 닿는다.

"오치카."

기이치는 여전히 식은땀을 흘리고 있다.

"그런 무서운 일을 하다가 이 집에서 무서운 것을 만나거나 하지는 않았니?"

"무서운 것이라니."

나는 그냥 이야기를 듣고 있을 뿐이야, 라고 하려다가 오치카는 말을 삼켰다.

오한이 등골을 스치고 지나간다. 깨닫는 바가 있었다.

"―그러는 오라버니는, 무서운 것을 보았어?"

기이치는 순식간에 도망치듯이 몸을 움츠렸다.

오치카의 추측은 확신으로 바뀌었다. 오라비는 그냥 딸을 걱정하는 부모의 재촉에 쫓겨서, 동생이 걱정돼서 에도에 온 게 아니다. 다른 이유도 있다. 훨씬 다급한 이유가.

"마루센에서 무슨 일이 있었나 보네."

이번에는 아까보다 다정한 손짓으로 오라비의 어깨에 손바닥을 올려놓고 살며시 쓰다듬었다.

"그쪽에서 뭔가가 일어나고 있으니까 나도 걱정이 되어서, 서둘러 만나러 온 거잖아. 그렇지?"

고개를 끄덕이는 게 아니라 머리를 푹 떨어뜨린다. 갑자기 피로의 기색이 보였다.

전율이 다시 오치카의 등을 스치고 지나간다. 하지만 이 전율은 자기 자신의 각오를 느낀 것이다.

"무슨 일이 일어나고 있는데, 오라버니. 내게 가르쳐줘."

오치카는 부드럽게 물으며, 회지를 꺼내어 기이치의 손에 쥐어 주었다. 기이치는 정신이 든 듯 얼굴을 닦고는 숨을 한 번 내쉬었다.

"네가 이곳으로 온 지 보름쯤 지나고 나서,"

마루센에 마쓰타로의 망령이 나타났다고 한다.

처음에는 꿈인 줄 알았다.

"밤중에 말이다. 흔히들 '꿈에 머리맡에 서 있다'고 하잖니."

문득 기이치가 눈을 뜨니 마쓰타로의 하얀 얼굴이 위에서 들여다보고 있었다. 놀란 기이치가 말을 걸려고 하자 휙 사라졌다.

"입은 옷은 그날 그대로였어."

그런 일이 두세 번 계속되었다. 입을 다물고 있자니 괴로워서, 기이치는 부모에게 빙 돌려 물어 보았다. 요즘 마쓰타로의 꿈을 꾼 적이 있는지.

없다고 한다. 우선은 안도했다.

마쓰타로는 그 후에도 나타났다. 하지만 기이치가 무언가 말하려고 하면 곧 사라져 버렸다.

"그 녀석도 쓸쓸한가 싶어서 무덤도 찾아가 보았어."

마쓰타로의 무덤은 가도街道 언저리의 산 속에 있다. 그런 일을 저지른 자이니 더더욱 제대로 장사를 지내 주어야 한대서 정성껏 공양했다. 다만 역시 역참과 가까운 곳에 두기는 곤란해서 그의 무덤은 오도카니 떨어져 고립되어 있다.

기이치는 무덤 주위를 깨끗이 치우고 술을 한 잔 올린 후에 돌아왔다. 하지만 그날 밤에도 마쓰타로는 나타났고, 곧 사라졌다.

"녀석이 사라진 후에 소리 내어 물어보았어. 마쓰, 내게 하고 싶은 말이 있는 거야. 무언가 해 주기를 바라는 거야. 내가 들어줄 수 있는 일이라면 들어줄 테니 도망치지 말고 나와라, 하고."

그러자 다음 날부터 마쓰타로는 대낮에도 마루센에 나타났다. 이틀에 한 번가량이지만 복도 모퉁이나 방구석, 뒤뜰에 쌓여 있는 장작 옆에 갑자기 나타난다. 한 번은 측간에서 나오는 기이치의 바로 눈앞에 서 있었던 적도 있다.

"뭘 하는 건 아니야. 내가 알아차리면 스윽 사라지고 말지."

기이치에게 모습을 보이는 것만으로도 좋다는 듯이.

기이치가 다시 식은땀을 흘리기 시작한 반면 오치카는 냉정했다. 심장이 뛰는 걸 느끼지만, 그것은 마음이 동요해서가 아니라 오히려 차분해져 있기 때문이다.

"모두가—보는 거야? 마쓰타로 씨를."

기이치는 눈을 크게 뜨고 두세 번 고개를 가로저었다.

"그게, 나쁜이야. 마쓰코코(公)는 사람 이름 뒤에 붙여서 친근감을 나타내는 말는 나에게만 모습을 보이는 것 같아. 아버지도 어머니도, 고용살이 일꾼들도, 아무도 알아차리지 못해."

마쓰코라는 호칭이 순간 오치카의 가슴에 타는 듯한 그리움과 안타까움을 불러일으켰다. 저도 모르게 손을 꽉 움켜쥔다.

"그래서 나는 녀석을 보면 늘 말을 걸게 되었지. 너, 내게 말하고 싶은 게 있지. 제대로 들어줄 테니 확실히 말해다오, 하고."

마쓰타로는 나를 원망하고 있어. 기이치는 목소리를 높이지도 않고 담담하게 말했다.

"나는 원망을 받아도 마땅한 짓을 했으니까 녀석의 원한이 담긴 말을 들어 주어야 한다고 생각했어."

"그건 오라버니보다 내가 훨씬 더 해."

오치카가 단호하게 딱 잘라 말하자 기이치의 눈가가 희미하게 누그러졌다.

"왈가닥 같은 말투, 오랜만에 듣는구나."

오치카는 쥐고 있던 주먹을 풀고 손으로 입을 가렸다. 기이치가 하하하, 하고 웃는다.

"하지만 마쓰코는 역시 아무 말도 하지 않았어. 내 얼굴을 보고, 분명히 나라는 사실을 알고 있을 텐데 말을 걸지는 않더구나."

그러는 사이에 기이치는 어렴풋이 느껴지는 바가 있었다.

"그 녀석, 왠지 곤란해하는 것처럼 보였어."

"곤란해한다고?"

"응. 길 잃은 어린애처럼."

자신이 어디에 있는지 알 수가 없다. 어디로 가야 할지 알 수가 없다. 어째서 여기에 있는지도 모르겠다.

"—성불하지 못하고 헤매는 것은 확실하지만."

기이치가 손가락으로 머리카락과 이마의 경계 부분을 벅벅 긁으며 고개를 갸웃거린다. 식은땀이 가셨다.

"무언가 원한에 찬 느낌은 아니야. 정말로 어쩔 줄 몰라 한다고 할까……."

그러니까 길 잃은 어린애처럼 말이다, 하고 다시 한 번 강하게 말했다.

기이치는 이 일을 가슴속에 단단히 숨기고 누구에게도 얘기하지 않았다.

그 무렵 마루센에서는 부모님이 오치카를 만나러 에도에 가고 싶다는 이야기를 하기 시작했다. 기이치는 말리는 쪽이었다. 조금 더 시간이 흘러, 오치카가 미시마야의 생활에 익숙해지고 나서 가는 게 좋다며.

"다만 나는 그런 마쓰타로를 볼 때마다, 그 녀석이 여기에도 모습을 나타내고 있는 게 아닐지 마음에 걸려서 견딜 수가 없었어."

얼마간은 참을 수 있었지만 결국, 그렇다면 내가 대신 에도에 다녀오겠노라고 부모님에게 말을 꺼냈다. 아버지와 어머니가 갑자기 찾아가기에는 아직 이른 것 같으니.

"그래서 전갈을 보낸 거구나."

"응."

기이치도 바쁜 몸이라 결정했다고 해서 곧장 에도로 떠날 수는 없다. 이런저런 일에 쫓기는 동안에도 마쓰타로는 모습을 보였다.

기이치는 그에게, 어릴 때부터 형 노릇을 했던 가락을 살려 마음속으로 따끔하게 꾸짖어 주었다. 마쓰코, 너 오치카를 괴롭히고 있지는 않겠지. 그런 짓을 하고 있다면 당장 그만둬라. 내가 이제부터 오치카에게 가서 확인할 거니까. 확인해서 오치카가 너를 무서워하고 있다면 솔도파_{추선 공양을 위하여 무덤 뒤에 세우는, 위를 탑 모양으로 꾸민 좁고 긴 판자. 범자, 경문, 계명 등을 적음}를 뽑고 비석을 쓰러뜨려 호되게 혼을 내 줄 테다.

기이치의 꾸짖음이 마쓰타로에게 전해졌던 모양이다.

"아니야, 아니야, 라고 하는 거야."

나는 기이치 형님이 걱정하는 일을 하고 있지 않아—라는 듯이.

그러고는 다시 어쩔 줄 몰라 하는 눈이 되어, 마쓰타로의 망령은 스윽 사라진다. 무섭다거나 화가 난다기보다 애처로움을 불러일으키는 모습이었다.

"보름쯤 전의 일이었어."

오랜만에 마쓰타로가 기이치의 머리맡에 서 있었다.

"휙 사라지거나 하지 않고, 거기에 서서 처음으로 내게 말을 걸더구나."

―기이치 형님.

마쓰타로는 그 자리에 무릎을 꿇고 정좌했다.

―저도 잘 모르는 사이에 헤매고 다녀, 형님께 걱정을 끼쳤습니다.

머리를 숙이며 우는 얼굴을 한다.

―마침내 제가 갈 곳을 알게 되어, 지금부터 그리로 가려 합니다. 이제는 귀찮게 굴지 않겠습니다.

찬찬히 살펴보다가 깨달았다. 마쓰타로의 옷에는 그때 튄 피가 점점이 흩어져 있었다.

어디로 가는 거냐고, 기이치는 물었다. 저세상이냐고.

"그 녀석은 요시스케를 해쳤어. 극락정토 같은 곳으로 갈 수 있을 리가 없지. 지옥으로 갈 거라고 생각하니 왠지 견딜 수가 없더라."

나는 하나도 귀찮지 않다. 가고 싶지 않은 곳이라면 가지 마라. 내게만 보인다면, 너는 아무도 귀찮게 하지 않는 거야. 계속 여기에 있어도 된다. 기이치는 잠꼬대처럼 그런 말을 늘어놓았다.

오치카는 가슴이 에었다. 오라버니답다. 그리고 마쓰타로 씨답다.

"―마쓰타로 씨는 뭐라고 했어?"

기이치가 굵은 눈썹을 찌푸리더니, 그게, 하고 목소리를 낮춘다.

"끊임없이 저를 부르고 있어요. 그곳으로 가면 될 것 같으니 가겠습니다, 라는 거야."

부르고 있다?

―그곳이 제가 살 곳이라고, 가르쳐 주는 목소리가 들립니다.

그러니 그 목소리가 말하는 대로 해 보겠습니다, 하고 마쓰타로는 조금 안도한 듯이 웃더니 사라졌다.

그 후로 전혀 모습을 나타내지 않았다고 한다.

"이삼일은, 나도 상황을 살폈어. 마쓰코가 또 나오지 않을까 싶어서."

그러나 엿새가 지나도 이레가 지나도 그대로였다. 마쓰타로는 마루센에서 사라졌다. 완전히 모습을 감추었다고 납득한 후 기이치는 허둥거리기 시작했다.

"큰일이다, 그 녀석, 이번에야말로 미시마야로 간 게 아닐까, 하는 생각이 들어서 말이다."

만일 그렇다면 사후 약방문이다. 좀 더 강하게 붙드는 게 내 역할이었다. 마쓰타로의 미련과 슬픔을 오치카가 짊어지게 해서는 안 된다.

"—그래서 허겁지겁 이리로 왔지."

막상 와 보니, 당사자인 오치카가 괴담 대회 비슷한 걸 흉내 내고 있는 거다. 창백해지는 것도 무리가 아니다.

"그런 놀이는 수상한 존재를 부르는 법이다. 너, 모르는 건 아니겠지."

"알아. 하지만……."

오치카는 납득이 가지 않았다.

"어쨌거나 나는 마쓰타로 씨의 망령을 보지 못했어."

"참말이냐?"

고개를 끄덕이던 오치카가 반쯤 매달리는 듯한 눈빛을 띠고 있는 오라비의 팔꿈치를 찰싹 때렸다.

"이런 일로 내가 거짓말을 할 리가 없잖아. 마쓰타로 씨는 이곳에 없어. 누군가에게서 그런 이야기를 들은 적도 없고. 숙부님과 숙모님이 내게 숨기실 리도 없잖아?"

그런가…… 하고, 기이치가 목덜미를 문지른다.

"나는 네가 그 녀석의 망령 때문에 괴로워하지는 않을까 생각하니 애간장이 타서."

만일 그렇다면 마쓰타로의 목덜미를 붙들어 가와사키 역참까지 끌고 돌아가기로 결심했다고 한다.

한편으로 오치카를 만나는 일이 두렵기도 했다. 차마 볼 낯이 없다. 그 틈에서, 기이치는 현기증이 날 만큼 흔들리고 있었으리라.

그 다정함이 마음에 사무친다.

"귀신의 목덜미를 어떻게 붙들려고?"

"기합이지. 어떻게든 되지 않았겠냐. 그 녀석 나한테는 이기지 못하니까."

작게 웃음을 터뜨리며, 응, 그랬지, 하고 중얼거리다가 오치카는 오라비도 마쓰타로도 가엾다고 생각했다.

아니, 가엾은—것만이 아니다. 이 마음은.

요시스케에 대한 가책이 섞여 있다.

"이곳에 없다면" 하고 기이치는 방 안을 둘러보았다. 아침상의 남은 반찬. 비쳐 드는 햇빛. 족자 속 에비스님의 통통한 웃는 얼굴.

"마쓰타로 녀석, 어디로 간 걸까."

귀신이 갈 곳은 뻔한가.

오치카는 마음에 걸리는 점이 있었다. "부르고 있다고 했지?"

"응."

"그 전에, 애초에 마루센에 나타났을 때부터 길 잃은 아이 같은 얼굴을 하고 있었댔지?"

기이치가 고개를 끄덕인다. "그게 왜?"

오한이 아니라 싸늘한 번득임이 오치카의 가슴속을 후빈다.

"나 때문이 아닐까."

마쓰타로가 마루센에 나타났을 때쯤, 오치카는 흑백의 방에서 괴담을 듣기 시작했다.

"마침 그 무렵에 창호상 도베에 씨를 만났으니까."

만주사화 이야기를 들으며, 상대방의 이야기에 빨려 들어가면서, 오치카는 자연스레 마쓰타로를 떠올렸다. 옛날 일을 떠올렸다. 자신의 몸에 닥친 불행을 떠올렸다.

"하지만 그 일이라면 전에도 얼마든지 떠올린 적이 있었잖아."

기이치의 얼굴이 일그러진다.

"너, 하루는 고사하고 한시도 그 일을 잊지 못했잖아."

"응, 맞아. 그렇지만."

흑백의 방에서 손님을 대하게 되고 나서부터는 떠올리는 방법이 달라졌다.

"그때까지는 떠올린다기보다, 문득 머리에 떠오르면 괴롭고 슬퍼서 서둘러 기억을 지우는 식이었어. 내가 떠올리려 한다거나 생각하려고 한 게 아니야."

힘든 기억이 그쪽에서 덤벼드는 것과 같았다.

"괴담 대회를 시작하고 나서는 달라졌어. 스스로 떠올리게 되었지. 똑바로 바라보게 되기도 했고."

오시마에게 이야기하는 계기가 되기도 했다.

"그러니까 마스타로 씨가 마루센에 나타난 건 나 때문일지도 몰라. 내가 마쓰타로 씨를 부르고 말았을지도 몰라."

입 밖에 내어 말하니 더욱 확실한 사실처럼 여겨졌다. 오치카는 양손을 움켜쥐었다.

"잠깐만." 기이치가 가로막는다. 상 위의 찻잔을 집어들더니 다 식어 버린 차를 벌컥 마셨다.

"그렇다면 어째서 마쓰코는 지금 여기에 없는 거지?"

빈 손으로 오치카와 자신 사이를 콕 집어 가리킨다.

"그 녀석이 네가 '불러서' 나타나고, 또 '불러서' 갈 곳을 알았다며 마루센을 떠났다면 이곳에, 네가 있는 곳에 왔어야 하잖아?"

오치카는 입술을 꼭 다물고 오라비를 보았다. 기이치는 내 쪽이 말이 된다는 듯한 얼굴을 하고 있다. 눈싸움을 벌인다.

"그러네." 오치카가 먼저 꺾였다.

"그래" 하고 기이치는 으스댔다.

"무엇보다 네가 불러서 나오기를 원한다면 마쓰코가 아니라 요시스케 쪽을 불러야지."

기세를 멈추지 못해 말이 지나쳤다. 오치카의 얼굴을 보고 기이치는 새파래졌다. "아, 미안."

순식간에 표정이 위축되었다. 몸까지 작아지는 것 같다.

"미안, 방금은 쓸데없는 말이었다. 내가 잘못했어. 그러니 그런 얼굴 하지 마라."

"그게 아니야, 오라버니."

"아니긴 무얼. 내가 쓸데없는 말을 하는 바람에."

"아니야."

오치카가 목소리를 돋우어 오라비를 가로막았다.

"내 마음에서 완전히 사라져 있었어."

—요시스케 씨.

몹시도 공허한, 텅 빈 목소리가 나왔다.

"방금 오라버니가 그렇게 말할 때까지, 그런 식으로 생각해 본 적도 없었어."

"그러니까 그건, 오치카."

기이치가 허둥거린다. 이마까지 혈색이 가신 얼굴에, 눈이 이리저리 헤매고 있다. 오라버니도 내가 이런 식으로 말하리라고는 짐작하지 못했겠지.

"마, 마쓰타로에 대해서도 방금 들었을 뿐이잖니. 그렇게 연달아 여러 가지를 떠올릴 수 있을 리가 없지."

"마쓰타로 씨는 전부터 생각하고 있었어. 방금도 말했잖아. 몇 번이나, 몇 번이나 떠올렸어."

그런데 요시스케에 대해서는 생각하지 않았다.

가슴 깊은 곳에는 차가운 바람이 불고 있는데 몸은 무겁다. 앉은 자리에서 가라앉아 버릴 것만 같은 기분이 든다.

"요시스케에게는, 네가 괴로워할 만한 일이 없었으니까."

기이치는 말하고, 스스로에게도 납득시키려는 듯이 혼자서 힘차게 고개를 주억거렸다.

"요시스케의 일은 그저 슬플 뿐이지. 그 녀석이 죽임을 당한 건 너에게는 완전히 재난이었어. 하늘에서 큰 바위가 떨어져 녀석을 깔아뭉갠 것이나 마찬가지야. 어떻게도 할 수 없었어. 그러니 아무것도 생각할 수 없는 게다. 마쓰타로처럼, 그렇게 할 걸 그랬다, 이렇게 할 걸 그랬다, 그게 잘못이었다, 이게 잘못이었다고 생각할 수가 없는 게지."

그럴까. 오치카는 자신의 마음 안쪽을 찬찬히 살펴보았다. 오라버니의 말대로일까.

"요시스케와 마쓰타로를 네 안에서 한데 묶어 떠올리고 싶지 않다는 마음도 있겠지. 요시스케에 대한 기억은 소중하게 간직하고 싶은 거야."

그럴까.

문득 오치카의 입에서 말이 흘러나왔다.

"내 마음은, 사실은 어느 쪽에 있었을까."

오래된 고리짝을 열어 보았더니, 거기에 넣은 기억은 없지만 자신의 것이 틀림없는 그리운 장난감이 바닥에 오도카니 놓여 있다. 발견한 순간에 알았다. 아아, 이건 소중한 물건인데. 어느새 잊고 말았지만, 소중했다. 소중하다는 생각조차 해 보지 않았지만.

그런 생각이 스쳐 지나간다.

기이치는 눈에 띄게 당황했다. 눈뿐만 아니라 이번에는 몸까지 이리저리 흔들렸다.

"이, 이상한 소리를 하는구나."

어느 쪽이라니, 무슨 뜻이냐.

"오라버니."

"왜."

"마쓰타로 씨가 우리 집에 온 지 일 년쯤 지났을 때, 오라버니가 아버지와 싸우고 사흘이나 헛방에 틀어박힌 적이 있었지. 기억나?"

기이치는 씁쓸한 말투로 재빨리 "잊어버렸어"라고 대답했다. 거짓말이다.

"그때, 마쓰타로 씨가 헛방 문에 이마를 대고 무언가 이야기했다며. 본 사람이 있어. 오라버니, 무슨 말을 들었어? 마쓰타로 씨의 이야기를 듣고서 헛방에서 나온 거잖아. 그 후로 마쓰타로 씨한테 다정해졌는걸."

기이치는 또 거짓말을 했다. "잊었다. 몰라. 기억이 안 나."

"마쓰타로 씨의 신상에 대한 이야기 아니었어?"

"그런 어린아이에게 신상 이야기고 뭐고 있을 리가 있니."

"그 사람한테는 있었어. 벼랑 밑으로 던져졌을 때의 일, 오라버니에게 말한 거 아니야? 누구에게 버려졌는지. 어째서 버려졌는지."

여전히 창백한 얼굴로 기이치는 표정에만 잔뜩 힘을 주며, "몰라" 하고 다시 한 번 말했다. 그러고 나서 갑자기 힘이 빠진 것처럼, "그런 중요한 이야기를 들었다면 나도 잊을 리가 없지" 하고 변명하듯이 작은 목소리로 덧붙였다.

"그때는 그냥—그 녀석, 내게 사과하더라. 꾸벅꾸벅 머리를 숙이며 사과했어. 듣고 있자니, 나도 참으로 싫어졌다. 약한 사람을 괴롭히고 있다는 게."

이번에는 오라비의 말이 거짓인지 진실인지 꿰뚫어 볼 수 없었다.

이에나리 • 355

"약한 사람을 괴롭히는 짓이라면, 오라버니만 한 게 아니었는데."

둘은 잠시 침묵했다. 침묵으로 무언가를 새로 만들고 있는 것 같은 기분이었다. 서로의 발 디딜 자리. 서로를 연결하는 다리. 서로의 영역을 나누는 작은 울타리도.

기이치는 몸을 떨며 얼굴을 들었다.

"마쓰코. 어디에 있는 게냐?"

기이치는 마치 마쓰타로가 아직 살아서 마루센에서 일하고 있고, 잠깐 외출했다가 그 길로 돌아오지 않는 것을 꾸짖기라도 하듯이 말했다. 어디를 헤매고 있는 게냐?

"내가 잠시 신세를 져도 될까."

"물론이야. 숙부님도 숙모님도 오라버니가 한동안 머물다 갈 거라 생각하시는걸."

기이치가 날카롭게 눈썹을 치켜올린다. "단단히 지켜보고, 만일 마쓰타로가 이 집 안에 숨어 있다면 찾아내야겠다."

이 또한 망령보다는 살아 있는 사람을 대하는 듯한 말투다.

"오라버니." 오치카는 말했다. "그립네."

그 무렵이.

그런 일이 일어나기 전의 모든 사람들이.

기이치는 오치카를 보았다. 오치카도 오라비의 눈을 보고 있다. 그만해 달라고, 기이치는 말했다.

"나는 또 울 것 같다."

기이치는 미시마야에 머물게 되었다. 며칠 동안은 이혜에와 오타미에게 이끌려 명소를 찾아다니기도 했지만, 유람을 마치자 '미시마야의 장사를 배우고 싶다'며 이런저런 일도 하게 되었다. 기이치는 몸을 아끼지 않고 부지런히 일하는 사람이네, 하며 오타미가 감탄할 만큼 열심히.

마쓰타로의 망령은 나타나지 않았다. 기이치가 그를 발견하는 일도, 오치카가 그를 보는 일도 없었다.

"역시 이곳에는 없는 걸까."

화난 듯한 말투와는 반대로 기이치는 꽤 쓸쓸해 보였다.

"그렇다면 녀석은 대체 어디로 불려간 걸까."

그 답은 생각지도 못한 곳에서 굴러들어 왔다.

4

호리에초에 있는 나막신 도매상 에치고야의 세이타로가 오치카를 찾아온 것은, 기이치가 미시마야에 머물기 시작한 지 엿새째 되던 날의 일이었다.

시동 하나를 데리고, 갑작스럽고 무례한 짓인 줄 잘 알지만 꼭 오치카 씨를 만나뵙고 싶다—며 서두르는 기색을 보인 그를 안쪽 방으로 들이고 맞이한 이는 오타미다. 오치카는 이헤에, 기이치와 함께 그 모습을 당지 문 뒤에서 지켜보았다. 그렇게 하라고 숙부 부부가 시켰기 때문이다.

세이타로는 얼굴이 야위고, 눈 밑에 살짝 그늘이 생겨 있었다. 오치카는 가슴이 술렁거렸다. 오타카 씨에게 무슨 일이 생긴 걸까. 세이타로 씨가 내 이름을 대고 찾아왔다면 다른 용건일 리가 없다.

오타미는 요즘 부쩍 아침저녁으로 추위가 심해졌느니, 에치고야에서는 어디로 단풍 구경을 가실 거냐느니, 느긋하게 잡담을 하고 있다. 세이타로는 예의 바르게 대답을 하고 있지만 침착하지 못한 눈으로 보아 초조해하고 있음이 분명했다. 그리고 마침내 오타미가 미시마야에서 선보일 올가을의 새 주머니 모양에 대해서 설명하기 시작하자, 견디다 못한 듯이 오타미의 말을 자르며 무릎걸음으로 한 발짝 나섰다.

"마님, 참으로 실례가 되는 일인 줄은 알지만, 저는 오치카 아가씨를 뵙고 싶어서 찾아온 것입니다. 부디 만나게 해 주십시오."

오타미가 시치미를 뗀다. "어머나, 어머나, 그렇게 급한 일이셔요? 오치카는 잠깐 심부름을 나갔는데요."

손수 다과를 들어 권한다. 어떻게든 분위기를 맞추려고, 세이타로가 괴로운 듯이 입으로 숨 쉬는 모습을 오치카는 보았다.

"숙부님, 저."

당지 문에 손을 대자, 기다려 보라며 이혜에와 기이치가 말렸다.

"왜 말리시는 거지요?"

"기이치가 세이타로 씨를 조금 더 자세히 살펴보게 해 주렴."

진지한 얼굴이기는 하지만, 이혜에의 눈은 어딘가 재미있어하는 듯이 빛나고 있다. 한편 기이치는 한없이 진지하다.

"저 녀석은 누구냐, 오치카."

"그러니까 이야기했잖아? 벌써 잊었어? 안도자카 언덕에 있던,

사람의 혼을 삼켜 버리는 무서운 저택 이야기를 해 준 사람의 가족인데—."

"나막신 도매상의 작은 나리란다" 하고 이헤에가 덧붙인다. "도락에도 손대지 않고 장사에도 꽤 재능이 있다는 평판이야."

"잘생긴 사내로군요."

"혼담이 비 오듯이 쏟아지지만 전부 다 거절하고 있다는구나. 자신처럼 미숙한 사람은 아직 가정을 꾸리기에는 이르다면서."

이헤에는 어느새 세이타로에 대해 자세히 알고 있지 않은가.

"마음에 안 들어." 기이치는 한쪽 뺨을 부풀리고 있다. "그런 듣기 좋은 소리를 늘어놓는 놈치고 제대로 된 놈은 없는 법이야."

방에서는 오타미가 손짓 발짓을 해 가며 흥겹게 이야기를 하는 중이다. 세이타로는 견디고 있다.

"어째서 이런 심술을 부리는 거예요?"

일어서려고 한 오치카의 소매를 이헤에가 붙들었다. "조금 더 기다려 보렴."

오치카를 밀어내고 당지 문으로 다가간 기이치가 한 치 정도 열려 있는 문틈에 눈을 대고 말했다.

"배우도 될 수 있을 만큼 잘생긴 얼굴이야. 나는 저런 놈은 싫다. 목소리도 고양이 같고."

혹시 저놈은 오치카에게 마음을 두고 있는 겁니까, 숙부님, 하고 기이치가 험악한 눈으로 이헤에에게 묻는다. 이헤에는 으~음 하고 코로 신음했다.

"오라버니도 참, 지금은 그런 걸 신경 쓸 때가 아니라니까."

"너야말로 뭘 그렇게 정색하는 게냐."

"정색하지 않았어. 손님한테 실례라는 것뿐이야."

재잘거리는 말소리가 높아져, 당지 문 뒤의 대화가 방으로 새어나가고 말 것 같다. 오타미가 바로 알아채고 한층 더 쾌활하고 신나게 이야기한다.

"그렇게 되어서 말이지요, 에치고야 작은 나리. 미시마야에서는 지금 이런 모양의 물건을 내놓는 일에 전재산을 걸지도 모를 만큼 열을 올리고 있답니다."

아아, 예에, 하며 세이타로가 어깨를 축 늘어뜨린다.

"남편은, 모처럼 에치고야와 인연이 생겼고 하니 나막신 끈 제작에도 손을 뻗어 볼까 하는 말을 하더군요. 미시마야에서 만들어 에치고야에서만 파는 것이지요. 저희도 에치카와와 마루카쿠 덕분에 그다음 가는 평판을 얻을 수 있게 되었지만, 두 가게와 똑같은 일만 하다가는 아무리 시간이 지나도 세 번째에 머물 수밖에 없지 않겠습니까. 무언가 새로운 궁리를 해야지요."

오타미, 좋은 말을 하는군, 하고 이혜에가 중얼거린다.

"나막신 끈이라. 재미있겠는데."

"보통 주머니 만드는 가게에서 취급하는 물건이 아니잖습니까" 하며 기이치가 얼굴을 찌푸린다. 그게 우리가 노리는 점이지, 하며 이혜에는 웃었다.

"두 분 다—."

어지간한 오치카도 벌컥 화를 내려 했을 때, 세이타로가 애타는 표정으로 신나게 이야기하고 있는 오타미 앞에 머리를 숙였다.

"마님, 정말 죄송합니다. 죄송하지만, 저는 오치카 아가씨께 급한 용무가 있어서 찾아왔습니다. 오치카 아가씨의 신상에 걱정되는 점이 있는데, 불안해서 도저히 가만있을 수가 없었기 때문입니다."

당지 문 뒤에서 오치카는 숨을 삼켰다. 오타미도 그제야 수다를 멈추고 긴장했다.

"무슨 일인지요."

갑자기 날카롭게 되묻는 오타미에게 세이타로는 잠시 압도된 듯했다. 대답을 망설이고 있자니 오타미가 거듭 묻는다.

"오치카는 남편 이헤에 형님 부부의 외동딸입니다. 이 미시마야에서도 사랑스러운 조카 딸이고, 애지중지 맡아 기르고 있는 처녀지요. 그런 오치카를, 숙부와 숙모인 우리를 제쳐 두고, 한두 번 뵈었을 뿐인 에치고야의 작은 나리께서 왜 그렇게까지 걱정하셔야 하는지 납득이 가지 않습니다."

그, 그건, 하고 세이타로가 당황한다. 흙빛이었던 그의 얼굴은 이내 종잇장처럼 하얗게 변했다. 결심을 한 것이다.

"그렇다면 터놓고 여쭙겠습니다. 미시마야 주인마님. 요 근래에 오치카 아가씨에게 이상한 점은 없었는지요. 무언가에 겁을 먹거나, 고민하시는 듯한 기색은 없습니까."

오치카는 양손으로 가슴을 눌렀다. 옆에서는 이헤에가 당지 문 틈으로 엿보이는 세이타로의 하얀 얼굴을 응시하고 있다. 그리고 기이치는 오치카를 바라보고 있다.

"오치카가 무엇을 고민한다는 말이신지요."

"그런 기색을 보이지 않으셨습니까. 없다면 다행입니다. 기우였나 봅니다. 다만―."

"다만, 무엇입니까."

몹시 심술궂게 캐묻는 듯한 말투다. 세이타로는 얼굴을 들었다.

"제 누이 오타카가, 근자에 지금까지는 하지 않던 말을 가끔 하는데 그중에 오치카 씨의 이름이 나옵니다. 그리고 또 한 사람."

마쓰타로, 라는 사람의 이름도―.

기이치가 저도 모르게 "어!" 하고 소리를 질렀다. 놀란 세이타로가 당지 문 쪽으로 시선을 향한다. 오치카는 벌떡 일어나 당지 문을 밀어 열고 방 안으로 들어갔다.

"세이타로 씨, 오치카입니다. 오래 기다리셨지요. 그 이야기, 제게 들려주셔요. 오타카 씨가 뭐라고 말씀하셨나요?"

일동은 흑백의 방으로 자리를 옮겼다. 이번에는 오치카가 세이타로와 마주 보고 앉았다.

"이전에 말씀드렸던 대로."

오치카의 얼굴을 보고 용기를 얻었는지, 세이타로의 야윈 뺨에 핏기가 돌아왔다.

"누이는 지금 에치고야의 깊숙한 방에 갇혀 살고 있습니다."

오치카는 눈앞이 어두워지는 기분이었다.

"역시 그렇게 되고 말았나요."

"예, 하지만 누이가 혼자서 돌아다닐 수 없도록 출입구에 자물쇠를 채우고 창을 막았을 뿐인 정도입니다. 그래도 평범한 방은 아니다 보니……."

오타카의 시중은 노련한 고참 하녀가 혼자서 맡고 있다. 세이타로도 매일 오타카의 방에 얼굴을 내민다.

"말을 걸어도 대답이 있지는 않고, 누이 쪽에서 무언가 말을 하는 일도 없지만, 얼굴을 보고 있기만 해도 조금 안심할 수 있으니까요."

오늘은 날씨가 좋아요, 요즘 아침저녁으로 나오는 반찬이 맛있지요, 부엌 하녀가 실력이 좋아진 걸까요, 등등 마주 앉아서 한바탕 가벼운 수다를 떨고는 물러난다―는 일을 되풀이하고 있었다.

"누이의 표정은 늘 멍하고, 눈은 어둡고, 시선은 다른 쪽을 향하고 있습니다. 저와 눈이 마주쳐도 그 사실조차 깨닫지 못하는지, 얼굴을 돌리거나, 고개를 끄덕이거나, 몸을 움직이는 일도 없지요. 마치 살아 있는 인형 같다고 할까."

그런데 열흘 전 오후의 일이다.

"평소처럼 누이의 방을 찾아갔을 때, 누이는 창 쪽을 향해 앉아 있었습니다. 밝은 햇빛이 누이의 얼굴을 정면으로 비추었지요."

누님, 눈이 부시지요―그렇게 말을 걸며 세이타로는 오타카의 어깨에 부드럽게 손을 얹고 몸의 방향을 바꾸려 했다. 그러자 그때, 캄캄하게 굳어 멍하니 뜨여 있던 오타카의 눈 안쪽에서 무언가가 움직였다.

"처음에는 제 모습이 비친 줄 알았습니다."

하지만 세이타로가 떨어져도, 오타카의 눈동자 속에서 무언가가 움직이고 있다. 믿기 힘든 일이지만 세이타로에게는 그것이,

"―누군가가 누이의 눈동자 속을 걸어서 가로지른 것처럼 보였습니다."

누님, 하고 세이타로는 불렀다. 오타카를 놀라게 하지 않도록 충분히 조심하면서, 다시 한 번 얼굴을 가까이 하고 눈동자를 들여다보았다.

그러자.

"누이의 눈동자 속에서 젊은 남자의 얼굴이 저를 마주 보고 있었습니다."

세이타로는 놀라서 순간 몸을 뒤로 빼고 눈을 깜박였다. 눈동자 속의 남자 역시 사라졌다. 불러도, 흔들어도, 오타카의 눈동자는 어둡게 굳은 상태로 돌아가고 말았다.

이튿날, 세이타로는 일어나자마자 일찌감치 오타카를 찾아갔다. 아무 일도 일어나지 않았다. 마음에 걸려 견딜 수가 없었기 때문에 하루에 두세 번씩 찾아갔다. 마찬가지로 아무 일도 일어나지 않았다. 다음다음 날도 여러 번 찾아갔으나 계속 헛다리만 짚었기 때문에 포기하기로 했다.

"그 일은 제가 잘못 본 것이라 여기기로 했습니다."

하지만 나흘째의 일이었다. 세이타로가 오타카의 방에 들어가자마자, 오타카가 입을 빼끔 열더니 이렇게 말했다.

―광이, 열렸어.

오치카는 양손을 움켜쥐고 무릎 위에 놓은 채 꼼짝도 않고 앉아 있었지만, 이 말을 듣고 어쩔 수 없이 흠칫 떨었다. 함께 있던 세 사람, 숙부와 숙모는 얼굴을 마주 보고, 기이치는 오치카와 세이타로의 얼굴을 번갈아 바라보았다. 오치카를 볼 때에는 두려움이, 세이타로를 볼 때에는 희미하게 험악한 기색이 담긴 눈빛이 되어, 당장이라도 무언가를 입 밖으로 낼 듯한 표정으로 몸이 굳어 있다.

"분명히 그렇게 말씀하셨나요."

오치카의 물음에 세이타로는 매달리듯이 고개를 끄덕였다.

"그뿐만이 아닙니다. 누님께 무슨 소리냐고 제가 되묻자,"

—옷을 볕에 쬐어야 해.

오타카는 희미하게 미소를 지었다고 한다.

이번에야말로 오치카는 오싹해져서 주먹을 고쳐 쥐었다. 오타카 안에 지금도 깃들어 있는, 안도자카 저택의 광에서 옷을 꺼내 볕에 쬐는 일. 저택이 새로운 사람을 찾고 있다. 굶주림을 채울 때가 온 것이다.

"예" 하고 세이타로도 한 번 고개를 끄덕였다. 두 사람의 눈이 마주쳤고, 이해가 통했다.

"이렇게 된 이상 한시도 누이에게서 눈을 떼어서는 안 되겠다고 생각했습니다."

세이타로는 그날부터 오타카의 방에서 생활했다. 사정을 알고 있는 에치고야의 주인 부부와 일부 고용살이 일꾼들은, 반대는 하지 않았지만 몹시 불안해하여 사람을 더 붙이자고 했다. 하지만 세이타로 이외의 누군가가 방에 있으면—설령 그 고참 하녀라 해도—오타카는 전혀 입을 열지 않는다.

세이타로와 단둘이 있을 때만 한 마디, 한 마디, 흘리듯이 중얼거리는 것이다.

—손님이 왔어.

—저택에 손님이 왔어.

―기쁘구나. 시끌벅적하네.

잠시 나아졌던 세이타로의 안색이 다시 하얗게 변하고 말았다. 그도 주먹을 굳게 움켜쥐고 있다. 오치카는 갑자기 그 손을 잡아 주고 싶다는 기분에 사로잡힌 자신에게 당황했다.

"누이가 무언가 말을 할 때마다, 저는 가까이 가서 그 눈동자를 들여다보았습니다."

거기에는 아무것도 없었다. 다만 세이타로의 얼굴이 비쳤을 뿐이다. 하지만 이따금씩, 그 눈동자가 마치 아지랑이처럼 불안한 듯 흐릿하게 흔들리면서,

"훌륭한 기와지붕을 머리에 이고, 나무가 넘쳐나는 널따란 정원에 하얀 벽의 광이 있는―그 안도자카 언덕 저택의 환영이 보일 때가 있습니다."

보이는가 싶으면 금세 사라진다. 잘못 봤나. 미혹이 낳은 착각일까.

"아니요." 오치카는 단호하게 고개를 저었다. "잘못 보신 게 아니에요. 세이타로 씨가 보신 것은 분명히 오타카 씨 안에 있는 저택일 거예요."

세이타로의 굳은 입매가, 이때 처음으로 느슨해졌다.

숙부와 숙모가 다시 얼굴을 마주 보고 눈으로 무언가 이야기를 나눈다. 기이치가 거북한 듯이 헛기침을 하고, "저어……" 하고 말을 꺼냈다.

"오라버니, 잠깐만. 조금만 더."

오치카의 말에 세이타로는 눈을 크게 떴다. "오라버니?"

"예, 오라비 기이치입니다."

기이치가 거북한 듯이 머리를 숙인다. 세이타로는 더욱 당황하여, 허둥지둥 앉은 자세를 고치려다가 비틀거리고 말았다.

"시, 실례했습니다. 이 댁의 대행수님인 줄로만."

야소스케로 잘못 본 모양이다. 둘은 나이 차이가 꽤 나지만, 기이치의 침착한 태도에는 확실히 대행수에 어울리는 구석이 있다. 짧은 시간 동안 그만큼 미시마야에 익숙해졌다는 뜻일까.

"본가에서 마침 이곳에 와 있던 참이었어요. 세이타로 씨, 죄송해요." 오치카는 바닥에 손을 짚고 머리를 숙였다.

"이 흑백의 방에서 누님이 해주신 이야기를 오라버니에게도 들려주고 말았어요. 그러니 오라버니도 오타카 씨와 안도자카 언덕의 저택에 대해서 알고 있답니다. 기분 나쁘게 여기지 말아 주셔요."

아니요, 그건 물론, 하고 세이타로는 조금 당혹스러워하면서도 고개를 저었다.

"아까 오타카 씨가 지금까지는 하지 않았던 말을 한다고 말씀하셨지요?"

목이 말라서 오치카의 목소리가 떨렸다.

"사람의 이름을—마쓰타로라는 이름을 부르셨다고요. 그 이름은 어떻게?"

바로 어제의 일이라고 세이타로는 망설이는 기색으로 말을 이었다. 눈은 기이치를 향하고 있다. 다시 한 번 마쓰타로의 이름이 나온 순간, 기이치가 귀신처럼 무서운 얼굴이 되었기 때문이다.

"누이가 또 손님이 있다고 말해서 큰맘 먹고 물어보았습니다. 그 손님은 어디 사는 누구입니까, 하고."

오타카는 대답했다. 황홀한 듯한 웃음을 띠고.

─마쓰타로라는 사람이야.

"제 주변에, 그런 이름을 가진 이는 없습니다. 마쓰타로라는 사람이 있긴 하지만, 누이와는 모르는 사이일 터입니다."

세이타로는 계속해서 물었다. 그분은 누님이 아는 분입니까.

오타카는 고개를 저으며 말했다.

─미시마야의 아가씨가 알고 있어.

잘못 들을래야 잘못 들을 수 없는 또렷한 대답이었다.

─마쓰타로 씨는 미시마야의 오치카 씨를 만나고 싶어 해. 오치카 씨도 이곳으로 오면 좋을 텐데.

어머나, 아니. 오타카는 곧 고개를 젓더니 말을 이었다.

─틀림없이 올 거야. 오게 될 거야. 마쓰타로 씨를 만나러 오게 될 거야.

오지 않을 리가 없는걸.

맥 빠진 듯한 한숨이 들렸다. 오타미다. 한 손으로 남편의 손을 잡고, 한 손으로 가슴을 누르고 있다.

"아아, 죄송해요. 가슴이 떨려서."

눈가가 하얗게 질렸다. 이헤에가 어깨를 안아 주었다.

누군가 오치카의 어깨를 꽉 잡았다. 오라비다. 기이치는 귀신 같은 얼굴에서, 귀신을 본 듯한 얼굴로 변해 있었다.

"대체 어찌 된 일이냐, 오치카. 너는 알고 있니?"

어째서 이 녀석이 마쓰타로를 알고 있는 게냐. 오타카라는 사람의 집에 어째서 마쓰타로가 있는 게야? 거품을 뿜을 듯이 캐묻는 기이치의 손을 잡으며, 오치카는 말했다.

"오라버니, 진정해. 당황할 것 없어. 마쓰타로 씨가 누구에게—무엇에 불려서 어디로 갔는지 이제 확실해졌잖아."

기이치의 아래턱이 떨리고 있다. 오라비가 이렇게 흐트러지는 모습을 보는 것은 그 무서운 사건 이후 처음이다.

"하지만—그 녀석은—어째서 영문을 알 수 없는 남의 집에."

"안도자카 언덕의 저택이 사람의 혼을 찾고 있어서야. 그리고 내가 오타카 씨를 알았기 때문이지. 전부 연결되어 있어."

안도자카 언덕의 저택은 오치카를 통해 마쓰타로를 붙잡은 것이다. 죽어서도 방황하는 그의 혼을 불러들였다.

"그 저택은 그런 곳이야."

나는 모르겠다. 기이치가 머리를 끌어안는다. 세이타로는 새하얗게 질린 뺨에 양손을 대고 남매를 바라보며 중얼거렸다.

"누이는, 마쓰타로라는 사람은 어떤 사람이냐는 제 물음에 이렇게 답했습니다."

―죽은 사람이야. 오치카 씨가 잘 알고 있어. 오치카 씨를 위해서 죽은 사람.

―그러니까 오치카 씨도 머지않아 이곳으로 오게 될 거야. 그 아가씨도 그럴 거란 걸 잘 알고 있어.

그 아가씨는 죽은 사람에게 씌어 있으니까.

"그만해!" 기이치가 고함쳤다. "그런 이야기, 오치카에게 들려주지 마!"

당장이라도 세이타로의 멱살을 잡을 듯한 기이치를 이혜에와 오타미가 붙들어 말렸다. 오치카도 오라비를 말리면서, 격렬하게 두근거리는 심장 소리를 삼키고 있었다. 마쓰타로. 그렇다, 나를 위해 죽은 사람.

"오치카."

웅크리고 만 기이치를 안다시피 하며, 이헤에가 온화한 목소리로 말했다.

"세이타로 씨에게 네 이야기를 해 드리렴. 할 수 있겠지? 너는 이제 그럴 각오가 되어 있을 게다."

오타미도 고개를 끄덕인다. 눈에 살짝 눈물이 고였다. "이야기하지 않고서는 세이타로 씨도 영문을 모르실 테니."

영문을 몰라도 이미 오치카를 걱정해 주고 있는 세이타로다.

오치카는 그제야 깨달았다. 아까 숙부와 숙모가 왜 오치카를 붙들고 세이타로를 만나지 못하게 했는지. 오치카를 시험하고 있었던 것이다. 오치카가 세이타로를 내버려 둘 수 있는지 어떤지, 오치카가 스스로 그의 앞에 나설지 어떨지, 알아보기 위해서.

"예. 말씀드릴게요."

오치카는 세이타로를 마주 보았다.

5

이튿날, 약속한 오전 열시에 오치카는 세이타로가 보내 준 가마에

올라탔다. 뒤쪽 가마에는 기이치가 탔다. 가마는 야단스러우니 걸어서 찾아뵙겠다는 오치카에게, 세이타로는 애원하듯이 말했다.

"호리에초로 오시는 사이에, 만에 하나라도 무슨 일이 생겨서는 안 됩니다. 부디 가마로 와 주십시오."

왜 무슨 일이 생긴다는 것이냐며 기이치는 고개를 갸웃거렸고, 오치카도 그런 말을 들은 탓에 오히려 불안이 늘고 말았다.

"너 괜찮니?"

집을 나설 때, 기이치는 다시 한 번 다짐을 받았다.

"괜찮냐니, 무엇이."

"그야…… 요시스케와 마쓰타로에 대해서, 생판 남에게 털어놓은 적은 처음이잖니."

하룻밤 지나 다시 세이타로와 얼굴을 마주하게 되어서 쑥스럽지는 않은지 묻는 것이리라. 하지만 오치카는 제멋대로 깊이 생각하고 말아 묘하게 화가 났다.

"오라버니, 나는 딱히 세이타로 씨를 어떻게 생각하는 것도 아니니까, 세이타로 씨가 나를 어떻게 생각하든 상관없어."

좀 더 막연하게 누이에게 마음을 쓰고 있던 기이치는 입을 딱 벌렸다. 그는 뒤로 돌아 몰래 눈을 깜박였다. 어라? 오치카 녀석, 어째서 저렇게 발끈하는 거지.

오치카는 수수한 옷차림을 했다. 오타미에게 빌린 무지나기쿠 무늬_{무지나는 너구리, 기쿠는 국화를 뜻한다. 무지나기쿠는 국화 꽃잎이 촘촘하고 자잘하게 옷감 전체를 채워서 너구리 털처럼 보이는 무늬이다}가 자잘하게 들어간 기모노에, 옅은 은회색의 굵은 세로줄 무늬가 있는 띠를 맞추었고, 머리카락에는 옻칠한 빗 하나를 꽂았다. 장식용 깃이나 띠 위로 두르는 끈도 어두운 색깔로만 골랐기 때문에, 얼핏 본 이헤에가 놀랐다.

"장례식에라도 가는 것 같다."

"하지만 너구리도 나쁘지 않아요" 하며 오타미가 고개를 끄덕인다. "상대가 둔갑해서 홀리기 전에 이쪽이 먼저 둔갑하여 홀려 주겠노라는 마음가짐으로 가는 게 좋겠지요."

오타카 안에 살고 있는 안도자카 저택의 진짜 주인이 무엇이든, 사람을 현혹시키는 것이라는 사실은 의심할 수 없으니, 라며.

가마는 아무 일 없이 호리에초로 접어들어, 에치고야의 뒷문에 도착했다. 큰길에서는 북적거리는 소리가 들려오지만 뒷길은 조용했고, 울타리 너머로는 선명한 색깔의 단풍이 든 정원이 보인다.

에치고야 오른쪽 옆으로는 폭이 한 칸 반짜리 수건 가게가 있다. 뒤쪽은 직인의 작업장인지, 선명하게 홀치기염색이 된 천을 잘라 부지런히 꿰매던 직인이 가마에서 내리려는 오치카와 기이치를 알아차리고 눈을 크게 떴다. 바로 옆에서 자로 천을 재고 있는 다른 직인을 팔꿈치로 쿡쿡 찌르더니 귀에 입을 대고 무언가 속삭인다. 그러자 그 직인도 몹시 놀란 듯 신기하다는 얼굴로 이쪽을 돌아보았다.

에치고야는 번성기의 도매상일 테지만, 이 집에 사는 사람들을 찾아오는 손님은 드문 것이다. 역시 오타카가 있기 때문일까―가슴속이 고요해지는 듯한 기분으로 오치카는 가마꾼이 가지런히 놓아 준 나막신에 발을 꿰고 일어섰다. 그때 갑자기 나막신 끈이 뚝 하고 끊어졌다.

에도로 올라온 후 남의 집을 방문하는 일은 처음인 오치카다. 옷

뿐만 아니라 신에도 나름 충분히 신경을 썼다. 오타미도 꼼꼼하게 점검해 주었다. 무엇보다 이제 막 신은 새 나막신이다. 그것이 발등 부분—즉 거의 한가운데에서부터, 가마이타치_{갑자기 피부가 찢어져 날카로운 낫에 베인 것 같은 상처가 나는 현상. 눈이 많은 지방에서 볼 수 있으며, 공기 중에 생긴 진공 때문에 일어난다고 한다. 가마는 낫, 이타치는 족제비라는 뜻으로, 옛날에는 족제비의 짓이라고 믿었기 때문에 그렇게 불렸다}에 베이기라도 한 듯이 잘려나가 있다.

때마침 세이타로가 대행수로 짐작되는 노인을 데리고 마중을 나온 참이었다. 그는 우두커니 서 있는 오치카의 발치를 보더니 앗 하고 소리를 질렀다. 순식간에 얼굴이 흐려져 간다.

기이치가 달려왔다. "왜 그러니?"

오치카가 슬쩍 발을 움직여 보이자 그도 뺨을 씰룩거렸다.

"당장은 매정하게 돌아가지 말아 주세요, 라는 뜻이겠지요."

오치카는 생긋 웃으며 말했다.

"마음 쓰지 마셔요."

기이치는 가게 사람을 부르려고 하는 세이타로를 말리고 수건을 찢어 재빨리 끈을 고쳐 주었다.

"돌아가실 때 바꿔드리겠습니다."

세이타로는 핏기가 가신 얼굴로 중얼거리더니 허리를 굽혀 절을 하고 오치카와 기이치를 안채로 재촉했다.

에치고야의 주인 부부—세이타로의 부모에게 인사를 해야겠지만 마음이 무겁다. 어쩌면 노골적으로 싫은 얼굴을 할지도 모른다. 그렇다 해도 어쩔 수 없긴 한데. 어쩌면 세이타로는 오치카를 에치고야에 불러들여서 부모에게 야단을 맞지 않았을까.

하지만 오치카의 마음속에서 소용돌이치던 이런저런 근심은 전부 기우였다.

세이타로의 아버지는 어느 모로 보나 이름난 도매상의 주인에게 어울리는 관록이 있는 사람이고, 어머니는 따뜻함이 느껴지는 얼굴을 한 사람으로 오치카는 그 목소리를 들은 순간 단숨에 기분이 가벼워졌다.

젊은 시절에는 미인이라기보다 애교 있는 성격으로 주위 사람들에게 사랑받은 아가씨였으리라. 이 여자가 까닭 없이 부유한 집안으로 시집간 게 아니라고, 오치카는 납득했다. 에치고야의 주인이 피를 나눈 것도 아니고, 그럴 의무가 없음에도 소녀 오타카를 거두어 오늘날까지 가족처럼 돌보아 온 것은, 사랑하는 아내의 간청 때문일 터이다.

그리고 지금 에치고야 부부는 오타카를 '누님'이라고 부르는 세이타로와 한마음으로 오타카를 걱정하고 있다.

동시에 세이타로의 부모로서, 외아들이 생각지도 못한 폐를 끼치고 있는 듯 보이는 오치카에게 보통 마음을 쓰는 게 아니다. 에치고야 부부가 몇 번이나 머리를 숙이는 바람에 오치카는 오히려 몸 둘 바를 모를 기분이었다.

"이런 괴이한 일에 끌어들여서 아가씨께는 참으로 죄송합니다."

"오타카를 만나 주시겠다는 따뜻한 마음씨는 기쁩니다만, 정말로 괜찮으시겠어요?"

세이타로는 흑백의 방에 대해서는 이야기했지만 오치카의 괴로운 과거까지는 부모에게 털어놓지 않은 모양이다. 옆에서 공손히 앉아 있는 기이치도 눈치챘을 것이다. 세이타로를 힐끗 보며 표정으로 무언가를 전하려 한다. 세이타로는 가볍게 고개를 끄덕이고 입을 굳게 다물었다. 무슨 일이 있다 한들 오치카 아가씨의 괴로운 이야기를 섣불리 입에 담을 수 있겠습니까, 라는 표정이다.

오치카는, 요시스케와 마쓰타로에 관한 이야기를 들은 세이타로가 지금까지와는 달리, 차갑고 멀게 느껴지는 얼굴을 하리라 여기고 —각오를 한 상태였다. 쉽사리 각오를 풀지 않겠다고도 결심했지만, 마음이 흔들린다. 기분이 나빠지는 흔들림은 아니었다.

오타카가 있는 방은 이 넓은 집의 가장 안쪽에 있다고 한다. 오치카는 세이타로와 기이치의 보호를 받으며 긴 복도를 걸었다.

에치고야의 번영을 그대로 반영하여, 건물에는 개축하거나 수선한 흔적이 몇 군데나 남아 있었다. 눈부시게 아름다운 집은 아니지만 대들보와 기둥의 굵기, 창호의 상태, 다다미의 윤기 등에서 에치고야의 유복함과 그에 대해 함부로 자랑하려 하지 않는 겸허한 가풍이 엿보인다.

"어머니의 입장에서 보면 안도자카 언덕의 저택은 친아버지의 원수입니다."

말없이 하나, 둘, 복도 모퉁이를 돌았을 때, 품에서 작은 비단보에 싼 열쇠를 꺼내며 세이타로가 말했다.

"그렇기에 이중으로 오타카 누님이 가련해서 참을 수가 없는 것입니다. 외할아버지가 목숨과 맞바꾸어 구해낸 누님이 지금도 그 저택에 사로잡혀 있는 게 답답하고 분해서 견딜 수가 없으신 거지요."

말하기 힘든 듯이 침을 삼키고 나서, 기이치가 물었다. "세이타로 씨는 무섭지 않습니까."

세이타로는 걸음을 늦추었다. "제가요?"

"어릴 때, 세이타로 씨도 자물쇠에 해를 입지 않았습니까. 여러 수상한 일들의 뿌리인, 안도자카 언덕 저택의 자물쇠에."

세이타로는 약간 고개를 틀어 돌아보더니 눈가와 입가만 움직여 미소를 지었다.

"실은, 저는 그때의 일을 거의 기억하지 못합니다."

자세한 사정은 전부 어느 정도 나이를 먹고 나서 부모에게서 들었다고 한다.

"다만 지금도 가끔 꿈을 꿉니다."

"꿈이요?" 이번에는 오치카가 걸음을 늦추었다. "어떤 꿈인지요. 그 저택이 나오나요?"

세이타로는 열쇠를 손안에 움켜쥐고 고개를 저었다. "저택도, 광도, 할아버지도, 누님도 나오지 않습니다. 다만 무언가 몹시 거친 숨이, 굶주리고 목이 말라서 흉포해진 짐승의 콧김 같은 것이 저를 계속 쫓아오는 꿈입니다."

따라잡힐 듯싶어지면 잠이 깬다고 한다.

"달각달각하는 금속음도 들립니다. 처음에는 무슨 소리인지 몰랐지만 지금은 알 것 같습니다."

무슨 소리인가요, 라고 오치카가 되묻기도 전에 그는 마지막 모퉁이를 돌며 말했다.

"이쪽입니다."

한 면을 전부 새하얀 당지로 바른 문 앞에서 멈추었다.

"여기는 전부터 누이의 방이었는데, 원래는 무늬가 있는 당지였지만 바꾸어 붙였습니다."

가끔씩 이 당지의 무늬가 달라져 보인다는 사실을 깨달았기 때문이다.

"저 혼자만의 착각이 아니라 어머니나, 누이의 시중을 드는 고참 하녀도 똑같은 말을 해서, 달라지면 확실하게 알 수 있도록 무늬가 없는 당지로 바꾸었지요."

오치카는 숨을 죽였다. "그건―당지의 무늬가."

세이타로가 오치카를 보며 고개를 끄덕인다. "예. 안도자카 언덕의 저택에 쓰인 당지의 무늬로 바뀌는 것일 겝니다."

빛깔이 선명하고 호화로운 모란꽃 무늬라고 한다.

기이치는 저도 모르게 그리한 모양인 듯 당지 문에서 약간 몸을 뗴었다. "지금은 새하얀데."

"예. 눈을 한 번 깜박일 정도의 순간 동안만 달라져 보이니까요."

"언제부터였는지요?"

눈을 내리깐 세이타로를 보고 오치카는 알아차렸다.

"오타카 씨가 미시마야에 다녀가신 후부터군요."

오랫동안 오타카 안에서 잠들어 있던 안도자카 언덕의 저택이, 오타카가 미시마야까지 발걸음을 옮겨 오치카를 만나고 자신 안에 봉해진 저택의 내력을 이야기함으로써 잠에서 깨어난 것이다.

―나 자신도 저택의 힘이 눈을 뜨는 데 도움을 주었을지도 몰라.

오치카 안에 봉해져 있는 피투성이 사건의 추억이 안도자카 언덕의 저택을 뒤흔든 것이다. 그래서 저택은 오치카를 초대했다.

당신에게는 그 집이 잘 어울려요.

아니, 아니다. 오타카는 이렇게 말했다. 당신은 그 집과 잘 어울리셔요.

오치카야말로 안도자카 언덕 저택의 새로운 주인이 되기에 어울린다는 뜻이 아니었을까. 저택은 오치카를 원하고 있다.

세이타로가 당지 문을 열었다.

다섯 평 정도 되는 넓은 방이다. 하지만 다다미가 깔려 있는 것은 벽 쪽의 세 평 정도이고, 나머지에는 판자가 깔려 있다. 다다미가 깔린 부분을 튼튼해 보이는 격자가 삼면에서 에워싸고 있다. 벽에는 미닫이문이 나 있다. 그 안쪽이 측간일 것이다.

세 사람은 폭이 좁은 판자 위로 발을 디뎠다. 오치카는 몸을 돌려 당지 문을 닫다가 선명한 모란꽃이 보이지 않을까 싶어 한순간 긴장했다. 당지는 여전히 새하얗다.

희미하게 백단 향기가 났다.

방 안은 구석구석까지 하얗고 밝다. 격자 안쪽에는 작은 장롱, 작은 서랍, 경대와 고리짝, 반짇고리에 구케다이까지 갖추어져 있었다. 침구는 단정하게 개켜져, 깨끗한 사라사 같은 천이 씌워져 있다. 편안하게 해 주려는 에치고야 사람들의 정성 어린 배려가 엿보인다.

오타카는 격자 안에 오도카니 앉아 있었다. 양손을 무릎에 놓고 눈은 뜨고 있지만 자고 있는 것마냥 조용하다.

이쪽에 옆모습을 보이며 희미하게 미소를 짓고 있다. 미소 앞에는 아무도 없다. 격자가 있을 뿐이다. 방에 들어온 세 사람을 알아차린 기척조차 없다.

오치카는 오타카의 우아하고 아름다운 턱에서 목으로 이르는 선과 곧은 등을 바라보았다. 연보라색 비단옷에 공 모양의 자수가 놓인 띠를 매었고, 머리카락은 단정하게 정돈되어 있었다.

"감옥을 만들고 나서도, 누님이 사용하던 도구들은 가능한 가까이 놓아 주자고 생각했습니다."

어느새 세 사람은 서로 바싹 붙어 있었다. 오치카는 세이타로와 나란히, 기이치는 오치카의 등에 붙어 있다.

"그래도 저 반짇고리 안은 비어 있습니다. 누님이 재봉을 하는 일은 없으니까요."

바늘이나 가위가 가까이 있으면 만에 하나 무슨 일이 생길지도 모른다.

"다만 저런 물건이 곁에 있으면 어느 날 문득 제정신으로 돌아와 주지 않을까 하고, 어머니는 바라고 계시지요."

세이타로는 소리도 없이 움직여 오타카의 정면으로 돌아갔다. 격자에는 크고 작은 두 개의 쪽문이 설치되어 있었다. 오른쪽 쪽문은 어른도 머리를 약간 숙이면 편하게 드나들 수 있다. 왼쪽 쪽문은 바닥에 스칠 듯 낮은 곳에 나 있고 사방 일 척 정도의 크기다. 밥상을 들이고 내기 위한 용도이리라.

커다란 쪽문에는 자물쇠가 매달려 있었다. 세이타로가 손에 든 열쇠를 그 자물쇠에 꽂는다.

달칵 하고 소리가 났다.

세이타로는 숨을 가다듬고 나서 말했다. "제가 꿈속에서 듣는 것은 이 소리입니다."

세이타로의 뒤를 따르던 오치카는 깨달았다. 창 옆의 판자가 깔린 곳에 놓인 청자 향로가 흐릿한 파란색의 연기를 피워 올리고 있다. 아까 느낀 백단의 향은 여기서 나왔던 것이다.

세이타로가 쪽문의 자물쇠를 열고 문의 손잡이를 잡은 채로, "오타카 누님" 하고 말을 걸었다. 떨림도 경계도 없는, 몹시 평온한 목소리다.

"손님을 안내해 왔어요."

세이타로가 격자 안쪽으로 들어간다. 오치카도 쪽문을 지났다. 몸집이 큰 기이치가 들어오기 쉽도록 한 발짝 옆으로 움직이니, 오타카에게 다가가게 되었다.

오타카가 천천히 고개를 돌려 이쪽을 바라본다.

오치카의 가슴속에서 무언가가 치밀어 올랐다.

삭 하고 버선 스치는 소리를 내며, 오치카는 오타카 곁으로 다가갔다. 무릎을 꿇고 곧장 오타카의 양손을 잡는다.

"미시마야의 오치카예요. 흑백의 방에서 뵈었는데 설마 잊으신 건 아니겠지요. 이제야 제 쪽에서 찾아뵐 수 있게 되었네요."

아까 이쪽을 향한 건 오치카가 왔음을 알았기 때문이 아니었다. 손을 잡고 얼굴을 가까이 해도 오타카는 그저 같은 방향을 보고 있을 뿐이다. 잡은 손을 흔들자 오타카의 몸도 흔들흔들 흔들린다. 엷은 웃음도 그대로 허공에 떠 있다.

"오치카, 무례한 짓을 하면 안 돼."

당황한 기이치가 오치카의 팔꿈치를 잡고 끌어당기려고 한다. 하지만 오치카는 오타카에게 더 바싹 다가갔다.

"계시지요? 거기에 계시지요? 오타카 씨, 오치카예요. 안도자카 언덕의 저택에 잘 어울리는 오치카가 왔어요. 부디 나와서 맞아 주셔요."

오치카는 오른손을 들어 오타카의 뺨에 살며시 댔다. 부드럽게 얼굴의 방향을 바꾸어 준다. 두 사람의 눈동자와 눈동자가 정면에서 마주 보았다.

오타카의 눈동자 안쪽에서 무언가가 얼핏 움직였다.

오치카에게는 사람 그림자로 보였다. 아주 작은 사람의 모습. 여자아이다. 머리카락을 동그랗게 말아 묶고, 겐로쿠소데^{배래가 둥그스름하고 길이가 짧은 소매로 된 여성용 전통 의상}를 입었다.

순간, 그 여자아이가 오치카를 보았다. 어머나, 하고 놀란 얼굴도 보였다.

소녀 시절의 오타카다. 부모 형제들과 안도자카 언덕의 저택에서 살던 오타카다. 저택과 그곳을 에워싼 사계절이 변해 가는 모습의 아름다움을 사랑하고, 거기에 매료되어 마음을 빼앗긴 오타카다.

당장이라도 사랑스러운 목소리가 들려올 것 같았다. 엄마, 손님이 왔어요.

아니, 아니, 저택을 모시는 부모의 아이답게 '주인어른'일까. 주인어른, 기다리시던 손님이 오셨어요.

갑자기 누군가가 오치카의 손을 잡아챘다. 기이치다. 오치카의 손목을 잡고 오치카를 쓰러뜨릴 듯이 세게 잡아당긴다.

"무슨 짓이야, 오라버니!"

기이치가 눈을 부릅뜨고 있다. 금붕어처럼 뻐끔거린다.

달각달각하는 금속 소리가 작게 울린다. 쳐다보니 세이타로가 손에 든 자물쇠와 열쇠가 서로 부딪혀 소리를 내고 있었다. 세이타로는 미닫이문 앞에 주저앉아 떨고 있다.

"너, 너."

기이치가 입가에서 침을 튀기며 소리를 질렀다. 아직도 오치카의 손을 잡은 채인 그는 다리가 풀린 듯 보였다.

"지, 지금 그거 보았니? 사람이, 사람이."

"오라버니도 보았어? 여자아이가 있었어."

오치카는 재빨리 세이타로를 돌아보았다. "세이타로 씨는 보았나요?"

그는 몸 하나만큼 오타카와 오치카에게서 떨어져 있었다. 자물쇠와 열쇠가 계속해서 부딪힌다. 그 소리에 맞추듯이 가늘게 고개를 젓는다.

"저, 저는, 여자아이, 따위는."

눈동자를 들여다보지 않으면 보이지 않는 걸까.

"다만, 소리가."

"소리?"

"바람이, 바람이 불고. 겨울바람 같은."

안도자카 언덕의 저택 정원을 지나, 나뭇가지를 흔드는 바람 소리다.

"그런 것이야, 창 밖에서 들린 게 아닌가?"

기이치는 예의도 잊고 거칠게 내뱉더니 기다시피 하여 일어선 후 여기저기 부딪치며 쪽문을 빠져나가 살창으로 달려갔다. 부술 듯한 기세로 창을 열어젖힌다.

창 바로 바깥, 손을 뻗으면 닿을 정도로 가까운 곳에 하얀 벽이 버티고 서 있다. 이 벽에 반사된 빛 때문에 오타카의 방은 이렇게나 밝은 것이다.

"에치고야의 광입니다. 광이 두 개 나란히 있지요. 이쪽에는 정원도 나무도 없습니다." 귀를 막으며 세이타로가 떨리는 목소리로 말했다. 도망치는 듯한 빠른 말투다. "아직도 들립니다. 넓은 정원을 바람이 불어 지나가요. 낙엽이 바스락거리며 춤을 추고 있어요."

기이치의 커다란 등이 흠칫했다. 오라비에게도 들린 것이다. 틀림없이 그렇다. 오치카는 귓가에 손을 대보았다. 그래, 내게도 들려. 저택의 초목이 마른 겨울 정원을, 바람이, 바람이—.

당지가 호화로운 모란꽃 무늬로 바뀌어 있었다.

오치카는 놀라 숨을 삼켰다. 순간 당지는 아무 무늬도 없는 종이로 돌아갔다. 바람 소리도 끊겼다.

오타카는 허공을 향해 미소를 띤 채 다리를 옆으로 모으고 앉아 있다. 눈은 반쯤 감았다.

그 어깨에 살며시 양손을 대고, 오치카는 오타카를 바로 앉게 했다. 오타카의 머리가 흔들흔들 흔들린다. 불안해 보인다. 부서지고 말 것만 같다.

오치카는 오타카를 끌어당겨 껴안았다. 가냘픈 등에 두 손을 대고 천천히 쓰다듬는다. 미시마야에서 처음 만났을 때보다 더 야위었다.

오타카의 머릿기름 냄새가 난다.

"오치카예요. 아시지요."

어린아이를 어르듯이 오치카는 다정하게 속삭였다.

"오타카 씨를 만나러 왔어요. 부디, 저택에 들여보내 주셔요."

"아, 안 돼, 오치카!"

비명처럼 소리치며 기이치가 달려온다. 세이타로가 오치카를 부른다. 오치카는 아랑곳하지 않았다. 오타카를 단단히 껴안고, 그 얼굴을 들게 했다. 다시 한 번 눈을 마주쳤다.

오타카의 눈동자 속에 마쓰타로가 있었다.

아가씨.

분명히 그의 목소리를 들었다. 오치카의 몸이 붕 뜬 것처럼 가벼워졌다.

6

정신이 들어 보니 오치카는 초목이 마른 겨울 정원의 나무들 사이에 서 있었다. 오타카도 기이치도 세이타로도 사라지고 없다. 오치카 혼자다. 그리고 이곳은—.

눈앞에는 무거워 보이는 기와지붕을 인 커다란 저택이 우뚝 솟아 있다. 저택의 왼편 안쪽에는 잘못 볼 수 없을 만큼 또렷하게 하얀 벽의 광이 보인다.

이곳은 안도자카 언덕의 저택 정원 앞이다. 그러나 어쩐지 쓸쓸하게 보이는 이 광경은 뭘까. 계절마다 바뀌는 아름다움으로 가득 차,

어린 오타카의 마음을 매료했다는 저택이라고는 여겨지지 않는다.

여기에서 눈에 닿는 것만 하더라도 금이 간 벽과, 기울어진 지붕과, 군데군데 빠진 기와를 들 수 있다. 덧문은 어긋나 떨어졌고, 장지 종이는 찢어져서 비참하게 늘어져 있다.

정원의 나무는 모두 시들었다. 오치카가 발을 움직이면, 시들어 떨어진 잔가지가 신 밑에서 날카로운 소리를 내며 부러졌다. 정원에 심은 초목도 전부 잎이 떨어져 헐벗은 가지만이 추운 듯이 바람에 흔들린다. 정원의 흙도 물기가 말라 여기저기 갈라져 있었다.

오타카의 마음속에 자리 잡은 안도자카 언덕의 저택은 어느 샌가 이렇게까지 초라해지고 만 모양이다.

오치카는 천천히 눈을 깜박이고 나서 가늘게 떴다. 오타카라는 여주인을 얻어, 안도자카 언덕의 저택은 무사태평한 게 아니었던가.

그러나 오타카 한 사람의 힘으로는 이 저택의 굶주림을 채워줄 수 없었다.

그래서 새로운 손님이 온 것을 기뻐했다―.

새삼 주위를 둘러본다. 저택 지붕의 반대편, 정원을 에워싸고 있는 생울타리 바깥쪽은 하얀 안개에 갇혀 있다. 안개는 소리 없이 흘러 천천히 움직인다. 안개 외에는 아무것도 없다. 길도, 다른 집의 지붕도, 마을이라면 어딘가에 반드시 있어야 할 화재 감시용 망대의 모습도 보이지 않는다.

이 세상의 장소가 아니다. 저세상도 아니다. 오타카의 안쪽이다.

오치카는 양손을 가슴에 대고 자신의 심장이 두근두근 뛰는 것을 느꼈다. 나는 살아 있다. 오타카의 마음속에 빨려 들어오고 말았지만, 목숨은 붙어 있다. 우선 그 점을 똑똑히 기억해 두자.

저택 정면을 향해 한 발짝 내딛는다. 정원의 나무들과 초목 사이를 지나 걷기 시작한다. 그러자 나뭇가지가 소매에 얽혀들었다. 뿌리치려고 손을 움직이자, 다른 마른 가지가 장난스러운 생물처럼 퐁 하고 튀어올라 오치카의 손등을 때렸다. 아프지는 않았지만 살짝 피가 배어 나왔다. 오치카는 순간 그 상처에 입술을 대었다.

얼굴을 들어 보니 그 마른 가지 끝에 붉은 꽃 한 송이가 홀연히 나타나 있다. 동백이다.

오치카의 피를 빨고 생명을 얻어 꽃이 피었다.

그런 건가. 오치카는 고개를 끄덕인 후, 양팔을 몸 옆에 바싹 붙이고 계속해서 걸음을 옮겼다.

낮은 마루가 딸린 훌륭한 현관에도 물론, 사람 그림자는 보이지 않았다. 젖어서 썩어 가고 있는지 판자가 깔린 부분이 부풀어 튀어나와 있다. 부엌으로 통하는 현관 옆의 출입문에는 완만한 모양의 세 단짜리 층계가 달렸는데 두 번째 단의 한가운데가 부러져 있다.

오치카는 다시 정원 쪽을 돌아보았다. 현관 구조로 보아 이 저택은 무사의 집이다. 그렇다면 적어도 초소가 딸린 나가야몬_{문 양쪽이 나가야 구조인 대문. 에도 시대의 상급 무사 저택 대문의 한 형식으로, 양쪽의 나가야에는 가신이나 하인들을 살게 하였다} 정도는 있을 법한데, 이 저택에는 생울타리뿐이다.

예전에 세이타로의 외조부 세이로쿠의 청을 받고 이 저택의 내력을 조사한 오캇피키는, 이곳이 본래 무가 저택이었고 무려 백오십 년 전에 지어졌다고 했다. '본래'라는 말에는, 그 후에는 아니게 되었다는 의미가 감지된다. 유복한 상인이나 지주가 주인이 되는 바람에 무가의 표식인 나가야몬은 철거된 걸까.

오캇피키는, 시정의 우리들에게는 손도 눈도 귀도 닿지 않는 일이 많이 일어난 저택―이라고도 했다. 그렇다면 저택의 소유자가 바뀌었어도 저택의 정체는 변하지 않았다는 뜻이리라. 그것은 또한 저택의 소유자가 누가 되든, 저택의 주인은 변하지 않는다는 뜻이기도 하다.

오랫동안 이 안쪽에 수수께끼를 봉한 채 같은 장소에 서 있었다. 아무도 손을 대지 못했다. 할 수가 없었다.

그리고 막상 서둘러 손을 댔을 때는 세이로쿠 같은 배짱 두둑한 노인조차 감당할 수가 없었다.

오치카는 거기에 혼자서 발을 들여놓으려 하고 있다. 그런데도 이상하게 마음은 편안했다.

여자와 아이들의 경우 현관과 부엌문 사이에 난 문으로 들어가야 한다. 그러나 오치카는 굳이 현관으로 발을 들여놓았다. 나는 이 저택에 정식으로 초대를 받은 손님이다. 조심스러워할 필요가 어디 있단 말인가.

"실례하겠습니다."

스스로 생각해도 서늘한 목소리가 나왔다. 쥐 죽은 듯 조용하고 휑뎅그렁한, 먼지조차 피어오르지 않는 고요함 속에 오치카의 목소리가 울려퍼졌다.

들어서고 나니 바로 눈앞에, 빛깔이 바랜 궤장_{침전에 사용되던 실내 가구의 일종. 대에 두 개의 기둥을 세워 그 위에 가로대를 지르고 휘장을 늘어뜨린 것인데, 실내에 세워 공간을 나누거나 귀인의 자리 옆에 세워 칸막이로 삼았다. 높이가 3척인 것과 4척인 것이 있었는데, 3척인 것에는 네 폭, 4척인 것에는 다섯 폭짜리}

휘장을 늘어뜨린다이 서 있다. 낡아서 누르스름해졌지만 대나무와 호랑이가 그려진 중후한 그림이 보인다.

그 궤장 끝에서 작은 손이 불쑥 나왔다. 누군가 있다.

윤기 도는 검은 머리카락을 동그랗게 말아 묶어서 머리 꼭대기에 얹었다. 붉은 겐로쿠소데는 매화 무늬. 까맣고 커다란 눈을 동그랗게 뜨고, 궤장 그늘에 무릎으로 서 있다.

오치카도 눈을 크게 떴다. 오타카다!

오치카가 무슨 말을 하기도 전에, 소녀 오타카는 훌쩍 일어나 복도 안쪽으로 달려갔다. 맨발바닥이 타닥타닥 복도를 때린다. 갑작스러운 만남에 한순간 뒤처진 오치카는, 신을 벗어던지고 현관을 박찼다.

"오타카 씨, 잠깐, 잠깐만요!"

긴 복도 옆에는 곁방이나 서원書院 등의 방이 줄지어 있다. 당지가 뜯어지고 다다미는 볕에 바래서 어느 모로 보나 황폐한 모습이다. 복도는 꽤 앞에서 오른쪽으로 꺾여 있다. 잠깐 사이에 여자아이의 걸음으로 저기까지 달릴 수 있을 리가 없을 터인데, 오타카의 모습은 이미 보이지 않는다.

방에서 방으로, 다시 복도로 돌아와서는 또 다른 방으로. 오치카는 넓은 저택 안을 뛰어다녔다. 오타카의 이름을 계속해서 부르고, 어디에 있는 거냐고, 나와 달라고 소리치면서.

저택 안쪽까지 얼마나 들어갔을까. 숨이 차서 걸음을 멈추었다. 그곳은 네 평 정도 되는 방으로 툇마루가 딸려 있었다. 덧문도 장지문도 활짝 열려 있어 정원을 한눈에 둘러보는 게 가능했다.

이미 시든 겨울 풍경이 아니었다. 초록으로 넘치고, 꽃나무에는 꽃이 피어 있다. 팔랑팔랑 떨어지는 것은 시든 잎이 아니라 꽃잎이다. 벚꽃, 매화, 동백과 애기동백, 홍백의 철쭉. 한꺼번에 전부 흐드러지게 피어 있다.

꽃잎이 떨어지는 이유는 나뭇가지 여기저기에 걸린 기모노나 띠가 부드러운 바람에 흔들리고 있기 때문이다. 날염, 직물, 자수. 사치와 미를 극한까지 추구한 훌륭한 옷들이 정원의 나무들을 현란하게 채색하고 있다.

—옷에 볕을 쬐는 것이다.

오타카의 가족이 끌려오게 된 무서운 운명의 입구였다.

하지만 그걸 알면서도 넋을 잃고 보지 않을 수 없었다. 닫혀 있던 광에서 차례차례 꺼내어져 피로되는 옷들. 정신을 차려 보니 어느새 저택 위의 하얀 안개가 개이고 파란 하늘이 나타났다. 비쳐드는 햇빛에 금실과 은실이 자랑스러운 듯이 빛난다.

가장 앞쪽 정원수에 걸린, 봉황 자수가 훌륭한 검은 비단 후리소데의 그늘에서 아까 그 여자아이가 얼굴을 내밀었다.

"예쁘지."

오치카를 향해 묻는다.

"여기에는 예쁜 것들이 잔뜩 있어. 갖고 싶지 않아?"

당장은 대답할 말이 나오지 않아, 오치카는 어색하게 멈추어 서 있었다. 여자아이의 검은 눈동자에는, 분방한 기모노의 색채 속에서 유일하게, 견실한 나무열매 같은 반짝임이 깃들어 있다.

"오타카—."

겨우 이름을 부를 수 있었다. 오치카는 부드럽게 움직였다. 툇마루 끝으로 다가간다.

"오타카구나. 저택에 혼자 있니? 계속 너 혼자 있었어?"

여자아이는 검은 후리소데 그늘에 숨더니 다시 정원수 반대쪽에서 얼굴을 내밀었다. 그 나이 또래의 여자아이답게 낯을 가린다. 반쯤은 부끄러워하고, 반쯤은 경계하고 있다. 정말로 그런 듯하다. 정말이지, 진짜 어린아이가 지금 저기에 있는 것 같다.

"기모노, 갖고 싶지 않아?"

약간 고개를 숙이고 발치를 보면서 소녀 오타카는 다시 한 번 물었다.

"몸에 대 보지그래? 얼굴이랑 맞춰 보지그래? 그러면 진짜 갖고 싶어질 거야."

조용히 깊게 한 번 호흡하고 나서 오치카는 반대로 물었다. "하지만 이 기모노는 주인이 있잖아? 말도 없이 내가 가져 버릴 수는 없어."

괜찮아—하고 오타카가 말한다. 다시 나무 그늘에 숨었다가, 이번에는 그대로 목소리만 내어, "사실은 갖고 싶으면서" 하고 중얼거렸다.

오치카는 큰맘 먹고 툇마루에서 정원으로 뛰어내렸다. 버선만 신은 발바닥에 정원의 흙이 부드럽게 느껴진다. 방금 전까지 바싹 말라 갈라져 있었던 게 거짓말 같다.

재빨리 달려가 검은 후리소데가 걸려 있는 정원수 뒤쪽으로 돌아갔다. 오타카는, 없다.

"오타카, 숨바꼭질을 하는 거니?"

주위를 둘러보면서 가능한 밝게 말해 보았다. "그렇다면 내가 술래구나."

놀랍게도 명랑한 웃음소리가 들려왔다. 어디일까? 오치카 뒤다. 저 초목. 흐드러지게 피어 있는 철쭉꽃 속에서 오타카가 폴짝 일어선다.

"못 잡을걸."

보는 사람도 함께 미소짓게 되는 사랑스러운 웃음이다. 오타카의 옷차림은 초라했고 맨발의 정강이는 야위었다. 하지만 그런 것은 신경 쓰이지 않는다.

"잡을 거야."

오치카는 장난스럽게 소매를 걷어 올리고, 그럼 쫓아간다, 하는 몸짓을 해 보였다. 오타카는 소리 내어 웃더니 붉은 철쭉꽃을 흐트러뜨리며 도망치고ㅡ.

그러는가 싶더니, 뱀이라도 마주친 듯이 흠칫하며 멈추었다. 오치카도 한순간 움츠러들고 만다.

"왜 그러니?"

오타카가 이쪽을 보았다. 작고 하얀 얼굴에 노기가 떠올라 있다. 눈동자가 불탄다.

"너, 혼자 온 게 아니구나."

갑자기 원망스러운 눈빛과 말투에, 오치카는 곤혹을 뛰어넘어 등골이 오싹해졌다.

"뭐?"

"치사해!"

새된 목소리로 내뱉자마자 오타카는 회오리바람처럼 달려가더니 금세 사라졌다. 오타카가 지나간 길에서 기모노와 띠가 펄럭인다.

"오타카!"

쫓아가도 보이지 않는다. 어쩜 저렇게 빠를까. 마치―사람이 아니라―혼만 남은 것 같다―.

아니, 사실 그럴 것이다. 이곳에 있는 오타카는 이승에 있는 오타카가 아니니까.

오치카는 정원 안쪽으로 천천히 걸음을 옮겼다. 온 정원의 가지란 가지를 전부 채색하고 있는, 셀 수 없을 정도로 많은 기모노와 띠가 바람에 나부끼며 일제히 날아오른다. 옷이 스치는 소리가 오치카의 귀에 가득 찼다.

그때 깨달았다. 아아, 광의 문이 열려 있다.

양쪽으로 여닫는, 보기에도 튼튼해 보이는 두꺼운 문과 그 안쪽의 격자문. 둘 다 활짝 열려 있다. 오치카는 홀린 듯이 그쪽으로 향했다.

광 안에서 사람 그림자가 나타났다. 오치카는 걸음을 멈추었다. 사람 그림자도 걸음을 멈춘다.

마쓰타로다.

"아가씨."

잘못 들었을 리가 없다. 그리운 마쓰타로의 목소리다. 한 손을 광의 문에 대고, 정원수 가지 사이를 꿰뚫어 보려는 듯이 살짝 고개를 기울이며, "오치카 아가씨" 하고 부른다. 거기에 악의라고는 조금도 없다. 아픔도 슬픔도 없다. 그런 잔혹한 일이 일어나기 전, 마루센에서는 매일 그랬다. 당연하다는 듯이 함께 살고 함께 일하고, 몇 번이나 이름을 부르고 불렀다. 덥다느니 춥다느니, 오늘은 손님이 적다느니, 바빠서 눈이 돌아가는 것 같다느니, 하며 소소한 일상 속의 대화를 나누곤 했다. 그 시절 마쓰타로의 목소리.

"와 주셨군요."

마쓰타로의 얼굴이 빙그레 웃었다. 우는 듯 웃는 듯, 눈초리가 내려간다.

오치카의 가슴도 벅차올랐다. 모든 것을 잊고 마쓰타로를 향해 달려간다. 미안해요, 미안해요, 미안해요. 할 말이 있다면 그뿐이다.

그때 허공을 휘젓는 오치카의 팔을 누군가가 꽉 잡았다. 뒤로 세게 끌어당긴다. 오치카는 하마터면 엉덩방아를 찧을 뻔했다. 비틀거리면서 옆으로, 무언가 부드러운 것 속으로 쓰러진다.

꽃이다. 새빨간 꽃이 가득 피어 있다. 그것이 오치카를 받쳐 주었다. 이건—.

만주사화다. 가득 핀 만주사화. 그 속에서 오치카의 팔을 잡고 있는 이는 바로 창호상 도베에였다.

"미시마야의 아가씨."

다시 만난 도베에는 흑백의 방에서 만났을 때와 똑같이 고통스러운 얼굴에 희미한 미소를 띠고 있었다. 그 얼굴에 조금이나마 웃음이 없었다면, 오치카는 요란한 비명을 지르며 손을 뿌리치고 말았을 것이다.

"도, 도, 도."

"도베에든 도키치든 좋을 대로 부르십시오. 저는 그 방에서 당신께 옛날 이야기를 해 드렸던 제가 맞습니다."

그제야 오치카의 팔을 놓고 그 손을 달래듯이 가볍게 쳐든다.

"이 만주사화 속에 숨어 있으면 괜찮아요. 이 저택도, 당장은 당신을 찾아내지 못할 겁니다."

만주사화는 제 꽃이니까요―.

"당신은."

오치카는 멍하니 주저앉았다.

"당신은 돌아가셨을 텐데요."

"예, 저는 이 세상 사람이 아닙니다."

도베에가 침착하게 인정한다.

"그래서 아가씨를 따라올 수 있었습니다. 이 저택의 뜻에는 맞지 않는 것이겠지만요."

도베에는 오치카를 부르던 광 쪽으로, 마쓰타로가 서 있던 쪽으로 날카로운 시선을 던졌다.

"뻔히 보고 있으면서 아가씨를 이 저택에 넘겨줄 수는 없지요."

이 세상 사람이 아니기 때문에 여기에 올 수 있었다. 이는 마쓰타로와 같다―.

오치카는 퍼뜩 깨달았다. "아까 오타카가 말했어요. 제가 혼자서 오지 않았다고. 도베에 씨가 왔다는 뜻이었군요."

도베에는 더욱 활짝 웃으며 고개를 끄덕이더니 한층 놀라운 말을 했다. "저만이 아닙니다. 다른 이들도 있지요. 아가씨가 귀와 마음으로 들어주신 이야기 속에 등장했던 불행하게 죽은 이들이요."

믿을 수 없다. 오치카는 만주사화 꽃 속에서 살며시 뒤를 돌아보았다. 머리 위 아득히 높은 곳에서 수많은 기모노가 흔들리고 있다.

그때 그 아래를 여자의 그림자가 가로질렀다. 머리카락에 맨 홀치기염색을 한 댕기가 또렷하게 보인다.

"저건?"

여자에게는 일행이 있었다. 젊은 남자와 함께였다. 두 사람이 이쪽으로 얼굴을 돌린다.

인형처럼 단정한 생김새. 얼굴이 닮았다. 그렇다면―.

"이시쿠라야의 오사이 씨와 이치타로 씨."

오후쿠의 언니와 오라비다. 오치카가 귀로 듣고 마음으로 받아들인 또 하나의 괴로운 이야기.

"자물쇠 직인 세이로쿠 씨도 가까이에 있을 겁니다. 우리는 모두 아가씨를 지키기 위해서 왔습니다."

이 저택은 귀신이 사는 곳. 도베에는 늠름하게 그렇게 단언했다.

"그렇다면 더더욱, 귀신인 우리들이 아가씨께 힘이 되어 드릴 수 있겠지요. 아가씨가 오타카 씨를 데리고 돌아가실 수 있도록 도와드리겠습니다."

그 목소리의 따뜻함이 느껴지지만, 오치카는 아직도 믿기지가 않아서 무슨 대답을 어떻게 해야 할지 알 수 없었다.

해야 할 질문은―그렇다, 왜? 왜냐는 것이다.

"왜 여러분이 저를 도와주시는 거지요?"

"아가씨가 들어주셨기 때문입니다."

우리 가슴속의 아픔을. 살아 있었을 때 저지른 어리석은 잘못에 대한 후회를.

"듣고, 알아주셨지요. 아가씨의 마음속에서 눈물을 흘려 주셨지요. 그런 참혹한 일은 남의 일이다, 불길하다, 어리석고 시시하다며 외면하지 않고, 자기 일처럼 슬퍼해 주셨습니다."

도베에는 그렇게 말하며 다시 오치카의 손을 잡더니 힘차게 움켜쥐었다.

"우리의 죄는 아가씨의 혼의 일부가 되어, 아가씨의 눈물로 깨끗해졌습니다."

도베에의 손에는 온기가 있었다. 도저히 죽은 사람의 손이라고는 느껴지지 않는다. 그 눈에는 빛이 있었다. 자신의 과거를 후회하며 죽은 사람의 눈에는 깃들 리가 없는, 대범한 빛이.

"이번에는 우리가 아가씨를 괴로운 과거에서 구해 드릴 차례입니다."

허공을 헤매던 오치카의 눈이 겨우 차분함을 되찾았다. 도베에의 말이 마음에 스며들어 온다.

"제—과거."

"아가씨를 괴롭히는 것이 이 저택에 불려와 있지요."

마쓰타로다. 저택에 초대되어 저 광에 있다.

"하지만 마쓰타로 씨는 잘못하지 않았어요. 그 사람은 저를 괴롭히려는 게 아니었어요."

"그래도 마쓰타로 씨가 한 일이 아가씨를 괴롭혔지요. 마음은 그렇지 않아도, 저질러 버린 일은 지울 수 없습니다."

도베에는 다시 광 쪽으로 시선을 들었다.

"그렇기 때문에 마쓰타로 씨도 아가씨를 괴롭힌 일로 괴로워하며 헤매고 있는 겁니다. 이 저택은 그런 혼을 원하고 있어요. 그렇다면 마쓰타로 씨도 내버려둘 수 없지요."

"함께 구할 수 있을까요?"

저도 모르게 매달리듯이 말해 버리고 나서, 오치카는 혼란스러워졌다. 이런 억지가 통할까. 나는 무슨 말을 하고 있는 걸까.

"모두 함께 이곳을 나갑시다."

도베에는 흔들리지 않고 힘차게 말했다.

"그리고 이 저택을 비우는 겁니다. 저택도 오랜 악행의 죗값을 치러야 할 때가 되었습니다."

도베에는 못된 아이를 혼내주려고, 팔을 걷어붙이고 코 밑을 한 번 훔치며, 자아, 가 볼까 하는 개구쟁이 꼬마 같은 얼굴이다. 흑백의 방에서 옛날 이야기를 할 때에는 한 번도 보인 적이 없었던 얼굴이다.

"뭐, 광 안에 숨어 있는 것은 그렇게 버거운 존재가 아닙니다."

이미 이름을 잊고 망자의 형태조차 잃은, 그저 미련 덩어리에 불과하다—.

"지금까지 아무도 그 사실을 광 속에 있는 존재에게 가르쳐 주지 않았을 뿐입니다."

아가씨라면, 쳐부술 수 있습니다.

7

　도베에가 손을 잡아주어, 오치카는 만주사화가 흐드러지게 핀 한복판에서 일어섰다. 호리호리한 줄기 꼭대기에 달린, 시마다마게일본 여성의 대표적인 전통 머리 모양. 주로 미혼 여성에게서 볼 수 있다처럼 커다란 진홍색 꽃들이 오치카 주위를 가득 메우고 있다.
　고개를 드니 안도자카 언덕의 저택 전경이 보였다. 조금 떨어진 곳에서 바라보는 것처럼 한층 작게 보인다. 주위를 에워싼 정원의 아름다운 녹음들과 지나칠 정도로 강렬하고 또렷하게 두드러져 있는 광의 하얀 벽에 비해, 저택은 몹시 초라하다.
　늙은 것이라고, 오치카는 생각했다. 힘을 잃고 있다.
　이 저택의 중심은 역시 광이다.
　"여기는 정원이 아니군요."
　만주사화가 무리지어 있는 이 근방은, 저택의 정원과 이어진 듯하지만 아니었다. 생울타리에 에워싸여 있지도 않고, 만주사화 이외에는 꽃도 나무도 없다.
　오치카의 말에 도베에가 고개를 끄덕인다. 그러고는 자, 보십시오, 하며 앞쪽을 가리켰다. 정원의 한 모퉁이, 짙은 보라색 후리소데가 걸려 있는 매화나무 아래에 아까 본 남녀—오사이와 이치타로가 서 있다. 둘은 매화나무 밑동 부분을 바라보는 중이다.
　오치카는 만주사화 군락을 빠져나와 두 사람에게 다가갔다. 도베에가 오치카의 바로 뒤에 붙어 따라와 주었다.
　오치카를 보고, 이시쿠라야의 오사이가 먼저 미소를 지었다.

"오랫동안 깨지지 않았어요."

오치카는 넋을 잃고 오사이를 바라보고 있어서, 당장은 말뜻을 이해하지 못했다. 세상에, 어쩌면 이렇게 아름다울 수 있을까. 언니의 미모를 칭찬한 오후쿠의 말은 결코 추억을 미화한 게 아니었다. 오사이는 마치 이 매화나무 가지에 걸려 있는 후리소데 같았다. 정성을 들여 단정하게, 조금의 얼룩도 없도록 만들어진 아름다움.

그런 누이에게 바싹 붙어 있는 이치타로 역시 후리소데에 맞추어 지어진 띠처럼 오사이에게 잘 어울리는 미모의 소유자였다. 오후쿠의 이야기만으로는 납득이 잘 가지 않았던 부분―누이와 동생이 남녀로서 서로를 좋아하게 되는 일이 있을까―라는 의문이 천천히 풀려 간다.

이 두 사람은 처음부터 한 쌍이었다. 한 번 만나면 떨어질 수 없는 운명이었다. 그렇게 될 수밖에 없었다.

"오오, 깨졌습니까."

도베가 축하하듯이 부드러운 목소리로 말한다. 오치카는 그제야 오사이와 이치타로에게서 시선을 떼고 그들이 내려다보고 있는 것을 보았다.

매화나무 밑동에 한 장의 손거울이 깨져 흩어져 있었다. 청동 손거울이다. 녹청에 좀먹히고 세월에 흐려지기는 했어도, 본래는 깨지지 않는 것이다. 그런 거울이 산산이 부서져 있다.

"오키치도 밖으로 나왔어요……."

어딘가에 있을 겁니다, 하고 이치타로가 서늘한 눈을 들어 저택 쪽을 쳐다보았다.

"우리가 저지른 잘못인데, 우리의 힘으로는 오키치를 해방시켜 줄 수가 없었습니다. 오키치뿐만 아니라 저도 누이도, 우리의 잘못 속에 갇혀서 움직일 수 없었지요."

누구와도 만나지 못하고, 목소리도 듣지 못하고, 아무리 후회해도 마음도 전해지지 않게 되었다.

"당신 덕분에 겨우 밖으로 나올 수 있었습니다."

"아버지도, 어머니도" 하고 오사이가 말을 잇는다.

"이시쿠라야 분들이?"

"예." 오사이는 기쁜 듯이 미소 지었다. "이제야 만날 수 있겠어요."

고맙습니다. 남매가 나란히 오치카에게 깊이 머리를 숙인다.

오치카는 갑자기 숙모 오타미가 했던 말을 떠올렸다.

"이시쿠라야에 충성을 다한 고용살이 일꾼인 소스케 씨는 잊으셨나요."

오사이가 놀랐는지 그 꽃잎 같은 입술이 살짝 벌어졌다. 이치타로도 누이를 돌아본다.

"소스케도 여기에 있을까요."

"있을 거예요. 제가 찾아올게요. 두 분은 부모님을 찾아보셔요."

그리고 나서 오치카는 숨을 죽인 채 단숨에 말했다. "하지만 오후쿠 씨는 없어요. 이쪽 사람이 아니니까요."

오사이는 마치 활짝 핀 홍매가 바람에 꽃잎을 흩날리듯이 미소를 흘렸다.

"알고 있어요. 물론이지요. 오후쿠도 많이 자랐더군요."

오치카 씨 덕분에, 보였답니다.

그 표정, 그 음성이 너무나도 행복에 차 있고 밝았기 때문에, 한순간 굳었던 오치카의 마음은 흔적도 없이 녹았다.

다시 도베에의 재촉을 받아, 오치카는 그의 손을 잡고 저택 안으로 발을 들여놓았다. 사람들을 찾아보자. 다 찾아내서 모두 모이는 거다.

"그렇게 하면 다 함께 광 안의 존재를 데리고 나올 수 있습니다."

도베에의 목소리는 자신감에 차 있었다. 객기나 가망 없는 희망이 아니다. 오치카는 느낄 수 있었다. 도베에의 손에서 분명히 전해져 온다.

복도로 들어가자 곧 저택 안 어디에선가 오타카를 부르는 목소리가 들려왔다. 노인의 목소리다.

"세이로쿠 씨예요!"

오치카와 도베에는 목소리가 나는 쪽으로 서둘러 달려갔다. 세이로쿠는 어느 방의 벽장문을 열고, 반쯤 그 안에 기어들어가 있었다. 고용살이 일꾼들의 방이었는지 간소한 구조였지만, 벽장은 벽의 한 면을 전부 차지할 정도로 크다.

"이상하군…… 아까 여기로 도망쳐 들어갔는데."

중얼중얼 말하면서 기어나온 세이로쿠는 오치카를 보더니 앗 하고 소리를 질렀다.

"당신은! 아가씨!"

그가 갑자기 달려들었기 때문에 오치카는 떠밀려 쓰러질 뻔했다. 도베에가 웃으며 끼어든다.

"자, 자, 세이로쿠 씨."

세이로쿠는 자물쇠 직인이라는, 근성이 필요한 직업에 종사해 온 노인답게 활기차게 움직이는 눈과 손을 가지고 있었다. 당신은 누구냐고 도베에게 묻더니, 도베에가 대답을 하기도 전에 문득 생각에 잠긴다.

"아니…… 아무래도 나는 당신들을 아는 듯한 기분이 들어. 이상하군. 단골손님도 아닌데, 어째서인지 아는 것 같단 말이야."

도베에는 달래듯이 세이로쿠의 팔꿈치 언저리를 토닥토닥 두드리고는, 이어서 싱긋 웃었다.

"서로 알고 있지요. 이쪽에 있는 오치카 씨 덕분입니다."

두 사람 다 오치카에게는 흑백의 방 이야기 속의 사람들이고, 지금은 귀신인 사람들이다. 꿈이라도 꾸는 듯한 기분으로, 오치카는 도베에와 세이로쿠의 해후를 바라보았다. 어쨌든 이상하게 여기고만 있을 수는 없다.

"오타카가 방금 전까지 여기에 있었나요?"

세이로쿠가 떨떠름한 얼굴이 되어 벽장을 돌아본다.

"달려가는 모습을 발견하고 불렀소. 그런데 도망쳐 버렸지. 나다, 세이로쿠 할아버지다, 하고 말했는데."

"계속 찾아 주셔요. 찾으시거든, 함께 여기서 나가자고 말하고 정원으로 데려와 주시고요."

"나갈 수 있는 게요?" 묻고 나서 세이로쿠가 다시 고개를 갸웃거린다. "나가다니…… 애초에 나는 언제 여기에 왔을까."

"오치카 씨가 주선자입니다. 이는 우리들의, 한 번뿐인 고講신불에 참배하는 사람들의 조직. 계를 만들어 함께 절이나 신사에 참배를 가곤 했다 같은 것이지요." 하고 도베에가 말한다. 음, 고예요. 그 표현이 마음에 들었는지, 그는 되풀이했다. 오치카 고다.

"이세 참배라도 갈까."

세이로쿠의 말투만 들으면 지극히 느긋해서, 자신이 이미 죽었음을 깨닫지 못하고 있는 듯하다.

"아아, 좋지요." 도베에가 기쁜 듯이 뺨을 누그러뜨린다. "어쨌거나 세이로쿠 씨는 오타카를 찾아 주십시오. 우리도 찾아보겠습니다."

오타카의 이름을 부르면서 쭉 방에서 방을 돌다 보니 어느덧 부엌에 다다랐다. 저택의 규모에 맞게 부엌도 넓다. 붙박이 부뚜막이 두 개 있고 재가 쌓여 있다. 굴뚝으로는 담쟁이덩굴이 들어와 늘어져 있었다.

망가지고 먼지투성이가 된 집기들이 떨어져 있다. 부엌문 옆에는 한 아름은 될 듯한 물독이 세 개. 하나는 와장창 깨져 있고, 하나는 옆으로 쓰러져 있고, 하나는 이가 빠지고 금이 간 상태다.

그 앞에서 여자가 쪼그려 앉아 울고 있다. 줄무늬 기모노에 다스키를 맨 나이 많은 남자가 여자에게 다가가 몸을 구부려 등을 쓰다듬어 주고 있다.

"소스케 씨." 오치카가 불렀다.

남녀가 얼굴을 들었다. 눈물에 젖은 여자의 얼굴은 오후쿠가 평했던 대로 몹시 못생겼다.

"오키치 씨로군요."

소스케는 오치카가 막연하게 떠올렸던 모습보다 뼈대가 굵고 딱 벌어진 체격이었다. 하지만 손을 보면 섬세한 바느질 일을 하는 직인이었음이 분명하다.

"작은 마님이…… 작은 마님은 저를 모르실 테니 어쩔 수 없는 일이지만……."

소스케는 몹시 곤란한 모양이다. 오치카는 어린아이처럼 봉당으로 폴짝 뛰어내렸다.

"하지만 소스케 씨는 오키치 씨를 아시지요?"

죽어서도 이시쿠라야를 걱정하던 충성스러운 고용살이 일꾼이다.

"예. 그런데 아가씨와 그쪽에 계시는 분은 누구십니까?"

소스케는 한눈에 도베에가 직인이나 고용살이 일꾼이 아님을 꿰뚫어 본 모양이다. 공손한 말투였다.

"뭐, 조만간 알게 될 겁니다." 도베에는 정중하게 대답했다. "이시쿠라야의 작은 마님, 아니, 오키치 씨. 울지 마십시오. 당신이 어째서 우는지, 이 아가씨는 알고 계신답니다. 그러니 이제 울지 않아도 돼요."

못생긴 얼굴의 오키치는 울고 있어도 애교가 넘쳐 보인다. 아름답지는 않지만 사랑스러운 얼굴이다. 한때, 이 사람은 분명히 이시쿠라야를 밝게 만들어 주었을 것이다.

"무서웠지요."

오치카는 복잡한 생각을 버리고 자연스럽게 오키치를 안아 주었다. 오키치도 울면서 몸을 맡겨 왔다.

"쓸쓸하고 무서웠지요. 하지만 이제 끝났답니다."

"저는……저는……."

"다 끝났습니다. 그러니 이제 울고 싶은 만큼 울고 나면, 그걸로 끝이에요."

도베에가 온화하게 오키치에게 말했다.

"나 또한 그렇기 때문에 알 수 있어요. 오키치 씨에 대해서도 여기 이 아가씨, 오치카 씨는 알고 있어요. 오치카 씨가 당신을 알아주었기 때문에 당신을 누르던 무거운 돌이 치워진 겁니다."

당신은 정말 가엾은 몸이 되고 말았지만—하고 도베에는 목소리를 낮추었다.

"아무도 당신이 미워서 그런 것이 아니에요. 용서하라는 말이 아닙니다. 그저 이해해 주십시오. 참아 주십시오."

할 수 있지요?

"지금이라면요. 지금이라면 그럴 수 있어요."

눈을 깜박여 눈물을 떨어뜨리고, 오키치는 잠에 취한 것 같은 눈빛으로 도베에와 오치카를 보았다.

"저는 어째서 여기에 있을까요."

"곧 떠납니다. 같이 가시지요. 오키치 씨는 혼자가 아니에요."

소스케가 기세 좋게 고개를 끄덕인다. "제가 작은 마님을 모시겠습니다."

그 진지한 모습에 오치카는 저도 모르게 손을 모았다. 숙모님이 옳았다. 이런 고용살이 일꾼을 소홀히 대해서는 안 된다.

복도 저편 어딘가에서 어린아이의 발소리가 어지럽게 뒤섞이는가 싶더니, 남자아이의 목소리가 시끌벅적하게 들려왔다.

"형이 술래야, 잡아 봐!"

그 뒤를 이어, 하루키치, 뛰지 마, 하고 고함치는, 나이가 위인 듯한 남자아이의 목소리도 들렸다.

"이런." 도베에가 얼굴을 든다. "아무래도 세이로쿠 씨는 오타카 씨의 가족을 먼저 찾아낸 모양이군요."

오치카는 흠칫 놀랐다. 그게 전해졌는지, 오키치가 매달려 온다.

"저 아이들은 누구지요?"

"아니, 무서운 존재가 아니에요. 괜찮아요."

너희들, 시끄럽게 굴려면 정원에서 해라, 하고 세이로쿠의 기운찬 목소리가 들려온다. 늙은 직인은 마음 아프게 헤어진 애제자 일가와 재회하더니 도로 젊어진 듯싶기도 하다.

오치카는 오키치를 안은 채 도베에를 보았다. "다쓰지로 씨 가족은 역시 죽었던 걸까요."

이 저택에 삼켜져 갇혔을 뿐이었던 게 아니었나.

"유감스러운 일이지만" 하고 도베에는 대답했다. "먼 옛날의 일입니다."

"하지만 저택이 불탄 자리에서 시체 같은 것은 나오지 않았다고 했어요. 발견된 사람은 세이로쿠 씨뿐이잖아요."

사람은 혼으로만 이루어져 있는 게 아니다. 반드시 그 그릇, 몸이 있다. 그렇다면 다쓰지로와 오산 부부, 오타카 형제들의 몸도 어딘가에 있어야 하지 않을까.

오치카의 물음에 대답하기 전에, 도베에는 정중하게 소스케에게 부탁했다.

"소스케 씨, 오키치 씨를 부탁합니다. 정원의 만주사화가 많이 피어 있는 곳에서 쉬게 해 주십시오."

알겠습니다, 하고 소스케가 나선다. 오키치는 순순히 뒤를 따라, 그의 보호를 받으며 정원으로 나갔다.

도베에가 다시 오치카를 향한다. "세이로쿠 씨의 시체가 발견된 후, 저택이 불탄 자리를 다시 조사했는지요."

오치카는 생각에 잠겼다. 세이타로가 이야기해 준 내용을 떠올려 본다.

"깨끗이 치웠다고 했어요. 그곳은 지금도 여전히 빈 땅이고, 냉이조차 자라지 않는다고 하더군요."

도베에는 생각에 잠긴 듯이 고개를 끄덕였다.

"아무도 나서서 조사하고 싶지 않았겠지요. 시체나 뼈는 틀림없이 있을 겁니다. 묻혀 있을지도 모르지요."

"하지만 그렇다면, 오타카 씨가 알아차리지 못했을 리가 없을 텐데요."

"오타카 씨―오타카는 알지 못했어요. 알아차리지 못한 겁니다. 그게 바로 이 저택이 오타카를 속이고 있다는 증거가 아니겠습니까."

오치카는 차가운 것이 등골을 스치고 지나가는 느낌에 몸을 움츠렸다.

"모두들 어떻게 돌아가셨을까요."

도베에의 온화한 말투는 변함이 없다. 하지만 눈 속에 비통한 빛이 떠올랐다.

"아비규환이 일어났으리라고는 생각되지 않습니다. 다쓰지로 씨의 가족은 한 사람 한 사람 광으로 들어가, 그곳에서 저택이 보여 주는 꿈 같은 환상 속에 잠겨서 조용히 약해져 가지 않았을까요."

오타카가 목숨을 건진 까닭은 세이로쿠 일행이 저택에 들어왔을 때 그 아이의 몸만은 아직 유지되고 있었기 때문이다.

―아직 안 돼! 아직 내 차례가 오지 않았어!

구출되었을 때 오타카가 외친 말의 뜻도, 그렇다면 알 수 있다.

오치카의 몸속에 지금까지 없던 감정의 불이 켜졌다.

분노다. 오치카는 화가 났다.

"어쩜 그렇게 잔혹한 짓을."

"잔혹한 일이지요."

"무도하고 교활한 짓이에요."

"그렇습니다. 이 저택의 주인은 그러한 존재입니다."

광 속에 있는 것은.

오치카는 주먹을 쥐고 자세를 바르게 했다. "마쓰타로 씨를 데리고 나가야 해요. 도베에 씨의 말씀대로, 이 저택을 쳐부숴야 해요."

하지만―어떻게?

망설이며 흔들리는 오치카의 눈빛을 도베에는 흔들림 없이 받아들였다.

"어떻게 하면 되는지, 오치카 씨는 이미 알고 계실 겁니다."

"제가?"

"예. 어려운 것은 전혀 없어요."

지금까지처럼 하면 된다. 지금까지 오치카가 '흑백의 방'에서 해

온 일을.

도베에는 강하고 따뜻한 목소리로 말했다. "아가씨가 저희들에게 해 주신 일을, 이번에는 이 저택의 주인에게도 해 주십시오."

광의 문 앞에는 마쓰타로와 오타카가 서 있었다. 마쓰타로가 뒤에 서서 오타카의 가냘픈 어깨에 양손을 올려놓고 있다.

소녀 오타카는 토라진 듯한 눈빛을 지으려고 하지만 그 눈동자가 종종 흔들려 안정을 잃고 있음을 오치카는 알 수 있었다.

마음을 빼앗기고 있는 것이다. 정원에 모인 부모와 형제들에게.

죽은 사람들의 혼은 만주사화 꽃 무더기 속에 한 덩어리가 되어 서 있다. 아직 더 놀고 싶은지 끊임없이 꽃밭에서 나가려고 하는 오타카의 형제들을 다쓰지로와 오산이 붙들고 있다.

오키치는 소스케에게 기대어 있다. 오사이와 이치타로는 오키치의 눈에서 숨듯이 조금 떨어진 곳에서 고개를 숙이고 있다. 그 두 쌍 사이에, 등으로 자신의 딸과 아들을 감싸고 며느리에게는 사과하듯이 머리를 숙이고 서 있는 부부는 이시쿠라야의 데쓰고로와 오카네가 틀림없다.

모두 모였다. 오치카는 일동에게 고개를 끄덕였다.

"오타카 누나."

가장 어린 남동생 하루키치가 광 앞의 오타카를 부른다.

"누나도 이쪽으로 와."

그 말을 들은 순간, 마쓰타로의 표정이 움직였다. 험악하게, 혐오하는 듯이 눈썹을 찌푸리더니 오타카를 광 안으로 밀어 넣었다.

"들어가거라. 자, 착하지."

오타카는 약간 비틀거렸다. 눈동자는 미련에 끌려 하루키치 쪽을 향한다. 그런 오타카를 마쓰타로가 더욱 세게 밀어, 오타카는 고꾸라지다시피 광 안쪽으로 사라졌다.

이어서 마쓰타로도 문지방을 타 넘는다. 순간, 도전하는 듯한 날카로운 시선이 오치카의 얼굴에 부딪쳐 왔다.

자, 너도 이쪽으로 올 수 있겠느냐?

오치카는 받아들였다. 예, 가지요.

"도베에 씨."

"저는 여기에 있겠습니다." 도베에는 오치카의 손을 꽉 움켜쥐었다가 살며시 놓았다. "다른 사람들과 함께 아가씨를 기다리고 있겠습니다."

예, 하고 대답하고, 오치카는 발길을 돌려 광으로 다가갔다. 온 정원에서, 나무에 걸려 있는 수많은 화려한 옷들이 손뼉을 치며 기뻐하듯이 춤추었다.

오치카는 광으로 한 발 들어섰다.

엷은 햇빛 속에 작은 먼지가 떠돌고 있다. 의외로 좁다. 이층으로 이어지는 사다리가 앞쪽으로 크게 튀어나온 탓도 있고, 벽에 놓인 오동나무 장롱과 쌓아 올려져 있는 나무 상자가 자리를 차지하고 있어서이기도 했다. 게다가 장롱 서랍의 대부분은 뽑혀 나와 바닥에 쌓여 있다. 옷을 볕에 쬐기 위해서다.

겁먹지는 않았지만 발소리를 죽이며 그 사이를 빠져나갔다.

하얀 먼지를 살짝 뒤집어쓴 검은 판자 바닥. 거기에 어린아이의 맨발 자국이 나 있다.

막다른 곳의 벽에 등을 붙이고, 오타카가 이쪽을 노려보고 있었다.

마쓰타로도 보인다. 쇠장식에 나무막대를 꿰어 짊어질 수 있도록 만든, 검게 칠한 훌륭한 궤 위에 걸터앉아 있다.

오치카는 두 사람을 마주 보며 목례를 했다. 그러고는 그 자리에서 정좌한 뒤, 이번에는 바닥에 손가락을 짚고 다시 한 번 머리를 숙였다.

"간다 미시마초, 주머니 가게 미시마야의 오치카라고 합니다."

양손을 짚은 채 얼굴을 들고 마쓰타로를 똑바로 올려다보았다. 그의 얼굴에서는 표정이 사라지고 고저가 없는 침묵만이 달라붙어 있었다.

오타카가 동그란 눈을 크게 뜬다. 미움에 찬 아까의 눈빛은 가짜다. 지금의 이 아이는 그저 일의 진행에 놀라고 있을 뿐이다.

오치카는 말을 이었다. "저는 숙부이자 미시마야의 주인인 이헤에 님의 명을 받아, 특이한 괴담을 듣고 모으는 일을 하고 있습니다. 오늘도 그 역할을 다하기 위해, 이 댁이 감추고 있는 불가사의한 이야기를 청해 듣고자 찾아뵈었습니다."

자. 오치카는 씩씩하게 미소를 지었다.

"제게 이야기를 들려주실 분은 누구신지요."

8

오치카의 음성이 울렸다가 사라지자, 광 안에는 다시 침묵이 가득 찼다. 물처럼 차가운 고요함. 오치카는 그 무게를 어깨로 느낄 수 있었다.

마쓰타로가 침묵을 밀어냈다.

"제 이야기라면 아가씨는 이미 알고 계시지 않습니까. 이제 와서 말씀드릴 것도 없지요."

저택에 발을 들여놓은 후 처음으로 만난 마쓰타로의 모습과 목소리에, 오치카는 순간적으로 그리움마저 확실히 느꼈다. 없는 손가락을 보충하기 위해 천을 채워넣은 장갑까지 전부 옛날 그대로였기 때문이다.

하지만 지금, 광 안에서는 다르다.

무엇일까, 이 목소리는. 마쓰타로는 이렇게 쉰 듯한 목소리를 내지 않았다. 물론 그의 목소리이기는 하지만—.

마쓰타로의 표정도 그렇다. 얌전한 사람이었기 때문에 희로애락을 분명하게 구분할 수 없는, 종잡을 수 없는 표정인 적은 자주 있었다. 그 얼굴을 무표정하다고 한다면, 지금의 이 얼굴도 그렇긴 하다. 하지만 무언가가 다르다.

오치카가 똑바로 바라보자 마쓰타로도 마주 본다. 오치카는 시선을 피하지 않고 천천히 말했다. "그래도 제가 안다고 생각하는 당신의 이야기와 당신의 가슴속에 있는 이야기는 틀림없이 다르겠지요. 그 이야기들이 어긋나 있었기 때문에 그토록 괴로운 일이 일어난 것 아니겠습니까."

 괴로운 일. 마쓰타로는 오치카의 말투를 흉내 내며 되풀이하고, 비웃듯이 짧게 웃었다.

 "그렇습니까. 하지만 아가씨는 가장 중요한 점을 잊으셨군요. 그 일은 일어난 것이 아니에요. 제가 일으킨 것이지요."

 당신 혼자가 아니다. 모두가 일으킨 것이다. 오치카는 그렇게 말하려다가 참았다. 나는 듣는 사람이다. 이야기하는 사람은 마쓰타로다.

 오치카는 입을 다물고 기다렸다. 반짝반짝 빛나면서 떠 있는 먼지는 언제쯤이면 가라앉을까. 이건 정말로 먼지일까. 이 집의 진짜 주인의, 부서진 마음의 파편이 아닐까.

 "─원망하고 있겠지요."

 마쓰타로가 낮게 중얼거린다. 오치카의 귀에는 그 목소리가 한층 더 다르게 들렸다.

 마쓰타로의 목소리에 무언가가 섞여 있다.

 "묻는 겁니다. 대답해 주십시오, 아가씨. 저를 원망하고, 화가 나셨겠지요."

 오치카는 눈을 크게 뜬 채 시선을 고정했다. 지금 마쓰타로의 눈동자가 움직였다. 저것은 그의 눈동자가 아니다.

 다른 사람의 목소리. 다른 사람의 눈동자.

 오치카는 물었다. "당신은 누구십니까."

 마쓰타로가 대답한다. "무슨 농 같은 말씀을─."

 "다시 여쭙겠습니다. 당신은 누구시지요? 마쓰타로 씨 안에 숨어 계시는군요."

두 사람의 대화하는 모습을 눈도 깜박이지 않고 바라보던 오타카는 더 이상 참지 못하겠는지 몸을 흠칫 떨었다. 오치카는 오타카에게 시선을 주고는 미소를 지었다.

"무섭지 않아요. 괜찮아요."

오타카는 오치카와 마쓰타로를 번갈아 바라보다가, 등으로 벽을 문지르다시피 그 자리에 주르륵 주저앉아 팔다리를 움츠렸다.

"대답해 주셔요. 그리고 나와 주셔요."

오치카는 바닥에 손을 짚고 엎드렸다.

얼굴을 든 바로 그때.

마쓰타로의 몸이 갑자기 기울고, 허공에 뜨듯이 비틀거리며 궤 위에서 굴러떨어졌다. 그러나 아무런 소리도 나지 않았다. 천 조각이 바람에 불려 떨어지듯이 마쓰타로는 바닥 위로 풀썩 굴렀다.

오치카는 깜짝 놀라 그에게 달려들었다. 안아 일으키고는 더욱 놀랐다. 전혀 무게가 없다. 어깨도 팔도 차갑고, 머리는 오치카의 가슴에 기대다시피 축 늘어져 있다. 만질 수는 있는데 무게가 없다.

"아, 아가씨. 미안합니다."

마쓰타로가 오치카에게서 몸을 떼려고 하지만 잘 되지 않는다. 손도 발도, 그의 생각대로 움직이지 않는 것이다.

마치 조종하는 사람을 잃은 인형극의 인형 같다. 오치카는 확신했다. 방금 전까지 마쓰타로 안에는, 그를 이곳에 불러들인 존재가 들어와 있었다.

"이런 곳에 불러 오시다니―저는 어째서 여기에―아가씨에게 무슨 짓을."

심장 박동이 없다. 호흡도 없다. 마쓰타로는 이미 죽었고, 여기에 있는 것은 그의 염念이 변한 모습이다. 그래도 오치카는 그의 입에서 흘러나오는 말에 당혹감을 느꼈다. 그의 떨리는 눈빛에 부끄러움을 느꼈다. 그의 슬픔이 그 가볍고 공허한 몸을 통해 전해져 왔다.

"당신 탓이 아니에요."

오치카는 그렇게 말하며 마쓰타로의 어깨로 얼굴을 숙였다.

"당신이 잘못한 게 아니에요. 미안해요, 미안해요. 얼마나 사과하고 싶었는지."

마쓰타로의 온몸이 파도치듯이 떨렸다.

"사과하다니, 아가씨가, 제게."

어째서. 어째서.

똑같은 물음이 담긴 두 사람의 눈이 딱 마주친다.

오치카는 깊이 고개를 끄덕였다. 그냥 끄덕였다. 무언가 말하려고 하면, 말보다 먼저 눈물이 나올 것 같다. 그건 안 된다. 여기에서 울어서는 안 된다.

"저는 요시스케 씨를 해쳤어요. 아가씨가 사랑하는 사람을 죽였지요. 그런데 아가씨는 제게 사과하시다니."

"나만이 아니에요. 오라버니도 당신한테 사과하고 싶대요. 마쓰타로 씨가 그렇게 고뇌하게 된 건 우리의 교만과 심술 때문이었다고."

두 사람 옆에서는 다리가 풀린 듯한 오타카가, 조금씩 엉덩이를 뒤로 빼며 두 사람에게서 떨어지려 하고 있다. 오치카는 알아차리지 못했지만, 오타카는 그렇게 해서 조금 전까지 마쓰타로가 걸터앉아 있던 궤로 다가가고 있었다.

그 궤가 오타카를 끌어당기고 있었다. 오타카의 눈동자에는 어느새 으늑히 빛나는 듯한 희푸른 광채가 깃들었다.

소녀는 손을 뻗어 궤를 만지려고 했다.

그때 광 바깥에서 아이들의 목소리가 들려왔다.

"오타카아."

"오타카 누나."

튕기듯이 궤에서 손을 뺀 오타카가 기세를 이기지 못하고 바닥을 굴렀다. 서로를 지탱하다시피 하던 오치카와 마쓰타로는 놀라서 돌아보았다.

"오타카 누나, 나와. 이제 장난치지 않을 테니까 나오라고."

막내 하루키치의 목소리가 아닌가. 불안으로 갈라지고, 연약하게 호소하는 듯한 음성이 오치카에게 힘을 주었다.

저 아이가 저런 서글픈 목소리를 내지 않도록 하기 위해서, 내가 이곳에 온 것이다.

"오타카!"

오치카는 마쓰타로의 몸을 부축하면서 오타카의 눈을 똑바로 바라보고 말했다.

"두 분은 여기서 나가요. 지금 당장 나가요. 오타카 씨에게 이 오라버니를 부탁할게요. 당신이라면 할 수 있지요? 이 오라버니를 데리고, 정원으로 나가셔요. 모두들 거기에서 기다리고 있으니까!"

"─기다리고 있어?"

아직도 바닥에 쓰러진 채로 오타카는 중얼거렸다. 그 중얼거림은 이내 강하고 또렷한 물음이 되었다.

"기다리고 있다니, 아버지와 어머니가?"

"예, 당신의 오라버니와 언니도, 하루키치도. 모두 당신을 보고 싶어 해요."

오타카아~. 부르는 소리가 들린다. 보셔요, 하며 오치카가 크게 웃음을 짓는다.

"가셔요. 이런 곳에서 나가는 거예요!"

오타카는 새끼 토끼처럼 벌떡 일어났다. 마쓰타로의 손을 잡고는 힘껏 당긴다. 오치카는 마쓰타로를 부드럽게 밀어내고—.

갑자기, 도로 끌려갔다. 마쓰타로의 몸이 힘을 되찾았고, 차가운 팔이 꿈틀거리듯이 움직여 오치카의 몸을 붙들었다. 이어서 그 손이 오치카의 목에 닿았다.

가까이에서 보는 그의 눈은 또 다른 사람의 눈으로 바뀌어 있었다.

"듣기 좋은 소리 하지 마라, 이 헤픈 년."

쉰 소리가 섞인 목소리로, 오치카를 욕한다. 오치카는 목이 세게 졸려 소리도 나오지 않는다. 숨이 막힌다.

"마음에도 없는 말을 늘어놓아 아직도 나를 속이려는 속셈이겠지만, 그렇게 엿장수 마음대로는 안 될 게야. 두 번은 속지 않는다!"

오치카의 목을 조른다. 버둥거리며 필사적으로 마쓰타로의 손을 손가락으로 쥐어뜯으려 해도 손톱을 세울 수가 없다. 머릿속이 새하얘지고 정신이 아득해진다—.

"싫어!"

광 안에 오타카의 비명이 울렸다. 싫어, 싫어, 싫어, 하고 소리 지르면서 소녀는 마쓰타로에게 덤벼들어 닥치는 대로 때리고 차기 시작했다.

"그런 짓 하면 안 돼! 이런 건 이제 싫어. 그만해, 그만해, 그만하라니까!"

오타카는 자그마한 이를 드러내더니 갑자기 마쓰타로의 팔뚝을 물어뜯었다. 마쓰타로가 비명을 지르며 오치카를 떠밀듯이 떼어 놓는다. 오치카는 옆으로 털썩 쓰러져 격렬하게 기침을 했다.

"아, 아가씨."

제정신으로 돌아온 마쓰타로가 또다시 얼이 빠진 듯 털썩 주저앉는다. 눈에 눈물이 고인 오타카가 그의 소매를 붙잡고 잡아당긴다.

"밖으로 나가자! 빨리 나가자!"

그때, 오치카는 느꼈다. 바닥에 엎드려 있기 때문에 바로 알 수 있었다.

광이 흔들리기 시작했다. 삐걱거리고 있다. 쌓아 올려진 나무 상자며 장롱 서랍이 덜컹덜컹 소리를 내더니, 바닥 위를 미끄러지듯이 움직이기 시작한다. 오치카가 손을 짚고 몸을 일으키자 벽의 회반죽 파편이 얼굴로 떨어져 내렸다.

건물이 토대에서부터 통째로 흔들리고 있다. 그중에서도 가장 심하게 흔들리는 것은 그 궤다. 네 귀퉁이가 차례차례 솟구치고, 춤을 추듯이 뛰며 움직인다. 이 궤의 울림이 광을 뒤흔들고 있는 것처럼 보이기까지 한다.

저것이, 저것이 바로 이 광의 핵심일까. 저 안에 있는 것이?

퍼뜩 머리를 스친 생각에 오치카는 가슴이 뛰었다. 하지만 문득 시야 한구석에 들어온 광경에 피가 얼어붙는 듯했다. 광 출입구의 이중문도 흔들리고 있다. 양쪽으로 여닫는 문이 펄럭이듯이 좌우로 흔들려, 당장이라도 닫혀 버릴 것만 같다.

"빨리, 빨리 도망쳐!"

문이 닫힌다!

그렇게 생각한 순간, 광 밖에서 팔이 하나, 둘, 뻗어와 닫히려는 문을 단단히 잡았다.

"오타카, 오타카!"

"오치카 씨!"

세이로쿠의 목소리다. 도베에의 목소리다.

"이쪽이야말로, 그렇게 엿장수 마음대로는 안 될 겁니다. 자, 빨리 나오세요!"

세이로쿠 할아버지, 라고 한 번 부르고, 오타카는 이중문 쪽으로 달려갔다. 무게가 없는 마쓰타로의 몸이 소녀의 힘에 가볍게 소매를 끌려 따라간다.

두 사람이 이중문에서 밖으로 뛰어나간 그때, 오치카는 똑바로 앉아 흔들림에 지지 않도록 손을 짚어 버티며 소리를 질렀다.

"진정하셔요! 저는 도망치지 않아요!" 그러고는 마쓰타로가 걸터앉아 있던 궤를, 오타카가 이끌려 가던 검은 궤를 응시했다. 궤는 기쁜 듯이 펄쩍펄쩍 뛰며 광을 뒤흔들고 있다.

"숨바꼭질을 좋아하는 당신은 거기에 있는 모양이군요."

흔들림에 지지 않도록 발을 버티고 일어서서 궤로 다가간다. 뚜껑에 손을 올려놓는다.

꽤 오래된 물건이다. 호화롭게 세공된 것은 알겠지만, 옆면에 그렸을 가문의 문장 같은 것은 깨끗이 벗겨져 있었다. 아니, 어쩌면—깎아낸 것일까.

"이제야 마주 보고 이야기를 들을 수 있게 되었군요. 좀 열겠습니다!"

잠시의 망설임도 없이, 오치카는 궤의 뚜껑을 열었다. 뚜껑은 의외로 무거워서, 광이 좌우로 심하게 흔들리자 그 자체의 무게로 기울어 바닥에 툭 떨어졌다.

땅울림과 진동이 거짓말처럼 그쳤다.

오치카의 가슴이 맑게 개었다. 목의 아픔도 사라져 가는 것 같다.

그러나 궤 속은 텅 비어 있었다.

낡은 천과 먼지의 냄새. 희미한 곰팡이 냄새. 그뿐이다. 안에는 아무것도 없다.

허탕을 쳤다.

"비었군요." 오치카는 소리 내어 말했다.

"이런 텅 빈 것이 당신인가요."

이것이 당신의 이야기인가요.

광 안은 쥐 죽은 듯 조용하다.

도베에는 말했다. 아가씨가 저희들에게 해 주신 일을, 이번에는 이 저택의 주인에게도 해 주십시오, 라고.

오치카는 빈 궤의 밑바닥을 바라보며 생각했다.

이 광은 사람을 가두기 위한 곳으로 사용되었다고 한다. 본래의 소유자인 무사의 핏줄이 끊기고 저택의 주인이 바뀌어도 또 누군가가 광에 갇힐 만한 사정이 생겨, 결국 아무도 살지 않게 되었다.

그렇다면 여기에는 수많은 슬픔과 고통이 갇혀 있을 것이다. 오치카가 '당신'이라고 부르는 저택의 주인도, 실은 한 명이 아닐지도 모른다. 이야기를 들어야 할 상대는 여러 명인지도 모른다.

그런데 자못 수상쩍은 이 궤는 텅 비어 있다.

왜 비어 있을까. 산더미처럼 많은 이야기가, 쌓이고 쌓인 마음이 있어야 할 텐데.

오치카의 마음에 차갑고 끈적끈적한 무언가가 미끄러져 들어왔다.

이 궤에 들어가고 싶다.

궤에 들어가서 뚜껑을 닫고 숨어 버리고 싶다. 지금까지의 괴로운 일, 슬픈 일, 잊고 싶어도 잊을 수 없는 후회를 자신의 몸과 함께 숨겨 버리고 싶다.

아니, 그리해야 한다. 오치카에게는 허물이 있다. 그렇게 함으로써 죗값을 치러야 할 허물이.

이 궤에 들어간다면 모든 것을 쉽게 보상할 수 있다. 불문에 들어가기보다 편하고, 시간과 수고도 들지 않는다.

궤에 들어가 버리자.

"오치카 씨!"

"아가씨!"

오치카는 깜짝 놀라 눈을 깜박였다. 궤 가장자리에 올려놓은 손이 떨어진다. 방금 들린 목소리는 도베에다. 그리고 마쓰타로의 목소리다.

아연실색하여, 텅 빈 궤로 시선을 떨어뜨린다. 이 마음은 무엇이었을까. 저항하기 힘들 정도로 오치카를 유혹하는 이 광의, 이 궤의 의지는.

궤에 들어가면 오치카는 이곳의 주인이 된다.

궤가 비었기 때문에 저택은 오치카를 원하는 것이다.

오치카는 미간을 찌푸리며 생각했다.

―광 안에 숨어 있는 것은 그렇게 버거운 존재가 아닙니다.

도베에는 이렇게 말하지 않았던가.

―이미 이름을 잊고 망자의 형태조차 잃은, 그저 미련 덩어리에 불과하다.

그리고 궤 안은 텅 비어 있다.

비로소 오치카는 깨달았다. 그렇다, 비었다. 텅 비어 있는 것이, 이 저택 주인의 이야기인 것이다.

"모든 것은 먼 옛날의 일."

살짝 곡조를 붙여, 자연스럽게 노래하는 듯한 중얼거림이 되었다. 오치카는 광 안을 천천히 둘러보면서 말을 이었다.

"되풀이되어 오기는 했지만, 과거의 일."

이 저택의 시간은 멈추어 있는 듯이 보이지만, 그건 겉모습이다. 시간은 흐른다. 아무도 시간에서 도망칠 수 없다.

"슬픔과 괴로움, 원한과 분노. 그런 감정들은 시간을 뛰어넘어서 남지요. 하지만."

그 어두운 감정들을 품고 있던 사람들은 언젠가 잊혀 간다.

하나하나의 이야기는 잊혀 간다.

그래서 비었다.

저택 주인의 정체는 텅 빈 것이다. 비었기 때문에, 저택은 사람을 원해 왔다. 원해서, 삼켜온 것이다.

그게 이 저택이 들려 주어야 할 이야기다.

"잊힌 게 슬펐군요. 잊혀 가는 게 슬펐군요."

오치카의 마음은 활짝 개고, 눈동자에는 맑은 눈물이 고였다.

"이제 그런 슬픔에 잠겨 있는 건 그만해요. 새로운 일을 하는 거예요."

무엇이 잊히든, 얼마나 잊히든, 결코 사라지지 않고 남아 있는 이 저택 주인의 '바람'을 이루어 주는 일.

"당신도 여기에서 나가고 싶지요."

깨닫고 보니 참으로 쉬운 답이다. 그게 오치카가 이 저택에서 들어야 할 이야기다.

"계속 갇혀 있었으니까요. 밖으로 나가고 싶은 것이 당연하지 않나요."

오치카는 어린아이처럼 까치발을 하고 빙글 돌아 소매를 펄럭이며 광 안을 향해 말했다.

"자, 저와 함께 나가요."

의연하게 등을 펴고, 이중문으로 걸어간다. 궤 뚜껑은 활짝 열려 있다. 쌓여 있다가 무너진 서랍들을 가볍게 피하고, 웃음을 띠며 한 발짝, 또 한 발짝.

"바깥은 밝아요. 모두들 기다리고 있을 거예요."

오치카의 손이 문에 닿는다. 문은 지극히 당연하다는 듯이 바깥으로 스윽 열린다.

오치카가 문지방을 넘는다.

도베에가 있었다.

다쓰지로가 있었다.

세이로쿠가 있었다.

마쓰타로가 있었다.

오치카를 보더니 도베에를 선두로 자연스럽게 줄을 지어, 나란히 서는 형태가 되었다.

"아아, 아가씨."

도베에가 그리운 것을 보는 듯이 웃는다.

"그대로 돌아보지 말고 오십시오. 잘 따라오고 계시니까요."

저택의 주인이 오치카의 등 뒤에.

"함께 저쪽으로 가십시다." 도베에는 오치카의 등 뒤를 향해 말을 걸었다. "만주사화가 예쁘게 핀 저 곳으로."

여자들과 아이들은 만주사화 꽃 속에서 한데 뭉쳐 있다. 하지만 오치카의 걸음과 도베에의 목소리에 그들도 줄을 지어, 오치카 뒤에서 따라오는 것을 맞이한다.

마쓰타로가 말없이 오치카 옆에 나란히 섰다. 오치카는 그의 손을 잡고 미소를 지었다. 미소를 지으면서 다시 한 번 말했다. 미안해요, 하고.

"돌이킬 수만 있다면 그 무엇과 바꾸어서라도 돌이키고 싶다고,

우리 모두 바라고 있어요."

마쓰타로가 그저 고개를 젓는다.

"저는 무리에서 동떨어진 존재였습니다."

태어나지 않는 편이 나았을 정도다.

"저를 산길에서 던진 사람은 아버지입니다."

좀 더 놀라도 될 텐데, 오치카의 마음은 잔잔했다.

"마루센 분들에게는 아무래도 말할 수가 없었어요. 말하면 또 버림받을 듯한 기분이 들어서. 부모도 버린 아이를, 다른 사람이 소중하게 대해 줄 리가 없지요."

그래서 말할 수 없었다. 그게 내 비뚤어진 부분이 되었다. 두려움이 되었다.

"그런 짓을 하고 싶지는 않았습니다. 저도 어째서 그런 짓을 저질렀는지, 지금에 와서는 모르겠어요."

억누를 수 없는 혼란스러운 감정이 그 찰나, 그 한순간 동안 마쓰타로를 사람도 아닌 존재로 바꾸었다.

"아가씨는 제게 다정하게 대해 주셨는데."

이제 됐어. 이제 됐어요. 그렇게 말하는 대신에, 오치카는 그의 손을 꽉 쥐었다.

만주사화 꽃의 군락이 가까워졌다. 진홍색 꽃에 에워싸인 오사이와 이치타로의 아름다운 얼굴에 넋을 잃은 듯한 황홀한 표정이 떠올라 있다. 두 사람만이 아니다. 꽃 속에 있는 사람들은 모두 오치카의 등 뒤를 따라오는 존재에게 매혹되어 있다.

"자, 아가씨."

문득 걸음을 멈추고, 오치카의 소매를 붙들며 도베에가 말했다.
"당신은 여기까지예요. 오타카 곁으로 가 주십시오."
도베에가 눈으로 가리킨 곳에 오타카가 있었다. 호화스러운 후리소데가 걸린 소나무의 줄기를 껴안고, 오도카니 서 있다.

9

오타카의 검은 눈동자는 깜박이지도 않고 만주사화 군락 속의 사람들을 바라본다. 거기에는 오타카의 아버지와 어머니가 있다. 언니와 오라비와 동생이 있다. 그리고 세이로쿠 할아버지가 있다.
"오치카 씨."
그 자리에서 움직이지 못하고 있는 오치카에게 도베에가 온화한 음성으로 말했다.
"오타카와 나란히 설 때까지, 돌아보아서는 안 됩니다. 자, 그대로 계속 가십시오."
쉬운 일입니다. 오타카만을 보면서 오타카가 있는 곳까지 걸어가면 됩니다.
오타카가 있는 소나무 옆까지, 오치카의 걸음으로 열 발짝 정도되리라. 오타카의 앞머리가 흐트러져 이마에 흘러내려 와 있는 모습이 보인다. 마치 자신을 거기에 비끄러매기라도 하려는 양 굳게, 굳게 나무줄기에 감겨 있는 가느다란 팔도 보인다. 오치카는 떨리는 걸음을 앞으로 내딛었다.

오치카와 오타카는 이제 저 진홍색 꽃 속으로는 들어갈 수 없다. 돌아갈 수 없다. 저 사람들과는 함께 갈 수 없다.

그렇지는 않다.

목소리는 아니었다. 귀에 들린 것이 아니다. 마음에 전해져 왔다. 누군가가 마음을 맨손으로 움켜쥐었다. 싸늘하고 힘센 손. 망설임이 없는 손.

너도 오너라.

크게 비틀거리며 오치카는 걸음을 멈추고 말았다.

뒤돌아서 이쪽을 보아라.

싸늘하고 힘센 손이, 이번에는 오치카의 두 어깨를 움켜쥐고 있다. 움켜쥐고, 돌아보게 하려고 한다.

오치카는 저항하려고 몸을 딱딱하게 굳히고 주먹을 쥐었다. 두 발에 힘을 주어 버텼다.

"있잖아" 하고 목소리가 들렸다. 겁을 먹어 뒤집어진, 오타카의 목소리였다. 오타카의 눈은 오치카의 어깨 너머 허공의 한 지점을 보고 있다.

"저것은 뭐야? 저건, 뭐야?"

처음에는 작은 중얼거림이었다. 하지만 오타카가 같은 질문을 되풀이하는 동안, 끝이 올라가서 새된 소리가 되고, 결국에는 고함 소리가 되었다. 저것은 뭐야? 저것은 뭐야?

오타카의 비명이 오치카를 묶고 있던 무언가를 끊어내고 날려보냈다. 오치카는 달리기 시작했다. 거의 몸을 내던지다시피 하여 오타카 곁으로 달려가서, 소녀를 낚아채어 안아 올렸다. 그리고 오타카의 눈을 대신하여, 오타카가 바라보고 있던 것을 보기 위해 몸을 돌렸다.

죽은 사람들이 만주사화 꽃의 군락을 헤치듯이 천천히 걷고 있었다. 멀어져 간다.

일동은 중간이 완만하게 부푼 열을 이루고 있었다. 선두에는 이시쿠라야의 오키치와 소스케가 있다. 충성스러운 소스케는 오키치의 손을 잡아 부축하면서 걷고 있다. 두 사람의 모습은 이 저택과 정원 전체를 에워싼 흐릿한 안개 같은 것 속으로 녹아들어, 벌써 절반은 보이지 않게 되었다.

중간쯤에는 다쓰지로와 오산 부부와, 세이로쿠가 있다. 아이들을 사이에 두고 손을 잡은 채 걷고 있다. 세 아이들 중 천진한 하루키치가 걸어가면서 뒤를 돌아보았고, 때로는 걸음을 멈추고 말 듯이 보였다. 그런 하루키치를 세이로쿠가 등을 떠밀며 재촉하고 있다.

하루키치의 작은 입이 열리고 무언가 말한 것처럼 보였다. 오타카 누나—하고 불렀을지도 모른다. 하지만 목소리는 들리지 않았다.

이시쿠라야 사람들이 그 뒤를 따른다. 오사이는 뒷모습도 아름답다. 부모 사이에서 걷고 있다. 가볍게 숙인 목덜미가 하얗게 보인다. 만주사화 꽃 속에서 그 부분만 희미하게 빛나는 것처럼 보일 정도다.

이치타로는 부모와 누이에게서 조금 떨어져 혼자서 걷고 있다. 그의 등 바로 뒤에서 따라가는 것을 알고 있는 걸까, 모르는 걸까. 알고 있더라도 신경 쓰지 않는 걸까. 그 옆얼굴은 온화하고, 앞을 걸어가는 누이의 나긋나긋한 등만 바라보고 있는 듯하다.

이치타로의 등 뒤를 걷는 것—.

그것이 걷고 있다고 말해도 좋을지, 오치카는 알 수가 없다. 떠 있는 것도 아닌 것 같다. 그저 거기에 있다. 거기에 있다. 그리고 죽은 사람들과 함께 만주사화가 흐드러지게 핀 그곳을 걸어, 안개 속으로 멀어져 가려 하고 있다.

흐릿하게 금색으로 빛난다. 사람 키보다 훨씬 높고, 훨씬 크다. 사람의 모양을 하고 있다. 머리가 있다. 어깨가 있고 팔이 달렸다. 다리가 달렸다. 하지만 오치카가 눈을 크게 뜨고 있는 동안에도, 그것은 형태를 바꾸었다. 몹시 작고 짙은 그림자가 되어, 흘러 떨어지듯이 진홍색 꽃들 사이로 숨었다.

오치카가 자세히 살펴보니, 다음 순간에 그것은 펄럭이는 하얀 옷 같은 것으로 바뀌어 날아올라, 앞에서 걷는 사람들의 모습을 덮어 가렸다. 오치카가 눈을 깜박이자 다시 옅은 사람 그림자로 돌아갔다.

사람 그림자 속에서, 차례차례 얼굴이 어지러이 비치기 시작했다. 여자인가 하면 어린아이, 어린아이인가 하면 노파. 커다란 해골이 보이는가 싶으면 여자의 검은 머리카락이 나부낀다.

한 명이 아니다. 봉인된 마음의 혼. 형태는 없다. 하지만 의지만은 있다.

너도 오너라.

깊이 숨을 들이쉰 후, 팔 안의 오타카를 힘주어 추슬러 안은 오치카는, 내뱉는 호흡을 전부 목소리로 바꾸어 대답을 던졌다.

"가지 않겠어요."

그 순간 옅은 사람 그림자가 흐트러져 형태를 잃고, 가볍게 부풀어 원래대로 돌아가면서 희미한 웃음소리를 냈다.

아니, 울음소리였을지도 모른다.

도베에와 마쓰타로는 어깨를 나란히 하고 이쪽을 향해 서 있다. 오치카를 보고, 도베에는 웃는 얼굴이 되었다. 마쓰타로는 바람을 맞고 있기라도 한 것처럼 천천히 몸을 흔들고 있다.

도베에가 머리를 숙였다. 마쓰타로도 똑같이 몸을 굽혔다. 그리고 두 사람 다, 더 이상 오치카에게 시선을 주지 않고 등을 돌려 걷기 시작했다. 부풀었다가는 흘러내리고, 일그러졌다가는 다시 원래의 형태로 되돌아 오는 옅은 사람 그림자의 뒤를 따라간다. 또는 둘이서 재촉해 간다.

저택 밖으로 나가고 만다—.

만주사화 꽃밭이 오치카의 눈 앞에서부터 빛깔을 잃기 시작했다. 도베에와 마쓰타로의 뒤를 쫓듯이, 그들이 지나가자마자 시들어 간다. 아니, 사라져 가는 것이다. 사라져 가는 붉은 꽃들의 호리호리한 줄기 사이에서, 오치카는 자신이 들어온 이야기 속에 등장하는, 마지막 한 사람의 얼굴을 보았다.

저 얼굴은 도베에의 형님이 아닐까. 꽃과 함께 사라져 간다.

"아아, 형님."

도베에가 싱글벙글 웃으며 부르는 소리가 들려왔다.

"어디 계시나 했어요."

그 목소리가 마지막이었다. 만주사화 꽃밭은 사라졌다. 그곳에 있던 사람들과, 광에서 나온 저택의 주인과 함께.

오치카의 귓가에 소녀의 울음소리가 들렸다. 오치카의 어깨에 기대어, 두 팔과 두 다리로 껴안으면서 오타카가 울고 있었다.

"저게 뭐야."

흐느껴 울면서 오타카는 되풀이했다. "모두 데려가 버렸어. 나는 또 뒤에 남겨졌어. 나만 두고 가 버렸어."

"아니야."

오타카의 머리카락을 다정하게 쓰다듬어 주면서 오치카는 말했다.

"저것이 사람들을 데려간 게 아니야. 사람들이 저것을 데려간 거지."

"저것은 뭐야?"

"이 저택의 주인어른."

오치카는 오타카를 땅바닥에 내려놓고, 눈물로 젖은 얼굴을 회지와 손으로 닦아 주었다. 계속해서 흘러나오는 오타카의 눈물은 오치카의 손가락을 따뜻하게 적셨다.

"주인어른이지만 이제 이 저택에 있을 이유가 없어졌어. 그래서 떠난 거야. 혼자서는 가실 수 없어서 다른 분들이 함께 데려간 거야."

"어째서 나는 갈 수 없어?"

온몸을 떨면서 묻는 오타카는, 오치카가 대답하기도 전에 토할 듯이 울며 말을 이었다. "아버지가, 나는 오면 안 된다고 했어. 같이 가면 안 된다고. 너만이라도 남아서 다행이라고. 왜 그런 말을 하는 거야?"

오치카의 눈시울도 뜨거워졌다. "그게 옳은 일이기 때문이야."

오타카는 비틀거리면서 몸을 돌리더니 만주사화 꽃밭이 있던 쪽을 향했다.

"나, 저게 좋았어."

아주 예뻤으니까.

"아버지도 어머니도 오라버니도 언니도 하루키치도, 처음에 모두 그렇게 말했어. 하지만 내가 제일 좋아했어. 내가 제일, 저것이랑 사이가 좋았어."

저 광 속에서—하고 오타카는 광을 가리켜 보였다.

"언제부터인가, 아버지는 이상한 일만 했어. 정원에 구멍을 판다든지. 어머니가 눈물을 흘린 적도 있었어. 오라버니랑 언니는 큰 소리로 날뛰다가 야단을 맞곤 했어. 어째서인지, 나는 알 수 없었어. 여기는 언제나 아주 조용하고, 우리는 모두 즐겁고, 저것은 언제나 아주 예뻤으니까."

그런데, 아까는 아니었어.

"저것은 오타카를 만날 때는 늘 나들이옷을 입고 있었어. 하지만 아까는 평상복이었지. 그래서 달라 보인 거야."

하지만 평상복 쪽이 진짜란다.

"자, 우리도 돌아가자."

"어디로?"

"집으로." 오치카는 오타카에게 손을 내밀었다. "내게도, 오타카네게도, 돌아오기를 기다리는 사람이 있으니까."

큰 소리로 말하며 웃는 얼굴을 했다. 그러나 주위를 둘러보고, 오치카는 문득 한기를 느꼈다.

저택도 정원도, 소리 하나 나지 않는다. 모든 기척이 사라지고 모든 것이 공허해졌다. 바람도 불지 않는다. 나뭇가지를 장식했던 호화로운 기모노와 띠도 빛깔이 바래고 광채를 잃었다.

출구는 어디에 있을까.

"우리도 정원 끝까지 가 보자."

오타카에게 웃음을 짓고, 걸음을 옮기기 시작했을 때였다.

겨우 몇 발짝 앞에 한 남자가 나타났다. 어디에서 왔는지 알 수 없다. 나무 그늘에 숨어 있었던 걸까. 초목 사이에 웅크리고 있었을까. 아니, 아니다. 그런 움직임은 어디에서도 느껴지지 않았다. 지금까지 꺼져 있던 불이 켜져, 갑자기 이 남자의 모습을 비춘 것 같았다. 그리고 지금 앞을 가로막고 서 있다.

나이는 도베에와 비슷할까. 옷차림도 비슷하다. 수수한 줄무늬 기모노에 하오리를 걸치고, 사카야키는 선명하게 깎았다. 멀리서 보면 도베에로 잘못 볼 것 같다.

그러나 발만은 맨발이었다. 남자는 버선도, 신도 신지 않았다.

오치카는 숨을 삼켰다.

오치카가 알아차렸음을 깨달았는지, 남자는 입가에 엷은 웃음을 띠었다.

"돌아가십니까."

이 또한 귀보다 가슴에 울려오는 듯한 목소리였다. 남자 쪽에서 들려오는 게 아니라, 어디에서인지 모르게 오치카의 귓가에 직접 들려온다.

"드디어 이곳도 비겠군요."

이 저택의 관리인이다. 백 냥을 미끼로 다쓰지로를 유혹하고, 오타카를 이 빈집을 지킬 사람으로 정한 그 사내다.

"당신은 누구셔요." 오치카는 물었다. 슬쩍 한 발짝 앞으로 나가 오타카를 등으로 감싼다.

남자는 웃었다. "그렇게 경계하시지 않아도 이제 그 아이에게는 볼일이 없습니다."

등 뒤에서 오타카가 오치카에게 매달려 온다. 오치카는 그 손을 꽉 잡았다.

"당신은 무엇입니까."

글쎄요, 하며 남자는 시선을 허공으로 향했다. 가볍게 바닥을 다시 밟자, 이상할 정도로 하얗게 뼈가 불거진 발가락이 정원의 흙 위를 미끄러진다.

"여러 가지 이름이 있습니다. 그 편이 편리하니까요."

저도, 저를 부르는 사람들도—하고 말했다.

"다만, 한 가지만 가르쳐 드리지요."

남자는 오치카의 눈을 응시하더니, 거기로 파고들기라도 하려는 듯이 불쑥 앞으로 나섰다.

"저는 상인입니다. 제가 파는 물건을 원하는 사람에게 팔고, 제가 팔고 싶은 물건을 가진 사람에게서 사들이지요. 그래요, 상인입니다."

오치카는 두려워하지 않고 남자의 눈을 마주 보았다. 하지만 이상하게도 바라보는 사이에 남자의 모습이 사라지고 아무도 없는 것처럼 보이는 순간이 있었다. 눈을 깜박이면 남자가 다시 나타난다. 다음에 눈을 깜박이면 또 사라진다.

"당신의 숙부님과 똑같습니다" 하고 남자는 말을 이었다. "미시마야의 주인이 에치카와 마루카쿠라는 두 유명한 가게를 잇는 길목에서 손님을 모은 것처럼, 저도 두 장소를 잇는 길목에서 손님을 상대하고 있지요."

"두 장소?"

저쪽과 이쪽이라고, 남자는 말했다. "저세상과 이 세상이라고 할까요."

어느 쪽에도 필요하답니다, 저 같은 상인이. 어느 쪽에도 손님이 있지요.

"미시마야를 어떻게 아시는 건가요."

남자는 의외라는 얼굴을 했다. "당연히 알지요. 저는 아가씨, 당신에 대해서라면 무엇이든지 알고 있어요. 여기에 오는 사람의 일이라면 모르는 게 없습니다. 올바른 장사를 하려면 물건에 대해 잘 아는 게 중요하니까요."

물건, 이라고 단언했다.

같은 장소에서 꿈쩍도 하지 않았는데도 오치카는 남자에게 밀려 뒤로 물러나고 있는 듯한 기분이 들었다.

"거기서 비켜 주셔요. 우리는 돌아갈 거예요."

"길은 아십니까. 자칫하면 길을 잃게 될 겁니다."

길을 잃으면 큰일이라고 말하며, 남자는 또 웃었다. 눈은 움직이지 않고 뺨도 평평하다. 입만 씰룩 움직인다. 이는 보이지 않는다.

"아가씨한테 의지했는데, 기대가 빗나갔습니다. 당신은 내 생각보다 훨씬 차가운 분이었어요."

차가워? 분노보다 먼저, 오치카는 당혹으로 눈썹을 찌푸렸다. 뜻을 알 수 없는 주문에라도 걸린 것 같다.

"제가 어쨌다는 건가요."

"그렇지 않습니까. 당신은 사람도 아닌 자들의 편만 들고 있어요. 무엇 하나 나쁜 짓을 하지 않았는데도 목숨을 빼앗긴 이시쿠라야의 오키치나 소스케는 당신의 안중에 없었지요. 도베에의 형님도 그래요. 당신이 마음을 기울이는 존재는 사람을 해치거나, 사람을 불행하게 만든 놈들뿐이지 않습니까. 그놈들에게 모두 어쩔 수 없는 이유가 있었다며 감싸 주고 말이지요."

그렇지 않다. 오치카는 지금까지의 이야기를 그렇게 한쪽으로 치우쳐 듣고 있지는 않았다.

"왜인가 하면, 그놈들은 당신과 동류이기 때문이에요."

무릎이 떨린다. 남자의 말은 옳지 않다. 옳지 않지만, 틀리지도 않았다고 오치카의 마음 한구석에서 속삭이는 목소리가 들린다.

"도베에도 오사이도 이치타로도, 데쓰고로도 오카네도 모두 그래요. 다쓰지로로 말하자면, 아내와 아이들의 숨통을 끊고 이곳에 묻은 사내입니다."

"당신이 시킨 일이잖아요!"

가슴 깊은 곳에서부터 치밀어 오른 고함이 오치카의 입을 뚫고 나왔다. 공포의 외침이기도 했다. 이 남자는 무슨 말을 하는 걸까?

"저는 아무 짓도 하지 않았습니다."

남자의 말투는 변함이 없다. 기분 좋게 콧노래라도 부르는 것처럼, 눈은 허공을 떠돈다. 풍경을 즐기고 있다. 이 저택을, 정원을 바라보며 즐기고 있다.

"저는 다만 이곳에 오고 싶어 하는 자들을 안내해 왔을 뿐이에요. 이 아름다운 저택에 말이지요."

언니—하고 오타카가 작게 오치카를 불렀다. "이 사람, 싫어. 빨리 가자."

오치카는 오타카의 어깨를 안고 몸을 돌렸다. 재빨리, 덤벼들듯이 남자의 목소리가 쫓아왔다.

"당신, 요시스케 씨는 아무래도 상관없는 겁니까."

오치카는 넘어질 뻔하며 걸음을 멈추었다. 오타카가 필사적으로 손을 잡아끈다. "가자. 빨리 가자!"

"요시스케 씨는 공연히 죽임을 당한 꼴이 되었군요. 당신이 마쓰타로를 용서하고 싶다고만 생각해서 요시스케 씨의 원한과 슬픔은 나 몰라라 하는 것입니다. 가슴이 아프지 않습니까."

아프지 않겠지요, 하고 남자가 말을 잇는다.

"마쓰타로 씨를 용서하지 않으면, 당신은 스스로를 용서할 수 없으니까요. 전부 당신 형편에 맞춘 겁니다."

미안해요. 아니요, 이제 됐어요.

—내 마음은, 사실은 어느 쪽에 있었을까.

"당신은 당신 편할 대로 살고 있어요. 앞으로도 살아가겠지요. 예, 상관없습니다. 당신 같은 사람이 있는 덕분에 제 장사도 되는 것이지요."

무슨 장사냐고, 오치카는 물었다. 이를 악물고, 떨리는 목소리를 누르며.

남자는 대답하지 않았다. 잠시 뜸을 두고, 오히려 비위를 맞추려는 듯한 다정한 목소리가 오치카의 귀에 들려왔다.

"오치카 씨. 당신과는 다시 만날 기회가 있을 것 같군요. 몇 번이나 뵙게 되겠지요. 당신의 이야기는 끝나지 않았어요. 저와 당신의 장사는 앞으로도 계속되겠지요."

기대돼요. 진심으로 기대가 됩니다.

"그러려면 우선 당신이 이곳에서 돌아가 주어야 할 텐데, 정말로 길 안내는 필요 없습니까."

희롱하는 듯한 말투에, 오치카는 앞뒤를 잊고 몸을 돌려 남자를 향해 주먹을 쳐들 뻔했다. 당장이라도 그럴려고 했을 때, 무언가 작고 부드러운 게 굴러와 오치카의 발 옆에 닿았다.

한 개의 귤이었다.

"귤이다." 오타카도 말했다. 놀라서 눈을 동그랗게 뜨고 있다.

땅바닥으로 시선을 떨어뜨리니 다음 귤이 굴러왔다. 처음에 굴러온 귤보다 먼 곳에서 멈춘다. 곧 세 번째 귤이 굴러와 더 멀리 떨어진 곳에 멈춘다.

오치카는 발밑의 귤을 주워들었다. 따뜻하다. 방금 전까지 누군가의 손안에 쥐어져 있었던 것 같다.

생각났다. 오사이와 이치타로의, 풀무 축제 때의 귤 이야기가. 둘 사이는 길을 벗어난 관계지만, 하나의 귤을 서로 데우던 그때의 마음은 거짓이 아니다. 그 온기만은 죄가 없다.

이 귤은 마음의 덩어리다. 이 온기는 마음의 온기다.

오치카가 두 번째 귤 쪽으로 걸음을 내딛자 또 귤이 굴러와 멈추고, 굴러와 멈춰, 앞쪽으로 줄을 짓기 시작했다. 순식간에 둥글고 사랑스러운 점들이 이어진, 귤의 이정표가 생겨났다.

나를 걱정하고, 나를 불러 주는 사람들이 귤을 굴리고 있다.

"가자!"

오치카는 웃는 얼굴로 오타카를 바라본 후, 손을 단단히 마주잡고 달리기 시작했다. 귤의 길을 따라, 귤을 추월해 달린다. 두 사람에게 추월당한 귤은 즐거운 듯이 튀어올랐다.

"안녕히."

점점 멀어지는 저택 쪽에서, 관리인 남자의 어조 없는 목소리가 갈라지고 가늘어지고 사그라져 가면서도 쫓아왔다. 오치카는 그것을 뿌리치기 위해 큰 소리로 불렀다.

"오라버니! 세이타로 씨!"

달리고, 달리고, 달린다. 오치카와 오타카. 자매 같은 두 소녀가 손을 맞잡고 계속 달린다. 두 사람의 등 뒤에서는 안도자카 언덕의 저택의 환상이 쿵쿵 울리는 소리와 함께 토대에서부터 무너져 흩어진다. 기둥이 무너지고 벽이 쓰러지면서 끄트머리부터 먼지가 되어 사라져 간다. 정원의 나무들에서는 수많은 기모노와 띠가 날아올라 한층 더 화려하게 색채를 흩뿌리는가 싶더니, 재가 되어 허공으로 사라져 간다.

광대한 정원은 고요함 속에서 천천히 기울었고, 마지막까지 형태가 남아 있던 광과 함께, 저택을 집어 삼킨 허공 속으로 미끄러지듯이 사라져 간다.

　관리인의 모습은 이미 없다.

　오치카도 오타카도, 돌아보고 그것을 확인하지는 않는다. 이윽고 앞쪽의 눈부신 빛 속에서 두 사람을 부르는 목소리가 들려왔다.

　간다 미시마초의 미시마야는 유명한 에치카와와 마루카쿠 사이에 끼어 있으며, 최근 평판이 좋은 주머니 가게다.

　이곳은 요즘 나막신 끈을 팔게 되었다. 호리에초의 나막신 도매상 에치고야와 손을 잡고 시도한 것이다. 새로운 모양새의 끈은 곧 화제가 되어, 유행하는 것과 신기한 것이라면 정신을 못 차리는 에도 시정의 풍류인들이 매일 찾아와 가게 앞을 북적이게 하고 있다.

　그리고 이 미시마야에는, 아는 사람은 아는 또 하나의 얘기가 있다. 주인 이헤에가 괴담을 모으고 있다는 얘기다. 다만 초대되어 이야기를 하는 사람은 한 번에 한 명씩이어서, 촛불을 켜니 끄니 하는 옛날식 괴담 대회가 아니다. 이야기하는 사람은 대낮에 찾아오고 이야기를 마치면 곧 미시마야를 떠난다.

　괴담을 듣는 사람은 주인의 아름다운 조카딸이다.

　에치고야의 후계자가 아내로 맞기를 원한다는 소문이 있지만, 확실하지는 않다.

　예전에 에치고야의 누군가가 괴담을 이야기하러 왔다는 소문도 있지만, 이 또한 확실하지 않다. 다만 에치고야에서 오랫동안 기묘한 병을 앓았던 오타카라는 여자가 근자에 깨끗이 회복되어, 미시마야 주인의 조카와 자매처럼 사이좋게 지내고 있음은 틀림없다 .

여기에도 미시마야의 괴담 대회가 얽혀 있는 모양이다.

무슨 이유로, 어떤 의도를 숨기고 있는 괴담 대회일까—.

그에 대해 알 수 있는 사람은, 말해야만 하는 이야기를 가슴에 품고 미시마야를 찾아오는 손님들뿐이다.

편집자 후기

장르나 시대를 구분하지 않고 미야베 미유키의 작품 가운데 가장 좋아하는 걸 하나만 고르라고 한다면, 나는 늘 망설이지 않고 『외딴집』을 꼽는다. 그리고 '외딴집'이라는 제목을 들으면 나는 항상 2006년 여름 무렵의 일이 떠오른다. 출판사를 차린 지 꼭 일 년째 되던 해였다. 이미 『마술은 속삭인다』, 『대답은 필요 없어』, 『누군가』를 계약했기 때문에 나는 좀 느긋했다. 후속작 확보를 서두르지 않았다. 북스피어의 규모에서는 세 편을 한꺼번에 계약한 것도 이미 무리, 무엇보다 당시만 해도 미야베 미유키는 우리 나라에서 그다지 인기 있는 작가가 아니었다. 그의 작품을 반드시 내 손으로 출간하리라 결심하게 만들어 준 『이유』조차도 한국 시장에서는 맥을 못 추는 형편이었다.

그해에 일본에서는 『이름 없는 독』이 출간되었다. 앞서 말했다시피, 신작 출간 소식을 들었음에도 나는 느긋했다. 세 타이틀이나 계약했으니까. 한국에서 '팔리는' 작가가 아니었으니까. 결정적으로 『이름 없는 독』은 『누군가』의 속편이었으니까. 한데 변수가 생겼다. 『이름 없는 독』이 덜컥 상을 받아버린 거다. 이거, 그다지 권장할 만한 경향이라고는 생각하지 않는데, 일본의 문학상 수상작은 우리 나라에서 판매를 '보장'받는다고 여기는 출판사가 지금과 마찬가지로 그때도 상당히 많았다. 무슨 보장보험도 아닌 마당에 말이지. 검색해 보면 『이름 없는 독』의 전작이 있다는 걸 알 테고, 판권 확인을 해 보면 『누군가』가 계약돼 있다는 사실을 알 수 있을 텐데, 그래도 오퍼 경쟁이 붙을까?

붙는다. 여러 출판사가 뛰어들었다. 이렇게 되면 내가 할 수 있는 일이란 그저 신세한탄뿐이다. 세상은 넓고 번역해야 할 책은 많은데 왜 굳이 경쟁을 해서 선인세를 올려야 하는지, 물론 머리로는 이해하지만, 도저히 납득할 수 없었다. 아니, 납득하고 싶지 않았다. 이렇게 써놓으면 누군가는 "저 혼자 되게 잘난 척하는군" 혹은 "또 그 얘기냐" 하고 손가락질을 할지도 모르겠다. 하지만 그동안 상을 받았거나 화제가 될 만한 작품이라고 하면 덮어놓고 5억이든 10억이든 '일단 지르고 볼 일'이라는 보장보험적 태도가 우리 출판계를 어떻게 망쳐왔는지 잘 생각해 보기 바란다. 나는 오퍼 금액을 올리지 않았다. 표면적인 이유는 원칙을 지킨다는 거였지만 실제로는 돈이 없었다. 물론 『이름 없는 독』을 '빼앗긴다'고 생각하니 마음이 아팠다. 마치 눈에 보이지 않는 무언가가 내 심장을 꽉 움켜쥐고 조이는 것 같았다. 결국 자포자기. 세상이란 본래 그런 법이니까. 그런데 며칠 후, 에이전트가 뜻밖의 소식을 전해 주었다. 원작자가 전작을 펴낸 출판사에 『이름 없는 독』을 주기로 결정했다는 것이다. 여우에게 홀린 기분이었다. "세상이 전부 돈만으로 움직이는 건 아니야. 나에게는 돈보다 더 중요한 게 있어"라며 고집스레 살아가는 사람이 있구나. 전작을 펴낸 출판사에 우선권을 준다, 모름지기 출판이란 그래야 하는 게 아닌가, 하고 혼자 흐뭇해하기도 했다. 어쨌든 그 일을 계기로 경쟁에 휘둘리지 말고 미야베 미유키의 작품을 지속적으로 펴내고 싶다는 바람이 생겼다. 해서 그의 작품을 꽤 많이 계약했는데, 시대물 가운데 가장 먼저 한국에서 출간된 『외딴집』이 그중 한 권이다.

시대소설과 대하드라마를 좋아했던 아버지 덕에 어렸을 때부터 많은 작품을 접하여 시대물에 흥미를 가지고 있던 미야베 미유키는, 사회파 미스터리를 쓰다가 마음이 무거워지면 에도 시대로 피신, 자신이 하고 싶은 이야기를 마음껏 함으로써 스트레스를 푼다는 흥미로운 얘기를 한 적이 있다. 한국의 독자들에게 미야베 미유키는 현대 사회가 낳은 문제와 함께 그 속에서 살아가는 사람들의 모습을 섬세하게 포착하는 작품을 쓰는 작가로 인식되어 있지만, 일본에서 지금까지 출간된 리스트를 살펴보면 시대 미스터리의 수가 현대 미스터리의 수와 비슷하다는 사실을 확인할 수 있을 것이다. 일본에는 괴담이나 전설을 바탕으로 삼아 서민들의 생활을 그리는 작가들이 우리 나라보다 훨씬 많고, 대표적인 작가로 오카모토 기도, 야마모토 슈고로, 후지사와 슈헤이 등이 있는데 이중에서도 당시를 추체험할 수 있는 압도적인 현장감만을 가지고 판단한다면 단연 미야베 미유키가 윗길이라는 평가를 받을 만큼 작품성도 뛰어나다.

물론 처음에는 에도 시대 얘기를 한국 독자들이 잘 받아들일 수 있을까 하는 걱정도 들었다. 그러니까 『외딴집』은, 뭐랄까 '시험 삼아'라는 기분으로 만든 책이다. 이 작품은 '마루미 번'이라는 작은 마을을 무대로 한줌도 안 되는 위정자들이 벌이는 정보 조작과 은폐의 문제를 다루며, '번의 존속을 위하여'라는 명분으로 번 안에 살고 있는 서민들에게 부당한 희생을 강요하는 조직 사회의 문제를 묘사한다. 소설 속에 감정이입하면 그 서민들의 무력감이 과연 절절하게 느껴지는데, 당시에 교정지를 읽을 때마다, 미야베 미유키라는 사람은 현대물이고 시대물이고 닥치는 대로 잘 쓰는구나, 라는 생각을 하곤 했다. 그렇다면 그가 쓴 시대물도(현대물과 마찬가지로) 전부 펴내자. '미야베 월드 제

2막'은 이렇게 시작되었다.

　아까 나는, 지금까지 출간한 미야베 미유키의 작품 가운데 가장 좋아하는 걸 하나만 고르라고 한다면 망설이지 않고 『외딴집』을 꼽는다고 했다. 하지만 이는 개인적으로 그렇다는 얘기고 독자 입장에서는 종종 권하기 망설여질 때가 있다. 난해하기 때문이다. 어렵다. 상당히 어렵다. 시대 배경에 대한 설명과 복식, 관직명 등 초반에 몰입을 방해하는 요소가 많고 스케일과 전하려는 메시지가 방대하다 보니 흐름을 놓치기 쉽다. 상하권을 전부 구입했다가 상권에서 읽기를 멈춘 독자도 꽤 많으리라. 그런 면에서 이번에 출간한 『흑백』은 별다른 고민 없이 누구에게나 권할 수 있을 만한 작품일 거라 생각한다. 일단 『외딴집』과 비교도 안 될 만큼 독자 친화적이면서(쉽다는 얘기다), 『외딴집』을 읽고 나면 느낄 수 있는 가슴 뿌듯함을 충분히 체감할 수 있다. 지금도 '만주사화'를 처음 마주했을 때의 기억이 선명하다. 고작 80페이지 분량에, 진부하게 들리겠지만, 나는 압도당하고 말았다. 기치조가 만주사화를 바라보며 사과를 하는 장면에서는, 선녀가 날개옷을 버리고 하늘로 올라가는 모습을 본 것처럼 놀랐다. 하마터면 혀를 깨물 뻔했다. 지나치게 호들갑을 떠는 듯하여 송구하지만, 이 대목에서는, 왈칵 눈물을 쏟았다고밖에 달리 표현할 방법이 없다. '사련'은 또 어떠한가. 오치카의 자기 성찰적 반성을 따라가다 보면 등줄기가 오싹해진다. '우리는 왜 사랑과 인간관계에서 상처를 입고 또 상처를 주는가'라는 운명철학적 질문에 대해 마음속으로부터 용솟음치는 강한 의구심을 괴담이라는 소재로 증폭시켜 단숨에 문장으로 완성한 듯하다. 박력이 느껴진다. 나는 이 다섯 편의 이야기를 읽고, 이 이야기들이 내 삶

속에서는 어느 부분에 해당하는지 짚어볼 수밖에 없었다. 그것은 당혹에 가까운 감정이었다. 게다가 『흑백』에는 지금껏 볼 수 없었던 흥미로운 지점이 보인다. 미야베 미유키 미스터리의 3대 특징이라면, 첫째, 틀에 박힌 전개가 없다, 둘째, 범인이 나쁘다는 깔끔한 해결이 없다, 셋째, 반전을 강요하는 윽박지름이 없다, 라는 것일 텐데, 이번에는 지적으로 모난 독자들을 상당히 의식해서였을까. 그간 약점으로 거론돼 왔던(나는 동의하지 않지만) '나쁜 놈 편들어 주기'에 대한 토로가 보인다. 예를 들면 이런 문장이다. "당신이 마음을 기울이는 존재는 사람을 해치거나, 사람을 불행하게 만든 놈들뿐이지 않습니까. 그놈들에게 모두 어쩔 수 없는 이유가 있었다며 감싸주고 말이지요." 그게 나쁘냐고 시위하는 것 같아 재미있기도 하고 귀엽기도 했다.

　『흑백』의 원제는 '오소로시おそろし', 사전을 찾으면 '무섭다. 두렵다. 겁나다. 걱정스럽다. 불안하다'라고 나온다. 사전적 의미에서 짐작할 수 있다시피 이번 작품의 기조는 '무서움', 즉 괴담이다. 하지만 지금껏 에도 시대물을 착실히 읽어 온 독자들이라면 미야베 미유키의 괴담이 단지 '내 다리 내놔' 풍의 호러가 아님을 짐작했으리라 본다. 무서운 건 맞는데 귀신의 집에 들어갈 때 느끼는 그런 무서움이 아니라, 다른 의미로 무섭다. 굳이 표현하자면 인간(혹은 자신)의 내면을 몰래 엿보다가 의외의 것을 발견했을 때 느낄 수 있는 무서움이랄까. '오소로시'는 열일곱 살 소녀가 '흑백의 방'으로 찾아온 손님으로부터 이야기를 듣는 형식으로 구성된 연작 소설이다. '흑백의 방'이란 원래 소녀가 기거하는 곳의 주인이 바둑을 두는 방이었는데, 후에 치유의 장소, 요즘 유행하는 말로 하자면 '힐링'을 위한 장소로 바뀐다. "나와 바둑을

두는 적수들의 경우에는 이곳에서 그야말로 승부의 흑백을 다투었지만 네 경우는, 그렇지, 이 세상에 일어나는 일들의 흑과 백을 견주어 본다는 뜻이 되려나. 반드시 백은 백, 흑은 흑이 아니라 관점을 바꾸면 색깔도 바뀌어 그 틈새기의 색깔은 존재한(단다…). 무엇이 백이고 무엇이 흑인지는, 실은 너무나 애매한 거야." 이 말이 유독 가슴에 와 닿아서, 한국어 판의 제목을 '흑백'으로 정했다. 『흑백』이 출간된 2008년 당시, 일본 현지에서는 "미야베 미유키 씨가 라이프워크(필생의 사업)인 백물어(괴담 대회)를 쓰기 시작했다"고 보도되기도 했는데, 스페셜 인터뷰를 통해 작가는 이렇게 밝혔다. "『흑백』 자체로 보면 매우 슬프고 심각하며 이야기가 무섭게 구성되어 있지만, 이걸로 '우와 무서워' 하고 생각한 후에 『안주』(한국어 판 제목 미정)를 읽으면 좋은 느낌의 칵테일이 될 거라고 생각합니다. 그것을 노리고 홀수 권과 짝수 권의 분위기를 바꾸려고 했습니다. 역으로 『안주』를 읽으신 분들 중에, 괴기소설이면서도 이렇게 귀여운 이야기뿐인 거야? 하고 생각하신 분들은 『흑백』으로 돌아와 보시면 매서운 이야기가 잔뜩 있습니다. 양쪽에서 서로 다른 맛을 느끼실 수 있다면 그 이상 기쁜 일은 없을 겁니다." 앗, 그렇다면 얼른 속편을 읽고 싶다는 나 같은 독자가 당연히 있겠지. 그럴 줄 알고 『안주』도 이미 북스피어에서 계약해 두었다. 느긋하게 기다려 주시기 바란다. '뺏길' 염려가 없으니 나 역시 느긋하게 잘 만들도록 하겠다.

김홍민 / 편집자

초판 1쇄 발행 2012년 3월 16일
초판 4쇄 발행 2018년 7월 10일

지은이　　미야베 미유키
옮긴이　　김소연

　　　　　　발행편집인　　김홍민 · 최내현
　　　　　　책임편집　　유온누리
　　　　　　편집　　안현아
　　　　　　마케팅　　홍용준
　　　　　　표지디자인　　이혜경디자인
　　　　　　용지　　한승
　　　　　　인쇄　　현문
　　　　　　제본　　현문
　　　　　　독자교정　　김경민, 유주영, 이윤미, 임상수

펴낸곳　　도서출판 북스피어
출판등록　　2005년 6월 18일 제105—90—91700호
주소　　(121—130) 서울특별시 마포구 망원동 513 상암마젤란21 101-902
전화　　02) 518—0427
팩스　　02) 701—0428
홈페이지　　www.booksfear.com
전자우편　　editor@booksfear.com

　　　　　　ISBN 978—89—91931—89—3 (04830)
　　　　　　　　　978—89—91931—29—9 (세트)

　　　　　　책값은 뒤표지에 있습니다.
　　　　　　파본은 구입하신 곳에서 교환해 드립니다